VESUBIO

Título original: *Vesuvius*

1.ª edición: enero de 2026

C/ Valentín Beato, 21. 28037 Madrid
www.fandombooks.es

Ilustración de cubierta y detalles interiores: Chris Sack

ISBN: 978-84-19831-44-6
Depósito legal: M-19503-2025
Impreso en España - *Printed in Spain*

PAPEL DE FIBRA
CERTIFICADA

VESUBIO

CASS BIEHN

Traducción de Ana Belén Fletes

FANDOM BOOKS

Te quería, así que te integré en mi mitología...

La creación, la fractura y la revisión de mi propio ser.

CAPÍTULO I

Félix

Félix entró a robar en el templo de Apolo justo antes de que amaneciera.

Estaba chupado robar en los templos. Rollos de tejidos lujosos, bolsas llenas de monedas, cestos rebosantes de cerezas en ofrenda que terminaban echándose a perder... cualquier buen ladrón sabía que era juego limpio. No era divertido. Era tan tedioso, de hecho, que la tarde anterior, tras hacer un reconocimiento rápido de la zona, estuvo a punto de dar media vuelta y olvidarse del tema.

Hasta que se fijó en el tesoro de Apolo: un reluciente casco de plata sobre un pedestal sin vigilancia, que pedía a gritos que Félix dejara sus huellas encima. Una sensación que era más que deseo se apoderó de él, una atracción magnética hacia un objeto con el que podría comprarse un palacio si jugaba bien sus dados.

No había ninguna duda. Iba a hacerse con ese casco.

En una taberna retó al guardia del templo a beber e hizo que cogiera tal cogorza que se quedó dormido. Después, al rayar el alba, se coló en el templo, agarró el casco y salió tan campante. Facilísimo.

Viéndolo en retrospectiva, tendría que haberse dado cuenta mucho antes de que lo seguían.

A dos calles del foro, unos pasos amortiguados se acompasaron con los suyos. Muy bien. Félix podía quitárselo de encima. Apretó el paso. Cuando oyó desenvainar una gladius, la espada corta utilizada por los legionarios, y rasgar el aire nocturno, apretó el paso.

Félix no llevaba ni un día en Pompeya, pero como cualquier ciudad romana que se preciara, las calles formaban una cuadrícula. Daba igual que girase dos o diez veces, las calles laterales terminarían sacándolo a la avenida principal. Sus sandalias golpeaban los adoquines irregulares. Error de principiante. Todo ladrón sabía que para tener éxito en cualquier trabajo había que ir descalzo, en silencio. Pero se suponía que iba a ser un trabajo fácil. Entrar, salir y marcharse. Que la ciudad lamentase en silencio el tesoro robado cuando él estuviera ya a medio camino de Herculano.

Al cuerno. Se metió a toda prisa por un callejón y se detuvo medio segundo a quitarse las sandalias. Era el único par que tenía, pero no valían más que sus manos. O que su cuello. En cuanto vendiera el casco, se compraría otras. Eso era lo bueno de rechazar cualquier sentimentalismo. Si no te encariñabas con las cosas, no pasaba nada cuando las perdías. Sencillo.

Sujetó bien el casco debajo del brazo y reanudó la marcha sin hacer ruido.

El plan debería haber salido bien. Había llevado a cabo robos mucho más complicados con mucho más en juego. Como la media docena de botellas de vino de primera calidad que había robado en las bodegas de Lassius, al sur de la ciudad. Había sacado un buen pellizco vendiéndolas en el mercado de Salerno antes de que los guardias lo echaran de la ciudad. No era justo, de verdad. Revender no era un delito en sí.

Hablando de vino, Félix se desvió de nuevo para recoger la bolsa con sus pertenencias que había dejado escondida. Puede que los guardias de Salerno le hubieran quitado las ganancias, pero aún le quedaba una botella y tenía toda la intención de sacar provecho de ella.

Y de ahí esprintó hacia las murallas de la ciudad. Una risita de excitación silenciosa le subió por la garganta, la emoción del juego. Su trabajo se le daba realmente bien.

En ese momento, corriendo descalzo sobre los adoquines de la calle de una ciudad perdida que no volvería a pisar, Félix no tenía pasado. No tenía futuro.

Tenía solo el momento presente. Y con eso bastaba.

Pero toda la buena suerte que prometía su nombre de pila se le acabó a las puertas de la ciudad.

Como si conociera sus intenciones, un hombre corpulento con una capa escarlata sobre los hombros lo esperaba bajo el arco de la salida de Pompeya. No era un guardia de la ciudad. El oficial con el que había estado bebiendo Félix vestía de color marrón apagado. Ese parecía más un miembro de la guardia privada de algún patricio rico, dispuesto a hacer el trabajo sucio a su señor, aunque significara infringir la ley.

Esperando en vano que el guardia no lo hubiera visto, Félix giró y tomó un camino distinto. Cambio de planes. Se le daba tan bien cambiar de estrategia como limpiar los bolsillos de la gente. Si alguna vez tomaba un aprendiz (no quisieran los dioses que llegara el caso, ya que los niños lo ponían nervioso) le enseñaría las reglas esenciales tal como su padre se las había enseñado a él. La regla número uno era, sin duda, no encariñarse de algo que no fueras a poder abandonar.

Regla número dos: Saber cuándo abandonar la partida.

Félix no iba a conseguir salir de Pompeya esa mañana, pero sí podía esconder el casco y volver a por él cuando no llevara un guardia armado pisándole los talones. Vio tres cajones grandes al fondo de un callejón. Levantó la tapa de uno y se encontró con que estaba lleno de grano molido, pero cuando depositó el casco en el interior, le entraron dudas. El grano caía entre las alas, una a cada lado del protector nasal, y las aberturas para los ojos. Lo invadió una extraña sensación de reconocimiento. Como si esos ojos lo hubieran mirado antes, pero no sabría decir cuándo ni dónde.

Apartó la sensación y se concentró en lo que verdaderamente lo unía al casco: lo que podría comprar con él. Nunca había tenido en su poder algo tan valioso. El casco le permitiría llegar a las siguientes diez ciudades, y eso significaba tener para vivir unos cuantos meses. Significaba poder comprar pan para comer en vez de hurtarlo o una cama para él solo sin tener que aguantar la incómoda proximidad de otro cuerpo. Sintió vértigo al ver cómo el trigo engullía el casco de plata.

Si su padre lo viera ahora, llorando la pérdida de algo que tan solo un momento antes había tenido en las manos...

—Volveré —juró.

El casco enterrado entre el grano no respondió.

Colocó la tapa sobre el cajón y regresó a la calle principal sacudiéndose las manos.

Tan solo había recorrido dos manzanas cuando notó la punta de una espada en la nuca.

—De rodillas.

Al ver que Félix no lo obedecía, el guardia le hizo un corte en las pantorrillas. El dolor era tan intenso que se le doblaron las piernas. La sangre de los cortes le corrió por las piernas cubiertas de polvo formando riachuelos pringosos. Un pensamiento apenas coherente le cruzó la mente (alejarse aunque fuera a rastras), pero sabía que no llegaría muy lejos antes de que el guardia encontrase otra parte de su cuerpo que rajar con su espada.

Una mano grande le rodeó la garganta desde atrás y apretó.

—¿Cómo has conseguido el casco? —preguntó el guardia.

Félix forcejeó. La pregunta le pareció incorrecta. ¿No tendría más sentido preguntarle...?

—¿Dónde está el casco?

—No sé de qué me hablas —resolló Félix.

El hombretón le apretó la garganta. Félix intentó arañarle donde fuera, buscó un codo, pero nada. Era inútil. Empezó a ver puntitos blancos y después...

Libre. Se desplomó en el suelo y apoyó las palmas sobre los adoquines mientras intentaba recobrar el aliento.

—Vas a venir conmigo —ordenó el guardia. No le dejó opción. Lo agarró de la túnica y lo levantó del suelo—. Al más mínimo ruido te rajo y dejo que te pudras en plena calle —le susurró al oído, echándole el aliento caliente.

Félix tragó saliva y sintió que el miedo le atenazaba los nervios. El hombretón lo empujó y lo obligó a caminar hacia una zona distinta de la ciudad. El color de los adoquines cambió, pasó de un gris desgastado a un rojo más moderno. Las villas allí eran más nuevas, amuralladas y con portón, señal de que se encontraban en la parte rica de la ciudad. Solo los más acaudalados podían permitirse ese grado de intimidad, paredes sin grafitos ni pinturas anatómicas vulgares a la vista. Se detuvieron delante de una de las casas más grandes, pero el guardia no lo hizo pasar del portón de entrada, sino que lo instó a seguir por una callejuela lateral hacia la entrada de los sirvientes.

Lo empujó al interior de una pequeña estancia iluminada por velas. En una hornacina en la pared había un par de estatuillas de marfil tallado, un lar danzante y un bufón. Debían de ser las divinidades domésticas: lares que simbolizaban las riquezas de los propietarios, protectores del hogar y otras cosas con las que Félix no malgastaba la saliva o el dinero. Desconocía a qué deidades menores representaban aquellas figuritas. A la tenue luz de las velas, la expresión del bufón se alargaba en una sonrisita lasciva y las extremidades de la figura danzante parecían demasiado largas, como si el barro se hubiera deformado. Sintió un escalofrío.

—Deja aquí tu bolsa, ladrón —dijo el guardia.

Los labios de Félix se curvaron en una mueca de desprecio.

—Yo no he cogido nada. Pero si así es como tratas a un vulgar ladronzuelo, no quiero ver lo que le harás a un criminal de verdad.

Le arrancó la bolsa que llevaba al hombro y le dio la vuelta. Un montón de cerezas y monedas (vale, había metido la mano en las ofrendas durante la visita de reconocimiento del templo esa misma tarde. ¿Y qué?) se desperdigaron sobre las baldosas del suelo. La botella de vino que le quedaba salió rodando con aire acusador.

Félix se aguantó la mueca de dolor.

—Todo mío. Era mío de antes.

El guardia cogió un llavero con varias llaves maestras de entre aquel batiburrillo y enarcó las cejas.

«Por Júpiter».

—Soy aprendiz de cerrajero.

—Muy bien —contestó el otro, dejando las llaves a un lado—. ¿Me explicas lo del vino?

—¿Acaso vas a interrogarme por todo lo que llevo en mi bolsa? Pues vamos a estar aquí toda la noche.

—No es un interrogatorio —dijo alguien con voz fría—. Gracias, Darius. Yo me ocupo.

Una figura se apoyó contra la pared. Había llegado de forma tan repentina y silenciosa como si hubiera aparecido de la nada. Para ser tan temprano, el hombre iba vestido impecablemente, con la túnica planchada y las botas altas bien atadas. Llevaba guantes de cuero. Una insignia resplandecía en su hombro, un blasón con un halcón lanzándose en picado. Sería algún dignatario, un político o un patricio.

—De modo que este es el ladrón —dijo el recién llegado—. Siéntate.

—No soy un ladrón —masculló Félix, pero el recién llegado se limitó a sonreír impasible.

Se le puso la piel de gallina y se le erizó el vello de los brazos. Aquel hombre era de los que parecía que no tenían una opinión definida sobre nada. Sin embargo, en su experiencia, esos hombres eran los más peligrosos. No se comprometían con ninguna causa, de manera que cambiaban de opinión de repente si se adecuaba más a sus intereses.

Darius se situó junto a la puerta con postura relajada, pero sin enfundar la espada.

Félix se sentó al borde de una silla de mimbre y se arriesgó a echar un vistazo. Para salir de la estancia tendría que hacer frente a Darius, porque si cruzaba la otra puerta solo conseguiría adentrarse aún más en una casa que no conocía. No iba a poder salir de la peliaguda situación por la fuerza, al menos de momento.

Se percató entonces de la pintura que dominaba la pared del fondo. Una montaña cónica de laderas escarpadas y Baco, dios del vino, bendiciendo el suelo fértil. Debajo se retorcía una serpiente. Reconoció la montaña al norte de la ciudad: el Vesubio. Pero se preguntó qué (o a quién) se suponía que representaba la serpiente.

El hombre levantó la botella.

—Un gusto caro. Esto no se bebe todos los días.

Félix lo sabía. Esa era la cuestión.

La descorchó de espaldas a Félix, que frunció el ceño cuando lo vio servir el líquido de color rubí en sendas copas de plata. Con el dinero que le habrían dado por la botella sin abrir habría podido comprarse unas sandalias nuevas. Entonces el hombre se volvió y le dio una copa, que instintivamente se llevó a la nariz. Azúcar, en su mayor parte. Y después un trasfondo acre.

—Lo ha adulterado —dijo Félix olisqueándolo de nuevo—. Savia de amapola. El vino de Lassius es empalagoso. Esto huele a amargo que tira para atrás.

—¿Experto en venenos?

—No —contestó Félix dejando la copa en el suelo—. He bebido mucho.

—Listo. —El mimbre y la madera crujieron cuando el dignatario se sentó frente a él. A la vacilante luz de las velas, sus ojos parecían descoloridos. Se reflejaba en ellos la llama anaranjada, pero por lo demás estaban vacíos—. Admito que lo del vino ha sido una prueba. Y la has pasado.

—No soy su alumno.

—Demasiado listo para andarse con juegos, por lo que veo.

Félix tuvo la clara impresión de que se estaba burlando de él. «No respondas». Aun así, lo que fuera que viera en su expresión tuvo que resultarle satisfactorio, porque el hombre esbozó una sonrisa divertida.

—Y dime, chico, ¿crees en la magia?

Félix resopló.

—No. Menuda gilipollez.

El hombre acarició el borde de la copa con el índice enguantado. Una y otra vez. Félix empezó a sentirse incómodo mientras seguía el movimiento con la mirada. Se clavó las uñas en las palmas. No se había dado cuenta de lo fuerte que estaba apretando los puños hasta que el escozor le recordó que debía estar atento. Su oficio se basaba en los detalles, en catalogarlos, usarlos como arma. Ser ladrón consistía en fijarse en los detalles adecuados y no dejar que un desconocido te distrajera con otros.

—Una postura interesante —continuó el dignatario—. Al menos para ti. Dime con quién te formaste. ¿Un sacerdote? ¿En qué templo?

—No podría decirle.

—¿No lo recuerdas?

Félix se removió en el asiento. El comentario hizo que le picaran unas heridas de las que los únicos recuerdos que quedaban eran cicatrices. Por lo general no le causaba ningún problema no poder recordar. Revolcarse en el pasado, centrarse en el futuro, los pasatiempos no ayudaban a sobrevivir. Pero algo en la pregunta de aquel hombre se le metió dentro como las tiras de mimbre se le clavaban en los cortes de las pantorrillas.

Los ricos tenían muebles incomodísimos.

—Me considero un coleccionista —continuó el hombre, moviendo la copa hacia un lado con un arrogante giro de muñeca. Sin decir palabra, Darius se aproximó y la cogió—. Tierra. Objetos. Personas, cuando me conviene. Tengo intereses bastante especializados.

—¿Y eso qué tiene que ver conmigo?

—Tiene que ver con que te he visto antes en el foro, estudiando el terreno en el templo. Eres sutil, pero me he fijado en el ansia con que observabas el casco. Como si estuvieras dispuesto a morir por él. O algo peor. —Se le ensanchó la sonrisa—. ¿Te das cuenta de lo valioso que es ese casco? Algunos afirman que es divino, y los pompeyanos son gente supersticiosa. Ven malos augurios en todas partes. No se lo van a tomar bien cuando se enteren de que ha desaparecido, ni mostrarán clemencia cuando encuentren al ladrón. Pero tú y yo tenemos más en común de lo que crees. Dos nómadas que han perdido su hogar y tratan de encontrar el camino de vuelta. El casco puede ayudarnos a llegar a los dos.

Félix notó el sudor que se le había formado en la nuca. Se moría de ganas de preguntarle cómo podría ayudar un casco a recuperar su hogar. Cómo sabía aquel hombre que no tenía hogar desde que abandonó Roma seis años atrás. Pero preguntárselo revelaría que sabía de qué casco hablaba, y no podía permitirse admitir tal cosa.

Además, ese hombre ya lo tenía todo, una casa con vigilantes privados y copas de plata. Podría comprarse veinte cascos. Podría haber robado ese casco en cuestión él solo y haber escenificado la recuperación triunfal si eso era lo que buscaba. Pero por alguna razón, Félix no creía que fuera ese su objetivo.

—Gilipolleces —repitió.

—Considera al menos mi oferta antes de que me enfade, ya que yo te he seguido la corriente.

Pero a los ladrones no se les seguía la corriente. Con ellos se aplicaba más la política de matar primero y preguntar después.

—Me temo que no puedo ayudarle —contestó Félix al tiempo que se levantaba y observaba a Darius bloqueando la salida—. Mi padre me está esperando.

El hombre lo dejó llegar hasta la mitad de la estancia de camino a la puerta antes de decir arrastrando las palabras con pereza depredadora:

—Tu padre está muerto.

Félix se contrajo y lo vio todo rojo, como si el pavimento se hubiera cubierto de sangre.

—¿Qué sabe de mi padre?

El súbito ataque de rabia lo distrajo. Darius aprovechó la oportunidad y se lanzó sobre él y lo derribó. Le inmovilizó las muñecas detrás de la espalda y lo empujó contra el suelo.

—Lo he adivinado por casualidad. —El hombre se colocó delante de él y lo miró desde su posición elevada—. Podría decirse que sé cómo motivar. ¿Dónde está el casco?

—No lo sé —contestó Félix con una mueca de desprecio, forcejeando en vano.

—Vas a traérmelo. Hazlo y podrás abandonar la ciudad con una bolsa llena de dinero. Te daré un caballo. No me digas que no es buen trato.

—Mentira —espetó Félix, lanzando un escupitajo que aterrizó a un centímetro de la bota de cuero del dignatario.

El hombre suspiró.

—Probaremos de otra manera. A ver si esta técnica funciona mejor. Cuando recuerdes lo que te arrebataron, tendrás tantas ganas de vengarte de Roma como yo.

Darius lo agarró por la túnica y lo obligó a arrodillarse por segunda vez. Al amanecer, si es que aguantaba hasta entonces, sus rodillas estarían moradas de las magulladuras. Félix no se sentía humano, enseñando los dientes y respirando entrecortadamente, pero al hombre no pareció preocuparle cuando se arrodilló ante él. Félix se fijó distraídamente en que se quitaba los guantes de cuero, porque no podía apartar la vista de los ojos descoloridos que lo mantenían inmóvil.

—Vamos a ser socios —dijo el hombre pensativo—. Colaboradores. Los Casio y Bruto de una nueva era.

Le tomó la mandíbula con las manos y Félix cayó en un vacío oscuro.

***

Bueno, a lo mejor no debería llamarlo vacío.

Tenía la extraña sensación de estar... cayendo. Empujado por un peso, como si le hubieran atado ladrillos a los tobillos, cayó hacia atrás. El pulso le retumbaba en los oídos. Diversas escenas jugaban con su mente, recuerdos de la noche pasada, pero contadas al revés: los adoquines fríos bajo las plantas desnudas, la plata suave en sus manos. Y antes, la acidez del vino barato y un guardia borracho desplomado sobre una mesa.

Y antes de eso, un camino despejado, el tintineo de las botellas de vino robadas en su bolsa.

Y antes de eso, el olor pestilente de la ciudad de Salerno. Las bodegas Lassius a la luz de la luna.

Alguien toqueteaba sus recuerdos, repasando las escenas de su pasado reciente como quien examina un taco de hojas de papiro. Buscando. Era una sensación incómoda, invasiva, una combinación repugnante entre desconocida y familiar. Se le revolvió el estómago y le entraron ganas de apartarse de un salto. No toleraba el contacto físico ni cuando estaba de buenas, y en ese momento no estaba para nada de buenas.

Retrocedió aún más. Hasta la época que había pasado al sur del imperio, valorando la posibilidad de coger una embarcación hasta Alejandría antes de saber que no podía costearse el billete. Deshizo el camino hacia el norte, hacia atrás, las noches insomnes, las persecuciones con el corazón desbocado por los tejados y las tejas desparramadas.

Hasta que, por fin, alcanzó el camino que llegaba de Roma. Ahí el pulgar que iba pasando las páginas de sus recuerdos se detuvo. A contemplar.

Pero Félix sabía que no había nada más allá de aquellas puertas. Había visitado aquel espacio de su memoria tantas veces que había perdido toda esperanza de recordar lo que hubo allí en otro tiempo.

Aparte de la imagen (meros fogonazos) de las dos serpientes enroscadas en el brazo de su padre. Una estatua sobre un pedestal señalando los cielos, los ojos vacíos, un hombre con ropajes largos que se acercaba arrastrando los pies...

El tintineo de la plata al chocar contra la piedra interrumpió el recuerdo, y Félix abrió los ojos. El dignatario había bajado la mano. Félix tomó aliento tan profundamente que le dolieron los pulmones. Le daba vueltas la cabeza. A su lado, el vino se había derramado sobre las baldosas, la copa que había dejado en el suelo se había volcado ella sola. El hombre también parecía agitado.

Entonces sintió una sacudida bajo las rodillas y comprendió que era el suelo lo que se tambaleaba.

Darius lo soltó y Félix se alejó gateando con dificultad. Intentó agarrarlo de nuevo, pero él era más rápido.

No tenía ni idea de qué había sucedido, cómo le había hecho perder el conocimiento aquel dignatario importante, por qué el mundo se estaba derrumbando, no entendía nada, pero no pensaba desaprovechar la oportunidad. Fue hasta la puerta de un salto, salió a la callejuela y echó a correr.

Correr por un terreno de aspecto amenazador era traicionero. Los adoquines se alzaban para morderle los tobillos. Las tejas llovían de los tejados y se quebraban en pedazos letales. Félix era vagamente consciente de los gritos de la ciudad al despertar con tanta violencia, pero se fundían con el ruido de fondo.

Porque Darius seguía persiguiéndolo como si ni el fin del mundo pudiera impedirlo.

«Piensa. Piensa». El dolor de las piernas era insoportable.

El día anterior, al entrar en la ciudad, había pasado por delante de un templo. Trató desesperadamente de recordar en qué calle se encontraba. Si consiguiera encontrarlo podría pedir refugio. Entrar en un templo nunca le había servido para alcanzar un objetivo (al contrario, más bien) pero los fieles que estuvieran dentro tendrían que acatar las antiguas leyes que obligaban a respetar la petición de refugio. Solo tenía que encontrarlo.

Un poco más adelante, una pesada puerta de madera le hacía señas que lo impulsaban a seguir corriendo. Subió los pequeños escalones de un salto, se coló por la puerta que no estaba cerrada con llave y rogó por primera vez en años que hubiera alguien dentro.

Se encontró en un peristilo con columnas de mármol y frescos pintados en las paredes. Un altar, en el que no había pátera, se alzaba del suelo de tierra, y la sala interior del templo, la cella, asomaba en el centro.

Ni un alma. Maldijo su suerte.

Estaba descalzo, sangraba y tenía el pulso acelerado. Clavó los ojos en la puerta a la espera de que Darius llegara corriendo. Se imaginó la espada de acero rasgando el aire, trazando un arco descendente y mortal. Retrocedió un paso. Dos.

Un rayo de cegadora luz dorada se filtró en el templo. Oyó que alguien contenía una exclamación de sorpresa detrás de él.

Félix no estaba solo como había pensado.

Se dio la vuelta. En lo alto de los escalones de la cella alguien lo observaba inmóvil, una figura alta se recortaba suavemente contra el resplandor que entraba por la puerta abierta. Un velo le cubría la parte inferior del rostro. Félix contempló los largos y elegantes dedos aferrados a una pátera de bronce. Se tambaleó. Por un segundo tuvo la certeza de que estaba en presencia de un dios. Pero no. Imposible. Félix rechazó la idea de inmediato, por la misma razón por la que se negaba a seguir pensando qué había hecho con su mente el hombre ese de la casa lujosa.

Ambas cosas incumplían la regla más básica de todas para Félix: la magia no merece el esfuerzo mental que requiere creer en ella.

Aun así, contempló extasiado a la figura bajar los escalones, cada pisada resonando en el patio en silencio. No se atrevía a respirar siquiera por miedo a romper el hechizo.

—Tú... —susurró el desconocido.

Y la pátera de bronce chocó contra la sien de Félix.

CAPÍTULO II

Loren

La vida de Loren era más fácil antes de que empezara a soñar con el fantasma del pelo cobrizo.

Llevaba meses despertándose en plena noche bañado en sudor, el nombre del fantasma en la punta de la lengua, pero fuera de su alcance. Y de pronto se presentaba ante él para atormentarlo en persona.

Solo que los fantasmas no se caían redondos tras ser golpeados con una pátera.

Aquel chico era de carne y hueso, y él acababa de matarlo. Así sin más.

Milagrosamente, Loren reaccionó a tiempo y consiguió sujetarlo antes de que cayera al suelo. Se sentó con él, el pelo rizado del chico extendido sobre su regazo.

—Lo siento —dijo Loren—. Lo siento mucho.

El chico no se movía.

A decir verdad, que el protagonista de sus peores pesadillas apareciera ensangrentado y con cara de terror justo donde él trabajaba resultaba bastante perturbador. Sobre todo después de haber pasado la noche anterior dando vueltas y haber despertado gritando, y luego el temblor de tierra... Pero Isis sabía que él no quería cometer un asesinato. Se le hizo un nudo en el estómago de miedo y culpa. Le buscó el pulso con dedos torpes, pero le temblaban tanto las manos que dudaba mucho que hubiera tocado el lugar correcto.

Unas voces y pisadas en la entrada del templo lo sacaron de sus ensoñaciones.

—¡Esto es suelo sagrado! —bramó Camilia, otra auxiliar del templo—. Enfunda la espada.

Intentaba cortar el paso a un hombre con armadura de cuero que pretendía entrar a la fuerza en el peristilo. Loren no pudo por menos de reconocerle el mérito. Pequeña pero feroz, Camilia daba órdenes como un capitán legionario, y todo con la túnica de dormir aún puesta y el pelo corto totalmente revuelto. Para sus adentros, Loren se maravilló al ver lo rápido que había llegado al templo tras el temblor de tierra. Camilia vivía al otro extremo de la ciudad, pero nada, ni siquiera la distancia, se interpondría entre el templo y ella en un momento de crisis.

—Estás encubriendo a un delincuente —dijo el guardia—. Por orden de mi señor...

—Por mí como si tu señor es el emperador Tito en persona. No entrarás aquí. Aquí no hay ningún delincuente.

Loren se dio cuenta de que Camilia no lo sabía. Aún no lo había visto. Rodeando a Félix con los brazos, intentó ocultarlo detrás del altar. La cabeza le colgaba de una forma muy fea. Camilia estaba de espaldas a ellos, pero el guardia se percató del movimiento. Lo señaló con su gladius.

—¿Y cómo explicas eso?

Camilia se dio la vuelta.

A veces, Loren desearía que su don no fuera de naturaleza profética, sino de transmisión de pensamientos, como había leído en algunas historias. Al menos le sería útil, sería algo controlable. Sobre todo en momentos como ese, mientras Camilia lo fulminaba con una mirada insondable. Últimamente, recibía muchas miradas como esa.

«Te lo voy a contar. Con todo detalle —pensó Loren con toda la intensidad que pudo, tratando de informar a su compañera mentalmente—. Deshazte de él».

Camilia apretó los dientes.

—La diosa Isis está del lado de los oprimidos —dijo por fin—. Proporcionamos refugio a todos ellos.

El guardia la miró con cara de desprecio.

—El ladrón no ha venido buscando refugio.

—Me da igual que sea un ladrón, no puedes hacerle nada estando bajo nuestra protección. Estoy segura de que tu señor sabe lo que dice el derecho romano al respecto.

Loren notó que se le aceleraba el pulso. La audacia de Camilia rozaba lo inapropiado. Por mucho que estuvieran en suelo sagrado, mostrarse tan audaz frente a un hombre armado no era habitual en una mujer.

El guardia miró hacia donde estaba Loren y se detuvo en el cuerpo derrumbado que lo acompañaba. Tras un momento que se alargó insoportablemente, envainó la espada.

—Informaré de lo ocurrido —dijo, y tras despedirse con un condescendiente gesto de la cabeza, salió del templo.

Camilia permaneció de pie tensa hasta que se cerró la puerta, y soltó el aire que había estado conteniendo.

—Parece que nos lo hemos quitado de encima por el momento.

—Por el momento —repitió Loren débilmente.

Camilia corrió hacia su compañero y apartó los rizos del chico para poder verle mejor el rostro manchado de sangre. No tendría más años que Loren, dieciséis.

—Por todos los dioses, Loren, ¿qué le has hecho? ¿Está vivo?

—Ha sido sin querer —contestó él arrancándose el velo que no le dejaba respirar—. Bueno, es verdad que sí que lo he golpeado, pero ha sido por el susto.

—¿Te ha atacado?

Loren se rio, aunque más que una risa le salió un gemido estrangulado. Había otra cosa que podía aducir en su defensa: cualquiera que hubiera sido testigo de la brutalidad que soportaba noche tras noche habría reaccionado de la misma manera, golpetazo con la pátera y todo. Pero Camilia no se creía lo de los sueños. Y se lo había dejado claro.

Comprobó si el chico tenía pulso.

—Respira. Bien. No sé cómo nos las arreglaríamos para ocultar un cadáver.

Loren tardó en captar el tono burlón, pero no reaccionó. Solo podía pensar en cuánto lo aliviaba saber que no había matado a una persona. Ya no tenía que buscar argumentos de defensa: si no había asesinato, no había juicio por asesinato.

Entre los dos, llevaron a rastras al ladrón, como había dicho el guardia, hasta las dependencias privadas del templo. Nada más dejarlo sobre un diván empezó a moverse, le temblaron los párpados y entreabrió los labios. Camilia frunció el ceño. Se sacó un frasquito del bolsillo de la túnica. Le quitó el corcho y se lo acercó a la boca.

—Savia de amapola diluida —explicó—. Se quedará tranquilo unas horas mientras decidimos qué hacer con él.

—¿Y lo llevas contigo en la ropa de dormir?

—Me ayuda a dormir. Pero hay que tener cuidado. Es potente. —Se guardó el frasquito—. Es guapo, ¿no crees? Tiene cara de inteligente, con ese mentón.

Loren se sonrojó, pese a las circunstancias, e hizo como si el ladrón no tuviera mentón, mucho menos uno que le daba aspecto de listo. Por todos los dioses.

—Creía que no te gustaban los chicos. Los hombres.

—Pero tengo ojos. —Dejó a Loren arrodillado junto al diván para recoger un taburete que se había caído—. ¿Qué tal lo ha soportado el edificio?

Loren pestañeó aturdido. La llegada del ladrón lo había pillado tan por sorpresa que casi se había olvidado del temblor de tierra.

—No ha sufrido daños importantes, creo, pero no lo he comprobado. Cástor y Pólux han huido. No sé cuándo volveremos a verlos.

Dejó de mirar cómo subía y bajaba el pecho del chico, y se alejó. Poner distancia le calmó los nervios alterados. Se echó el pelo a un lado por encima del hombro, se deshizo la trenza revuelta de dormir y se la hizo de nuevo. Hasta que no la terminó no se dio cuenta de que seguían temblándole las manos.

—¿Loren?

Se sobresaltó cuando Camilia le tocó el hombro. Giró el cuello y esbozó una pequeña sonrisa.

Su compañera frunció el ceño.

—¿Te encuentras bien?

—El temblor me ha puesto nervioso.

—Has llegado muy temprano.

—Se me ocurrió empezar antes a trabajar.

—Qué oportuno que estuvieras aquí cuando se ha producido el temblor. —Lo miró con ojos entornados—. Qué oportuno que la llama del altar estuviera apagada ya. Y que la pátera no estuviera.

Así que se había dado cuenta. Loren se mordió el labio.

—Dime que no estabas otra vez intentando leer el futuro —espetó Camilia—. Dime que no eres tan...

Loren no estaba de humor para aguantar otra vez la misma charla después de toda la noche sin dormir. Sabía que no le correspondía a él leer el futuro. Sabía que dárselas de «oráculo aficionado con tendencia a meter las narices», o como quisiera llamarlo Camilia, alteraba el orden divino del Olimpo. Lo que menos falta le hacía en ese momento era que le recordaran que estaba haciéndose falsas ilusiones. Otra vez.

—Deberíamos volver al peristilo —dijo Loren con sequedad—. Si a ti te ha despertado el temblor, es cuestión de tiempo que llegue el sacerdote.

Camilia lo fulminó con la mirada por última vez y abandonó la sala.

El ladrón se removió, pero perdido en las profundidades de la savia de amapola como estaba, el movimiento no pasó de un leve frunce de ceño, como si también él estuviera viendo cosas desagradables en sueños. Loren se habría reído de la situación, pero guardó silencio.

¿Tendría que echar mano de un cuchillo si se despertaba? ¿Se convertiría en el fantasma exánime y cruel que tan bien conocía? ¿Prendería fuego a la ciudad como hacía en sus sueños? ¿A cuál de sus amigos mataría?

¿Cuánto faltaba para que el ladrón hiciera que se desplomara el cielo sobre Pompeya y los sepultara a todos?

Loren había ido a Pompeya con la esperanza de utilizar su don para ayudar. Para demostrar su valía más allá del apellido de su familia. Pero sus visiones solo mostraban dolor, y no había manera de encontrar la forma de detenerlo.

—¿Por qué tú? —susurró Loren con voz áspera—. ¿Por qué ahora?

No obtuvo respuesta. Nunca la había.

Loren aguardó un momento más junto al chico, mirándolo todo menos a él, y se preguntó si habría alguna forma de retroceder en el tiempo. Se preguntó si serviría de algo.

***

Cuando Loren consiguió calmar el temblor de los dedos haciéndose la trenza por tercera vez, ya había amanecido y los demás entraban en el templo.

Los seguidores de Isis formaban un conjunto de lo más variopinto. Para empezar, estaba el sacerdote, un hombre más viejo que las piedras, que pasaba la mayor parte del día inhalando los humos que flotaban sobre el altar. Luego estaban las gemelas, Sera y Shani, dos mujeres de mediana edad que no parecían disfrutar de su mutua compañía, ni de la de nadie más, ya puestos. Camilia, por supuesto. Y Loren.

Y Celsi, el anterior chico de los recados, pero ya nunca lo nombraban.

Loren oyó primero la voz de Sera, más aguda y siniestra que la de su hermana. Se encogió mientras se dirigía al patio.

—... otro temblor —estaba diciendo—. Tres en tres meses. Porque sé que no puede ser, pero yo diría que los dioses están furiosos.

—Y no paras de decirlo —respondió Shani con suavidad—. Anoche sin ir más lejos.

Las hermanas ayudaban a una tercera persona que caminaba con dificultad, el sacerdote, todavía medio dormido. Mientras Sera y Shani reñían, Loren se acercó sigilosamente a Camilia. En su ausencia, Camilia se había peinado, puesto la ropa de asistente del sacerdote y dejado la pátera-arma de nuevo en el altar. En ese momento estaba atizando el fuego.

—¿Se te ha ocurrido que deberíamos contárselo? —susurró Loren.

—¿Es problema mío acaso? —Camilia echó al fuego crepitante un ramillete de incienso. El humo azul ascendió hacia el cielo de primera hora de la mañana.

El sacerdote despertó por fin y señaló a Loren.

—Muchacho —dijo, y por un momento Loren sintió el calor del reconocimiento antes de que el anciano terminara la frase—, tráeme un taburete.

Loren ahogó un suspiro. El chico de los recados. Fue a por el taburete alto y lo colocó junto al altar mientras Shani ayudaba al sacerdote a sentarse. El hombre inspiró el aroma de las hierbas con ojos vidriosos.

—Mmm, qué bien huele. Camilia, querida, ¿qué hierbas son?

La chica frunció el ceño.

—Las he comprado en la tienda del cáñamo.

El sacerdote se relamió.

—Divino. A ver, ¿por dónde íbamos?

—Los terremotos —dijo Shani.

—La ira de los dioses —ofreció Sera.

—Un poco de cada, tal vez —dijo el sacerdote—. Uno no puede evitar preguntarse por ello. En mis tiempos, los temblores de tierra requerían medidas importantes de apaciguamiento. No bastaba con quemar un poco de cáñamo, desde luego.

—En nuestros tiempos, los dioses escuchaban —dijo Sera.

—Ya estamos otra vez con los viejos tiempos, como si la vieja recordara lo que ha hecho la semana pasada —rezongó Shani.

Sera hinchó los orificios de la nariz, pero Camilia se interpuso entre ambas.

—Dejadlo para el foro. O la taberna.

Loren resopló de forma audible esta vez mientras se apartaba bruscamente y se sentaba en los escalones de la cella. Otro día de riñas inútiles como en los cuatro años que llevaba allí, donde todos podían opinar menos él, pero no conseguían nada. Sospechaba que si les hablaba del papel protagonista que tenía el ladrón en sus pesadillas, lo escucharían. Pero solo lo justo para reírse de él. O para enfadarse con él, como Camilia, por meter las narices donde no debía. A veces pensaba que lo suyo era la maldición de Casandra, la adivina griega a la que nadie creía.

Él solo necesitaba que le dieran una oportunidad.

—Un chico duerme en la sala de dentro —soltó sin pensárselo y se le pusieron rojas las orejas al sentir que cuatro pares de ojos atónitos se clavaban en él—. Ha venido esta mañana pidiendo refugio. No sabemos cómo se llama, pero...

—¿Es guapo? —preguntaron Sera y Shani a la vez con vocecilla infantil—. Pobrecillo.

Los labios de Camilia se crisparon en una mueca malhumorada, pero Loren le sostuvo la mirada fulminante. Era muy posible, pese a la sarcástica contestación de antes, que estuviera tramando cómo contar al sacerdote la presencia del ladrón de manera que la dejara en buen lugar y le demostrara lo buena asistente que era. Loren no sintió ni la más mínima culpabilidad por haberle fastidiado el plan.

—Un chico no, un ladrón —corrigió—. Así lo ha llamado el guardia que lo perseguía.

El sacerdote, envuelto aún en el humo de las hierbas, se rascó el mentón.

—Un ladrón. A lo mejor...

—A lo mejor —dijeron Sera y Shani a la vez.

—¿A lo mejor? —dijo Camilia.

Los cuatro se miraron, mientras que Loren sufría porque lo dejaban de lado.

Por segunda vez esa mañana, el sacerdote lo señaló.

—Chico, ve a por agua. Y date prisa. No hay tiempo que perder.

Loren se levantó apresuradamente.

—¿Qué vamos a hacer?

—Habla cuando te pregunten —añadió Sera, echándolo de allí con un gesto de la mano—. Hay que ver lo descarados que son los jóvenes de hoy en día.

***

Loren no fue a recoger agua. O no directamente.

La frustración lo acompañó desde el templo hasta la calle del mercado. Ni siquiera cruzar saltando por el paso elevado para los peatones le alegró el ánimo, algo que le encantaba cuando llegó a la ajetreada ciudad cuatro años atrás.

Se había dado cuenta de que parte de hacerse mayor consistía en que todo perdía brillo. Para un soñador, cobrar conciencia de algo así no auguraba nada bueno.

La voz de Nonna llamándolo desde el final de la calle le cambió el humor, aunque Loren lo achacó más al bollito que le dio. La miel se le derritió en la lengua y se llevó la amargura.

—Mi dulce Loren —dijo Nonna cuando el chico le besó la mejilla oscura y blanda como masa tierna—: ¿qué te he dicho de fruncir tanto el ceño? Las arrugas te acompañarán hasta la tumba.

Una abuela para todos en la ciudad, aunque no de sangre, Nonna se ocupaba de que su recua de niños de la calle estuviera bien alimentada. Les daba tanta comida que Loren no comprendía cómo conseguía mantener su panadería a flote. Pero él le hacía recados, así que entendía que en cierto modo estaban en paz.

Aceptó otro bollo y se lo metió en el bolsillo.

—¿Te encuentras bien después del terremoto?

La anciana hizo un gesto con la mano como quitándole importancia al asunto y siguió haciendo marcas sobre la masa.

—Yo solo ruego que haga entrar en razón al consejo. Que si impuestos para esto, que si impuestos para aquello, y los que vendrán, me temo, pero el consejo nunca paga.

—La semana pasada rechazaron por mayoría de votos la proposición de subir los impuestos. Umbrius dijo que...

—Umbrius es hombre de muchas palabras y poca sustancia —refunfuñó Nonna—. Solo los dioses saben por qué quieres unirte a él. Come con la boca cerrada, gorrión, y vete. Nonna tiene que trabajar.

Y sin más ni más, regresaron las preocupaciones. Loren sabía que la panadera no lo decía con maldad, pero el comentario sobre sus ambiciones políticas le escoció más de lo habitual. ¿Por qué iban a quererlo en el consejo cuando ni siquiera lo hacían partícipe de los planes en su propio templo? Aun cuando él sabía más del ladrón que nadie, solo era el chico de los recados.

Se zampó un tercer bollo y salió corriendo antes de que Nonna lo riñera. Se recolocó el ánfora de agua contra la cadera y se dirigió hacia la vía Estabiana en busca de una fuente pública que funcionara.

Unos toldos rojos y amarillos resplandecían a la luz del sol. Los comerciantes presentaban sus productos: platos y cucharas, sandalias y botas, sedas y linos. Montañas de granadas otoñales en precario equilibrio, pilas de sardinas frescas derritiéndose de calor. Fragantes nueces especiadas se cocían lentamente en una tinaja llena de vino y el vendedor pregonaba unos precios que cambiaban por momentos. Un burro tiraba trabajosamente de un carro al que le crujían las ruedas siguiendo los surcos creados sobre los adoquines.

El temblor de tierra no había hecho más que agitar un poco la superficie. Por dentro, la ciudad estaba hecha para seguir con su vida.

Loren sintió que lo envolvían sonidos y olores familiares, pero no conseguía relajarse. Era imposible cuando el catalizador de la destrucción de la ciudad yacía inconsciente y había sido él quien lo había dejado en ese estado.

Pasó por delante de dos fuentes, pero una de ellas se había quedado seca unos meses antes, en verano, por culpa de otro temblor de tierra, y en la segunda había una cola que daba la vuelta a la manzana. Suspiró y siguió andando hasta que el murmullo del mercado se calmó y el silencio empezó a incomodarlo. En el extremo final de la vía Estabiana, junto a la puerta norte de la ciudad, no se veía ni un alma. El agua borboteaba en un depósito cisterna situado a la sombra de la muralla de la ciudad. El agua fresca entró impetuosamente en el ánfora de terracota, salpicándole la túnica de trabajo, pero casi ni se fijó. Tenía la vista clavada en la puerta abierta y la campiña que se abría al otro lado.

Pompeya lo era todo. Pompeya representaba todo lo que Loren había deseado siempre y sus padres habían pisoteado sistemáticamente durante toda su niñez. Pompeya significaba oportunidad. Libertad. Ambición.

Pero entonces, ¿por qué se sentía como si estuviera atrapado?

Tapó el ánfora con un corcho y la dejó apoyada junto al grifo. A continuación, y solo para demostrar que podía, cruzó la puerta hacia el campo a la sombra del Vesubio.

El monte dominaba el horizonte, escarpado y afilado como el colmillo de un animal salvaje, aunque ni la mitad de cruel. Vigilaba la ciudad desde las alturas como un viejo centinela. El camino subía serpenteando entre colinas de menor altura. Y al fondo Herculano, la ciudad hermana de Pompeya. La capital, Roma, se situaba hacia el noroeste. Sin embargo, también allí le costaba respirar.

Cualquier otra persona (alguien más listo, más egoísta) habría abandonado la ciudad la primera vez que soñó con su destrucción. Aquel día, Loren despertó con la respiración agitada y la imagen del destino que aguardaba a la ciudad fija en su cabeza: Pompeya estaba condenada. Lo mejor era cortar por lo sano y escapar antes de comprender que nadie se tomaría sus visiones en serio nunca.

Sus padres decían que se engañaba a sí mismo, que era testarudo y arrogante, que tenía el mismo orgullo que se había apoderado de Odiseo, Ícaro y todos los demás héroes perseguidos por la desgracia.

Loren lo llamaba esperanza. Tenía que creer que el destino podía cambiarse. Tenía que creer que el chico que había entrado en el templo cubierto de sangre, la imagen viviente del fantasma de sus pesadillas que causaba la destrucción, era su respuesta para impedir la destrucción de Pompeya.

—Hay fuentes más cercanas en la ciudad —dijo una chica detrás de él con tono de desprecio—. He pasado por delante de cuatro.

—La mitad de las cuales están secas —respondió él sin darse la vuelta—. La última vez que pedí al consejo que destinara fondos a repararlas, me echaron. Y me pidieron que no volviera.

Se oyó el roce de la tela contra la roca cuando Aurelia se bajó de uno de los centenares de mausoleos situados a lo largo de la calzada. Cogió una amapola de final de temporada mientras se acercaba. Tenía unas profundas ojeras, demasiado oscuras para una niña de solo doce años. Aurelia tenía la misma edad que Loren cuando se fugó de la casa de su familia, pero siempre le parecía mayor. *Madura* no era la palabra. *Fuera de su tiempo* era una descripción más acertada. Al menos cuando no se dedicaba a tirarle piedras o a buscar pelea con alguien que la doblaba en tamaño.

—¿No podías dormir? —preguntó Loren, temiendo la respuesta.

—He venido a visitar a papá. No le gustaba que le hablara de mis pesadillas, pero ahora sí escucha. —Frunció la nariz—. Además, sabía que te encontraría aquí.

—¿Qué quieres decir?

—Lo he visto.

Una sensación de desasosiego se apoderó de él.

—Aurelia…

—No quiero decir eso. Digo que te he visto salir del templo y parar en la tienda de Nonna. He venido corriendo. —Sonrió desinhibida mostrando los dientes delanteros que le faltaban—. Te he ganado.

—No puedes ganar si la otra persona no sabía que estaba compitiendo.

—Hablas como el que ha perdido una carrera. ¿A qué has venido en realidad?

Loren cerró los ojos para protegerse del sol cegador que se elevaba por un lado del Vesubio y disimuló la expresión. Como rey de las verdades a medias que era, dijo:

—Necesitaba que me diera el aire.

—A ti te pasa algo más. —La niña se tiró sobre la hierba mientras deshojaba la amapola. Los rizos oscuros le tapaban la cara—. Pero bueno, no me lo digas. Ya me enteraré. Como siempre.

Loren no pudo evitar el esbozo de sonrisa de cariño que asomó a sus labios, aunque se apagó rápidamente. Lo siguiente fue un dolor que conocía bien. Muchas veces deseaba poder alinear sus deseos con los de ella y examinarlos, ver hasta qué punto se parecían y en qué se diferenciaban. No sabía qué sería peor, confirmar que los dos veían el mismo final o que él aún no había visto los horrores de Aurelia.

Aurelia sabía que los dos estaban en la misma situación. Era justo eso lo que los había unido, como si fueran hermanos. Pero a él le correspondía la responsabilidad de no hacerle la carga aún más pesada hablándole de sus visiones. Y menos aún cuando la mayoría de ellas tenían que ver con la muerte. No hasta que encontrara una solución.

Loren sabía que no debería ser así. Se suponía que las visiones eran herramientas para el cambio, y las historias que leía demostraban que un destino aciago les esperaba a aquellos que no hacían caso de los oráculos. Pero a los ojos de la sociedad, Aurelia y él no eran más que unos niños. Nadie creía a los niños. Sobre todo cuando tenían razón. Lo injusto de la situación dolía como una bofetada. La llegada del ladrón era lo más cerca que había estado de encontrar explicación a sus sueños, y, sin embargo, se sentía más lejos que nunca.

Ola negra. Destello cobrizo.

En el ojo de la tormenta, el fantasma.

Visiones abstractas y abrasadoras que se hacían más claras cada noche. Cuanto más claros eran los sueños, más cerca estaba el peligro. ¿Sería el principio del fin cuando los últimos detalles terminasen de definirse?

Una abeja se posó en el dorso de la mano de Aurelia, y la hizo reír. El sonido fue como un puñetazo en el corazón de Loren, y su frustración se reavivó. Resolvería el misterio por ella. Salvaría Pompeya. Conseguiría encontrar un significado a aquellas pesadillas y no dejaría que el fantasma lo alejara de las respuestas.

Pero antes...

—Apártate un poco, anda —dijo Loren, indicándole con un gesto que le dejara sitio—. Te trenzaré el pelo.

El rostro de la niña se iluminó de alegría.

—Hazme esa que queda retorcida. Mamá dice que es bonita.

Un momento de paz antes de que todo se viniera abajo. Podía hacerle una trenza como la que llevaba él mientras Aurelia parloteaba sin cesar de nimiedades. Por él como si en el templo se preguntaban por qué tardaba tanto y el fantasma del pelo cobrizo, el ladrón cuyo mentón le daba un aspecto inteligente, tenía que esperar después de haberlo atormentado durante años y el monte jugaba con el sol arrojando sombras a todo su alrededor. Por un momento se olvidó de sus sueños.

Ese momento era suyo y nadie podía quitárselo.

CAPÍTULO III

Félix

Félix despertó con un tremendo dolor de cabeza, un regusto acre en la boca y una presión en el pecho.

Sabía qué le había causado lo primero y se lamió los labios varias veces tratando de identificar lo segundo. Su cerebro dolorido necesitó un momento para encontrar la respuesta a lo tercero, que tenía casi delante de las narices, desde donde lo miraban unos brillantes ojos amarillos.

—Largo de aquí, gato —dijo. O trató de hacerlo. Se removió, pero el gato permaneció en su sitio. Esa maldita cosa pesaba más de lo que era normal en un gato. Y le iba a estallar la cabeza.

Evaluó la situación. Estaba en posición horizontal, como era de esperar. Tendido sobre un diván, eso no era de esperar. La sala estaba en silencio y una tenue luz la iluminaba, pero sus ojos no tardaron en adaptarse. El estilo de los ladrillos sugería que el edificio era mucho más antiguo que la residencia del dignatario, lo que significaba que no lo habían entregado a Darius tras golpearlo con la pátera. Por alguna razón, aquello no hizo que se sintiera mejor. Sospechaba que no se sentiría bien hasta que estuviera lejos de Pompeya.

Demasiadas cosas habían pasado allí. Demasiadas personas actuaban como si lo conocieran.

Un rumor suave rompió la quietud y, por un momento, Félix se preguntó si sería un nuevo temblor de tierra. Pero era solo el gato, feliz y contento, y con forma de hogaza de pan, parpadeando lentamente. Félix no entendía nada.

Pestañeó.

Una puerta chirrió.

—Ah, ya conoces a Cástor —dijo una voz que le resultaba conocida. Demasiado, teniendo en cuenta que solo había dicho dos palabras antes de dejarlo inconsciente de un golpetazo—. Los egipcios creían que los gatos veían cosas que los humanos no podían ver. Es buena señal que se haya encariñado contigo tan deprisa.

—¿Vienes a terminar la faena? Al ver que la pátera y el... —se lamió una vez más para asegurarse— veneno no han podido conmigo, quiero decir.

El chico se acercó al resplandor anaranjado que arrojaba el candelabro de pared y que envolvió su tez olivácea en un aura cálida. Era alto y delgado, y llevaba la mitad del rostro aún cubierto con un velo, pero sin duda era el loco que se había encontrado en los escalones de la cella, aunque ya no llevaba el pañuelo que le ceñía la cabeza. Tenía el pelo oscuro recogido en una larga trenza que se echaba hacia delante por encima del hombro y vestía la ropa de los trabajadores de menor rango que se ocupaban de los templos. Y llevaba en los brazos una cesta tapada.

—La savia de amapola no te mata.

—Te sorprenderías —repuso Félix con tono enigmático. Dos veces la habían usado contra él en las horas que llevaba en Pompeya. A lo mejor la gente que vivía en esa ciudad perdida de la mano de los dioses era poco creativa.

El chico suspiró y cerró la puerta sin hacer ruido. Félix reprimió el nudo de inquietud que se le formó. Estar atrapado con un desconocido, y encima en un templo; iba en contra de todo lo que le habían enseñado. Acarició el lomo de Cástor sin perder de vista al chico, que inspiró hondo para tranquilizarse y a continuación se acercó de puntillas al diván y se agachó. Félix tuvo que echar mano de toda su fuerza de voluntad para no estremecerse de incomodidad ante su cercanía.

En cuanto el chico chasqueó la lengua, Cástor se bajó del pecho de Félix y desapareció de la vista.

A él le daba igual. Tampoco echaba de menos tenerlo encima.

—No tenemos mucho tiempo antes de que los demás se den cuenta de que estás despierto —dijo el chico con la voz amortiguada por el velo. Sacó de la cesta un plato con unas uvas moradas bien gordas y brillantes de humedad—. Te he traído fruta y vendas para las piernas.

Félix sintió que se le hacía la boca agua. Llevaba mucho tiempo sin comer y las uvas le encantaban, independientemente de su estado de fermentación. Aun así, vaciló un momento. Primero le daba un porrazo en la cabeza y ahora se acercaba con regalos. No tenía sentido. La amabilidad tenía sus límites. O si no límites, sí un precio. A saber qué le pediría a cambio.

—No tengo hambre —mintió—. ¿Puedo irme?

El chico dejó el plato a los pies del diván.

—Puedo curarte las heridas si quieres.

—No quiero —contestó Félix, y eso era verdad—. ¿Puedo irme?

El chico resopló y le escrutó el rostro. Félix notó que la lengua se le pegaba al paladar al ver su expresión inquisitiva, como si tratara de resolver un enigma. Le recordaba a cómo lo juzgaban los guardias nada más verlo, deseosos de endilgarle cualquier delito solo por su túnica raída y su aspecto de pillo.

No sabía qué buscaba aquel chico, pero no parecía alegrarle lo que veía.

—Una pregunta a cambio de otra —declaró—. En respuesta a la tuya, no, no puedes irte. No hasta que terminemos contigo. Pero dejaré que me hagas tú una.

Qué generoso. Félix se incorporó con el cuerpo dolorido. Merecía la pena el dolor con tal de no seguir sufriendo el escrutinio de un desconocido.

—De acuerdo. ¿Tienes nombre?

El chico pestañeó.

—¿Eso es lo que quieres saber? ¿No tienes nada más urgente?

—¿Esa es tu pregunta?

—No. —Por encima del velo, sobre el puente de la nariz pecosa, sobresalió el intenso rubor del chico—. Me llamo Loren.

Félix se sintió satisfecho. Le importaban poco las reglas de los demás. Obedecer las reglas no servía de nada cuando estabas desangrándote en un callejón. Pero nunca olvidaba algo que su padre le había repetido mil veces de pequeño: «Aprende el nombre de las personas con las que trates. Para saber a quién dar las gracias».

Y lo que era más importante, a quién mandar al infierno. Mandar al infierno a Loren iba a resultarle delicioso cuando escapara del templo.

—Te toca —dijo Félix con una pizca de engreimiento mientras comenzaba a vendarse las heridas de las piernas.

Loren le dirigió una mirada gélida que contrastaba fuertemente con el rubor que aún le teñía las mejillas.

—Me apetece tan poco como a ti estar en esta situación, lo creas o no...

—No.

—Pero hay que enfrentarse a los hechos. —Loren parecía querer tranquilizarse más a sí mismo que a él. Se quitó el velo para mostrar una expresión casi imperceptible de desconfianza en los labios con un marcado arco de Cupido—. No entraste en este templo por casualidad. ¿Qué te trajo hasta aquí?

Félix dejó de vendarse para mirarlo con incredulidad.

—No sé dónde es aquí. Dímelo y a lo mejor encontramos la respuesta juntos.

—Llegaste corriendo. Supuse que lo sabías.

—Dame algún otro dato.

—Este es el templo de Isis.

Félix maldijo.

Viajaba mucho. Formaba parte del juego, era necesario para seguir vivo. Había estado en grandes ciudades con una docena de templos, pueblos con un solo altar y otros lugares a mitad de camino entre lo uno y lo otro. El mundo era muy grande y estaba lleno de dioses y formas de rendirles culto, pero había algo que no variaba: los seguidores de Isis nunca eran ni medio normales.

Loren resopló.

—No sé a qué viene eso.

—Los seguidores de Isis son caníbales.

—Sí, y por eso te he traído las vendas. No nos gusta que nuestra cena esté en mal estado —contestó, fulminándolo con la mirada—. No somos caníbales, pero tú formas parte de un ritual. Los otros no lo han explicado. O al menos no me lo han explicado a mí. No sé qué de sangre virgen...

—Yo no soy virgen —lo interrumpió Félix.

Ver sonrojarse a Loren sin el velo era aún más satisfactorio, una reacción avasalladora que bajaba por su delgado rostro y le coloreaba el esbelto cuello. Pero la satisfacción que sintió iba acompañada por una leve irritación. ¿Quién demonios era aquel chico? Todas las ideas, las sensaciones que se le pasaban por la cabeza, parecía compartirlas con el mundo, intencionadamente o no.

Félix se quedó asombrado. Lo detestaba y lo envidiaba a la vez.

—No en ese sentido —dijo Loren—. Virgen en el sentido de que tu sangre no ha formado parte de ningún otro ritual para Isis.

—Eso no es lo que significa.

—Sí, también. Mira. —Se sentó en el diván empujando el plato de uvas de un modo que dio a Félix la idea para un plan de huida. Loren extendió el brazo y se señaló una cicatriz en forma de equis de piel clara en el pliegue del codo—. Por eso no pueden usarme a mí esta vez.

—¿Y tú eres virgen? En el otro sentido —preguntó Félix con una sonrisita engreída, y el resto se desarrolló tal como esperaba.

Loren retrocedió de un salto como si acabara de darse cuenta de lo cerca que se había sentado de Félix. El súbito movimiento mandó el plato de uvas por los aires, que golpeó con gran estruendo las baldosas del suelo y se rompió en pedazos que salieron volando y rodando por el suelo. Loren se disculpó, ante nadie en realidad, y se agachó a recoger el desastre mientras Félix aprovechaba la distracción para escapar.

Cástor, que lo observaba todo subido a un taburete inestable, lo miró como diciendo: «Bien hecho, idiota».

Félix siseó y Cástor salió pitando.

Ponerse de pie era una empresa arriesgada porque se movía con torpeza, pero le bastaba con aguantar para ir a por el casco y escapar de la ciudad. Tal vez correría el riesgo de recuperar las sandalias, pero ni de coña volvería a la villa del dignatario a buscar su bolsa. Lo que había pasado allí, el estado en que lo había dejado ese hombre antes del seísmo... Félix no quería pensar en ello. Pensar iba contra sus reglas.

Estaba deseando saborear la libertad. Y tener el casco en las manos de nuevo aún más.

Se dirigió tambaleándose hacia la puerta, pisando las uvas por el camino, y salió.

—¡Espera! —gritó Loren, pero Félix no tenía intención de pararse, y menos aún por un auxiliar de templo ingenuo e indignado. Se dirigió a toda velocidad hacia el patio del templo, aunque el mareo lo obligaba a agarrarse a la pared y respiraba muy superficialmente.

—Esto no puede estar pasando —dijo una voz de mujer detrás de él.

Félix dio un salto, pero antes de que pudiera salir corriendo, la mujer le golpeó las rodillas.

No era la primera vez que le sucedía ese día. Qué humillación.

Félix se volvió a mirar a su atacante. Más baja y unos años mayor que él, tenía la nariz respingona y llevaba un extraño corte de pelo por encima de los hombros. El velo le caía por debajo de la barbilla. En el umbral aguardaba Loren, con una expresión de traición atónita que acentuaba su ingenuidad e indignación más de lo que habría creído posible. Entre el pelo muy largo de él y el pelo muy corto de ella parecían medio bobos los dos. Félix se preguntó si pretendían impresionar a alguien o si sería un requisito indispensable para formar parte del templo de Isis llevar un pelo tan raro.

—Átalo, Loren —ordenó, pero el aludido tardó un momento en ponerse en marcha, cayéndosele las uvas sueltas que llevaba en las manos. Ató las muñecas de Félix con un trozo de tela suave—. ¿Por qué no nos has dicho que estaba despierto?

Loren apretó aún más los labios.

—Porque ha sido ahora mismo —contestó, sonrojándose de nuevo—. Se ha levantado de un salto y ha salido corriendo.

Mentira y gorda. Félix no habría tomado a Loren por un embustero. Era demasiado dramático. Pero delante de aquella chica actuaba como si estuviera acostumbrado a ocultar secretos. La contradicción lo dejó perplejo y se preguntó a qué se debería.

¿Qué más cosas ocultaría Loren?

—Loren… —comenzó a decir la mujer con suspicacia.

—Camilia —la interrumpió Loren—, ¿voy a buscar al sacerdote?

Camilia se quedó mirándolo un segundo de más.

—Ve, acabemos con esto de una vez.

***

Si había una palabra capaz de hacerle perder el control era *sacerdote*.

En las tabernas y los salones de juego que frecuentaba, los borrachos solían jugar a las asociaciones de palabras. Uno decía una palabra y los demás de la mesa soltaban lo primero que se les ocurría. De manera que incluso algo inocente como *cama* podía arrancar una respuesta como *tetas*. Normalmente groserías, rara vez cosas inteligentes, pero los hombres se morían de risa igualmente.

Félix no se reía.

El instinto le hacía asociar *sacerdote* con *dolor*, dos cosas que intentaba evitar por todos los medios. Dos cosas que había encontrado en abundancia en Pompeya.

El sacerdote de Isis, que esperaba en un taburete junto al altar, tampoco parecía muy contento de verlo. Casi como si supiera que el ritual, fuera lo que fuera para lo que sirviera, les daría lo mismo a los dioses. Camilia condujo a Félix hacia el altar sin desatarlo. La espiral de humo dulce le calmó el dolor de cabeza.

—¿Cómo te llamas? —preguntó el sacerdote.

Félix se preguntó si de verdad le importaba la respuesta o si esa era su forma de mostrarse educado. A él le importaba un comino la educación.

—Que te jodan —respondió.

El sacerdote frunció el ceño.

—Ese no es un nombre como es debido, hijo.

—Yo no soy una persona como es debido.

Alguien ahogó una risa nerviosa. Loren, tal vez.

El sacerdote se rascó la barbilla mascullando. Una mujer con expresión hosca le pasó un cuchillo con el mango de hueso. Cortaron las ataduras que le sujetaban las muñecas, pero Camilia lo agarró por los hombros. No tenía posibilidad de huir. Maniobró para colocarle el brazo sobre el altar, con la palma hacia arriba.

—La mano no —espetó Félix, cerrándola. Necesitaba las manos para ganarse el sustento. Una mano con cicatrices era menos hábil, algo letal para un ladrón.

Camilia lo fulminó con la mirada, pero volvió a colocarle el brazo en el centro del altar. A continuación, sacó un vaso de terracota lleno de vino floral (de Eumachius, no de Lassius, lo que significaba que al menos había alguien allí que tenía buen gusto) y lo vertió sobre la piel, manchándola de rojo.

—Diosa Isis —entonó el sacerdote—, nos dirigimos a ti para pedir clemencia. Acepta esta ofrenda.

Las gemelas con cara de vinagre se arrodillaron y elevaron las manos al cielo. Un segundo después, Loren las imitó. Félix tenía la atención puesta en las finas muñecas, en los dedos de delicados huesos. Menuda bobada intrascendente en la que fijarse. Distracciones.

El sacerdote bajó el cuchillo con un destello plateado.

La hoja penetró en la vena de Félix, lo que hizo que brotara la sangre oscura, y él reprimió las ganas de llorar. No sabía cómo, pero escocía más que los cortes de las pantorrillas. Puede que fuera porque lo estaba esperando.

O porque volvía a estar a merced de un sacerdote.

—Guíanos a través de la muerte...

Félix siseó al notar que el cuchillo se hundía más en su carne y luego le trazaron una equis en el borde interior del codo.

—... y el más allá...

Las piernas se le doblaron y se derrumbó contra el altar. La sangre se mezcló con el vino, cayendo como riachuelos por el mármol blanco hasta las baldosas irregulares del suelo.

—... y de vuelta al mundo de los vivos —continuó el sacerdote alzando la mirada—. Protege nuestra ciudad de las turbulencias de la tierra. Observa nuestro sacrificio, que realizamos en tu honor.

La sangre hizo que la cabeza le diera vueltas. Observaba fijamente, asombrado, cómo el humo que salía de la pátera que había en el altar tomaba forma, alzaba el vuelo y desplegaba las alas. Subió y subió.

Nada.

Y de repente... todo.

Un rayo naranja atravesó el patio, un gato corriendo en busca de protección, y la tierra se estremeció. El pánico se apoderó de Félix, la misma inestabilidad como si caminara por un suelo cenagoso que había sentido en la casa del político.

El estruendo se intensificó, ruido de rocas. Camilia lo soltó y se lanzó a sostener al sacerdote antes de que se le doblaran las rodillas. Félix cayó al suelo, y apoyó la espalda contra el altar mientras se sujetaba la muñeca, el lugar donde le latía el pulso caliente y pegajoso. Desde ese ángulo, no veía hacia dónde se había ido Loren dando traspiés.

Era su oportunidad. La parte animal de su cerebro tomó el control y se arrastró gateando con dificultad hacia la puerta sobre las manos pringosas y las rodillas magulladas.

—¡No!

Sintió que se abalanzaban sobre él y Loren lo desviaba de su camino. Rodaron en un remolino de túnicas, forcejeando mientras la tierra seguía temblando. Loren se movió con la misma decisión que Félix había notado un segundo antes de que lo golpeara con la pátera, con un destello de reconocimiento inexplicable y horrorizado en sus ojos.

Como si dijeran: «Sé quién eres».

La cosa terminó, como todo ese día, dejándolo mareado, desorientado y manchado de su propia sangre. Loren se aprovechó de su debilidad para inmovilizarlo contra el suelo, no lo soltó ni siquiera cuando la refriega cesó. Loren tenía la respiración agitada y Félix, el vello erizado. Estaba muy cerca. Demasiado.

—Para —rogó Félix temblando de desesperación, como si el seísmo estuviera teniendo lugar en su interior—. Suéltame.

Al principio, Loren pestañeó varias veces, lo que intensificó la frustración de Félix, que no sabía cómo comunicar que, esta vez, no pretendía largarse. La idea de huir se le había olvidado. Lo que necesitaba era espacio, el que fuera, antes de vomitar la bilis sobre los dos, pero no tenía ninguna esperanza de que Loren fuera a entender, sin palabras, lo que Félix le pedía.

Pero tras un momento largo y pegajoso, Loren lo sorprendió. Se apartó y aflojó un poco el agarre. Con un giro en el último momento, Félix se soltó por completo y retrocedió. Les daría el otro brazo para que le hicieran otro corte si con eso conseguía que dejaran de tocarle todos aquellos desconocidos.

Se produjo un silencio sofocante hasta que Félix se dio cuenta de que todos los ojos estaban puestos en él. Porque era su sangre la que se estaba enfriando sobre el altar. Porque era muy fácil para los demás sacar conclusiones sobre él cuando no sabían ni cómo se llamaba.

—Una réplica —sugirió Camilia no muy convencida—. Del terremoto anterior.

El sacerdote murmuraba por lo bajo mientras se frotaba la barbilla. La mirada que dirigió a Félix le llegó al alma. Se sentía como si estuviera expuesto en la escuela de medicina. No como una persona, sino como un espécimen raro. Algo que mirar con extrañeza.

—Qué curioso.

—Propongo que estudiemos sus entrañas a ver si encontramos una señal —dijo una de las gemelas.

—Sera —la riñó la otra—, tendríamos que pagar a un augur para eso. No tenemos presupuesto. Aunque, dadas las circunstancias, puede que Umbrius haga una excepción.

—Con Umbrius en el cargo, el consejo ignora todo lo que huela a malas noticias —dijo Camilia—. Todo lo que suponga una amenaza para la paz. O la economía, más bien. ¿Para qué meter miedo cuando podemos hacer como si no existieran los problemas?

Sera masculló algo sobre dónde podía meterse ese tal Umbrius la economía.

El sacerdote se sentó en el taburete con un suspiro hastiado.

—No hemos tenido presupuesto para auspicios desde que yo era niño, y Umbrius muestra muy poco interés en los augurios. Aunque si no matamos al chico, nos queda decidir qué vamos a hacer ahora.

—Dejar que se vaya —dijo Camilia—. Ya no nos sirve para nada.

—¿Así sin más? —graznó Sera—. Has dicho que ese soldado lo buscaba. Podemos pedirle dinero a cambio de entregárselo y cenar bien esta noche.

—Si me lo permitís... —dijo Loren, que seguía en cuclillas a cierta distancia de Félix.

Este no pudo evitar fijarse en él. Loren toqueteaba con el pulgar un cordón deshilachado que llevaba alrededor del cuello, hacia delante y hacia atrás, en un gesto de inseguridad. Ni rastro del impulso desesperado que lo había llevado a lanzarse sobre él para detenerlo.

—¿Crees que pagaría? Es más probable que su señor nos corte la cabeza antes de darnos dinero por él —repuso Camilia—. Está claro que este ladrón trae mala suerte. Y Pompeya ya ha tenido bastante mala suerte.

—Si me lo permitís... —volvió a decir Loren.

—Parece agradable —dijo Shani—. Podemos quedárnoslo como mascota.

—Ya tenemos a Cástor y a Pólux —rezóngó Sera—. ¿Cuántas bocas más tenemos que alimentar?

—Yo me hago responsable de él —dijo Loren sin contenerse.

Todos en la estancia se volvieron a mirarlo.

—¿Tú? —dijo Sera.

—Tú —dijo el sacerdote—. ¿Con qué autoridad?

Loren se retorcía las manos en el regazo.

—No tengo mucho poder en la ciudad, pero como ciudadano libre y auxiliar de este templo, puedo ofrecerle cierta protección frente al consejo y los guardias, al menos hasta que sepamos si tiene alguna relación con los terremotos. Y lo que ha dicho Camilia sobre la mala suerte, temo que soltarlo sin saber de lo que es capaz sea más perjudicial que otra cosa.

Félix hervía lentamente ante lo irónico de la situación, y le entraron ganas de vomitar. Loren lamentaba su falta de poder en la ciudad, y a la vez reclamaba para sí la libertad de otro. La noche anterior, Félix estaba en la cúspide del mundo, volando entre calles desiertas, con la mente puesta en un tesoro y en llegar a la siguiente ciudad. Y allí estaba ahora, indefenso y ensangrentado, mientras unos desconocidos lo culpaban de la destrucción de la ciudad y debatían sobre su destino.

La situación no podía ser peor. Félix era un ladrón. ¿Qué habilidades creía Loren que tenía?

El sacerdote volvió a acariciarse la barbilla.

—Una proposición interesante. Si los dioses están disgustados, y este chico tiene algo que ver, tal vez sea sensato vigilarlo. Al menos hasta que recibamos una señal más clara sobre su destino. Pero comprende que si te haces responsable de él ahora, cualquier problema que pueda causar recaerá sobre tus hombros.

Loren vaciló un instante. Y, finalmente, asintió despacio.

En ningún momento miró a Félix. Eso era lo que más le molestaba.

El sacerdote seguía murmurando para sí.

—Ocúpate de ese brazo, anda, antes de que se desangre en mi patio.

Félix se fijó en la mirada que intercambiaron Camilia y Loren. Interpretar los pensamientos de las personas nunca se le había dado bien, pero sí entendió que la mujer le preguntaba al chico si sabía en lo que se estaba metiendo. Y Félix quiso responder en su nombre: no.

Aquel muchacho era alguien que primero le daba un porrazo a un desconocido al que no había visto nunca y después quería que se recuperase para interrogarlo. Alguien que no quería que los otros auxiliares del templo supieran nada de su interrogatorio, como si quisiera la información para él solo. Alguien que claramente no se fiaba de Félix ni un poquito, y aun así quería atarlo corto.

«Sé quién eres».

Loren era impredecible. Actuaba por impulso, no por instinto. Y parecía saber algo que él, Félix, desconocía.

Lo que lo convertía en la persona más peligrosa de la sala.

Así que no. Loren no tenía ni idea del lío en el que se estaba metiendo al vincularse a Félix.

CAPÍTULO IV

Loren

—No me creo que le hayas dicho la verdad al sacerdote cuando te ha preguntado tu nombre —dijo Loren mientras clavaba la aguja en la piel del brazo del ladrón.

El otro enarcó las cejas.

—¿Y qué te hace pensar eso?

Estaban otra vez en una de las estancias privadas, lejos de la mirada de Camilia y el ceño fruncido del sacerdote. Loren confiaba en que la intimidad animase al ladrón a hablar, pero se mostraba tan espabilado como antes en el altar.

Loren intentaba hablarle con tono bromista, pero incluso antes de que las palabras salieran de su boca, ya sabía que no iban a tener ninguna gracia.

—Ningún padre decente le pondría un nombre tan grosero a su hijo.

—¿Quién ha dicho nada de decencia? —soltó el otro, mirándolo con atención por encima de la mesa. Con la mano libre examinaba detenidamente las uvas que había recogido del suelo. Seleccionó una, comprobó si estaba sucia y se la metió en la boca. Masticó despacio—. Me llamo Félix.

Loren apartó la vista para no verlo tragar mientras lo asimilaba. Resultaba extraño ponerle nombre por fin al rostro que llevaba tanto tiempo atormentándolo. Si cerraba los ojos, lo veía claramente: las ondas cobrizas y enredadas. Pero algo no encajaba. El fantasma pálido y cruel que acechaba en sus sueños no tenía nada que ver con lo irracionalmente luminosa que era la presencia del Félix real.

Eso era lo más cerca que había estado de un chico desde hacía años: coserle una herida a la personificación de sus pesadillas mientras esta comía uvas. Típico de Loren.

Clavar. Tirar. Tensar el hilo aunque pase, como le había enseñado Camilia.

—¿No tienes apellido?

—Félix a secas.

—¿Y qué te trae a Pompeya?

Félix sonrió ampliamente.

—Una suerte de mierda.

Loren dio otra puntada y tiró del hilo. Limpió la sangre con un paño húmedo antes de cubrir la herida con una venda. Así el brazo tenía un aspecto menos llamativo. Menos despiadado.

—¿Has terminado? No puedo con tanto toqueteo. —Félix apretó los labios en un gesto serio. La misma expresión que había puesto cuando Loren le impidió escapar durante la réplica.

Si es que era eso lo que había sido, como insistía Camilia. Loren no estaba convencido. Apartó las manos de Félix.

—La savia de amapola te aliviará el dolor. Solo una gota.

—Ya he tenido suficiente para toda una vida, gracias —contestó el fantasma doblando el brazo mientras seguía cogiendo uvas con la otra mano—. Dime qué quieres de mí.

Loren daba vueltas a cómo exponer el tema mientras recogía el material de curas. No había conseguido nada con el juego de antes de una pregunta a cambio de otra, así que tal vez fuera el momento de ir al grano. Pero soltarle: «¿Quién eres?» le parecía de mala educación. Igual que: «He visto la destrucción que pretendes causar». Y: «Perdona por hacerme responsable de ti sin pedirte permiso, pero no puedo dejar que te vayas hasta que sepa por qué me persigues. ¿Pactamos una tregua?» estaba fuera de toda consideración.

—El hombre que te perseguía... —Guardó silencio un momento. Cambió de táctica—. Los robos de poca importancia no son inusuales en Pompeya.

—¿Cuál es la pregunta?

—La mayoría de los guardias no se molesta en perseguir a un ladronzuelo.

—A cambio del dinero adecuado, los guardias harán lo que sea —contestó Félix—. Robé algo. Y otra persona lo quiere.

—¿Quién?

—No sé, un dignatario de algún tipo. Estaba demasiado ocupado huyendo para quedarme con el nombre —dijo con tono seco, pero se notaba a la legua que estaba incómodo. Estaba sentado de una forma extraña, al borde de la silla, preparado para echar a correr.

No llegaría muy lejos. El sacerdote se encontraba en plena ceremonia en el peristilo. Isis no atraía a mucha gente más allá de su pequeño círculo, pero Félix no llegaría a la mitad sin ser visto.

—No tengo ningún problema con los ladrones —dijo Loren—. La mayoría cogen lo que necesitan para sobrevivir. Lo respeto. Pero en tu caso debes de haber robado algo muy valioso. ¿De qué se trata?

—¿Y eso qué más da?

Loren lo miró a los ojos. Los de Félix eran grises como las nubes de tormenta y el doble de amenazadores.

—Te he salvado la vida. Sera te habría vendido al guardia o Camilia te habría devuelto a las calles para que te pillaran. Y tu sangre hizo temblar el suelo...

—No es verdad.

—... y te estoy protegiendo, Félix a secas, pero tú no eres capaz de decirme tu nombre completo y lo que has venido a hacer a mi ciudad.

—Yo no te lo he pedido —dijo Félix, tras lo cual se levantó con agilidad escurridiza—. Si tengo apellido, no me acuerdo. Y yo no quiero tu protección. Si buscas gratitud, estas son las únicas gracias que voy a darte.

—Si te vas solo, no podré protegerte.

—Correré el riesgo.

Y se fue.

Loren le dio dos segundos de ventaja y salió tras él. La cabeza le daba vueltas al reconocer lo familiar que le resultaba ver a Félix salir corriendo por el pasillo. Esta vez no contaba con la ventaja de la fuerza bruta de Camilia. Puede que no la necesitara.

Se paró en seco ante la escena que se estaba produciendo en el peristilo. El ruido lo golpeó primero, docenas de voces murmurando que no habían percibido mientras estaban en la sala del interior del templo. Se había congregado una muchedumbre, había mucha más gente de la habitual en las ceremonias celebradas por el sacerdote y se notaba la agitación de los presentes en el aire. A lo mejor el miedo que se les había quedado en el cuerpo tras los temblores de tierra había empujado a aquellas personas a buscar el consuelo de la fe. Pero tenía que haber algo más. Loren había vivido una docena de terremotos desde que vivía en Pompeya y ninguno había causado tanto revuelo.

Félix se detuvo súbitamente bajo el techo del pórtico y seguía la reunión medio oculto detrás de una columna. Calculando su siguiente movimiento.

—Tiene que haber pasado alguna otra cosa —dijo Loren, que se había acercado a él con sigilo—. Es extraño que pase esto en el templo de Isis.

Félix tenía los labios apretados en una fina línea.

—¿Solo se puede salir por ahí?

—No podrás salir sin ser visto, si es lo que estás pensando. Y aunque lo consiguieras, la ciudad está llena de guardias esta semana, seguridad adicional por los festejos. No puedes salir sin mí. —Loren se quitó el velo—. Pero te lo presto. No te vendrá mal el disfraz.

—Dime qué es lo que quieres de mí.

—Dime qué es lo que has robado.

Félix lo observó detenidamente calculando la situación y, al final, dejó escapar una carcajada amarga.

—Está bien. Tal vez puedas explicarme a qué viene tanto revuelo.

***

Al final los dos se pusieron un velo, pero Loren se dejó por fuera su característica trenza. Puede que no fuera muy influyente en la ciudad, pero si el hecho de que lo reconocieran por ser «el chico ese tan extraño que trabaja en el templo» podía evitar que ensartaran a Félix con una espada, aguantaría las miradas de reojo que le echaran.

Félix tenía que andarse con más cuidado. Su pelo era demasiado llamativo, un color cobrizo que resplandecía con el sol del mediodía. Se lo había cubierto con un pañuelo, pero aun así, la ropa manchada de sangre llamaba mucho la atención.

—Recuérdame que vayamos a comprar una túnica luego —murmuró Loren al entrar en el callejón—. Pareces un gladiador que se ha peleado con un oso y ganó el oso.

El comentario le valió el ceño fruncido de Félix, pero aceptaba que eso era lo mejor que iba a conseguir de él.

—No veo a tu amigo —dijo cuando llegaron a la calle principal—. Con suerte eso significará que él tampoco nos ve a nosotros. ¿Hacia dónde ahora?

Félix examinó cuidadosamente los edificios con ojos entornados tratando de orientarse. Por un momento, Loren pensó que iba a echar a correr, pero entonces pasaron un par de guardias por su lado y Félix se pegó más a él.

—Llévame al foro —dijo—. Ya veremos cómo llegamos desde allí.

La calle estaba hasta arriba de pompeyanos haciendo recados bajo el sol otoñal. Loren y Félix se mezclaron con el bullicio de carros y personas en dirección al foro. Había quien los miraba con recelo por el velo que portaban, pero Loren no hacía ni caso. Isis atraía las miradas. Formaba parte de pertenecer a un culto extranjero, un grupo variopinto de marginados, refugiados y antiguos esclavos, prostitutas y expolíticos, y cualquiera que no encajara. Incluso el hecho de que hombres y mujeres interactuaran de manera tan cercana hacía saltar las alarmas. Eran un grupo poco convencional, y en una colonia romana eso resultaba ofensivo.

El foro estaba tan concurrido como siempre. El lugar, que albergaba tres templos y el consejo de la ciudad, solo estaba tranquilo por la noche. Aquí los mendigos mendigaban, los comerciantes vendían bagatelas y los niños corrían detrás de los perros. Loren disfrutaba con el alegre bullicio.

—¿No se acuerdan ya de que la tierra ha temblado hace unas horas? —preguntó Félix boquiabierto.

—Te acostumbras. La vida sigue en Pompeya.

—Estáis todos locos. —Félix señaló al otro lado de donde estaban, entre los arcos que flanqueaban el foro—. Allí está Apolo.

—Sí. En el centro está Júpiter y al otro lado...

Pero Félix no lo dejó terminar. Se separó de Loren y salió corriendo hacia el templo de Apolo zigzagueando entre la gente. Loren se tropezaba intentando seguirle el ritmo, deteniéndose solo para pedir disculpas a unos niños por pisotear el terreno en el que jugaban a las canicas.

Más cerca del templo el movimiento de la multitud cambiaba drásticamente. Un grupo de gente se apelotonaba a la entrada. Inusual. Los seguidores de Apolo eran aún menos que los de Isis, y la ciudad solo mantenía el templo para no ofender al dios del sol. Loren intentó atisbar algo por encima del gentío, sin darse cuenta de que Félix se había detenido también hasta que se dio de bruces con él.

—¡Por Júpiter! —exclamó Félix.

Loren no tardó en entender el porqué.

Un hombre estaba de rodillas, desnudo de cintura para arriba, y su armadura de cuero yacía en el suelo de piedra junto a él. El hombre tenía la cabeza inclinada hacia delante. El látigo de cuero restalló en el aire y golpeó la piel desnuda de la espalda. El hombre soltó un grito.

—¡Seis! —contó un guardia en voz alta. Y el proceso se repitió.

Un puñado de miembros del consejo charlaban tranquilamente allí cerca, molestos por el engorro de tener que supervisar el castigo, pero por todo lo demás, impertérritos ante el dolor del hombre a unos pocos pasos de distancia. Umbrius, el presidente del consejo, no estaba presente.

—Despreciable —masculló Loren, que sintió que se le helaba la sangre—. Solo alguien muy cruel dictamina que el castigo se imparta con el látigo.

—¡Siete!

Félix se había puesto pálido.

—Nadie merece algo así. Lo ilegalizaré cuando entre en el consejo. Es inhumano. Y hacerlo en público...

—¿Quieres presentarte al consejo? —preguntó Félix con tonillo, aunque no de burla exactamente.

Loren enrojeció hasta las orejas. No pretendía admitirlo en voz alta, y menos ante Félix. Toda la información que había conseguido reunir sobre él hasta ese momento indicaba que no sentía un aprecio especial por los legisladores. Algo lógico siendo ladrón, pero eso no impidió que le escociera el tono que había empleado.

—No —contestó—. No puedo.

—¡Ocho!

—¿No has nacido libre?

—Sí, pero... —Explicárselo significaba confesar ciertos secretos sobre su familia, sus visiones, que no era quien decía ser. Así que hizo caso omiso de la mirada que Félix le estaba clavando y observó cómo desollaban al hombre—. ¿Podemos irnos? Antes de que haga una estupidez, como intervenir.

—¡Nueve!

Otro restallido. La multitud reía con nerviosismo, unos indignados y otros divertidos con el espectáculo.

Félix hizo esperar a su compañero un momento más y, por fin, dijo:

—Ven conmigo.

En un callejón un poco más arriba, vieron un par de sandalias viejas abandonadas. Félix se rio triunfal al descubrirlas, como si hubiera encontrado un montón de monedas, y se las puso en los pies manchados de sangre.

—¿Esas son...? —Loren se calló porque la pregunta le pareció demasiado simple para terminar de expresarla. Aun así, Félix puso los ojos en blanco.

—Sí, por ellas estuvo a punto de matarme aquel guardia. ¿No lo sabes? Estas sandalias son mágicas.

—Vete a la porra.

Loren agradeció en ese momento que ambos llevaran velo. No podría soportar que lo mirase con esa mueca de burla.

Félix lo guio por la ciudad, zigzagueando entre las calles, y por fin se colaron en la parte trasera de una hilera de tiendas en el corazón de la ciudad, un lugar sórdido lleno de barriles y cajas de madera amontonadas.

—Quédate aquí. —Félix desapareció. Y emergió al momento con algo envuelto en un pañuelo.

—Era mejor que vieran eso a esto. ¿Conoces algún sitio adonde podamos ir? Que no sea el templo. Un lugar más íntimo.

Loren se estremeció al comprender que tarde o temprano Félix averiguaría dónde vivía. Preferiría que fuera tarde, pero asintió con la cabeza.

—Conozco un sitio.

***

Loren vaciló un momento con la mano sobre la madera desconchada. Estaban detrás de un edificio que conocía demasiado bien. Percibió que Félix también lo reconocería en cuanto pusieran un pie en el interior.

—No vale reírse —le advirtió.

—¿Es que tiene gracia?

—Para mí ninguna.

—Entonces no me reiré —prometió Félix.

Pese a ello, Loren inspiró profundamente y empujó la puerta, que se abrió a un pasillo mal iluminado. Loren le indicó por señas que entrara, pero Félix se detuvo e inspeccionó el lugar. Cubículos divididos por cortinas, pinturas explícitas en las paredes de los reservados y un olor penetrante a almizcle y sudor... Loren sabía lo que estaría pensando.

—Arriba —ordenó yendo directo hacia las escaleras.

Demasiado tarde. Una de las cortinas se abrió y Elías salió sigilosamente. Con los ojos medio cerrados y los párpados caídos, pestañeó adormilado al ver a Félix. Vestía una túnica demasiado grande que le caía hacia un lado dejando a la vista un hombro.

—Hola, tú. ¿Puedo llamarte zorro? Te pareces.

Félix lo miró con el ceño fruncido.

—¿Quieres algo en particular? —preguntó Elías con un bostezo. Y en eso se fijó en Loren e hizo un puchero—. Ah. ¿Es tuyo?

—No —contestó Loren—. Es un amigo.

—Me siento insultado —dijo Elías, enfatizando el puchero. Estiró los brazos hacia arriba, de manera que la túnica se le subió hasta los muslos, y apoyó la cadera contra la jamba de la puerta de su cubículo—. Y yo que creía que era yo tu único amigo.

Aquello era mucho decir. Últimamente, Loren no sabía qué eran Elías y él. En otro tiempo se habría sonrojado al verlo estirarse. Era normal. Los dos tenían más o menos la misma edad, vivían cerca y Elías había sido tan amable con él que se había hecho esperanzas... Pero Elías lo entendió y no tardó en imponer límites: él estaba prohibido. Hasta que pudiera comprar su libertad, Elías no echaría raíces en Pompeya.

Cortados de raíz, los sentimientos de Loren habían sufrido una muerte repentina y lastimosa.

Pero la incomodidad no desapareció.

—Elías, este es Félix. Va a quedarse... un tiempo. —Loren se obligó a hablar con despreocupación—. Estoy con él porque no quiero que se meta en líos.

Por la forma en que los brazos de Félix se tensaron alrededor del paquete envuelto en tela que llevaba en ellos, Loren comprendió que debería haberlo expresado de otra manera, pero no le dio tiempo a reformular la frase antes de que Elías lo mirase con sonrisa burlona.

—Estás con él —repitió Elías haciendo hincapié en las implicaciones—. Intentaré no ser yo el lío entonces.

Loren se puso como un tomate.

Esta vez sí consiguió llevarse a Félix de allí. Subieron corriendo las escaleras y solo se pararon para que Loren abriera la puerta y lo metiera de un empujón en su habitación.

Félix se rio por lo bajo.

—Vives en un lupanar.

—Me prometiste que no te ibas a reír.

—No me estoy riendo. —La sonrisa se le agrandó—. Virgen en un burdel.

Loren agarró lo primero que pilló, un zapato de cuero, y se lo tiró. Félix se agachó sin problema y el zapato chocó contra la pared.

—Es barato. Y se han portado bien conmigo, Elías y las mujeres. —El casero era otro cantar, pero casi nunca lo veía por allí—. No es que yo trabaje en la parte de abajo. Solo tengo aquí una habitación.

Félix se puso serio.

—¿Habitación? Más bien armario.

No se equivocaba. La estancia, era larga y estrecha, con el espacio justo para la cama, un arcón para guardar cosas y una palangana. Si no fuera por la ventana, él también la consideraría un armario. Y hablando de ventanas... Loren cerró los postigos y se sentó con las piernas cruzadas en la cama.

—Vale, ya estamos aquí —dijo—. Enséñamelo.

Félix jugueteó con el envoltorio.

—Ahora te toca a ti no reírte.

Pero no le dio tiempo a prometerlo. Retiró la tela, y si Loren hubiera estado tentado de reírse, se le habrían quitado las ganas de golpe y porrazo.

Ajeno al valor que tenía verdaderamente, Félix sostenía en las manos el casco de Mercurio. Loren sintió que el mundo se le caía encima y el estómago se le ponía del revés.

Félix le dio la vuelta y golpeó con los nudillos el capacete.

—Vaya cacharro, ¿eh?

—Félix... —dijo Loren, sintiendo un nudo frío en la garganta.

—Y estaba ahí, pidiendo que se lo llevaran. Si el dignatario ese ansiaba tanto tenerlo en su poder, podría haber enviado a alguien a robarlo.

—Para. —Loren se tapó la boca con la mano y cerró con fuerza los ojos tratando de aguantarse las ganas de vomitar. Por todos los dioses... Se levantó, mareado—. Tienes que dejarlo donde estaba. Esta misma noche. Ahora. No puedes tenerlo aquí. No sé cómo te las arreglaste para cogerlo, pero...

Félix se lo ofreció.

—Es un casco.

—Está maldito —contestó Loren, retrocediendo.

Y lo miró otra vez con esa insufrible sonrisita suya.

—¿Esta antigualla? ¿Y si me lo pruebo?

Félix bajó la cabeza para ponérselo. Loren lo vio todo blanco de repente. Avanzó tambaleándose. Se derrumbó en el suelo.

Ola negra. Destello cobrizo.

El fantasma abre un cielo de tormenta.

Mirada confusa. Un golpe doloroso.

Alas blancas desplegadas.

Y después... el olvido.

Ahogó un grito y se dio cuenta de que estaba de rodillas con las palmas en el suelo. Ante sus ojos, unas sandalias andrajosas con numerosos remiendos y unos pies manchados de sangre. Loren alzó la vista. Félix tenía los ojos grises abiertos como platos y aferraba el casco con una mano.

—¿Qué te ha pasado?

Félix se inclinó, y al hacerlo, le acercó el casco demasiado. Loren notó que se le ponían los pelos de punta. Retrocedió a rastras hasta chocar con la pared. Félix de detuvo y a continuación retrocedió, dejando el espacio de un armario de distancia entre los dos.

—Isis. —Loren se desplomó contra la pared y se apretó los pómulos con el talón de las manos. Si ya le parecía que la situación era inestable antes, ahora se había vuelto peligrosa. Tenía el pulso débil y agitado—. Por eso estaba tan nerviosa la gente en la ceremonia de hoy. Por eso estaban azotando al guardia delante del templo de Apolo. El casco es uno de los tesoros más preciados de Pompeya. Lleva siglos expuesto ahí. Los romanos se lo robaron a los corintios hace mucho tiempo y después nos lo regalaron. Nadie ha sido capaz de moverlo desde entonces. Deberías haberte abrasado con solo tocarlo.

—Es un casco.

Loren negó con la cabeza despacio.

—Félix, has robado una reliquia perteneciente a un dios. Es el casco de Mercurio.

—¿Mercurio? —Félix tensó los dedos y miró el casco.

Loren siguió su mirada. Para ser algo que supuestamente perteneció a Mercurio, el diseño era bastante inusual. La mayoría de las representaciones del dios del dinero y el comercio, de los caminos y los ladrones, lo mostraban con un sombrero de ala ancha, el que utilizaban para trabajar en el campo, en los viñedos. Aparte de las alas decorativas a los lados del rostro, ahí terminaban las similitudes. Ese era el casco de un soldado, con protector nasal y aberturas angulares para los ojos para inspirar miedo en la batalla. Era un casco para Mercurio en la batalla.

Lo que quiera que tuviera aquel casco dentro estaba furioso.

—Cogiste un casco que nadie más puede tocar y el suelo tembló. —Loren tenía el estómago revuelto—. Tu sangre salpicó el altar, y volvió a temblar.

—Coincidencia —insistió Félix, tragando saliva.

—No creo en las coincidencias.

—Pues empieza. Te facilita la vida. —Dejó el casco encima de la cama. Los agujeros oscuros para los ojos se estiraban hasta el infinito, descendiendo hacia el Tártaro—. Mercurio no significa nada para mí. Yo no soy devoto. Y tú tampoco. ¿Qué importa?

—Importa porque... porque está mal. Mercurio es venerado por los comerciantes, y más en un centro comercial como Pompeya. Los etruscos también lo adoraban y los griegos antes de ellos, pero lo llamaban Hermes. Estás faltándole el respeto a un dios muy antiguo y poderoso. —Los pensamientos se multiplicaban en su cabeza y no le daba tiempo a decir todo lo que quería—. La energía divina que posee ese casco no debería estar en manos de un humano.

—Es un casco —dijo Félix, como si repetirlo por tercera vez lo convirtiera en realidad.

—Es un arma para alguien con malas intenciones. Tenemos que trazar un plan. El dignatario ese, ¿quién es? ¿Por qué lo quiere?

—Para tenerlo de adorno en una estantería. ¿Para qué si no iban a querer los ricos poseer cosas brillantes? Intentó negociar, pagarme para que se lo llevara, y... —Negó con la cabeza—. Preferiría matarme para asegurarse de que no dijera nada. Así que salí corriendo.

Loren se preguntaba qué le estaba ocultando Félix. Pero sonsacarle respuestas era como intentar arrancarle un diente podrido a un perro rabioso. Imposible hacerlo sin llevarse un mordisco. Dejó lo del político de momento y se centró en lo fundamental.

—Esto es malo. ¿Por qué tú? ¿Por qué ahora? —Las preguntas salían en una avalancha de sus labios, las mismas cuestiones de siempre, pero Félix se apoyó contra la puerta con las defensas altas. Loren lo examinó de nuevo, de la cabeza al bajo manchado de sangre de su túnica—. ¿Quién eres?

Esto último pareció desconcertarlo. Frunció el ceño, pero antes de que Loren pudiera encontrar sentido a su expresión contestó con tono frívolo:

—Ya te lo he dicho. Félix a secas.

Si pretendía gastarle una broma, no le hizo gracia. Loren lo miraba atónito, hasta que el asombro se transformó en indignación. Después de años atormentado por ese chico, lo tenía allí delante y seguía sin conseguir respuestas. Los ojos le escocían de ganas de llorar. Apretó los puños hasta que los nudillos se le pusieron blancos.

—¿Eres capaz de tomarte esto en serio o todo es motivo de risa para ti? —dijo Loren, tragando el nudo que se le había formado en la garganta—. Búrlate si quieres, pero no pienso dejar que tu avaricia ponga en peligro mi ciudad. Devuélvelo.

La sonrisa burlona de Félix desapareció.

—No. Ahora no. Ya has visto cómo estaba el foro, era un hervidero de gente. No pienso jugarme el pellejo por devolver un casco.

—Tú eres el único que puede tocarlo, y no puede quedarse aquí.

—Me lo llevaré cuando me vaya. Lo venderé. Lo enterraré.

—¿Es que quieres que te pillen? Tienes que quedarte conmigo.

—No soy un perro —gruñó Félix.

—Me gustarías más si lo fueras.

Loren se apoyó en el alféizar de la ventana para levantarse. Seguían temblándole las rodillas, pero consiguió lanzarle la bolsa de la colada a Félix. Después quitó el candado del arcón, retiró algunas cosas, baratijas y ofrendas antiguas del templo, para hacer sitio al casco. Félix no dijo una palabra mientras abría la bolsa de tela y guardaba el casco. Loren solo podía rogar que Mercurio no se tomara a mal que lo hubieran metido junto a la ropa blanca vieja.

—Quédate hasta que termine la semana —dijo Loren mientras cerraba la tapa con candado, una tumba temporal—. Cuatro días. La ciudad está más vigilada de lo habitual. Esperemos que pierdan el interés en pillar al ladrón y terminen pronto las festividades. Si no logro averiguar qué significa el casco para ti y para la ciudad para entonces, lo devolverás y podrás irte. Mientras tanto no dejaré que te eche el guante el dignatario o cualquiera que quiera algo de ti. Te ofrezco seguridad. ¿La aceptas?

—¿Tú vas a protegerme? —soltó Félix con incredulidad.

—A menos que quieras apañártelas tú solo en una ciudad dispuesta a infligirte un castigo mucho peor que unos latigazos —respondió Loren con vehemencia—. Dices que no te importa lo que pueda significar el casco, ¿no? Muy bien. Pero yo sé que tú has venido por una razón. Sé que estaba escrito que nos conociéramos. Y pretendo averiguar el porqué.

—Estás loco.

—Júralo. Cuatro días.

Félix esbozó una sonrisa desdeñosa dispuesto a discutir, pero una pequeña sombra le atravesó el rostro y tensó la mandíbula. Asintió bruscamente una sola vez, con el cuello agarrotado.

—¿Y ya está?

El desprecio con que lo dijo enfadó a Loren de lo lindo. ¿Que si ya estaba?

Ola negra. Destello cobrizo. La imagen iba mostrándose más clara.

Por primera vez, a Loren le gustaría estar loco. Deseó que las pesadillas fueran producto de una mente perturbada, como decían sus padres. No quería que Félix fuera el catalizador del fin. No quería aceptar la carga de descubrir los secretos que escondía el casco.

Aunque eso era exactamente lo que había pedido, se dio cuenta de repente. Solo unas horas antes había deseado que le dieran la oportunidad de demostrar su valía. Ahí la tenía, y no pensaba malgastarla.

—No. Quiero que me des tu palabra de que cuando te vayas de Pompeya, no volverás —dijo.

Se produjo un silencio largo y claustrofóbico que rompió Félix finalmente.

—Por mí bien —espetó.

Cuatro días. Loren solo tenía que sobrevivir cuatro días horribles. Pero cuando se giró y se encontró con que Félix estaba de espaldas, se fijó en los puntos del brazo y las pantorrillas vendadas, y en que la luz sesgada de la media tarde envolvía su pelo cobrizo en un aura roja y dorada, como un fuego en la ladera de una montaña, y pensó...

Que era más fácil decirlo que hacerlo.

CAPÍTULO V

Félix

Cuatro días. Félix no tenía cuatro días para estar de brazos cruzados. Estar de brazos cruzados era peligroso. Estar de brazos cruzados significaba el fin de una vida ya de por sí corta. La protección que Loren pensaba que podía ofrecerle era absurda. Félix no confiaba en nadie más que en sí mismo para evitar que lo atraparan y escapar de Pompeya con vida.

Naturalmente, lo primero que hizo cuando Loren se fue, mascullando algo de que tenía que regresar al templo para empezar la búsqueda, fue romper la promesa que le había hecho y abrir el candado.

El casco lo saludó desde el fondo del arcón. La plata brillante contenía la promesa de vino, pan y hasta un caballo si quería. Y claro que quería. Volvió a notar esa sensación de reconocimiento, esa misteriosa atracción magnética. Como si el casco lo quisiera a él y solo a él.

Loren era un estúpido si pensaba que iba a quedarse. Dejando a un lado las advertencias sobre pompeyanos, supersticiones y látigos, solo necesitaba que el chico bajara la guardia el tiempo suficiente para crear la oportunidad. Ya se ocuparía él del resto. Se echó al hombro la bolsa de la colada en la que iba el casco, abrió la puerta cerrada con llave y salió.

Y por poco se tropezó con el chico de ojos oscuros del burdel. Elías estaba sentado en el minúsculo rellano, bloqueando el paso a las escaleras. Lo miró con sus largas pestañas y una expresión edulcorada y venenosa.

—Lo de zorro era solo un apodo —dijo—. Pero eres muy astuto cuando te sientes acorralado, ¿no?

—Y también muerdo.

—Otra forma de decir ramera es *lupa,* loba. ¿Intercambiamos dientes? —dijo Elías con una sonrisa—. Loren ha dicho que te ha traído para que no te metas en líos, pero yo creo que el problema eres tú. Y eso es irresistible para él. Lo que es perjudicial para los demás por lo general.

—Pues apártate. Créeme, no pienso quedarme mucho por aquí.

Elías se levantó, aunque solo para formar una barrera con el resto de su cuerpo.

—Oye, ¿por qué no vamos a tomarnos algo? Podemos jugar.

Félix lo observó de arriba abajo. Era un chico guapo, tenía que admitirlo, pero también tenía cierto aire libertino. De baja estatura, con el pelo castaño ondulado, las mejillas redondeadas y los ojos pintados con lápiz negro parecía un querubín pícaro.

—No me interesas.

—No me estaba ofreciendo, pero seguro que averiguo qué es lo que te interesa. Dame una hora de tu tiempo y no te entretendré si quieres marcharte. —Se giró para bajar los escalones y se volvió para mirarlo—. Deja el casco. Cuando todo esto te explote en la cara, prefiero no verlo.

—¿Cómo...?

—Ya te lo he dicho, Loren no puede resistirse a los problemas. ¿Justo el día que desaparece el casco decide ocultar a un desconocido en su habitación? —Enarcó una ceja—. O podemos pasar de tomar nada e ir a buscar a los guardias. Los dioses saben que necesito el dinero de la recompensa. Tú decides.

Y siguió bajando con los rizos saltando arriba y abajo.

Félix sabía que Elías haría lo que decía. A los prostitutos los guardias les gustaban igual de poco que a los ladrones, pero Elías parecía el tipo de persona que no tenía problema en saltarse los principios en lo relativo a las autoridades si la situación lo requería.

Félix abandonó el burdel frustrado y con las manos vacías cerrándose bien el pañuelo mientras caminaban. Los callejones iban haciéndose más oscuros. Todas las ciudades tenían una zona sórdida, y Elías lo estaba conduciendo a las cloacas de Pompeya. Tomaron varias bocacalles más hasta que apareció ante ellos un edificio con muy mala pinta, que apestaba a alcohol. Aunque tenía el aspecto de una taberna, los dados grabados en la dovela central del arco de la puerta indicaban que ofrecía más que bebida. El tintineo de los vasos y los insultos llegaban hasta la calle.

Elías le indicó con un gesto que entrara.

Pese a ser temprano, el lugar estaba a rebosar. La taberna anunciaba que servían vino, pero era cerveza lo que circulaba en los vasos, el vicio de los verdaderos plebeyos, y los hombres bebían sin moderación jarras de cerveza agria. Toda la pared estaba cubierta de máscaras teatrales descoloridas, cuyas exageradas muecas cómicas y trágicas formaban sombras extrañas en la penumbra del interior. Una camarera con pinta de agotamiento recorría el lugar entre las mesas rellenando los vasos. Nadie se paró a mirar siquiera a Félix y su ropa manchada de sangre.

En la barra, Elías hizo ojitos para que les pusieran dos cervezas y se llevó a Félix a un rincón. Félix conocía bien ese tipo de sitios, pero por lo general los frecuentaba en ciudades donde no pesaba tanto sobre él la amenaza de ejecución. Se sentó al final del banco pringoso y observó a la clientela. Le llamó la atención un grupo de hombres vestidos con túnicas buenas que hablaban por lo bajo y acercándose mucho los unos a los otros. Tenían un aspecto de ser ricos que no pegaba nada en aquel tugurio, pero a los hombres con dinero les encantaba aparentar que eran pobres y meter las narices donde no los llamaban.

Le recordaban al político. Reprimió el escalofrío y trató de quitárselo de la cabeza, pero su mente reprodujo la voz susurrante del hombre: «Cuando recuerdes lo que te arrebataron…».

¿Es que todos en Pompeya sabían algo sobre él que él desconocía?

—¿Conoces las normas? —preguntó Elías, y al principio Félix se preguntó si también él estaba jugando con su mente. Él solo pensaba en las normas: «No te encariñes. Rechaza las creencias o paga el precio. Lo que importa es el presente». Pero Elías señalaba unos dados.

—Claro —contestó Félix—. ¿Qué apostamos?

—Vamos a jugar con algo más que dinero. Una pregunta a cambio de otra.

—Loren ya ha intentado jugar a lo mismo.

—¿Quién crees que le enseñó? —dijo Elías con una sonrisa plana—. Tira.

Comenzaron la partida.

Un jugador experimentado era rápido. Los dados rebotaban y se recogían, ambos intentando obtener las combinaciones con más puntos en una mezcla emocionante de suerte y estrategia. Había que admitir que Elías tenía bastante de las dos, pero en la última ronda no pudo competir con Félix. Pocos podían.

Elías lo miró recoger los dados de la apuesta ganadora con expresión gélida. Resultaba evidente que perder lo había cogido por sorpresa.

—Creo que me he ganado una respuesta —dijo Félix.

Tras beber lentamente un sorbo, Elías se dispuso a echar otra partida.

—He dicho que podías preguntar. Que yo sepa no he prometido responder.

Los labios de Félix temblaron con una contracción involuntaria. Elías era inteligente. En otras circunstancias habrían hecho buenas migas. Félix metió los dados uno a uno en el cubilete mientras observaba a los hombres del rincón.

—¿Quién manda en esta ciudad?

—Los duunviros, quién va a ser.

Los que presiden el consejo, y una mierda. Siendo optimistas, los duunviros hablaban mucho y ya.

—La respuesta de verdad. ¿Te crees que nací ayer?

—Pues más o menos. No puedes tener más de qué, ¿quince años?

—Diecisiete —respondió Félix indignado. Puede que fuera muchas cosas, pero no tenía cara de crío, eso seguro. Además, Elías no era mucho mayor.

—¿Quieres seguir teniendo la cabeza sobre los hombros?

—A poder ser.

—Pues reformula la pregunta. Pregunta mejor quién tiene el poder. —Elías siguió la mirada de Félix hasta el grupo—. Pompeya atiende las necesidades de cierta clase de hombres. Senadores. Exsenadores. Abogados. Cabrones adinerados que vienen desde Roma a finales de verano, y el consejo hace lo imposible por ellos. No les queda otra. Pompeya es una colonia romana.

—¿Son turistas?

—Peor. Turistas con un interés particular. De pequeño, poco después de que me comprara, mi señor me trajo aquí cuando el último gran terremoto destrozó el local. Arrasó gran parte de la ciudad, y todavía no la hemos reconstruido. El consejo se las ve y se las desea para recaudar los impuestos que le exige Roma, así que no queda dinero para reformas, y con los temblores de este verano mucha más gente se está yendo.

—Así que tenéis a un montón de turistas ricos paseando de acá para allá entre las ruinas de la ciudad mientras la capital exige más dinero, y menos residentes que puedan contribuir con el pago de los impuestos.

—Un zorro listo. Los enviados especiales de Roma no dejan de presionar al consejo para que imponga impuestos más altos. Un par de bastiones se resisten, terratenientes y comerciantes, pero es cuestión de tiempo que cedan. O que los aniquilen.

Félix lo estudió.

—¿Y tú cómo sabes todo eso?

—Secretos de profesión, y has gastado todas las preguntas de esta ronda. —Elías sonrió con suficiencia—. Tira.

La partida continuó. Los jugadores lograban sus combinaciones, cambiaban la estrategia y volvían a conseguir la combinación buscada. Cuando Elías se acostumbró al estilo de juego de Félix, demostró ser un estratega formidable; qué lástima que malgastara tanta habilidad jugando a los dados en una taberna. Y cuando ganó la partida, Félix se molestó solo un poco. Bebió un sorbo de cerveza para borrar el mal gusto de la derrota y la punzada de nervios al ver la expresión calculadora en los ojos de Elías.

—No te pongas nervioso —dijo él, y le guiñó un ojo—. Me guardo mi pregunta para después.

Como si eso fuera a hacer que se sintiera mejor. Pero Félix no tenía intención de que hubiera un «después».

—Cuando quieras.

—Exacto. —E inclinándose hacia él, Elías le tomó la barbilla con la mano—. ¿Sabes? Tus preguntas me han recordado las conversaciones que he tenido con Loren. Sobre política. Asuntos de la ciudad.

La comparación lo irritó. Loren y él no tenían nada en común. El interés de Félix en temas políticos tenía que ver con saber a quién era mejor no acercarse, mientras que Loren quería llegar a ser el hombre al que Félix quería evitar.

—Ya vale de jugar a que adivinemos quién eres —continuó Elías.

—Sigue intentándolo —contestó Félix y le acercó los dados—. Otra.

Elías echó un vistazo breve a los dados y seguidamente lo miró de frente con unos ojos oscuros que quemaban.

—Pregunta lo que quieres preguntar.

—¿Por qué me has traído a este sitio?

—Para retenerte hasta que vuelva Loren. Obviamente. ¿Por qué has venido conmigo?

—Me has amenazado —siseó Félix—. Con el...

Con el jaleo que había en la taberna no temía que lo oyeran, y teniendo en cuenta que los dos eran escoria, se fundían con el ambiente sin problemas. Además, los ladrones se protegían entre ellos. Pero nombrar el delito cometido implicaba que era irreversible, más allá de lo que Elías supiera ya.

—Por favor. Has venido conmigo porque te picaba la curiosidad. Lo sé porque conozco a Loren. Él no miente, pero guarda un revoltijo de secretos en la cabeza. No esperes una respuesta directa a ninguna pregunta. No creo que te haya convencido lo que sea que te dijera sobre el casco. —La cara de Elías se contrajo en una mueca suspicaz—. Sin embargo, has malgastado tu turno preguntando por los turistas. Como si hubieras cambiado de idea sobre el casco. Y el uso que pudieras hacer de él.

—Un baño —dijo Félix con mordacidad—. Comida. Un techo.

—No estás pensando a lo grande.

Las palabras, pese a la despreocupación del tono, le provocaron un escalofrío. Observó al chico desde una nueva perspectiva. Fuera había anochecido. Al no colarse por las rendijas de las ventanas ningún rayo de sol del atardecer desperdigado, las sombras resultaban más afiladas. Parecía que Elías tenía el rostro más alargado y que era más mayor.

Tanto Loren como el político habían dicho que el casco era divino. Poderoso. Mortal. Félix sintió un hormigueo en las palmas, el deseo inminente de tocarlo, de calentar la plata de la que estaba hecho entre las manos. De quedarse con él.

Se lamió los labios.

—¿Lo quieres para ti?

El hechizo se rompió cuando Elías se rio con un resoplido.

—Pues claro que no. Os quiero al casco y a ti lejos de Pompeya cuando lo uses.

Como si fuera algo más que un trozo de metal. Lo de la magia seguía siendo una gilipollez. Tenía que serlo. Porque si no...

El ambiente se volvió tan denso que Félix no podía respirar. Se echó hacia atrás haciendo crujir las patas del banco y salió corriendo. Los dados no era lo único a lo que se estaba jugando esa noche. No tendría que haber ido con Elías. No debería haberse dejado llevar por la curiosidad.

La curiosidad te llevaba a preocuparte por las personas y él no se preocupaba por nadie.

El político había dicho también: «Tu padre está muerto».

Aunque lo hubiera dejado caer por si sonaba la flauta, Félix no podía quitarse de encima el eco que seguía resonando en su cabeza, donde deberían estar los recuerdos, pero no lo estaban. Un vacío con solo un espantoso deseo de llenarlo.

Lo que en otro momento hubiera allí dentro ya no estaba. Pero no por eso dejaba de preguntárselo.

A lo mejor Elías tenía razón: mostraba un interés en la política de Pompeya que iba más allá del instinto de autoconservación. Haciendo las preguntas adecuadas y si encontraba algún hilo del que tirar que le permitiera averiguar la identidad del político, conseguiría la respuesta a las lagunas que tenía. Pero su historia no era para nada especial. Al final, era lo de siempre: uno de tantos niños sin padre, y el político era solo un visitante sin nombre, y Félix sabía que no tenía que darle más vueltas.

Fuera, entre el bochorno y las nubes que presagiaban lluvia, empezó a dolerle otra vez la cabeza. Con la mente en semejante estado de confusión, entresacar los detalles importantes, los detalles que podrían salvarle la vida, se presentaba una tarea imposible. Se atisbaban los destellos de la vida nocturna de la ciudad, los sonidos se apelotonaban sobre su frustración. Un poco más adelante, un puñado de chicos se movía en círculos con el aire despreocupado propio en un grupo de amigos. Félix sentía sintió un pellizco en el estómago cuando uno de los chicos se rio con una carcajada mientras le daba palmaditas a su amigo en la espalda. Un gesto confiado, ajeno para alguien como Félix.

Peligroso para alguien como Félix.

Elías le puso la mano en el hombro sin apretar, pero tampoco en un gesto amistoso. El impacto reverberó a lo largo de su columna vertebral como un terremoto.

—Eres como un augurio —dijo Elías—. No puedo dejar que merodees por mi ciudad.

—Me iré mañana por la mañana.

—Entonces esta es mi pregunta: ¿Qué vas a hacer con el resto del tiempo?

Pero Félix no tenía respuesta. Las intenciones nunca contaban gran cosa. Empezó a lloviznar y apartó los ojos de los niños risueños para mirar a Elías. Antes de que le diera tiempo a formular una respuesta, o una excusa, un hombre que les doblaba la edad se acercó con disimulo. No dijo nada, pero Elías dejó caer los párpados con aire seductor mezclado con resignación reticente, y el hombre lo empujó contra una pared de ladrillos. Félix entendió que era momento de largarse.

—¡Oye, zorro! —le gritó Elías. Félix se volvió y vio al hombre lamiéndole el cuello—. Puede que Loren sea un santurrón, pero es buena persona. No quiero que le hagan daño.

Félix sintió envidia. Estaba claro que Elías tenía una historia tensa con Loren, y aun así cuidaba de él. ¿Cómo sería eso? ¿Cómo sería contar con alguien que estuviera pendiente de ti? Por decisión propia, por sus normas, él nunca lo sabría.

Elías volvió la atención a su cliente y Félix se fue caminando solo.

CAPÍTULO VI

Loren

Si Félix no le daba respuestas, las encontraría él solo.

El momento en el que más le gustaba estar en el templo era cuando estaba en calma, fuera de las horas de culto, cuando la luz del día que llegaba a su fin cubría el patio y las columnas arrojaban sombras alargadas e inquisitivas como unas manos unidas en una plegaria. Cuando podía sentarse tranquilamente con los gatos en señal de devoción. Cuando podía observar detenidamente sus pensamientos tratando de averiguar cómo convertir esa maldición en un don.

Cástor y Pólux lo saludaron en la entrada, paseándose entre sus piernas mientras se ponía la túnica. Aún ardía el incienso en la pátera situada sobre el altar, la misma con la que había golpeado a Félix en la cabeza esa mañana. Hizo una mueca al recordarlo mientras apagaba las últimas ascuas. Tocó el corcho de una botella del costoso vino de Lassius guardado en el mueble de los suministros. Era más agradable de beber, desde luego, pero ya estaba incumpliendo bastantes normas. Además, la botella de Eumachius estaba abierta, quedaban los restos de cuando le habían hecho los cortes a Félix para extraerle la sangre.

Pobre y maltratado Félix. No podía culparlo por querer irse. Cuanto antes resolviera la cuestión, cuanto antes detuviera los desastres que se avecinaban, antes podría marcharse. Aunque le llevara toda la noche, estaba decidido a descubrir qué podía hacer ese casco.

Porque cuanto más tiempo estuviera en manos de Félix, más peligroso sería todo.

Con la pátera y el vino en la mano, Loren abrió la cerradura de la puerta de la cella.

Isis resplandecía a la luz de una llama eterna, dejando ver la suavidad de los rasgos tallados en el mármol. Loren se sentía atraído hacia ella como los lirios nocturnos se inclinaban buscando la luna, y por un momento la ansiedad se calmó un poco. Se arrodilló sobre el estrado y acarició el frío borde inferior de piedra de la túnica de la diosa inspirando profundamente. Podía hacerlo.

El vino se extendió por la base de la pátera, un remolino oscuro como un rubí sin pulir. Se sentó con las piernas cruzadas delante del regazo e hizo círculos en el sentido del movimiento del sol sobre el vino tratando de abrir la mente. Por la mañana había estado a punto de adivinar algo, escenas que se movían en el fondo del líquido, pero luego empezó a temblar la tierra y se desconcentró. Tenía que volver a alcanzar ese punto para preguntar al vino por los cataclismos. Por Félix y el fantasma. Por el casco, la pieza que unía todos los elementos.

Y lo más importante, necesitaba saber cómo podía cambiar el resultado final.

En sus sueños, Félix siempre moría.

Cuando empezó a aparecérsele en sueños años atrás, los detalles eran vagos, no tenían una forma definida, como un muro negro que caía sobre los dos. Félix lloraba y, a veces, lo miraba con ojos inexpresivos, y el mundo se desintegraba.

Y luego estaba la rabia de Félix. Meses de lágrimas silenciosas y ojos impasibles daban paso a noches de caos teñido de cobre. Ardía en una ola de destrucción y convertía en ceniza a todos aquellos que habían sido importantes para Loren. Aurelia y su madre, Livia. Nonna. Elías. Sus padres. Su ama de cría, su tutor favorito, todos convertidos en polvo. Cuando terminaba, Félix la emprendía consigo mismo, y Loren lo veía también.

Cada sueño contenía nuevos detalles hasta que, por fin, seis meses atrás, una ciudad se materializó a su alrededor, un cambio con respecto al vacío que Loren sabía que llegaría. Toldos rojos y amarillos, granadas al sol, pasos de peatones elevados. La panadería de Nonna.

Entonces lo supo: Félix pretendía destruir Pompeya, no solo a él.

Félix lo miraba de frente. Levantaba un cuchillo de madera y hierro. Abría la costura del cielo. Enterraba vivos a todos los habitantes de la ciudad.

En una ocasión, la noche antes de que apareciera en su vida, Félix flotaba suspendido en una fuerte tempestad y Loren se acercaba gateando hasta él. Le tendía la mano. Sus dedos se rozaban. Se fijaba en las pestañas de Félix, en sus rizos, pequeños detalles, más finos y claros que nunca.

Y después Loren le clavaba el cuchillo.

El recuerdo le ponía mal cuerpo y las manos le temblaban tanto que la superficie del vino se estremeció al contacto.

—Ábrete —instó Loren—. Enséñamelo.

Unas alas se extendieron sobre la superficie del vino.

La puerta de la cella se abrió y una luz fuerte se coló en la estancia tenuemente iluminada. Loren se sobresaltó. El vino frío se le derramó por el regazo, haciendo añicos la imagen.

—¿Trabajando tan tarde? —preguntó Camilia.

—¿Qué haces tú aquí? —preguntó a su vez Loren.

Y nada más hacerlo, se arrepintió. Camilia estaba enfadada. Mucho. Apretó los puños a lo largo del cuerpo y lo miró sin decir nada con la expresión de la gorgona.

—El sacerdote me ha pedido ayuda para leer el humo. Una lectura de emergencia. Imagina mi sorpresa cuando he llegado al altar y he visto que faltaba la pátera. Otra vez.

Lo dijo con tono letal, pero las palabras hicieron que el corazón se le desbocara como un pajarillo encerrado. Loren se aferró a la esperanza.

—Deja que ayude con la lectura. Acabo de ver una cosa. Unas alas o...

—Recógelo y trae la pátera.

Camilia se dio media vuelta y se marchó.

Loren estuvo a punto de tirar la lámpara de aceite del estrado con la prisa por levantarse. Y menudo espectáculo habría dado si el templo se hubiera incendiado por culpa de su torpeza. La historia de su vida. Enderezó la lámpara y devolvió lo que quedaba de vino a la jarra.

En el altar, Camilia estaba que echaba chispas. Loren se le acercó con cautela con la pátera como ofrenda de paz. La mujer se la quitó de las manos, la puso sobre el altar de muy malos modos y comenzó a encender el fuego.

—Te tiemblan las manos —dijo Loren al tercer intento de sacar una chispa al sílex sin conseguirlo. Error. Nunca había solucionado ningún problema hablando.

La mujer se giró hacia él con los ojos brillantes.

—Cierra la boca por una vez. Ya te dije hace meses que tuvieras cuidado. Te dije que no siguieras por este camino. Pero tú continúas actuando a escondidas como si no nos diéramos cuenta. Se te nota la desesperación a la legua.

—Solo quiero ayudar.

—Ayudarte a ti mismo, querrás decir.

Las lágrimas se le acumularon en las comisuras de los ojos. El vino que le había empapado la túnica goteaba en el suelo con ritmo sordo.

—No soy egoísta.

Camilia resopló y le plantó el trozo de sílex en la mano.

—Enciende el fuego, anda.

Loren apretó la piedra afilada con tanta fuerza que por poco le cortó la piel, lo cual habría añadido sangre a su aspecto desastroso.

—No sé.

—Ya. No has tenido que aprender a hacerlo porque siempre había alguien que te lo hacía.

Loren tiró del cordón que llevaba al cuello y lo hizo girar entre los dedos. Ella no sabía de dónde procedía él. Nadie lo sabía. Pero Camilia se percataba rápidamente de los detalles más mínimos, como el hecho de que Loren no supiera lavar la ropa cuando llegó al templo, pero sí reconocer la diferencia entre las ondas que formaba la seda fina. O como que pudiera escribir en tres idiomas, pero no supiera enviar una carta por correo.

—Veo cosas, Camilia. —La nuez subió y bajó al tragar—. Cosas horribles. Y sé que van a suceder. Vine a Pompeya para averiguar cómo impedirlo.

—Tienes pesadillas, no visiones.

—¿Por qué no me crees?

—Porque has perdido la cabeza. Porque crees que eres un oráculo y no lo eres. No puedes tener una pesadilla y decidir que va a ocurrir en el futuro. Las cosas no funcionan así.

—Pero es que justo ahora...

—Mira a tu alrededor. —Camilia señaló el altar, la cella, la puerta por la que se salía a la calle—. Deja de pensar en ti mismo un momento. Terremotos que sacuden la ciudad, el casco ese que ha desaparecido: los dioses están furiosos, pero tú sigues ofendiéndolos. Por eso hay que seguir unos pasos para convertirse en augur. Ve a pedirle a Umbrius que te deje entrar en el templo de Júpiter si tantas ganas tienes de serlo. Y si lo que quieres es actuar, métete en el teatro.

No le sorprendió que estuvieran discutiendo otra vez lo mismo que seis meses antes, cuando trató de confesarle que tenía visiones después de haber visto en sueños la destrucción de Pompeya. En esa otra ocasión, Camilia se había reído en su cara.

Ahora preferiría abofetearlo.

Loren dejó el sílex en el altar. Sin decir palabra, Camilia encendió la llama con un solo golpe y el crepitar del incienso llenó el silencio. Loren apretó los labios avergonzado. Algo suave le rozó los tobillos. Pólux. ¿O sería Cástor? Costaba trabajo diferenciarlos incluso sin lágrimas que nublaran la vista.

—Ojalá no se hubiera ido Celsi y no hubieras venido tú a reemplazarlo —dijo Camilia mientras se frotaba la cara, y fue a buscar más hierbas para quemar.

Loren se quedó clavado al altar mientras recibía el golpe. La historia de Camilia no era ningún secreto: su familia murió cuando era niña y se había criado en el templo. Celsi se convirtió en un hermano pequeño para ella, pero después el padre se hizo rico, con lo cual ascendieron en la escala social y lo apartó de la escoria que era el templo de Isis. Camilia no había superado la pérdida de Celsi. Por mucho que Loren se esforzara en llenar la ausencia del chico en los años que llevaba en el templo, estaba hecho de una manera que no encajaba.

—Loren —dijo el sacerdote.

La costumbre hizo que Loren se girase e inclinase la cabeza en señal de obediencia, algo que no sentía. El sacerdote se inclinó con pesadez sobre el bastón con severidad calmada. Loren no lo había oído entrar en el templo siquiera. Se preguntó cuánto tiempo llevaría el hombre allí delante y cuánto habría oído de la discusión.

—Buenas tardes, sacerdote —dijo Loren asintiendo con la cabeza de nuevo por hacer algo—. Voy a buscar un taburete.

Una mano nudosa lo agarró del antebrazo antes de que pudiera salir corriendo.

—¿Dónde está el chico al que proteges?

—Lo he dejado en mi habitación. Pensamos que era mejor que se mantuviera oculto por el momento.

Por la forma de decirlo parecía que había sido una decisión de ambos y no que Loren tuviera a Félix encerrado mientras él trataba de desentrañar el misterio solo.

—¿Oculto de los demás o de ti? —El sacerdote frunció el ceño. Clavó en Loren los ojos, por lo general vidriosos—. Deberías estar con él.

—Confiaba en poder ayudarlo a usted con la lectura. He visto...

Se detuvo a mitad de frase tocando el tejido de su túnica que con tanto mimo cuidaba, lino azul ahora empapado de morado. Era la oportunidad perfecta para revelar al sacerdote sus sueños, sus visiones, lo que sabía con seguridad que iba a ocurrir. A lo mejor le hacía caso. A lo mejor lo tomaba como protegido, lo formaba, creía en él.

O puede que lo tomara por loco como habían hecho sus padres.

—Me interesa la adivinación —terminó con un tono patético, como se sentía en realidad—. Los augurios.

—Más te valdría dedicarte a cuidar de tu amigo. Está tan perdido como tú ahora mismo. —El anciano frunció aún más el ceño y le puso la mano en el codo con amabilidad y condescendencia—. Loren, este sitio no es para ti. Sospechas, igual que yo, que tu camino nunca ha ido paralelo al de Isis. Vete a casa.

Loren se dividió en dos.

Abrió la boca, pero no emitió sonido alguno. Quería gritar. Quería suplicar. Quería llevar al sacerdote a rastras a la cella, enseñarle el vino derramado, pintar las alas para que las viera. Pero una de las pocas cosas que se había llevado de su hogar era la capacidad de soportar el sufrimiento con estoicismo. Sabía bien lo que era el rechazo.

La humillación lo siguió por última vez hasta el armario donde guardaba la túnica. Camilia lo miró tropezarse con Cástor o Pólux, que hacían guardia delante de la puerta. Debería haber dedicado más tiempo a memorizar sus diferencias. Ya no volvería a tropezarse con ellos.

Echó un último vistazo a la pátera, al humo, al sacerdote que le dijo adiós asintiendo con la cabeza. Se tragó las lágrimas y se marchó.

Con el atardecer llegó una ligera llovizna, suficiente para limpiar la suciedad de las calles, pero Loren seguía sintiéndose como las aguas fecales que corrían por las alcantarillas. Rodeó el distrito de los comerciantes, sorteando a los tenderos que cerraban sus puestos hasta el día siguiente. Pararse en la panadería de Nonna no hizo que se sintiera mejor, ni siquiera cuando la mujer le dio la cesta con pan, peras y dátiles que le habían sobrado.

—Llévale la cesta vacía a Livia. Dile que necesito más lino encerado.

Y con eso se despidió de él sin darle tiempo a decir esta boca es mía.

El chico de los recados.

Tomó el camino largo hasta el burdel pese a que la lluvia había empezado a apretar y atravesó el foro. Una docena de miembros del consejo se habían reunido delante del templo de Apolo, alimentando los rumores sobre el ladrón del casco, probablemente. Entre ellos había un chico, Celsi (un incordio constante para Loren) que se restregaba los ojos, muerto de sueño, con la sensación de que preferiría estar en cualquier otra parte. Molestando a la gente en compañía de Aurelia o pegado a Camilia.

Aun así, Celsi se las había arreglado para conseguir lo que Loren no conseguiría jamás: congraciarse con el consejo.

Incapaz de evitarlo, Loren se acercó un poco más. Estaba demasiado lejos para entender bien lo que decían, pero lo bastante cerca como para distinguir sus rostros. Había tres escribas tomando nota rápidamente sobre tablas de cera. Un miembro del consejo de más edad dormitaba de pie. Un hombre con una túnica roja inclinado perezosamente en un arco miraba de soslayo. El sacerdote Umbrius, un hombre bajo y medio calvo vestido de color púrpura dirigía la conversación. Cada vez que hacía énfasis en un punto, posaba la mano en el hombro de Celsi, que se tambaleaba bajo el impacto con una mueca de disgusto.

Debería ser él, Loren, quien estuviera junto a Umbrius. Él se esforzaba mucho más que Celsi, y le interesaba mucho más que a él. Debería ser él quien estuviera oyéndolos hablar del casco, el significado que tenía para ellos la desaparición, lo que planeaban hacer. Por amor de Apolo, era él, Loren, no Celsi, quien tenía el casco oculto debajo de la ropa blanca en ese mismo momento.

Una sombría posibilidad le cruzó la mente, una situación en la que se acercaba a Umbrius, le revelaba dónde se encontraba escondido el ladrón, lo cual lo convertía en el centro de las miradas y el héroe de la ciudad. Sería un paso más en la carrera para conseguir una posición sólida en la sociedad pompeyana, otra barrera para evitar que su padre lo llevara a rastras a casa.

Félix sería ejecutado, claro.

Tan rápido como lo pensó, lo apartó de la mente. Si fuera tan cruel como en sus pesadillas, entregarlo a las autoridades sería lógico. Pero lo había visto morir suficientes veces. ¿No podría salvarlo en este mundo, el mundo real?

La frustración, el sentimiento que más tenía últimamente, cobró vida una vez más y se acercó con sigilo aguzando el oído. Una espectadora lo vio y volvió la cabeza para mirarlo a los ojos entre la lluvia. Se protegía bajo un toldo chorreante y de no ser por el vestido de seda rosa pálido que llevaba, Loren habría dicho que ella también estaba escuchando a escondidas. Se había subido la palla blanca de lana para cubrirse el pelo, pero un rizo rubio largo se le había escapado.

La forma en que lo miró lo dejó clavado en el suelo. Esperó con el corazón acelerado a que la mujer llamara al guardia que la esperaba en las inmediaciones, que lo señalara y lo humillara por culpa de su desesperación. Pero no lo hizo. Simplemente lo miró, con curiosidad y a la vez, por extraño que fuera, como si supiera lo que pasaba, como si esperase ver su patética figura de pie bajo la lluvia, aunque fuera imposible.

¿Qué hacía allí? Lo mismo era la esposa de algún miembro del consejo, pero las esposas no se metían en los asuntos políticos. Si la había visto antes, no se acordaba.

La mujer separó los labios. Loren pensó como un bobo que iba a decirle algo, como si no hubiera varios metros de distancia entre ambos. Se le enrojeció el cuello de vergüenza.

Ya se había quedado más tiempo de lo debido para empezar. Tenía que irse.

Apartó la mirada de ella y se volvió para salir corriendo, pero entonces chocó contra un muro recubierto con una armadura de cuero. El guardia lo sujetó del brazo para que no se cayera. Por un aterrador segundo pensó muerto de miedo que era el guardia del político que quería preguntarle dónde se escondía el ladrón. Pero no. El hombre vestía de rojo, y además, Loren llevaba el velo. No había manera de que lo hubiera reconocido.

—Ten cuidado, cariño —dijo el guardia, a quien la lluvia le resbalaba por la nariz larga y afilada.

Loren se disculpó entre dientes mientras se soltaba y retrocedía a trompicones, resbalando sobre los adoquines mojados. El hombre intentó decir algo más, pero Loren ya había tenido bastante roce con guardias y vigilantes por un día.

Apretó el paso.

Vio la luz de la puerta del burdel, pero permaneció un momento más bajo la lluvia, observando los postigos cerrados de la ventana de su habitación. No sabría decir si Félix había encendido una lámpara mientras él estaba fuera. Se preguntaba qué habría comido, si habría hablado con Elías, si estaría aún despierto. Esperaba que no. Era cobardía por su parte, de acuerdo, pero tras haberle prometido con toda la audacia de la que era capaz que iba a averiguar quién era, regresar con las manos vacías y encima sin empleo era demasiado para él.

Seguro que Félix se burlaría de él, como si estuviera ya bastante avergonzado. No quería afrontarlo. Pero obedientemente, y también porque no tenía ningún otro sitio adonde ir, entró en el edificio, contó los escalones que crujían y se detuvo frente a su puerta. Rotó los hombros hacia atrás y alargó la mano hacia la cerradura.

La puerta estaba rajada.

Cuando la empujó para abrirla, Loren sintió que se le helaba la sangre al ver que estaba vacía. La cesta de pan revenido se le resbaló de las manos entumecidas.

No era necesario preocuparse por tener que enfrentarse a Félix, sino más bien por lo contrario.

Félix no estaba.

CAPÍTULO VII

Félix

Cuando Félix empezó a subir los escalones del burdel, casi deseó que el mundo del hampa fuera real, aunque solo fuera para maldecir el nombre de Elías.

De algún modo, Elías lo había calculado para que al volver al burdel a por el casco se encontrara con la última persona a la que quería ver. Lo que significaba que Elías había sido más listo que él dos veces. No podía dejar las cosas así. Pero Loren no parecía tener interés en las cuentas pendientes de Félix. Lo fulminó con la mirada desde el rellano, empapado, lleno de manchurrones y tan mojigato con siempre.

—Cualquiera diría que alguien que está a punto de ser decapitado se andaría con más cuidado —espetó Loren.

Félix lo miró con frialdad y pasó junto a él para detenerse delante de la puerta de la habitación.

—Y tú no deberías haberte ido sin echar la llave. A saber quién podría entrar.

Empujó la puerta.

—Eres un... un... —A Loren le temblaba la voz y dejó la frase en el aire cuando notó que se cerraba la puerta tras de sí.

—¿Gilipollas? —sugirió Félix—. No pasa nada por decir palabrotas.

Loren se sonrojó hasta las pecas.

—No estabas. Pensé que te habías largado. O que el consejo había venido en mi ausencia.

—Ya ves, y que eso te convierta en mi cómplice. No lo quieran los dioses. Echaría por tierra tu carrera política antes de empezar. —Puso los ojos en blanco—. No soy idiota y no iba a largarme. Elías y yo fuimos a jugar a los dados. ¿Tan imperdonable es?

—Apostar es ilegal.

—Las leyes me la traen el fresco.

La trenza deshecha de Loren chorreaba agua.

—Eres un miserable.

Félix se quedó mirándolo.

—Vives en un burdel. Seguro que has oído cosas peores.

Los orificios nasales de Loren se ensancharon. Félix se puso tenso y esperó el puñetazo, pero lo único que hizo fue atravesar la habitación en dirección a la palangana y le lanzó un paño de tela.

—Lávate. La cena está en la cesta. —Y con un gesto informe añadió—: Fruta y pan. Puedes acostarte en la cama si quieres, me da igual.

—El suelo me vale.

—Muy bien. Y no... me hables.

Loren se restregó los ojos y fue a abrir los postigos. Se subió al alféizar, se asomó a la calle con las piernas colgando y guardó silencio.

Félix se desnudó y se limpio la mugre y la sangre que llevaba encima. No tenía ropa para cambiarse, así que volvió a ponerse la misma túnica sucia. Tendría que aguantarse hasta que estuviera lo bastante lejos de Pompeya como para arriesgarse a detenerse a lavar. Después devoró media hogaza de pan con aceitunas. Y la otra mitad casi, hasta que se acordó de que Loren no habría comido tampoco.

Félix repasó la silueta de Loren asomado a la ventana. Sus hombros hundidos delataban lo decaído que se sentía. Estaba claro que la respuesta que esperase encontrar postrado a los pies de Isis no se había materializado. Saberlo debería haberlo ablandado. No quería que Loren metiera las narices en sus asuntos. La mayoría de los días, ni el propio Félix husmeaba en ellos, puesto que hacerlo solo conducía a un decepcionante callejón sin salida. Pero para su sorpresa, el Loren enfurruñado le gustaba mucho menos que el Loren parlanchín.

Además, si pensaba irse esa noche, lo decente sería despedirse como amigos.

La incomodidad se extendió entre ellos cuando Félix apoyó la espalda en el alféizar, los pies bien plantados dentro de la habitación, y le tendió el pan. Loren frunció el ceño, y despacio aceptó el ofrecimiento.

—Gracias —dijo.

—Es tu comida, no la mía.

—Aun así. —La lluvia empezó a arreciar de nuevo, una oleada rápida sin llegar a ser una lluvia constante—. Odio este tiempo. O hay tormenta, o no, pero esta lluvia a medias...

—¿Le estás dando un ultimátum al cielo?

Loren arrugó la nariz.

—La verdad es que prefiero que el cielo esté siempre despejado. Tal como está ahora no se ven las estrellas. No se ve la luna.

Félix se giró y entornó los ojos.

—Anoche se veía solo una franja estrecha. Apenas nada.

—Creo que por eso me gusta. Porque siempre la ves reaparecer.

Loren se quedó en silencio mientras se terminaba el pan. Se sentaron hombro con hombro, sin llegar a tocarse, a medida que aumentaba la humedad fría en el ambiente. La brisa marina soplaba procedente de la costa incitando un cambio de tiempo, un descanso de un calor otoñal inusual para la época.

—Félix —empezó a decir Loren mientras se sacudía las migas—, si te pregunto una cosa, ¿me dirás la verdad?

—Depende.

—Era de esperar —contestó Loren con una mueca de frustración—. Pero te lo preguntaré de todos modos. Rechazaste la oferta del político porque pensabas que te mataría en cuanto cumplieras tu parte del trato. Pero creo que te equivocas.

—Eso no es una pregunta.

—El casco no se ha movido de su sitio en trescientos años. Hasta ahora. Lo que te pregunto es por qué iba a matar a la única persona que ha podido tocarlo.

No le faltaba razón, pero la idea de que el político ese se lo llevara vivo le resultaba espeluznante. Tenía la sensación de que aquel hombre lo quería para algo mucho peor que morir desangrado en un callejón. Colaboradores, había dicho. Los Casio y Bruto de una nueva era.

No. Félix no podía pararse a pensar en cómo le había cogido el rostro aquel hombre o se perdería sin remedio.

—El tipo de poder que concentra una reliquia como esa es... —Loren dejó la frase a medias mientras soltaba un suspiro tembloroso y reverente—. Que puedas tocarlo tiene que significar algo. ¿Has tenido experiencias divinas antes? ¿Iniciación en rituales? ¿Te ha bendecido un sacerdote?

Félix se tensó.

—No me acuerdo.

—¿No te acuerdas? —insistió Loren.

Bueno, era verdad y no. Los recuerdos estaban ahí, Félix lo sabía porque lo seguían de cerca, invisibles y anónimos. Lo sabía porque sentía su ausencia. Pero por mucho que lo intentaba y por mucho que preguntaba, estaban encerrados a cal y canto, su mente se negaba a recordar. La mayoría de los días no sabía hacia dónde dirigir la pena o hacia quién canalizar la rabia o de dónde salía esa rabia.

Impresiones de una vida que había vivido, pero de la que no recordaba apenas nada.

Unos ojos castaños rodeados de arrugas. Un beso en la frente. Los pasos de su padre en el pavimento, y un pelo cobrizo y rizado que desaparecía de la vista. Una luz tenue de la cella visible porque la puerta estaba abierta, su reflejo en un rostro de mármol mucho después del anochecer. Vino dulce con un toque amargo al final. Adormilado.

Pero si lo recordara por completo, si encontrara la pieza que faltaba, ¿cuánto tardaría la ausencia en convertirse en un absceso? ¿De qué serviría cambiar una herida por otra? Puede que fuera mejor olvidar algunos recuerdos. Puede que tuviera razón en asustarse. Puede que hubiera tenido suerte.

Se pasó las manos nerviosas por el pelo y tragó el nudo que se le había hecho en la garganta seca. En un rincón, el arcón con el casco de Mercurio dentro lanzaba una sombra más oscura que antes. Sintió que le subía un escalofrío por la columna y unos dedos imaginarios presionaban.

Un canto de sirena: *Utilízame. Utilízame y te lo explicaré todo.*

Y una mierda.

—No, no lo sé —espetó Félix, girándose bruscamente hacia Loren con el pulso acelerado y los pulmones constreñidos. Notó la humedad tibia de la lluvia en la espalda, devolviéndolo al mundo real—. Por mucha fascinación que te cause el casco, no puedo decirte nada más. Hablemos de otra cosa.

Loren retrocedió.

—Perdona, no volveré a preguntarte —dijo con suavidad.

Pero la forma en que levantaba solo una comisura de la boca no decía lo mismo. Estaba tramando algo y lo que fuera que tramara auguraba un desastre. Pero Félix tenía cosas que hacer. Tesoros que vender. No podía permitirse el lujo de dejarse llevar hacia senderos de la memoria que habían demostrado ser inútiles empujado por un muchacho medio lelo que trabajaba como asistente en un templo, ni ceder a la provocación de un político desconocido que había acertado por casualidad.

—¿Puedo hacerte otra pregunta? —dijo Loren, manoseando el cordón que llevaba—. No tiene que ver con el casco, te lo juro.

—Pregunta.

Madre mía, lo que hablaba Loren. Pero mejor sería escuchar su parloteo que revolcarse en el terreno de los recuerdos. Además, llenar el silencio no era un cambio tan malo.

—Si fueras a hacer algo horrible, ¿querrías que te advirtieran? Para ir por otro camino.

—Eso implicaría que ese alguien puede predecir el futuro.

—¿Y no es así?

Félix resopló.

—Lo que hacen los sacerdotes, los augures y los oráculos es un paripé. Dicen lo que sea con tal de que les paguen. La única forma de cambiar de camino, es decir, de controlar el camino, es no detenerte.

—Los dioses se ofenderían al oírte decir eso.

—Los dioses se ofenderían por prácticamente todo lo que diga.

Loren lo miró de frente.

—¿Sabes lo que creo? Que eres más sincero de lo que quieres admitir.

—Decir las cosas como son y ser franco no es lo mismo —contestó Félix—. Miento para sobrevivir.

Loren tenía unos ojos bonitos. Amables. Cálidos como la canela a juego con las pecas que le salpicaban la nariz. Cuando miraba, te estudiaba, y Félix no era capaz de apartar la sensación de que su piel, sus músculos, sus costillas se habían vuelto transparentes. La sensación de que el chico podía ver en su interior, ver todos los golpes y las cicatrices que tenía en el corazón.

Qué bobada. Loren no sabía nada de él. Si Félix se ceñía a las normas, quedarían como los desconocidos que eran.

Félix movió la cabeza para aclararse las ideas. Había sido un día difícil. A esas horas la noche anterior estaba observando al guardia del foro en la taberna, preguntándose cómo llevar a cabo con éxito el robo. El guardia había sido el que había pagado por ello. Se sintió culpable, pero se obligó a no pensar en ello. El arrepentimiento, el remordimiento, la recompensa, todos esos sentimientos terminaban rápidamente con la carrera de un ladrón. Otra lección que le había enseñado su padre.

—Se ha hecho tarde —dijo Loren al fijarse en la cara de agotamiento de Félix—. Tienes que dormir.

Félix se levantó con los brazos, las piernas y la cabeza doloridos aún. Hizo ademán de apartarse de la ventana, pero se detuvo. Se demoró un poco.

—Hasta mañana.

Podía sobrevivir unas horas más ahí. Podía soportar el escrutinio de Loren hasta que se quedase dormido. Podía contar con su ingenio para moverse por las calles y alcanzar la puerta de salida. Y después se largaría a toda prisa, lejos de allí y libre, dejaría atrás Pompeya y la política para seguir su camino en busca de un futuro en el que el casco era el premio y nadie sabía absolutamente nada de él.

Y no miraría hacia atrás.

CAPÍTULO VIII

Loren

Loren esperaba que las pesadillas parasen, que el vínculo que conectaba la psique de Félix con la suya estuviera satisfecho ahora que se habían conocido en persona, pero eso fue antes de que abriera los ojos, sin despertarse por completo, con un cuchillo atravesándole el torso.

Un dolor frío le hizo un agujero en lo más hondo. Loren ahogó un grito, acto que lo dividió en dos, mientras buscaba algo de contexto. Los detalles no se materializaron de inmediato. Estaba en un vacío en el que su cerebro lastrado por el dolor iba llenando los huecos de información lentamente mientras miraba el mango borroso que le sobresalía entre las costillas.

Venganza, pensó con amarga ironía, por haber apuñalado a Félix en su sueño la noche anterior.

Fue recuperando más detalles, la neblina tomó forma ligeramente y la imagen de Félix apareció en la oscuridad que tenía delante, exánime y harapiento como siempre. Fantasmal. Verlo después de haberlo conocido en persona le chocó de un modo sorprendente.

El fantasma dijo algo, pero, como siempre, Loren no oyó nada. Era de lo más frustrante. Si tan solo pudiera oír al fantasma, averiguar lo que necesitaba, tal vez podría ayudarlo a descansar.

Se tambaleó. Unos puntitos negros le nublaban la vista. El mundo del sueño iba aclarándose, adoquines que le resultaban conocidos iban cobrando forma bajo sus pies, edificios a lo largo de la calle, toldos coloridos hacían que le latiera el corazón y no tenía nada que ver con el cuchillo.

Estaban a punto de ser destruidos.

—¿Por qué? —preguntó mientras se atragantaba con la sangre. El frío de la sorpresa le había hecho mucho daño. Intentó avanzar un paso tambaleándose y el Félix fantasma le devolvía el reflejo saltando sobre el paso de peatones elevado.

Loren había cruzado por ese mismo paso el día anterior. La tienda amarilla de Nonna estaba más adelante. El templo de Isis se alzaba una calle más allá. Era el sueño más real que había tenido hasta ese momento, preciso hasta el ramillete de diente de león que asomaba entre los adoquines del bordillo.

Porque Félix estaba en Pompeya. Claro. Había visto todos esos detalles por sí mismo.

Se estaban formando unos nubarrones oscuros, pesados, nocivos. Las cenizas ardientes que corrían río abajo le quemaron la trenza.

El Vesubio fue lo último que vio, la cima visible entre la tormenta. Loren lo contempló con esperanza inútil y desesperada. Si pudiera detenerlo… Si tan solo pudiera formar un escudo protector frente al fantasma que hundía el cielo…

La cara del fantasma se contrajo en una mueca burlona. Volvió a mover la boca y esta vez casi oyó lo que decía, pero la voz le llegaba amortiguada y distorsionada, como los sonidos que vibran bajo el agua.

—¿Por qué? —Lágrimas calientes descendían por las mejillas de Loren, el único calor que sentía en el cuerpo frío como la piedra—. ¿Qué te he hecho yo? ¿Qué quieres?

Un paso más. Y sus piernas cedieron, así que siguió gateando. Quería tomar el rostro del Félix fantasma, mirarlo de cerca y obligarlo a susurrarle sus exigencias al oído. La grava se le clavaba en la carne. Apenas lo sentía.

Todavía sobre la piedra, el fantasma se agachó. Tenía una mirada inexpresiva y cruel a la vez. Más palabras. Loren le miraba los labios y leía las figuras que formaba. Tú.

—Tú —dijo Loren entre toses—. Me haces esto todas las noches. Pero estoy cerca, Félix. Estoy... a punto de averiguar quién eres. Y cuando lo haga...

El fantasma señaló el pecho de Loren y este siguió la dirección del dedo. Al principio no comprendía lo que veía. Más bien le parecía imposible.

Agarró el cuchillo él mismo.

Miedo, confusión (él nunca haría algo así...). Loren se sacudió, pero le dio tiempo a captar la última frase que dibujaron los labios del fantasma.

«Te lo has hecho tú solo».

La oscuridad se le echó encima. Después sobrevino la calma, una tumba sofocante y silenciosa.

***

Cuando Loren se incorporó de repente, sintió el cuchillo clavado entre las costillas. Imaginario. Un fantasma.

Respiraba entrecortadamente y pestañeó varias veces seguidas muy deprisa para secar las lágrimas que arrastraba del sueño. Tenía un zumbido en los oídos. La habitación estaba a oscuras. De súbito echaba de menos la luna con tanta intensidad que reverberaba en sus dedos.

—¿Loren?

Se llevó un susto monumental, pero solo era Félix. El de verdad, arrodillado junto a la cama, extendiendo la mano hacia él para despertarlo. Félix, que, sí, tenía la boca ladeada, pero no con expresión de crueldad. Más bien de sarcástica autoconservación. El que soltaba ordinarieces de forma natural, pero había prometido que se verían al día siguiente. Y ahí estaba. El corazón le dio un vuelco de la emoción.

Por la noche, el pelo cobrizo se le enredaba, parecía un mar revuelto de los nudos que se le formaban. Loren miró las ondas que dibujaba y dejó que el gesto suave y adormilado lo arrastrara de nuevo a tierra.

—Estabas muy inquieto —dijo Félix, tenso por algo que Loren describiría como preocupación—. Gritabas.

—No hablo en sueños —contestó Loren, aunque sentía el calor subiéndole por el cuello.

—Has dicho mi nombre —insistió Félix—. Has dicho que te hago esto todas las noches.

Loren apartó la mirada del filo del pómulo de Félix iluminado por una minúscula estría de luz que se colaba de la calle. Se apoyó las palmas en los ojos y luego bajó las manos al regazo.

—No te preocupes. Una pesadilla.

—Eso parecía. ¿Has soñado...?

Félix frunció el ceño, pero Loren adivinó el resto de la pregunta. Que si había soñado con él antes.

Para Félix la respuesta sería imposible. No hacía ni un día que se conocían.

—He dicho que no te preocupes —espetó con excesiva brusquedad, y luego suavizó el tono—. Siento haberte despertado.

Félix dirigió la vista hacia la puerta.

—Estaba levantado. He tenido que ir a hacer pis.

Loren se lo habría tragado si se lo hubiera dicho cualquier otra persona. Aparte se fijó en un puñado de detalles, como que llevaba las sandalias atadas y la tapa del arcón estaba entreabierta. Félix tenía intención de irse. Y lo habría hecho si, irónicamente, su fantasma no hubiera intervenido. Si no le hubiera hecho gritar en sueños. El tenue resplandor que se había encendido al pensar que Félix estaba preocupado por él se esfumó.

Cuando lo miró, se encontró con unos ojos pétreos. Félix sabía que Loren lo sabía, tenía que hacerlo, pero tampoco reconoció abiertamente la mentira.

Loren se tragó la rabia. De nada servía echarse a la cara acusaciones de promesas incumplidas. Pensaba (confiaba) en que Félix sentía parte de su interés por resolver el misterio del casco, tanto si lo admitía como si no. Pero estaba claro que las ganas de irse eran más fuertes que cualquier trato. Loren había sido un idiota por confiar en él.

Ahora los dos tenían que tragarse la incomodidad de un plan frustrado. No faltaba mucho para que amaneciera y ya no había muchas posibilidades de volver a dormirse ahora que había quedado claro que Félix planeaba irse. Pero en lugar de hacerlo, se retiró de la cama para apoyarse en la pared y en sus ojos se reflejó una mirada sombría y ligeramente animal. Loren se estremeció, subió las rodillas al pecho y fingió que no pasaba nada.

«Te lo has hecho tú solo». Loren trató de desentrañar la implicación de que se había clavado su propio cuchillo. En cierto modo, la acusación del Félix fantasma le recordaba a Camilia, que lo culpaba de haber empeorado las cosas entrometiéndose. A lo mejor era cierto que se había metido en demasiados fregados. A lo mejor el Félix fantasma no quería que Loren comprendiera lo que se proponía. No eran amigos ni mucho menos. Se preguntó si alguna vez llegaría a saber qué había hecho para que Félix, o más bien el fantasma, lo odiara tanto.

O si estarían condenados al silencio para siempre.

***

El amanecer no trajo respuestas, pero sí determinación.

La realidad invadió la habitación con el revuelo de los más madrugadores en el exterior, tanto pájaros como panaderos. Loren se bajó de la cama cuando se veía lo suficiente como para no tropezarse, miró a todas partes menos a Félix y sacó del arcón la única túnica limpia que tenía. Se le erizó el vello de los brazos al rozar el casco envuelto en tela.

Dirigir la rabia hacia el casco ayudaba. Podía echarle la culpa de haber empeorado una situación ya mala de por sí. Podía echarle la culpa de las pesadillas que tenía, de su fracaso pronosticando y de que ahora que necesitaba ayuda divina más que nunca, se encontraba con silencio y las puertas del templo cerradas. Menudo don inútil: ver el futuro, pero sin el tiempo o la claridad para cambiarlo.

Bajó la tapa de golpe con un suspiro.

Sacudió la túnica de repuesto para quitarle las arrugas y se desprendió el trozo de seda azul marino que le había regalado un seguidor de Isis la semana anterior. Pensaba sobornar con ella a Aurelia, pero con todo lo que había pasado en los últimos días la idea había quedado al fondo en un revoltijo de cosas. Sin embargo, se le acababa de ocurrir una idea.

Si los dioses le daban la espalda, aún podía resolver el misterio él solo. Y sabía por dónde empezar a mirar.

—Quería preguntártelo anoche —dijo Félix observándolo mientras se cambiaba—. ¿Eso son manchas de vino? Si lo único que haces es beber, a lo mejor sí debería unirme a vosotros.

Loren se mordió la lengua. Había conseguido aguantar todo ese tiempo sin darle vueltas al hecho de que lo hubieran echado del templo, pero no tenía intención de hablarle a él de su derrota.

—Si quieres convertirte, tengo una mala noticia. Hoy no vamos al templo —dijo con toda la alegría que pudo reunir—. Además, sigues teniendo muy mala pinta con la ropa manchada de sangre y polvo.

—Si quieres que me desnude solo tienes que decirlo.

—Coge el pañuelo antes de que me den ganas de dejar que te pudras en esa ropa asquerosa —espetó Loren, aunque no pudo evitar sonrojarse—. Si no llegamos antes de que se llene de gente, nos verán.

La risilla sofocada solo a medias de Félix lo siguió hasta la calle.

Para estar a mediados de otoño y ser tan temprano, el calor se instaló inusualmente pronto por todas partes, como si la ciudad se hubiera cubierto con una manta húmeda de lana. Los comerciantes se afanaban debajo de sus toldos, pero no tardarían en meter de nuevo la mercancía en el interior de sus establecimientos. Las calles se daban de sí al calor del día hasta el punto de que de un momento a otro podrían quebrarse. Loren sintió un pinchazo de lástima por Félix, cubierto con el pañuelo y los vendajes, con la frente sudorosa.

—Hace un calor infernal y huele que echa para atrás —dijo Félix mientras se abanicaba—. ¿Y tú por qué no sudas como un cerdo?

Y fuera la lástima. Loren echó a andar con paso ligero.

Llevaba colgada del codo la cesta casi vacía de Nonna mientras conducía a Félix hacia la parte este de la ciudad, más allá del quesero y el zapatero remendón, que los saludaron con la mano al pasar. En el anfiteatro, los trabajadores pegaban carteles en las paredes de ladrillo.

—¿Qué anuncian? —preguntó Félix conforme se acercaban.

Loren aminoró la marcha.

—Podemos parar a ver.

Félix se removió incómodo.

—Tú dímelo.

—¿No sabes leer?

—¿Y tú sí?

—Pues claro, es... —Loren se detuvo. En Pompeya no era más que un humilde auxiliar de templo. Muchos darían por sentado que era analfabeto. Carraspeó antes de continuar—. Es el festival del que te hablé, la razón por la que hay más gente de lo habitual en la ciudad y por eso hay tantos guardias. Habrá combates de gladiadores, vino, baile. Isis tendrá el honor de celebrar los ritos de apertura mañana por la mañana.

Le salió solo, sin acordarse de que él no formaba parte del templo, hasta que sintió un retortijón de estómago que se lo recordó.

—Pues dile al sacerdote que no pienso dejarle el otro brazo como sacrificio —resopló Félix. Estaba tan indignado que Loren no pudo evitar reírse. La tensión se suavizó por un momento.

Avanzaron una manzana más y el roce de la tela fue el único aviso que recibió Loren antes de sentir el peso que le caía en la espalda desde una repisa un poco más arriba. Aunque tampoco le sorprendió. El pasatiempo favorito de Aurelia era esconderse y aparecérsele sin previo aviso. Pero una cosa era cuando era una niña flacucha de ocho años y otra cuando era una adolescente en pleno estirón.

—Sabía que vendrías hoy —dijo, rodeándole el cuello con los brazos. Loren se removió tratando de liberarse, y solo consiguió que lo soltara cuando fingió que se asfixiaba—. Mamá dijo que no vendrías, pero yo lo sé todo —dijo con una enorme sonrisa de satisfacción.

—Ha pasado solo un día. No puedes haberme echado tanto de menos.

—¿Echarte de menos? Eso nunca. —Aurelia se bajó de un salto y se sacudió las manos en el vestido. Se había atado el bajo para que no le impidiera moverse—. Solo quería enseñarte en lo que he estado trabajando. Además, demuestra que yo tengo razón y mamá no. ¿Quién es este?

A veces cambiaba de tema tan rápido que le daba dolor de cabeza.

Félix se había pegado a la pared y observaba el encuentro con cierto grado de horror, como si no entendiera a los niños. Cuando Loren los presentó, Aurelia arrugó la nariz al ver la ropa mugrienta de Félix.

—¿Se baña?

—Jamás —contestó Félix—. Huéleme.

La niña fingió tener arcadas.

Loren puso los ojos en blanco.

—¿Tu madre está en casa?

La distracción funcionó. Aurelia les indicó con un gesto que la siguieran y entró como un huracán en la tienda de telas de su madre con un grito victorioso.

Livia asomó la cabeza desde la sala lateral.

—Aurelia, habla más bajo. ¿Quién...? ¡Ah, eres tú, Loren!

La mujer cruzó la estancia en dos pasos y lo abrazó. Loren se fundió en el abrazo. El pelo, oscuro y rizado como el de Aurelia, le olía a miel y agua limpia y a todas las cosas bonitas del mundo.

Que, visto lo visto, no era muchas.

Cuando Livia se apartó, lo besó en las mejillas, pero Loren no se atrevía a mirarla a los ojos.

—Hacía mucho que no te veía, cariño. Me preocupaba que me estuvieras evitando.

—Regañas como Nonna.

—Me alegro. Si llego a ser la mitad de imponente que es ella, habré tenido una buena vida —bromeó, pero una arruga de tristeza se le formó entre las cejas. Y en un tono más suave repitió—: Hacía mucho.

Se le notaba en la voz que tenía muchas preguntas. Loren no sabía por dónde empezar.

Menos mal que Aurelia lo salvó. Se subió de un salto al mostrador y con las piernas colgando señaló a Félix.

—Loren ha traído a un amigo. Uno que huele mal. Se llama Félix.

Livia soltó a Loren y siguió con la vista la dirección del dedo de su hija hasta Félix, que se había quedado en la entrada.

—Ay, pobre —dijo preocupada—. Qué mala pinta tienes. ¿Qué te ha pasado?

Félix hizo una mueca.

—El sacerdote de Isis.

—Un hombre horrible —dijo Livia chasqueando la lengua con desaprobación mientras se dirigía a él para abrazarlo también, pero Félix retrocedió y la mujer se detuvo. Optó por cambiar de táctica: le tomó las manos y le sonrió abiertamente, aunque Félix no bajó la guardia—. No te preocupes. Aquí te limpiaremos.

—No tengo dinero para todo, solo para la mitad —dijo Loren—, pero puedo hacerle recados para...

—¿Alguna vez te he pedido que me pagues? —Livia hizo entrar al otro lado del mostrador a un Félix todo rígido y dio unas palmaditas en la mejilla a Loren al pasar—. No vuelvas a ofrecerte a pagarme si no quieres que me ofenda, ¿de acuerdo?

Desaparecieron detrás de la gastada cortina que separaba la entrada de la sala donde hacía la ropa y Loren se frotó el cordón que llevaba alrededor del cuello. Sabía que Livia no llevaba la cuenta, pero Loren lo añadió a la lista de agravios que debía deshacer.

—Te gusta —dijo Aurelia con la boca llena de dátiles que le había gorroneado de la cesta—. Os he visto reír juntos.

—Deja de espiarme y mastica con la boca cerrada.

Aurelia se bajó del mostrador.

—Ven a ver mi proyecto.

Aurelia lo llevó a la habitación que compartía con su madre en la planta superior. Era habitual entre la clase trabajadora pompeyana que el área destinada a vivienda fuera pequeña y que la mayor parte del espacio correspondiera al negocio que tenían. Una cama individual solo un poco mayor que la de Loren, perfectamente hecha y llena de cojines ocupaba el dormitorio. Vio unas muñecas antiguas detrás de un telar y, colgada sobre la ventana, la gladius militar del padre de Aurelia en su funda inmaculada.

Con Livia cualquier lugar transmitía la sensación de hogar. Lo conseguía mediante pequeños detalles, las túnicas cosidas a mano que les ponía a las muñecas, las amapolas bordadas en la ropa de cama. Aquella había sido la habitación de Loren en otro tiempo, cuando llegó a Pompeya, hasta que comprendió que era una carga para ellas en ese espacio tan justo. Para entonces había encontrado trabajo en el templo, donde ganaba lo suficiente para alquilar la habitación-armario del burdel, de modo que pidió disculpas a Livia y se marchó.

Ella no lo había perdonado por haber crecido, pero Loren tampoco podía perdonarse por haberse aprovechado de ella cuando no sabía de dónde provenía ni nada.

Pero tenía que concentrarse. Así que se sacudió de encima la nostalgia.

—Te he traído una cosa —dijo Loren, y le tendió el trozo de seda. A Aurelia se le iluminó la mirada y se lanzó a por la tela, pero él la apartó—. Pero antes tienes que ayudarme.

—No me gusta que me sobornes —dijo con mirada asesina.

—Aun así —contestó Loren, esquivando el pisotón que pretendía darle—. Te pasas el día en el foro jugando, husmeando, como quieras llamarlo. ¿Qué puedes decirme del casco robado?

—¿El casco de Mercurio? —Aurelia se mordió la piel alrededor del pulgar—. Que nadie puede tocarlo. Reté a Celsi a intentarlo una vez...

—Aurelia.

—... pero me dijo que su padre le echaría una buena bronca si aparecía en casa con las manos quemadas. Yo le dije que eso era solo un rumor y me contestó que él sabe que es verdad porque una vez vio que un hombre intentó cogerlo y ahora tiene que llevar guantes. Tiene que ser horrible llevar tapadas las manos todo el tiempo. A ver cómo tejes así.

Arrugó la nariz y se acercó corriendo a retirar la funda que tapaba el telar.

—¿Te dijo Celsi quién era? —Al ver que Aurelia lo miraba pestañeando sin entender, Loren resopló impaciente—. El hombre de los guantes.

—Ah, pues un traficante que vive en la ciudad —dijo y arrugó la cara con picardía—. Pero si quieres saber la verdad, Celsi me dijo que es un pirata buscado por el emperador.

—Celsi dice lo que sea con tal de llamar la atención —dijo Loren con una mueca de desprecio.

No había mucho que rascar en el chismorreo. Un casco divino era algo que no tenía precio. Atraería a cualquiera que tuviera las manos un poco largas, fuese pirata o no. Félix era la prueba de ello. Pero eso no le decía nada sobre la conexión de este con el casco. Abatido, dejó caer la seda en las manos de la chica, que sonrió de oreja a oreja.

—Prueba con Nonna la próxima vez —sugirió—. Debe de ser tan vieja como el propio Mercurio. A lo mejor sabe algo más. Pero, mira.

Y sin más ni más, apartó la funda del telar. Loren se quedó de piedra.

Tensado en el marco de madera del telar estaba el último trabajo de Aurelia, un tapiz de hilos entrelazados que formaban una imagen abstracta. Tejía sus tapices con los hilos de los retales que no le servían a su madre, reunía los colores como hacen las urracas con las cosas brillantes, y tenía la habilidad de crear cosas impresionantes a partir de esos restos.

Sus tapices contaban historias. Contaban visiones.

El diseño que había en el telar mostraba una ola elevándose, pero en el mar. Era una onda negra de aspecto nocivo que se elevaba atravesada por una banda roja con hilos grises entrelazados...

—El final se oculta por aquí en alguna parte —musitó Aurelia—. Pero no doy con él.

Cobre y plata entrelazados.

A Loren se le puso mal cuerpo. Había visto esos colores muchas veces últimamente. Y, por lo que parecía, Aurelia también. Eso era justo lo que temía, por eso no compartía con ella detalles de sus sueños. Una visión era una posibilidad. Dos eran la confirmación.

Cobre y plata. Un ladrón y su tesoro robado en el fin del mundo.

Loren se dejó caer sobre el borde de la cama con las rodillas temblorosas.

—Le...

—Falta un elemento, ya lo sé. —Aurelia levantó en alto el trozo de seda azul marino—. ¿Esto, tal vez? ¿Cómo lo terminarías tú?

—Yo no sé tejer —respondió con una voz pretendidamente firme mientras apartaba la mirada del telar—. A lo mejor tienes que dejarlo reposar un tiempo, empezar otra cosa, no sé.

—Me temo que no va a darme tiempo.

—Eres joven, Aurelia. Tienes todo el tiempo del mundo.

—Mamá dice que tengo alma de anciana —contestó ella con los ojos en blanco—. Dice lo mismo de ti.

Loren frunció el ceño.

—Tienes que buscarte amigos de tu edad.

—Tengo a Celsi.

—Tú odias a Celsi.

—No es verdad. Es él quien odia a todo el mundo. Menos a mí, claro. Pero a quien más odia es a ti. —Se sentó en el suelo a los pies de Loren—. Hazme una trenza.

El parloteo pasó a centrarse en chismorreos del barrio: la gente criticaba a Nonna por ponerle demasiada sal al pan, las peleas en las que se había metido últimamente, pero a Loren no le pasó por alto que la niña no había vuelto a tapar el telar, un agujero oscuro en la habitación que una vez fue su hogar. Como tampoco conseguía olvidar las palabras mudas del Félix fantasma, que no dejaban de dar vueltas en su mente, entrelazándose cada vez más fuerte, como un hilo que está a punto de partirse...

«Te lo has hecho tú solo».

CAPÍTULO IX

Félix

El vínculo que unía a Livia y a Loren iba más allá de la comprensión de Félix.

No era que no echara de menos a su madre. Más bien no tenía una madre a la que echar de menos. Lo abandonó poco después de nacer. Fin de la historia. Su padre nunca le hablaba de ella, de modo que no sabía qué aspecto tenía o cuáles eran sus flores favoritas. Y si a veces imaginaba la sinuosa carretera que salía de Roma, la misma que había tomado él once años después, y se preguntaba si tendría los mismos ojos que ella, era solo asunto suyo.

Una vez en el probador, Livia le dijo que se quitara el pañuelo y la tela que lo cubría, de modo que se quedó solo con la prenda interior que le cubría las partes íntimas. La incomodidad se le alojó en la garganta, pero cuando apretó contra el pecho la vieja túnica como si fuera un escudo protector, la mujer se la quitó de las manos con cuidado.

—Aquí no tienes nada que temer. Soy costurera, he visto de todo. —Extendió la túnica sobre la mesa donde hacía los patrones y examinó las manchas antiguas, los zurcidos y las salpicaduras de sangre por todo el borde inferior demasiado corto—. ¿Desde cuándo la tienes?

La túnica había pertenecido a su padre y le quedaba grande cuando Félix huyó de casa. En los años transcurridos desde entonces se había ido desgastando, saltando de ciudad en ciudad, y el tejido se había ido encogiendo a medida que él crecía. Pero no se había deshecho de ella, por mucho que fuera en contra de la norma sobre encariñarse con las cosas.

Los artículos que eran tangibles se estropeaban con el tiempo, pero no se embrollaban como pasaba con los recuerdos.

—Desde hace bastante —admitió.

—Has cuidado bien de ella. La ropa cuenta una historia, cariño. La tuya debe de ser dura.

Notó que se le secaba la boca y giró la cabeza.

—Es solo un trozo de tela.

Livia la dobló con cuidado y después se puso a rebuscar en un armario un trozo que pudiera valerle. Sacó un retal de lana color vino, que lo cubría por completo, y una pieza de algodón económico que le llegaba por debajo de las rodillas y Félix tiraba todo el rato para bajársela. Así que al final se decantó por una prenda azul marino.

—La ha tejido Aurelia —murmuró Livia, alisando el borde con la mano—. La ha teñido y todo. Quería guardarla para Loren, pero con esos hombros tan delgados...

Se la puso por la cabeza y empezó a marcar frunces con alfileres y la ciñó a la cintura con un cinturón de cuero. El lino era más suave que otros que se había probado, como una brisa fresca en pleno verano.

—Mira, tiene un bolsillo —dijo Livia, tocando la bolsita unida al cinturón.

—No la puedo pagar —dijo Félix cuando le pidió que se girase para verlo mejor.

—Tonterías. Ya has oído lo que le he dicho a Loren. Además, me parece que no está de más que alguien sea amable contigo.

Esbozó una sonrisa amplia y cálida mientras él toqueteaba el tejido caro sin atreverse a mirarla a los ojos.

Después, Livia lo echó del probador y salió a la parte abierta de la tienda justo cuando Loren y Aurelia bajaban las escaleras. Aurelia llevaba una trenza recién hecha y su ceño fruncido era triunfal. Loren, por su parte, parecía encontrarse mal, tenía los labios apretados y se había puesto pálido. Pero antes de que le diera tiempo a adivinar qué le ocurría, le cambió la expresión.

—Te queda... bien —dijo Loren tragando saliva.

—El azul marino le favorece. —Livia cogió un montón de cuadrados de tela y los puso en la cesta de Loren—. Y ahora fuera, llevad estos paños a Nonna antes de que venga a reclamármelos.

Loren se volvió y la abrazó de nuevo. Dos abrazos en menos de una hora. Félix notó que el estómago se le ponía del revés. Los dejó abrazándose, le dio las gracias en voz baja y se dirigió hacia la puerta poniéndose el pañuelo en la cabeza. Pese al calor que hacía entrada ya la mañana, le costaba menos respirar ahí fuera. La tienda de Livia no solo estaba atestada, era un lugar íntimo. Félix prefería morirse de calor a la ternura asfixiante.

Los muros de Pompeya amenazaban con no dejarlo salir y quedárselo como uno más. Tenía que irse de allí. Y pronto. Pero antes de que pudiera echar a correr, Loren salió de la tienda con paso ágil.

—Para ti es fácil —soltó Félix sin poder contenerse.

Loren lo miró con extrañeza.

—¿Qué es fácil?

Abrazar, tocar. Pedir un sencillo favor sin temer las consecuencias. Pero a él se le revolvió de nuevo el estómago.

—Olvídalo. ¿Adónde vamos ahora?

—A la tienda de Nonna para devolverle esto. —Loren levantó la cesta—. Y también quiero hacerle unas preguntas. Pero primero te llevaré al burdel. Puedes estar un rato con Elías hasta que yo vuelva.

Por el amor de los dioses. Félix gimotearía de buena gana. Loren pretendía encasquetárselo a Elías como si fuera un crío del que no se podía fiar, lo que, ciertamente, era verdad. Elías observaba con la fijeza de un halcón y aunque aún no había analizado la clase de relación que había entre ellos, sí sabía que Elías haría lo que Loren le pidiera. Resultaría imposible escapar si lo dejaba a su cargo.

Mientras que a Loren era más fácil distraerlo.

—Déjame que te acompañe —dijo Félix. Y cuando el otro empezó a negarse, se apresuró a decir—: Me volveré loco encerrado en ese sitio. O volveré loco a Elías. A propósito. Te juro por Júpiter que lo haré.

Loren se mordió el labio inferior.

—No es seguro, Félix.

—Tanto como la vida —contestó él mientras se despegaba de la pared—. Enséñame tu ciudad.

***

Félix sabía que había pillado por sorpresa a Loren al pedirle que le hiciera un recorrido por la ciudad. Ventaja táctica. Era más fácil manejar a

Loren así, tan absorto en hablar de esto y lo otro que le dejaba innumerables oportunidades para escapar. Colarse en un callejón mientras Loren estaba absorto charlando con alguien. Hacer volcar un puesto de verduras para montar un follón. Cruzar la calle rápidamente justo antes de que se llenara de tráfico rodado. Todas tentadoras. Sintió un hormigueo de expectación en los dedos.

Pero cada vez que estaba a punto de hacerlo, Loren volvía la cabeza y lo miraba con una sonrisa. O le pedía opinión sobre un jarrón que vendían en un puesto. O le daba una fruta. Era exasperante que Loren lo tratara como si fueran amigos. Claro que, pensándolo bien, Loren era amigo de toda Pompeya, y todo el mundo lo conocía. Peor aún, a todos les caía bien, de esa forma entre desconcertada y entretenida propia de los adultos con un niño parlanchín. Cuando no estaba hablando sobre impuestos con un comerciante, estaba saludando a uno a voces o estrechándole la mano a otro. Conocer a la gente no suponía un peligro para él. Repartía sonrisas sin temor a que alguien lo reconociera y supiera que era un carterista. Cuando la guardia urbana patrullaba, Loren no se ponía tenso.

Félix caminaba con la cabeza baja y el pañuelo bien ceñido a pesar del calor. Loren no tenía ni idea de la suerte que tenía. Igual debería haber probado suerte con Elías.

Una anciana que dormitaba a la puerta de una panadería (supuso que sería la tal Nonna) no encontró gracioso que Loren la despertara de un codazo para entregarle los paños de Livia.

—¿Quién es este? —quiso saber la mujer mirando a Félix con desconfianza—. No me gusta su aspecto. Un pillo. Me recuerda a mi marido, que Caronte se lleve pronto el alma de ese cabrón.

—Este es Félix —dijo Loren con amabilidad—. Está bajo la tutela de Isis. Le estoy enseñando la ciudad.

—¡Bah! ¿El sacerdote te ha encasquetado a un delincuente? Que Caronte se lleve pronto su alma también.

—El sacerdote aún vive.

—De momento —respondió la mujer con aire siniestro. Se levantó con esfuerzo entre el crujido de los huesos y la silla, y puso una fuente cubierta sobre la mesa—. Entrad a la sombra y sentaos.

Félix cogió un trozo de pan plano cuando la mujer se lo alargó. La miró vacilante y después a Loren, que sonrió.

—Si andas por aquí el tiempo suficiente, acaba dándote de comer.

Las arrugas que enmarcaban los labios de la mujer se acentuaron e indicó a Félix que se acercara haciéndole señas con un dedo torcido.

—Voy a contarte algo sobre Loren que te ayudará.

Félix acercó el taburete todo lo que pudo teniendo en cuenta que había una mesa en medio.

—Es un chico encantador. Un buen chico. Pero no tiene ni una pizca de sentido común. Es como un gorrión. Anda revoloteando todo el día por ahí, con la cabeza hueca, picoteando entre las sobras. —Hizo un gesto rápido de la muñeca, como si estuviera espantando un bicho. Aun así, le dio un trozo de pan a Loren también—. Debemos comer pan bueno mientras podamos, y me temo que no nos queda mucho tiempo.

Loren torció el gesto al morder, como si el pan se hubiera convertido en ceniza al metérselo en la boca.

A Félix se le quitó el hambre. Conocía esa mirada, la mirada supersticiosa que vaticina el desastre, la misma que había dirigido al casco, la misma que tenía justo antes de golpearlo en la cabeza. La mirada que hacía que se preguntara qué era lo que sabía Loren, pero no quería contarle.

—No... —dijo Félix.

—Te habrás enterado de lo del casco —repuso Loren de carrerilla, inclinándose hacia delante—. A lo mejor significa algo.

Nonna refunfuñó y se puso a trabajar la masa con manos hábiles dándole forma redondeada.

—Cuando una tiene los años que yo tengo, por fuerza aprende a reconocer un signo divino. ¿Qué es lo que llevo diciendo desde hace años? Es cuestión de tiempo, pero Livia dice que no, que seguro que no es nada. Esa mujer es una necia.

Loren miró de reojo a Félix.

—¿Sabes, o mejor dicho, quién crees que puede habérselo llevado? ¿Y cómo? Es evidente que los dioses no querían que nadie lo tocara.

—El abuelo de mi abuelo se aseguró de que se lo entregaran a la ciudad, nos lo trajo desde Corinto, que era una verdadera carnicería, y lo dejó aquí para ser admirado. Por Roma. Los conquistadores robando a los conquistados para regalárselo a los conquistados. —Escupió por encima del hombro—. Si Mercurio no quería que lo movieran, no lo habrían movido de su sitio.

Mercurio. El nombre revoloteó de nuevo en el vacío de la memoria de Félix. Provocando, burlándose, como asomándose entre los postigos de su propia vida incapaz de abrir la ventana, mientras que los demás no encontraba obstáculo alguno. Se mordió con frustración la lengua.

Loren apretaba los labios con cara de enfado.

—Mercurio es un embaucador. ¿Causar problemas solo por gusto?

—Tu error es que intentas racionalizar los actos de los dioses desde el punto de vista de un ser humano. Ellos no son como nosotros, y Mercurio no es ni siquiera como sus hermanos. Recuerda que solo él puede cruzar del mundo de los vivos al de los muertos.

—Es verdad —dijo y el ceño se le frunció aún más—. Es un psicopompo. Conduce a las almas al Inframundo. ¿Te preocupa que se pueda acceder a su poder a través del casco?

—Me asusta menos el casco que la marioneta capaz de cogerlo. Tanto si lo sabe como si no, el ladrón tiene más cosas en común con los muertos que con los vivos. Son límites que no deberían desdibujarse. —La mujer hizo una equis con un cuchillo sobre la masa—. Porque ¿qué es un perro doméstico sino un lobo desprovisto de su salvajismo? Camina entre sueños. Cruza los planos. Un poder a la espera de que lo usen.

Ya estaba bien.

Las acusaciones le recubrían la piel con un barniz pringoso. Él no era nada de eso. Él no era nadie. Era un niño de la calle. No tenía ningún poder, doméstico ni de ninguna otra clase, y no se dejaría utilizar por un dios en quien no podía permitirse creer.

Ya estaba bien.

El destino era una gilipollez, pero cuando Nonna se levantó para meter la masa en el horno y a Loren se le cayó la bandeja, Félix se tomó la regañina como su propia señal divina y salió por piernas. Bajó de un salto del paso de peatones elevado y se mezcló con el tráfico de una ciudad que empezaba a despertar de la siesta de media tarde.

Los negocios funcionaban como de costumbre. Las tiendas abrían de nuevo sus puertas y sacaban el género a las mesas dispuestas en el exterior. Los carros avanzaban pesadamente tirados por mulas ariscas. Félix corría entre la multitud, pasó por debajo de una litera que portaban los sirvientes de algún cabrón rico, se colaba entre los amigos que caminaban tranquilamente del brazo. El pulso se le aceleró con la misma excitación que sintió al robar el casco.

Nonna podía guardarse sus supersticiones sobre dioses y marionetas. Él decidía su propio camino.

Llegó al otro lado de la calle sintiéndose victorioso. En cuanto recuperase el casco, se acabarían los problemas. Solo tenía que...

—¡Félix, espera!

Volverse a mirar fue un error.

Loren se tambaleó jadeante mientras cruzaba un paso elevado.

Y se derrumbó.

Félix se detuvo. Era la oportunidad perfecta para escapar, para dejar atrás Pompeya por fin. Los valiosos segundos que perdería en volver sobre sus pasos sería mejor emplearlos en ir corriendo al burdel a por su tesoro. Además, cuando quisiera llegar hasta él, Loren ya se habría recuperado, se habría levantado y estaría sacudiéndose el polvo de la túnica. O alguien lo ayudaría. No le debía nada.

Pero lo estaba viendo y nadie se molestaba en mirarlo siquiera mientras un carro se precipitaba hacia el cruce.

Soltando todo tipo de palabrotas malsonantes entre dientes, Félix volvió la esquina de la calle y atravesó bruscamente la marea de espectadores.

Vio por un hueco entre la multitud a Loren de rodillas, las palmas sobre los adoquines, el mismo tipo de desmayo que había sufrido el día anterior cuando él, Félix, simuló ponerse el casco. Deshidratación, agotamiento o algo peor. Algo en lo que Félix no quería pensar siquiera.

Loren se enderezó cuando Félix llegó saltando sobre las piedras del paso. Sus ojos se encontraron, los de Loren abiertos como platos y desenfocados. Lo agarró por las axilas y lo llevó a un lado justo cuando el carro, cuyo conductor iba distraído, pasaba por el paso de peatones con gran estruendo.

No le dio tiempo a recuperar el aliento cuando Loren recuperó el control y, llevado por el pánico, lo empujó hacia un hueco en la pared, su torso rozando casi el de Félix. La cercanía lo incomodó.

—Mira —siseó Loren, que señaló con un gesto la calle al otro lado del cruce.

Dos capas de llamativo y peligroso color escarlata ondeaban un poco más adelante. Las prendas pertenecían a dos hombres armados que bajaban por la calle: Darius, el guardia del político, y un compañero. A ambos les pasó desapercibido el alboroto provocado por el desmayo de Loren.

—¿No es ese... el soldado? —musitó Loren con la respiración entrecortada al oído de Félix—. El que te perseguía.

Félix observó a los guardias con los ojos entornados. Se había quedado helado.

—Y yo me dirigía hacia esa calle. Me habría dado de bruces con ellos.

—Dioses —musitó Loren antes de dejarse caer en el suelo.

Darius y su compañero desaparecieron de la vista. Félix miró a Loren.

—¿Te has hecho daño?

—No, estoy... —En un instante, Loren volvió en sí y enfocó la mirada—. ¿Y tú?

—Yo no me he desmayado.

—Ha sido por el calor.

—No los había visto —dijo Félix—. Pero tú lo sabías. Me has avisado. ¿Cómo lo has hecho?

—No lo sabía —contestó Loren con un hilo de voz—. Has salido corriendo. Yo solo quería... quería que te parases. Nuestro acuerdo...

—Loren —insistió Félix, pero no tenía nada más que decir. Ese chico loco e impulsivo había visto el peligro que corría y lo había salvado. Nadie se había jugado el cuello para ayudarlo en la vida—. Gracias. Por lo que has hecho.

Al principio, Loren parecía confundido. Después abrió los ojos como platos.

—Lo he hecho. He cambiado lo... Lo he hecho yo. —Se levantó de un salto y salió del hueco, tembloroso como una mesa hecha a toda prisa—. Venga, tenemos que irnos.

—Yo no vuelvo con esa Nonna. —Félix se plantó en la calle sin moverse—. Vamos a cualquier otro sitio.

—Pero... tengo que preguntarle más...

—Pues ve tú solo y pregúntale lo que quieras. Yo me quedo aquí.

Punto muerto. Félix sabía que no lo dejaría solo. Con todas las veces que había intentado escaparse, había destrozado toda la confianza ingenua que pudiera albergar Loren.

—Cre... Creo que deberíamos evitar el mercado de momento, por los guardias —dijo Loren con los labios apretados con preocupación—. Pero Félix, si solo las preguntas ya te ponen incómodo, ¿cómo reaccionarás cuando encontremos las respuestas?

Loren se alejó tambaleándose en dirección opuesta a la tienda de Nonna y lejos también de los guardias del político. Félix esperó un momento, molesto. Había ganado esa mano, pero la marcha de Loren le había sentado como una bofetada.

Suspiró y lo siguió. Por la noche. Se iría por la noche. Con la seguridad de que Loren no se desmayaría cruzando la calle llena de tráfico.

En el foro, Loren le dio unas monedas a un tendero por dos trozos de panal chorreantes de miel. Le dio uno a Félix, que dejó que se le fundiera en la lengua, con los dedos deliciosamente pringosos. Y después marcharon corriendo al puerto a ver llegar los últimos barcos, todo lo lejos del mercado y las patrullas de guardias que les permitía la ciudad.

Un muelle de madera se extendía sobre el agua. La marea estaba alta y cuando Félix se sentó junto a Loren sobre las tablas, los dedos de los pies rozaban el agua fría.

—Nonna me dijo una vez que el litoral cambia —dijo Loren—. Hace mil años, esto donde estamos sentados se encontraba bajo las aguas. Puede que dentro de otros mil años, no haya nada de agua.

La miel le resbaló por la muñeca y la recogió con la lengua.

Félix ahogó un gemido y apartó la vista.

—Menuda gilipollez. ¿Cómo va a saberlo ella?

—Los ancianos saben cosas —respondió con un encogimiento de hombros—. Me pregunto si deberíamos contarle que tenemos el casco.

Félix lo miró con fijeza.

—¿Te has golpeado la cabeza al caerte?

—Es que no puedo dejar de pensar en lo que ha dicho, que el ladrón debe de ser una marioneta de Mercurio. Que Mercurio quería que lo movieran de su sitio.

—A mí me da igual lo que quiera Mercurio. Lo cogí porque la recompensa merecía la pena. —Debería merecer la pena, corrigió Félix para sí, si conseguía venderlo sin que políticos y auxiliares de templo metieran las narices en sus asuntos—. No dejas de hacer preguntas, de sugerir todo tipo de ideas disparatadas, pero no te satisfacen las respuestas que puedo darte. El casco relucía. Soy un ladrón. Robo cosas brillantes. ¿Por qué no te vale con eso?

—Porque... Porque... —Loren cerró los ojos con fuerza. Al otro lado del embarcadero, un estibador gritó una grosería a un barco que entraba en el puerto—. No puedo, sencillamente. Fíjate en todos esos mitos. Cuando los humanos actúan en nombre de los dioses, terminan destruidos. Si Mercurio te empujó a coger el casco, podríamos hacer algo con eso. Podríamos averiguar el porqué antes de que las consecuencias empeoren.

—Esa es otra. Estás convencido de que tiene que haber consecuencias. ¿Y qué pasa si no las hay? ¿Y si me han dejado que me lo lleve y que me salga con la mía?

—Siempre hay consecuencias cuando los mortales se cruzan en el camino de los dioses. Ícaro no hizo caso de las advertencias y se acercó demasiado al sol. Aquiles no quiso luchar cuando se lo ordenaron y por culpa del orgullo perdió a Patroclo. Hércules...

—Vale ya —espetó Félix—. No soy Hércules. Ni Aquiles. Soy Félix a secas.

—Si no consigo averiguar cómo detener lo que va a suceder —dijo Loren con un hilo de voz muy serio—, serás Patroclo. Muerto llevando puesto el casco de otro.

—Vaya una mierda de metáfora. No sé quién es ese.

—El amante de Aquiles. Ponte serio, anda. ¿Es que no has leído la *Ilíada*? —Al ver que Félix enarcaba una ceja, tuvo la decencia de mostrarse avergonzado—. Puedo enseñarte si quieres. No sería la primera vez.

Félix gruñó, pero su plan había funcionado. Sintió un pinchazo de culpa por haber cambiado a propósito el rumbo de la conversación, lo que fuera con tal de dejar el tema del dichoso casco y los dichosos dioses y el desastre que Loren estaba emperrado en que iba a caer sobre ellos, y todo porque él había hecho lo que hacen los ladrones. Pero Loren se distraía con tanta facilidad que habría perdido el hilo de sus pensamientos igualmente.

—Te serviría para ampliar tu vocabulario al menos —dijo Loren, y dio una patada al agua—. Tengo un fragmento del poema que puedo enseñarte, aunque está en griego, y mi tutor no podía leer ni una palabra. Así que tuve que aprender yo solo. El fragmento no es nada especial, pero es la parte que más me gusta. Entonces, ¿conoces a Aquiles?

—Todo el mundo conoce a Aquiles —respondió Félix.

—Ya, bueno...

—¿Es una escena de guerra?

—No exactamente...

—Una escena de sexo.

—No —respondió Loren, y... sí.

Allí estaba. El rubor agitado extendiéndose por las mejillas y el cuello. Satisfecho, Félix se echó hacia atrás y apoyó las manos en el suelo, la cara levantada para que le diera el sol. La posición hacía que le tirasen los puntos, pero el calorcito era muy agradable. Una gaviota lanzó un chillido agudo mientras se lanzaba en picado, una sombra distorsionada sobre las olas.

—Venga, vale —cedió—. Cuéntamelo.

Loren resopló.

—Te estás burlando de mí.

—Te juro que no. —Tal vez un poco—. Venga.

Loren levantó una rodilla hacia el pecho y apoyó la barbilla en ella. Seguía frunciendo el ceño, pero comenzó a hablar y el gesto se le suavizó, como si no hubieran discutido por el casco. Félix deseó poder tener esa capacidad para perdonar. O de olvidar todo lo que no era importante.

—A la mayoría no les parece emocionante, pero para mí... ¿Sabías que Aquiles tocaba la lira? Podía hacer enmudecer a toda una sala con su talento, pero los otros hombres solo lo querían para pelear. Excepto Patroclo. En esa escena, Patrocolo está sentado escuchando, los dos solos en su tienda. Su propio refugio frente a la tormenta de la que solo conocían el inicio.

—¿Eso es todo? De toda la historia, ¿esa es la única escena que conservas?

—Sí que te estás burlando de mí.

Félix se enderezó demasiado rápido.

—No, es bonita, pero es extraño. ¿Por qué esa parte?

—Creo que a mí también me gustaría algún día. La intimidad. —Se sujetó un mechón de pelo detrás de la oreja—. Sé que hablo mucho. Demasiado. Por una vez quiero estar con alguien a quien no le importe escuchar.

Félix lo miró mientras este contemplaba las olas; la nariz recta, los altos pómulos que pedían a gritos que alguien los grabara en mármol. El bajo de la túnica gris se le había subido hasta el muslo. Félix hizo como si no se hubiera fijado. Llegó hasta ellos el olor salobre de la brisa marina, que le revolvió el pelo de nuevo. Todo en él era libertad, los sentimientos de Félix no tenían ningún sentido.

Un hormigueo le recorrió los dedos. Retirarle el pelo sería uno de esos gestos naturales. Fácil para cualquiera. Félix intentó calmarse y alargó la mano. Pero se quedó de piedra, muerto de vergüenza, cuando Loren notó el movimiento y se giró hacia él con los ojos como platos.

—¿Qué haces?

Félix dejó caer la mano en el regazo.

—Mirabas el agua como si estuvieras pensando en tirarte. No quiero que me culpen si te ahogas.

—No exageres. —Loren soltó una risa entrecortada y se levantó, de modo que la túnica le cayó de nuevo—. Venga, seguro que los guardias ya no están. Vamos a por algo para cenar.

Los tablones crujieron cuando Loren echó a andar.

Fácil para cualquiera, menos para Félix. Notó de nuevo la presión de Pompeya, cerrándose sobre él, la sensación de estar acorralado no solo por los guardias urbanos. Cuanto más permanecía allí, escuchando a Loren hablar sobre dioses y héroes, sobre las consecuencias y sobre un futuro condenado a la destrucción, y todas las cosas en las que él se esforzaba por no pensar, pero Loren le imploraba que afrontara, cuanto más se preguntaba...

Detuvo esos pensamientos sin rumbo. El camino estaba sembrado de normas incumplidas.

Una última comida y se iría para siempre, como debería haber hecho por la mañana.

Entornó los ojos para protegerse del sol poniente, receloso por lo que pudiera aguardarle esa noche, y siguió a Loren y su interminable cháchara hacia el meollo de Pompeya.

CAPÍTULO X

Loren

—Como no dejes de moverte van a adivinar que ocultas algo —dijo Loren mientras rebañaba con el pan los restos aún tibios de su guiso misterioso del fondo del cuenco.

—Noto que me miran —respondió Félix, que aferró más fuerte la cuchara—. No puedo evitarlo.

Loren suspiró por la nariz y se enderezó. Estaban de pie en una mesa alta cerca de la barra, sin hacer caso a las miradas suspicaces de Nicias, el dueño de la taberna. Loren debería haber insistido en que se llevaran la comida a su habitación, pero Nicias, como Nonna, se había fijado en la actitud de pillo de Félix y había insistido en que comieran en la taberna, no fuera a robarle un plato.

Elías tenía una frase que describía al tabernero, pero empleaba palabras que Loren no se atrevía a repetir.

La taberna estaba llena de gente que quería cenar algo antes de que dieran comienzo los festejos nocturnos. Las risas flotaban en el ambiente, gente achispada camino de emborrarse. El perro de Nicias golpeaba el mostrador con la cola esperando que alguien le diera unas migajas, y la comida borboteaba alegremente en las ollas. Loren no vio nada fuera de lugar, pero el mal humor de Félix no había hecho más que empeorar desde que abandonaron el puerto. Estaba nervioso, tenso, preparado para saltar a la mínima.

—Han estado mirándote toda la tarde —señaló Loren—. Y anoche estuviste apostando.

—En una mesa de jugadores todos somos criminales. Todos tenemos algo que ocultar, así que sabemos que es mejor no mirar a nadie. Esta es gente normal. No es lo mismo.

—El mundo no puede dividirse entre gente normal y criminales. Es demasiado simple.

—Ya, se me olvidaban los ricos. —Félix parpadeó sin dejarse impresionar—. Y los políticos, que se sitúan entre los ricos y los criminales.

Loren sintió un nudo en el estómago y se le quitó el hambre. Otra suposición, que a Félix se le daban de miedo.

—Si te sirve de consuelo, soy el primero en admitir la frivolidad de mis ambiciones políticas. Pero preferiría que te guardaras las indirectas.

—Frívolo. Como si fuera un juego. —Frente a él en la mesa, Félix se quedó de piedra. El chico que bromeaba, se burlaba y escuchaba el incesante parloteo de Loren había desaparecido, se había esfumado entre la cálida niebla que subía del adoquinado—. Al principio no entendía a qué jugabas. Te quejas de que no tienes poder, pero no tuviste ningún miramiento en hacerte responsable de mí. Vives en un burdel, pero hablas de tutores. Podría robarte el dinero que llevas en el bolsillo ahora mismo y no te darías ni cuenta. Porque no tienes que darte cuenta.

—¿Qué quieres decir?

—Quiero decir que tu sitio no está en los burdeles y los bares baratos, igual que yo no soy de Pompeya.

A Loren se le aceleró el pulso. Lo empujaron por detrás al pasar porque la taberna estaba hasta arriba. Consciente de pronto de que pudieran oírlos, se agachó y susurró:

—Te equivocas.

—Tu sitio está en el consejo de la ciudad. Repartiendo compasión disfrazada de caridad. ¿Te lo enseñó tu padre o te mandó que vinieras para aprender el arte de la manipulación?

—Mis padres no tienen nada que ver con lo que hago aquí.

—Entonces, ¿están vivos? ¿Lo sabe Livia? ¿Y Nonna? ¿O les has contado alguna historia triste para que sintieran lástima de ti?

—Ya vale —espetó Loren—. No todo el mundo es así de despreciable. Vine a Pompeya para hacer algo importante. Para cambiar las cosas. Siento que tu padre no te enseñara a ser una persona honrada.

—Mi padre está muerto.

La confesión lo sorprendió. Los muros que rodeaban a Félix no eran de ladrillos y mortero, eran tan inaccesibles como los escarpados acantilados de la costa amalfitana, donde solía veranear la familia de Loren. Era lo más cerca que había estado Félix de revelar de dónde procedía, por qué era como era.

Loren sintió el pinchazo de la culpa.

—No pretendía...

—Voy a decirte lo que me enseñó —dijo Félix—. La única diferencia entre los políticos y los ladrones es quién vive y quién muere. Cuando su banda de contrabandistas se volvió contra él, también aprendí de eso.

—Félix, lo siento.

Loren se estiró para tocarle la mano apretada en un puño sobre la mesa, pero Félix se apartó bruscamente. La cuchara rebotó en el cuenco con un tintineo y los salpicó a los dos. Un chorro de salsa oscura manchó la frente de Loren, pero, al contrario que el veloz aguijonazo del rechazo, no quemaba.

—Tengo que ir a mear —dijo Félix con indiferencia.

Y salió a toda prisa. Algunos clientes lo observaron alejarse molestos por el arrebato. El perro de Nicias gruñó entre dientes y seguidamente se acercó con sigilo a lamer los churretes que caían del guiso.

Loren se quedó paralizado hasta que el silencio se rompió y la gente siguió chismorreando como si tal cosa. Se limpió la frente. Algunos trozos de carne se le habían quedado enganchados en la trenza. En la barra, Nicias carraspeó y le señaló el desastre con un gesto brusco de la mano.

Tenía que ir a ver a Félix. Lo sabía.

Pero la humillación lo dejó clavado en el suelo. Independientemente de lo que pudieran decir otros, él no tenía ni idea. Con los ojos cerrados había visto al guardia atravesar a Félix con su espada en plena calle llena de gente, y por una vez había reaccionado a tiempo para evitarlo. Esperaba que eso significara que empezaba a entender a Félix, lo que insinuaba que existía algo parecido a la amistad o, al menos, el fin de la hostilidad. Cualquier cosa que pudiera hacer que Félix se abriera y lo ayudara a averiguar quién era ese chico, a qué había ido a Pompeya. En el fondo, incluso había empezado a sospechar que podría llevarse bien con él, que ocultaba su bondad bajo un exterior recubierto de espinas, si se daban el tiempo para ello.

Pero el tiempo se estaba agotando. Félix no quería que fueran amigos. No quería saber nada de él.

A la porra el guiso tirado. Félix podría estar ya a mitad de camino del burdel. Sin embargo, cuando rodeó la mesa para ir tras él, un hombre con armadura de cuero le cortó el paso.

—¿Buscabas esto? —Le tendió un trapo.

—No, gracias —contestó él, e intentó pasar por debajo del brazo del soldado, que le cerró el paso de nuevo.

—Una pena —siguió diciendo al tiempo que se acercaba más a Loren—. Las peleas de amantes se saldan con noches desagradables, ya sabes a lo que me refiero.

—Él no es... No somos...

—¿Solo amigos?

Hablaba como queriendo sonsacarle. Loren lo miró. Era más alto y delgado que él, y le sacaría por lo menos doce años, y vestía el uniforme de guardia personal de algún ricachón. Conocía a ese hombre. Se había chocado con él la noche anterior, en el foro.

Sintió que lo invadía el miedo. ¿Lo estaría castigando por haber estado escuchando a escondidas? ¿Lo había reconocido alguien y lo había denunciado? ¿Celsi?

Loren retrocedió un paso y se golpeó con la mesa. Los platos chocaron entre sí estrepitosamente. Intentó escapar, pero el hombre le puso la pesada mano en el hombro.

—¿A qué viene tanta prisa? Me llamo Ax. Deja que te invite a algo. Nic tiene buen género.

Nicias los miró desde la barra con cara de aburrimiento al oír que hablaban de él. Loren rogó en silencio una intervención del destino, lo que fuera, y tras una agónica espera, Nicias puso los ojos en blanco y se volvió para llenar dos vasos.

—Espera aquí —dijo Ax, que se alejó a por la bebida.

No había tiempo que perder. Loren salió por piernas de la taberna sin atreverse siquiera a respirar hasta que llegó a la siguiente calle.

La oscuridad envolvía la ciudad, señal de que otro día espantoso llegaba a su fin. Un poco más adelante se oían los sonidos lejanos de los festejos callejeros, pero Loren no estaba para fiestas. Con la respiración agitada intentó calmar los nervios, obligarse a pensar, pero nunca se le había dado bien. Félix podía estar en cualquier parte. Haciendo cualquier cosa. Y algo le dijo que esta vez no había ido a jugar a los dados.

No, Félix estaría cruzando las puertas de la ciudad, con el casco en la mano, ocasionando alguna catástrofe.

—¿Huyendo? Eso no se hace —dijo una voz de depredador a su espalda.

La sangre se le heló en las venas. Se giró en redondo. Ax acababa de doblar la esquina, la mano en el pomo de la espada. Un segundo cuerpo, más grande aún, aguardaba detrás, la cara envuelta en las sombras.

—Ven con nosotros, cariño —lo llamó Ax—. Solo queremos hablar.

No le quedaba otra. Echó a correr.

Se sabía de memoria el urbanismo de la ciudad, sus capas de varios siglos de antigüedad tan conocidas como los cuentos infantiles. Callejuelas, huecos, callejones sin salida, puertas ocultas. El burdel no estaba lejos. Tan solo unas manzanas más abajo, en sentido oeste. Corrió sobre el pavimiento de superficie irregular, ladrillos sobre piedra, abriendo los brazos para mantener el equilibrio. Llegaría. Iba a...

De repente, tropezó y cayó como una muñeca de trapo abandonada.

Un dolor horroroso le atravesó el tobillo. Aterrizó de bruces, sacando las manos para amortiguar el golpe, pero el impacto le dobló tanto las muñecas hacia atrás que por poco no se las partió. Se había arañado las rodillas y las palmas, pero intentó incorporarse ahogando un grito de dolor.

Si Félix estuviera allí, estaría soltando palabrotas. Pero no estaba. Estaba él solo, en una calle solitaria, con un dolor horrible en el tobillo mientras oía los pasos lánguidos que se acercaban.

—Mira por dónde, Gus —dijo Ax—. No hacía falta invitarlo a un vaso de vino.

El otro hombre, el tal Gus, se rio con un resoplido.

Loren se estremeció y encogió las extremidades.

—Mi amigo ha visto que me perseguíais. Ha ido a buscar a los guardias. Vienen hacia aquí.

Ax se agachó y le tiró de la trenza.

—¿Tu amigo el que se ha ido?

Loren le dio un rodillazo donde sabía que le dolería.

—Por Júpiter —siseó el hombre, retrocediendo—. Vas a lamentarlo. Gus, cógelo.

—Tócalo y te atravieso —dijo una chica.

Loren sintió que se le detenía el corazón. Aquella era la última voz que quería oír, pero la reconoció enseguida. La valiente, estúpida y brillante Aurelia.

Algo le decía que no era una casualidad que estuviera tan lejos cuando se suponía que debería estar durmiendo.

Se había materializado de la nada blandiendo la vieja gladius de su padre y se acercó a Gus por detrás. Con expresión intrépida, como si supiera el peligro que corría Loren, lo único que delataba su miedo era cómo le temblaban los dedos.

Ax la estudió de arriba abajo con expresión lobuna.

—No sabes ni cómo coger esa espada, niñita. ¿Seguro que sabes usarla?

—Aurelia —espetó Loren—, vete a casa.

La expresión de Aurelia se tensó aún más. Cortó el aire con la espada con torpeza y el arma cayó al suelo con un tintineo. Gus volvió a reírse con el mismo desprecio de antes (quizás no sabía emitir ningún otro sonido) y con una rápida maniobra agarró a la niña y la obligó a ponerse de rodillas.

—Dejan que se vaya. —Loren se acercó gateando a ella, aunque nada podía hacer llevando la pierna a rastras—. Es inofensiva. No es más que una cría.

—No soy... —empezó a decir Aurelia, pero Gus le tapó la boca con la mano.

Ax los miró a uno y a otro alternativamente. No parecía divertido.

—Se supone que solo tenemos que llevarnos al chico del templo —le dijo a su compañero—. Pero dale una lección para que recuerde por qué las niñas pequeñas no tienen que meterse en los asuntos de los mayores.

—¡No! —gritó Loren sin pensar. Los dos hombres se volvieron hacia él. Solo quería encogerse otra vez, pero disimuló el temblor de la voz—. Aquí no hacemos daño a los niños. Va contra las normas de la ciudad.

—Contra las normas —dijo Ax y enarcó una ceja.

Loren inspiró bruscamente. «No muestres tus sentimientos», la primera norma de la política, y la única que seguía costándole dominar. Que tu enemigo no vea que algo es valioso para ti. Inevitablemente, invariablemente lo usará en tu contra. Despacio, se levantó con una mueca de dolor cuando apoyó el pie en el suelo, aunque solo se había torcido el tobillo, no se lo había roto, podía haber sido peor.

—La niña no tiene ni idea de lo que hace. De hecho —dijo Loren mirándola con severidad—, si dejáis que se vaya, volverá corriendo a casa y nadie la creerá cuando lo cuente. Podéis llevarme a mí, que no voy a daros ningún problema.

—Y lo dice el chico que me ha pegado una patada —dijo Ax con el ceño fruncido—. ¿Tú qué dices, Gus?

Gus gruñó, un nuevo sonido que pasaba a sumarse a los resoplidos de desprecio. Un impresionante abanico de dos sonidos. Levantó a Aurelia como si fuera un gatito y la empujó hacia delante. La niña trastabilló y miró hacia atrás con renovado pavor.

—A casa —repitió Loren, rogando a Isis y a Mercurio y al mismo Júpiter que Aurelia obedeciera por una vez en la vida.

La niña tenía el labio tembloroso, pero salió corriendo, las sandalias golpeando el suelo de piedra, hacia la tienda de Livia.

Loren se vino abajo.

—¿Obedecéis órdenes? Llevadme ante esa persona.

***

Si Félix quería discutir sobre lecciones paternales, Loren tenía un montón, empezando por: la espalda siempre recta, da igual las circunstancias. No hacerlo sería una deshonra para el buen nombre de la familia.

Loren avanzó cojeando con la dignidad que le habían inculcado desde niño, la mirada al frente. Ax marcaba el camino entre callejuelas a las que no llegaba la luz de las lucernas. Gus iba detrás, sin soltar la espada que le había quitado a Aurelia. Esos dos no eran los guardias personales del político, Loren estaba seguro de ello, pero Ax se había referido a él como el «chico del templo». Si aquello tenía algo que ver con el casco, con Félix, se le escapaba por completo. La migraña empezó a golpearle la cabeza al mismo ritmo del dolor del tobillo.

Se dirigieron hacia el extremo oriental de la ciudad, cerca del anfiteatro, unas pocas calles más arriba de donde vivía Livia. Una sola finca ocupaba toda la manzana, rodeada por todos lados por altos muros. Reinaba un denso silencio, los habitantes estarían dormidos o en los festejos callejeros, pero Loren apostaría por lo primero. Decían que el señor de aquella casa estaba recluido. Nadie se aventuraba a traspasar aquellos muros.

Cuando Ax entró por la verja de la entrada principal, Loren se detuvo en seco.

—No lo diréis en serio.

Gus volvió a gruñir y le clavó el pomo de la espada en medio de la espalda. Tragó el nudo que se le había formado y pasó por debajo del arco, que daba acceso a un pequeño atrio distribuidor, iluminado por un candelabro de pared. En el centro había una cisterna de aguas tranquilas, tanto que de no ser por los efectos brillantes que creaba en su superficie la luz anaranjada se habría caído dentro. Detrás se abría un pasillo que conducía a un patio interior.

—Nosotros te traemos hasta aquí. Nuestro señor aguarda en el jardín.

—¿Qué quiere? —probó Loren.

Pero Ax se limitó a hacer un gesto de no saber más. Gus fue a vigilar la salida, cuadrando bien los hombros, aunque Loren no tenía intención de huir, no podría hacerlo con el tobillo torcido, y tampoco lo haría, porque él no era Félix.

No tenía sentido seguir posponiéndolo. Echó los hombros hacia atrás y entró en el patio.

Pese a los nervios, no pudo pasar por alto lo exuberante que era. Un peristilo de esbeltas columnas rodeaba el césped rectangular con senderos para caminar entre los arbustos en flor. El agua lo atravesaba por el medio, un canal con varios puentes para cruzar. La cuña de luna en el cielo apenas iluminaba el mar de suave hierba.

Reinaba una calma absoluta.

Loren se arrodilló al borde del agua para mojarse el rostro arrebatado. No le hizo nada. Cuando miró el reflejo movido, se encontró con unos ojos asustados. Félix, dondequiera que estuviera, jamás sabría lo que fuera a ocurrirle ahí. Probablemente le diera igual. El pensamiento le hundió los hombros con tristeza.

—Una vieja leyenda cuenta que un joven llamado Narciso se enamoró de su propio reflejo. ¿Debo preocuparme por ti, joven sacerdote? —dijo una mujer, y Loren estuvo a punto de caerse de cabeza. La luna dibujaba su silueta y arrojaba el reflejo de una figura alta, vestida con ropas muy elegantes de pie entre dos columnas.

Se quedó conmocionado. Era la mujer que había visto en el foro la noche anterior, la que lo había mirado como si le pareciera mucho más interesante que escuchar a los del consejo hablar sobre un casco desaparecido. Lo miraba de igual forma en ese momento, pero sin la cortina de agua, su mirada era infinitamente más penetrante.

Se levantó con las rodillas doloridas.

—No soy un sacerdote, señora.

—Te llamas Loren, ¿no? Llevo un tiempo queriendo hablar contigo a solas.

«¿Hablar?».

Una oleada de rabia le subió por dentro haciéndolo enrojecer. ¿Y para eso se había llevado un susto de muerte? ¿Para ir a charlar? Pues había elegido el momento ideal. Debería estar buscando a Félix. Pero controló el arranque de furia. «No muestres tus sentimientos».

—¿Por qué me ha traído hasta aquí? ¿Quién es usted?

—Me llamo Julia Fortunata —dijo—. Y soy la dueña de esta finca. Ven.

Julia desapareció tras las columnas, la falda de un elaborado tejido de vaporosa seda arremolinándosele en torno a los tobillos. Loren se detuvo, contó hasta diez y salió cojeando tras ella.

Iluminado por lucernas estaba el triclinio de verano, que daba al jardín. Sobre la mesa de centro baja se exhibía un impresionante festín a base de fruta y pan, y varios cojines de plumas adornaban los tres divanes circundantes. Vestido con su túnica más andrajosa y con la trenza llena de trozos de carne, aquello era demasiado lujo para alguien como Loren.

O para la versión pompeyana de sí mismo.

—A Augustus y Axius les gusta hacer teatro —dijo Julia mientras tomaba asiento en el diván de la izquierda. La luz daba a sus rasgos gran relieve: ojos perspicaces, nariz recta, pelo del color del oro bruñido recogido en un extravagante peinado, que dejaba ver las primeras canas en las sienes—. Te pido disculpas si se han excedido en sus competencias. Les di órdenes de acompañarte hasta aquí, no de traerte a rastras. ¿Te sientas?

Loren permaneció de pie, pese al dolor del tobillo.

—Me han perseguido por las calles. Creía... Da igual.

Julia se llevó una copa de vino a los labios, pero la bajó sin tocarla.

—Cuéntamelo.

Si no hubiera sido la primera persona que se interesaba por cómo estaba desde hacía días, tal vez habría podido resistirse a obedecer. Pero lo miraba con calma y curiosidad, y Loren deseaba fervientemente que alguien lo escuchara.

Cedió.

—Tengo... un amigo. Se ha metido en un lío con un patricio. Me preocupaba que nos hubiera encontrado. Tratar de protegerlo del látigo es una tarea hercúlea.

Contarlo resultaba liberador, pero se pellizcó el interior del codo para refrenarse. Se preguntaba cuánto sabría aquella mujer de los «líos» de Félix. Cuánto habría averiguado el consejo sobre el ladrón... y el casco.

Y si podría convencer a Julia para que se lo contara.

—¿Sueles entablar amistad con gente problemática?

—No es mi amigo estrictamente hablando. Me temo que no tengo muchos.

Y cada día menos.

—Algo que tenemos en común. —Con ojos centelleantes, Julia se relajó en el diván en la postura tradicional, tendida con las piernas a un lado debajo del cuerpo. Se metió una uva en la boca y empujó el frutero hacia Loren—. Es agotador ofrecer siempre tu mejor cara a los demás para que te den la patada. No me mires así. Ya te he dicho que llevaba un tiempo observándote.

Loren exhaló un suspiro tembloroso y terminó sentándose en el diván de enfrente, incapaz de estar más rato de pie.

—No creo que lo que ha visto la haya dejado muy impresionada.

—Al contrario. Mis colaboradores me cuentan que siempre estás merodeando alrededor de las reuniones públicas que se celebran en el foro. Eres la mano derecha del sacerdote de Isis y, por mucho que sea un culto extranjero, algo así no es poca cosa. —Cuando se detuvo para beber, Loren no se molestó en corregirla—. Anoche estabas bajo la lluvia solo para escuchar el plan de Umbrius para cazar al ladrón. Eres brillante y te preocupas por las cosas, que es más de lo que se puede decir de la mitad de los miembros más viejos del consejo. Cuéntame qué es lo que te impide entrar en el consejo como es debido.

La conversación se estaba acercando demasiado a las acusaciones que Félix le había hecho durante la cena. Y, francamente, estaba harto de repetirse.

—¿Aparte de Pompeya? Las normas impiden que la plebe haga cambios. A Cicerón le faltaba firmeza, pero tenía razón en que el poder lo controlan los ricos, no el pueblo. Mi familia... —Loren resopló. Se frotó el cordón que llevaba al cuello en un acto reflejo, el anillo de oro tibio en contacto con la piel—. No puedo demostrar que procedo de una familia rica y con autoridad. No soy de aquí, señora. Presentarse al consejo es un sueño febril. Y aunque consiguiera reunir el dinero para comprarme el puesto, se reirían en mi cara.

Loren se detuvo en seco al notar el escozor en los ojos, hundido bajo todos los años de ironía: la de que la única herramienta que podía ayudarlo colgaba de su cuello, la que había prometido que no utilizaría jamás en Pompeya. Pestañeó varias veces seguidas y se entretuvo en elegir fruta para disimular cómo le temblaban las manos. Mordió una semilla de granada y dejó que el zumo ácido lo anclara a la realidad.

—Perdone que hable así, señora. Es frustrante.

Julia lo miró con cara inexpresiva un momento y, de pronto, soltó una carcajada.

—¿Tú te estás oyendo? Sabía que te había elegido por algo.

—¿Que me ha elegido?

—Anoche pareciste sorprendido de verme con el consejo. ¿Qué hace una mujer escuchando los asuntos que tratan los hombres? Incluso las esposas de los miembros del consejo intentan no meterse. Pero —hizo girar el vino de su copa— yo no soy la esposa de nadie. Yo soy una terrateniente y eso me proporciona cierta influencia sobre las decisiones que afectan a la ciudad. Imagina cómo se sienten en el consejo al tener que escuchar las opiniones de una mujer.

—Les molesta —adivinó Loren.

—Digamos que toleran mi presencia en el mejor de los casos. En el peor, es una posición precaria. Al no tener heredero varón que me proporcione legitimidad, me preocupa cuánto durará esa influencia. —Se le notaba el pesar que sentía—. La semana pasada se presentó una ley que niega el derecho de la mujer a heredar propiedades.

—Es injusto —dijo Loren con cautela. Se le estaba acabando la paciencia. Nada de lo que decía aquella mujer tenía relación con el casco. Si Félix había desaparecido ya de Pompeya, se le planteaba un problema más grave que las sesiones del consejo y las leyes sobre herencias—. Pero no entiendo qué tiene que ver conmigo.

—Tú y yo tenemos más en común de lo que imaginas. Yo necesito un heredero, alguien que sea capaz. Educado. Ambicioso. Tú necesitas a alguien que te abra las puertas. Si no, tus esperanzas de cambiar las cosas serán inútiles. —El recordatorio dolía, pero la mujer continuó—. Necesitas un apellido.

—¿Qué quiere decir? —preguntó él despacio.

—Creo, querido, que tenemos muchas cosas que discutir esta noche —dijo Julia con sonrisa melosa.

CAPÍTULO XI

Félix

Cuando todo lo demás fallaba, al menos podía correr.

Echaba de menos la parte física, el entrenamiento de los músculos. Correr creaba la ilusión de progresar. Si corría lo bastante lejos y lo bastante rápido, podía dejar atrás cualquier problema.

Salió de la taberna y se dirigió a toda velocidad hacia el burdel, deseando ser más rápido, hasta que el cabreo que le había provocado Loren se esfumó en el ruido de fondo. Hasta que los nervios se le calmaron y recordó su verdadero propósito: unas alas de plata reluciente, la prueba de que una cosa, esa en concreto, podía ser suya.

Félix corrió hasta que salió de golpe a la calle del mercado y se dio de bruces con la feria callejera.

La cacofonía se levantó ante él como un muro. Ríos de gente ocupaban la calle, riendo, gritando, cantando, borrachos y animados. Los puestos vendían vino especiado y nueces garrapiñadas y bollitos de queso. Los guardias escoltaban a sus ricos señores entre grupos de otros menos privilegiados, porque incluso en una festividad celebrada en la calle (las menos prestigiosas de todas) las diferencias entre clases sociales seguían marcándose.

Monederos llenos de dinero colgaban de los cinturones. Los dedos se le contraían por voluntad propia de ganas de abandonarse a la manera más eficaz para aliviar el estrés. Y a la mierda las moralinas de Loren.

Se coló en la celebración y se puso manos a la obra.

Con un hábil juego de manos consiguió un pasador de pelo adornado con piedras preciosas que le birló del peinado a una chica risueña, y Félix se rio también con ella antes de desaparecer con un guiño. Tomarse un vino en el momento oportuno le brindó un cuchillo con el mango de madera, hurtado del bolsillo de un chico patricio borracho que agarró a Félix por la cintura para tenerlo más cerca. En otra ciudad, y estando de otro humor, a lo mejor habría aceptado la distracción de buena gana. Ya gestionaría el engorroso ataque de vergüenza más tarde.

Un collar por aquí, un puñado de cuentas de cristal por allí, nadie se daba cuenta de nada. ¿Por qué iban a hacerlo? ¿Por qué iban a fijarse en un chico mugriento de la calle que pasaba por su lado, por mucho que llevara ropa nueva? Se olvidaban de él en cuanto desaparecía de la vista.

Lo que los demás veían en él (que tenía malas intenciones, que había robado el casco por orden de Mercurio, que lo perseguía la mala suerte) no era verdad y esto lo demostraba. Félix no era nadie. Se movía entre la gente sin ser visto. Un espectador. Un espectro.

Todo, la huida, los robos a la gente, las miradas que le pasaban por encima deberían haber hecho que se sintiera como siempre. Pero Félix no lograba meterse en el ambiente. Nada lo ayudaba. Ni los bolsillos llenos de nuevos tesoros lograban apagar el eco que reverberaba en su cerebro. Flirtear con ligereza le daba grima. Encogió aún más los hombros y estaba cada vez más nervioso. Quería... quería...

Quería saber por qué Loren lo miraba como si lo conociera cuando los demás no le prestaban ninguna atención.

Y precisamente por eso tenía que irse de Pompeya antes de que le quitara lo último que quedaba de él para siempre. Loren se había atrevido a acercarse demasiado, había tirado de muchos de los hilos sueltos de su memoria. Si Félix trataba de encontrar respuesta a las preguntas que le daban vueltas en la cabeza (que Loren sabía algo sobre él que ni él mismo sabía), Loren podría descoser una costura imposible de volver a unir.

Pero admitirlo significaría incumplir la regla más importante de todas, y por Loren no merecía la pena pagar el precio de creer.

Allí cerca el cáñamo ardía en unos candelabros de pared, dejando escapar su aroma suave y terroso, pero a él le dolía la cabeza. Agarró un bollo con pasas y se metió por una callejuela tranquila para quitarse de encima el bullicio de la gente. Sintió como si unos dedos fantasmas le recorrieran la piel, dedos que no conseguía espantar.

Sus ojos se cruzaron con unos ojos grises inexpresivos al pasar junto a una puerta. Se detuvo. El rostro de un dios esculpido en la piedra lo observaba desde la dovela central de un arco, rodeado por un casco con alas y un caduceo rodeado por dos serpientes. Escuchó de nuevo las palabras de Nonna: «Si Mercurio no quería que lo movieran, no lo habrían movido de su sitio». Bobadas supersticiosas. Reanudó la marcha.

En lo más recóndito de su mente se removió un recuerdo borroso sobre unas sandalias demasiado apretadas, los bolsillos llenos de monedas y un vino amargo y pegajoso. Sobre esa mirada fría e impasible que observaba sin hacer nada.

Retrocedió un paso buscando librarse del pasado mientras un parloteo mudo cobraba fuerza, voces inquietas que no eran de nadie. El sonido era espantoso. Incesante. Desesperado.

—Tú tienes la culpa —dijo de pronto sin saber muy bien a quién culpaba. Mercurio no significaba nada para él. Nada—. De todo.

Los murmullos callaron y el recuerdo se esfumó.

Félix soltó un improperio hacia nadie en particular. Hacia Mercurio, tal vez, si pensara por un momento que los dioses escuchan. Los devotos de los templos podían guardarse sus supersticiones. Él solo rendía culto a la suerte y ya se ocupaba de buscarse la suya propia.

No había hecho más que entrar por una bocacalle cuando la niñita de la tienda de Livia se le echó encima y lo empujó contra la pared.

—Eh, ten cuidado —dijo Félix frotándose la cabeza dolorida—. ¿Llegas tarde a casa o qué?

Aurelia lo miró con cara de pocos amigos, los ojos hinchados y la cara reluciente de mocos y lágrimas.

—¿Por qué no estabas con él? ¿Dónde estabas?

—Ocupándome de mis asuntos. Prueba a hacerlo alguna vez.

Aurelia lo agarró de la mano y tiró.

—Se lo han llevado. Deprisa, tenemos que encontrarlo.

Félix se sujetó con fuerza a los adoquines.

—Si Loren se ha metido en algún lío, ya se las arreglará él solo.

—Creía que eras su amigo. Ha dicho que eras su amigo.

Amigo. La mera palabra le ponía los nervios de punta.

—Ese es error suyo.

Aurelia pataleó en el suelo como la cría que era.

—Escucha —dijo Félix—, y que os sirva de lección a los dos. No busquéis pelea si no estáis dispuestos a llegar hasta el final. O aprended a correr rápido. En cualquier caso, sus problemas no son cosa mía.

Se dio media vuelta para irse, pero Aurelia tomó aire profunda y ruidosamente, y susurró con voz rasposa:

—Camina entre sueños. Cruza los planos. Un poder a la espera de que lo usen.

Félix se quedó inmóvil. Unas horas antes, Nonna había empleado esas mismas palabras para describir al ladrón del casco, pero Aurelia no estaba allí, a menos que fuera capaz de moverse con más sigilo aún que él mismo. Pero la niña miraba a lo lejos. Se le dibujó en el rostro una mirada vidriosa que le relajó y transformó los rasgos hasta el punto de que daba la sensación de que era a la vez más joven y más mayor de lo que en realidad era.

—¿Dónde has oído eso? —preguntó Félix.

Aurelia se tambaleó, pero la agarró de los hombros y le buscó la mirada tratando de que enfocara la vista.

—Que acompaña a los vivos —dijo con los labios pálidos— y a los muertos.

Estaba a miles de kilómetros de allí, igual que la mirada de Loren se perdía en la distancia cuando tenía esos episodios suyos. Félix temió por un momento que se iba a caer presa de un ataque, como le pasó a una mujer en Roma. Era pequeño por entonces, y su padre se lo llevó rápidamente de lugar del incidente, susurrando que lo mismo había visto más de lo que debería. Nunca comprendió a qué se refería su padre. ¿Cómo le podía trastornar la mente a alguien solo por ver algo? Años después entendió que su padre se refería a otra manera de ver.

Una que Félix no se permitía creer que fuera posible.

—La mano —susurró Aurelia—. Cógelo de la mano y tráelo de nuevo.

Félix notó que se le ponían los pelos de punta y un escalofrío le subía por la columna vertebral. Chasqueó los dedos delante la nariz de Aurelia.

—Aurelia, para. Para.

La niña pestañeó y se le aclaró la vista.

Y acto seguido le pegó una patada en la espinilla.

El dolor sustituyó los escalofríos.

—Eres un pequeño monstruo —siseó Félix—. ¿Qué has querido decir? ¿La mano de quién?

Pero se limitó a mirarlo con cara de confusión. Se le pasó por la cabeza entonces que Aurelia había sufrido un lapsus mental y se le habían quedado atrás los recuerdos al volver en sí. Interrogarla no serviría de nada. Sabía mejor que nadie que era imposible hacer emerger algunos recuerdos.

—Corre peligro —dijo con su voz normal de niñata maleducada—. Por tu culpa. Si no lo ayudas porque sea tu amigo, hazlo por eso.

Félix quería protestar, quería gritarle que no le debía nada a Loren, que podía meterse sus preguntitas por donde le cupiesen, y que si quería tirar el dinero en comida por lástima, para él no significaba absolutamente nada. Encariñarse significaba vulnerabilidad. Encariñarse significaba acabar rápido con tu tiempo o tu libertad, y ese mantra lo había ayudado a sobrevivir hasta el momento. Quería decirle todo eso.

Pero Loren se había tirado en medio del tráfico por él. Había sido testigo de sus intentos frustrados de huir y seguía confiando en él lo bastante como para confesarle sus reflexiones secretas sobre Aquiles. Y después de cenar, pese a haberlo criticado, Loren había salido tras él y se había metido en la boca del lobo.

Félix sintió el peso de la culpa en el estómago. A lo mejor sí le debía un favor. A lo mejor esa podía ser la forma de saldar la deuda.

—Lo que tú digas —contestó—. Me aseguraré de que no le haya pasado nada malo y después me largaré de aquí. Sin peros. Y ni una palabra de esto a Loren.

—Cobarde —dijo Aurelia—. Me han quitado la espada de mi padre. Tráemela también.

***

Recorrieron las callejuelas de la ciudad sigilosos como gatos. A pesar de su carácter impulsivo, Aurelia era capaz de guardar silencio cuando la situación lo requería. Llevó a Félix hacia una propiedad rodeada por un muro y evaluaron la situación ocultos entre las sombras. Un tiarrón enorme como un toro con una gladius vigilaba la entrada.

—Ese es uno de los hombres que se han llevado a Loren —susurró la niña—. No veo al otro.

—¿Para qué lo buscaban?

—Yo he atacado. Estaba demasiado ocupada tratando de no morir como para preguntar.

Félix intentó imaginársela blandiendo un arma frente a un mercenario hecho y derecho, pero la imagen era demasiado ridícula.

—¿Y qué ha pasado con la espada de tu padre?

—Ah, es la que tiene en la mano —contestó alegremente.

Un tic nervioso hizo vibrar el párpado de Félix.

—Pero, Aurelia, ¿tú has visto lo grande que es? ¿Cómo voy a entrar?

—El muro es más bajo a la vuelta —señaló—. No creo que tengas problema para saltarlo, aunque seas bajito.

—Soy de estatura media —espetó él con un resoplido—. Tú eres más baja que yo.

—Ya, pero yo tengo doce años. Aún tengo que crecer más.

—Entiendo que tú no piensas venir.

—Como acabas de decir, llego tarde a casa.

Félix salió a la calle. No parecía que ocurriera nada malo, de momento. El toro de la puerta lo siguió con la mirada hasta que dobló la esquina y desapareció por un callejón lateral.

Aurelia tenía razón. El imponente muro era mucho más bajo. Había trepado por cientos de muros. Solo tenía que encontrar un punto de agarre. No le costó encaramarse, ni siquiera llevando puntos recientes que le tiraban al moverse. Estudió el edificio desde el tejado. El vapor que salía de un baño privado ocultaba casi por completo el cuidado jardín interior.

Con precaución para no mover las tejas, Félix avanzó sigilosamente hasta que pudo colarse por una ventana abierta que daba a un dormitorio y desde allí salió a un pasillo. Desierto. En un lugar como ese tendría que haber sirvientes y esclavos, niños y huéspedes, pero en vez de eso reinaba el silencio, roto solo por el zumbido que sentía dentro de la cabeza. Notaba el sudor en el nacimiento del pelo. Sacó su cuchillo robado del bolsillo.

Tras cruzar dos tramos de pasillo oscuro, percibió la luz temblorosa de un candelabro de pared. Voces amortiguadas que llegaban en el sentido opuesto, a la vuelta de la esquina. Félix se pegó a la pared y contuvo el aliento.

—Me dijeron que no te sirviera más de una jarra —dijo una mujer— y ya te has bebido dos.

—Ni siquiera era del bueno, Clovia, venga ya —respondió un hombre arrastrando las palabras—. La señora va a estar liada con el chico toda la noche. Le dará igual que me tome otra.

A Félix le dio un vuelco el corazón al oír «el chico».

—Tenía muchas ganas de conocerlo —susurró la mujer—. No habla de otra cosa. Me preocupa lo nerviosa que está últimamente, la ansiedad que tiene, todo el tiempo mirando hacia atrás. Me pregunto... Déjalo.

—Sigue. Estoy al tanto de todo lo que pasa por aquí.

—No me digas, Ax —dijo la tal Clovia con coquetería.

Un jarrón de plata reluciente colocado en una hornacina le proporcionó una imagen distorsionada de la pareja, sentados muy juntos en un rincón íntimo. Clovia llevaba su atuendo de sirvienta caído hacia atrás de los hombros y las piernas sobre el regazo de un hombre delgado con una armadura excesivamente grande.

—Corre el rumor de que el chico no es quien dice ser —dijo el tal Ax mientras le subía la mano por el muslo—. Que tiene un secreto y la señora lo ha descubierto.

Félix sintió un nudo frío en el estómago. Loren era un laberinto de secretos, lo que se complicaba en el sentido de lo dispuesto que estaba a contárselo a cualquiera. Félix desconocía qué implicaban todos esos secretos, pero si alguno conducía al casco...

¿Quién sería su señora y qué sabría?

Unos ojos vidriosos por el alcohol se cruzaron con los suyos en el reflejo del jarrón.

¡Júpiter!

Salió corriendo. El grito de Clovia resonó en la galería mientras Ax salía corriendo detrás de Félix, golpeando las losetas del suelo con las botas. Félix corría más rápido. Recorrió volando diferentes galerías, girando a izquierda y derecha entre la maraña de estancias hasta que las pisadas se perdieron en la distancia. Le quemaban los músculos de las piernas y las heridas le escocían, y se desplomó contra una pared mientras se echaba la mano al costado. Había empezado a sangrarle de nuevo la herida abierta de la pantorrilla.

Error. Ax dobló la esquina un poco más adelante reajustándose el cinto.

—¿Has disfrutado del espectáculo?

—He visto otros mejores —respondió Félix entre jadeos.

Ax lo miró con desprecio mientras se le hinchaban los orificios de la nariz. Con un movimiento sorprendentemente rápido teniendo en cuenta la cantidad de alcohol que desprendía su aliento, lo agarró por el cuello y le pegó un golpetazo en la frente con la suya. Félix se tambaleó mareado. La cabeza le retumbaba.

—Tendría que clavarte la espada por interrumpir. —Se colocó bien el blasón con laureles grabados y una letra torcida que llevaba en el pecho. Félix reconoció la efe aunque solo fuera porque formaba parte de su propio nombre—. Pero la señora no quiere muertos en la casa. Mejor le pido permiso antes de destriparte.

Por segunda vez en pocos días Félix se encontró a merced de un guardia furioso. Ax lo condujo hacia el jardín clavándole la punta de la hoja en la parte baja de la espada con mano firme pese al vino. Le habría parecido un paseo precioso a la luz de la luna si no fuera por la espada que se le clavaba en la espalda.

—Será mejor que muestres respeto —siseó Ax mientras atravesaban el césped—. Si la cabreas, lo mismo cambia de opinión sobre la norma de no matar en la casa.

Desde el césped se veía el triclinio. Una luz cálida iluminaba la selección de platos a medio comer y dos figuras reclinadas en sendos divanes. Una mujer cubierta casi por completo en un espléndido vestido morado se reía de algo que decía su acompañante y se metía una uva en la boca.

—Señora —anunció Ax.

Los dos se volvieron hacia él.

Allí sentado cenando, bebiendo vino... y cortejando a aquella mujer estaba Loren.

Félix se puso furioso y empezó a verlo todo rojo.

—*Es stercus.*

Lo último que vio antes de que Ax lo tirase de bruces al suelo fue la forma en que la mujer enarcó las cejas.

Tumbado bocabajo sobre el césped esperando a que Ax cumpliera su promesa lo reconfortó pensar que tenía razón. Razón en que Loren era un niño rico idiota jugando a ser pobre. Razón en que él, Félix, era un extraño proyecto benéfico, una lección sobre cómo era relacionarse con la escoria de la calle. Después de todo, cualquier político en ciernes tenía que aprender a manipular a las clases bajas en algún momento.

La cuchillada de Ax no llegó.

En su lugar, notó que le soltaba el cuello. Unas briznas de hierba le cayeron del pelo cuando se incorporó lentamente. El guardia había retrocedido y era Loren quien se inclinaba sobre él haciendo aspavientos inútilmente.

—Es mío —insistía—. Es un amigo.

—Una elección de amistades interesante —dijo la mujer con un tono de voz más seco que el verano en Roma. Seguía recostada en el diván tan tranquila, como si ejecutar a un muchacho desconocido en su presencia fuera algo habitual—. Supongo que será tu amigo el de los líos.

—Es... protector.

«No lo soy», pensó Félix. Pero no lo dijo en voz alta.

—Por favor, Julia —dijo Loren—. No pretendía hacer daño ni ofender a nadie. Se encuentra bajo la protección de Isis. No le gustaría que lo mataran.

Julia frunció el ceño. Tenía el gesto solemne y avinagrado de una emperatriz, y el ceño fruncido acentuaba las patas de gallo alrededor de los ojos. Qué ganas tenía de robarle algo, por todos los dioses.

—¿Te importa este chico? —La voz de la mujer destilaba desprecio, como si no alcanzase a comprender cómo podía Félix importarle a nadie.

—Mucho, señora —insistió Loren.

—Como una mascota. ¿Se quedará a pasar la noche él también?

—Si es posible.

Félix observó la forma en que la mujer devoraba con los ojos a Loren cuando se arrodilló. Un escalofrío de lo más incómodo le recorrió los hombros, pero Loren parecía maravillado y ajeno a todo. Cualquiera diría que la mujer era una diosa por cómo la miraba.

Al cabo de unos segundos, la mujer asintió con la cabeza.

—Muy bien. Los dos os bañaréis y mañana asistiremos a los juegos.

Una sirvienta (Félix comprobó abochornado que se trataba de Clovia) apareció en la puerta y les indicó con un gesto que la siguieran. Félix rechazó la mano que le tendía Loren para ayudarlo a levantarse.

Félix notó sobre ellos la mirada penetrante y ávida de Julia hasta que se perdieron entre las sombras.

***

El baño habría resultado muy incómodo si no fuera por lo agradable que era sentir el agua caliente.

Loren no dijo una palabra mientras se enjabonaban, no miró siquiera a Félix. A este le pareció bien. La zona de baño era inmensa. Era fácil buscarse un rincón tranquilo en el que estar.

Pero cuando Clovia regresó para llevarlos hasta sus habitaciones, las esperanzas de Félix se esfumaron. Para empezar, era una sola habitación. En segundo lugar, las estrechas camitas estaban muy juntas. Y había que dar gracias porque Julia no hubiera esperado que compartieran cama. Y en tercer lugar, en cuanto Loren cerró la puerta, la tregua temporal entre ambos se esfumó como el vapor del baño de agua caliente.

—Sé que siempre te las apañas para meterte en algún lío, pero ¿qué haces aquí? —preguntó Félix.

Loren resopló ofendido. Por primera vez esa noche miró a Félix a los ojos con fría arrogancia, un gesto que haría encogerse a alguien de cuna humilde.

—Julia tiene contactos. He creído que merecía la pena hablar con ella por un montón de razones, entre ellas que tiene acceso a información relacionada con el casco. Las teorías que baraja el consejo. Los planes que tienen. Información que puede mantenerte con vida.

—De mi vida ya me ocupo yo. Y deja en paz el casco. Tú no estás aquí por eso.

—He dicho que el casco era una de las razones. Intento hacer cosas buenas por mi ciudad, ya que parece que a nadie más le importa, y por raro que te parezca, tengo vida más allá de ti.

—¿Ah, sí? Pues no me lo has demostrado. —Félix lo miró detenidamente—. Es rica, te ha traído con artimañas hasta su casa en plena noche y no te parece raro. Así que, o bien te ha ofrecido algo que tú quieres, o es que de verdad eres bobo. Y no sé qué es peor de las dos cosas.

—Sé arreglármelas yo solo. —Tenía la larga melena ondulada, húmeda después del baño, y de un castaño bastante oscuro. Ridículo, idiota, arrogante—. No soy un crío.

—Y yo no soy tu mascota.

—Eso lo ha dicho Julia.

—Que le den a Julia —espetó Félix, arqueando los labios—. ¿O ese era el plan? Es un poco vieja para ti.

Loren cerró la boca de golpe y compuso una mueca de asco y rabia. Félix notó que se le aceleraba el pulso. Ahora sí que la había hecho buena. Se había pasado con Loren y ahora tenía que largarse para evitar las repercusiones, ya fueran verbales o físicas en forma de puñetazos. Loren no parecía el tipo de persona que optaba por la parte física, pero la historia le había demostrado que los que menos pinta de hacer daño tenían eran los peores.

Una suave llamada a la puerta interrumpió la bronca.

Loren hundió los hombros, la tensión pareció esfumarse de la habitación, y abrió la puerta una rendija. Félix no veía quién era, porque el idiota de Loren lo tapaba con la cabeza, pero volvió un momento después con unas tiras de lino.

—Para el tobillo —explicó Loren con tono monocorde sin darle tiempo a preguntar—. Me lo torcí cuando huía. Acuéstate. No tengo ganas de hablar.

Félix se sintió dolido por la forma en que pasó de él.

—No soy una mascota.

No obtuvo respuesta. Extenuado de repente, Félix escogió una cama, se quitó las sandalias y se hizo un ovillo bajo la manta de lana fina. Dormir ahí era lo último que le apetecía hacer, pero para su sorpresa, tampoco quería irse. Quería averiguar en qué consistía el tejido del que estaba hecho Loren, tirar de los hilos hasta conseguir que se deshiciera por completo, igual que este le horadaba los nervios a él. Quería separarlo de su vida, a la que parecía haberse cosido, para no dejar flecos sueltos cuando por fin abandonara la ciudad de una vez por todas.

Loren se dejó caer en la otra cama y levantó el tobillo que se había torcido para vendárselo. El pelo cayó como una cortina entre ambos.

—¿Qué quieres demostrar dejándote crecer tanto el pelo? —preguntó Félix cuando no pudo soportar más tiempo el silencio.

Loren se detuvo.

—He dicho que no tengo ganas de hablar.

—Una pena. —Se apoyó en los codos—. Porque yo sí.

—¿Te ofende mi pelo?

Félix frunció el ceño.

—No.

—Pero te molesta. —Pausa—. No lo entenderías.

—Inténtalo.

Loren lo pensó un momento y siguió vendándose el tobillo.

—Mi familia espera, o mejor dicho, esperaba, grandes cosas de mí. Que me casara y que lo hiciera con alguien importante.

Félix intentó unir los puntos, pero su agotado cerebro no daba más de sí.

—¿Y?

—Te va a parecer frívolo. De alguien privilegiado que rechaza una vida cómoda con una mujer hermosa y rica. Imagino que habría llegado a amarla en cierta forma. —Inspiró profundamente y se sujetó el pelo detrás de la oreja. El agua chorreó sobre los azulejos—. Pero no soy de... mujeres.

—No eres de mujeres. ¿Quieres decir que...? —El rubor subió por el cuello de Loren en la penumbra de la habitación—. Vaya.

—Sí. —Loren hizo un nudo para completar el vendaje y clavó la mirada en la pared de enfrente—. Pero no como tú crees. No soy un erómeno, amante de un hombre mayor. Me gustaría tener pareja. Como Aquiles y Patroclo, pero sin la parte trágica.

—Lees demasiado.

—¿Cómo no voy a hacerlo? Los héroes tienen un objetivo en la vida.

Félix se mordió la uña del pulgar.

—No es inusual que un hombre casado tenga un amante.

Loren resopló con desprecio.

—Esa actitud carece de autenticidad. Estoy harto de vivir con secretos. Quiero algo que no tenga que ocultar.

—¿Sacrificarías la estabilidad por tus principios? Un sueño de necios.

—Llámame necio entonces —contestó Loren.

Por mucho que dijera que no le importaba, Félix tenía un montón de preguntas. La perspectiva del matrimonio no podía ser tan desagradable. Era garantía de compañía, dinero, tierras y una posición sólida, una vida desahogada inaccesible para un ladrón. Algo permanente.

Y le había sorprendido mucho lo seguro que se mostraba Loren al decir que quería vivir en compañía de un hombre. A Félix el tema del género le resultaba indiferente. Cuando necesitaba una distracción, cualquiera le servía, pero algunos hombres solo querían estar con hombres, y lo mismo ocurría con las mujeres. Pero los escarceos amorosos eran cosa de jóvenes, no de adultos. A la hora de sentar la cabeza, un hombre buscaba una mujer. O más bien, sus padres concertaban un acuerdo beneficioso. Si el hombre era rico, tendría relaciones con un muchacho fuera del matrimonio. Un erómeno.

Nunca un igual. Siempre mucho más joven. Y de menor rango. Una demostración de poder, no de amor.

Loren quería lo imposible.

—Sigo sin entender qué tiene eso que ver con tu pelo —dijo Félix.

—Siento que cortármelo sería plegarme a lo que se espera de un hombre. Soy muy cabezota y me resisto.

Félix observó a Loren terminar de prepararse para acostarse: ponerse los vendajes, trenzarse el pelo húmedo, comprobar la cerradura y apagar la vela. Después se metió en la otra cama y se puso mirando hacia la pared. Se le ahuecó la túnica y Félix pudo contar los nudos de la columna vertebral.

Guardó silencio hasta que...

—Lo que he estado hablando con Julia esta noche... —vaciló antes de continuar—. Cree que tengo potencial para convertirme en su heredero. Me ha ofrecido un acuerdo. Esta villa a cambio de legitimar su presencia política.

—¿Su heredero? —Félix se incorporó en la cama, pero Loren no se dio la vuelta—. ¿La conoces?

—Nos hemos conocido esta noche.

—¿Y por qué tú? De toda la gente que vive en Pompeya, ¿por qué...?

—¿Por qué el chico de los recados de un culto extranjero con mala fama? —dijo Loren con tono cortante—. ¿Tan imposible de creer resulta que alguien pueda tomarme en serio?

—No quería decir eso. —Félix se humedeció los labios resecos—. ¿Y le has dicho que sí?

Otra pausa.

—No. No, claro que no. —La oscuridad engulló las palabras de Loren—. Ya te lo he dicho. He venido por el casco. El resto es... No soy tan ingenuo como crees. No pienso dejar que nada me aparte de mi intención de averiguar por qué estás aquí, así que no te hagas ilusiones.

Félix resopló.

—No dejas de repetirlo.

—Porque lo creo de verdad. —Se tumbó bocarriba y puso una mano en el pecho y el otro brazo sobre la cabeza—. Gracias. Por venir a buscarme. Después de la forma en que te fuiste de la taberna, creía que ya estarías lejos.

Había cierto tono interrogante en sus palabras y Félix sospechaba qué era lo que se preguntaba. Tiró de un hilo suelto de la manta pensando en la fiesta callejera y las miradas de la gente, y en la sorprendente y repentina seguridad de que Loren lo miraba y veía cosas, y no apartaba la mirada.

Una oleada de calor le subió por el cuello.

—Tenemos un trato. Tres días más.

—¿Desde cuándo haces lo que te digo? —Al ver que Félix guardaba silencio, Loren continuó—. Gracias por quedarte entonces.

—Oye, Loren.

—¿Sí? —respondió el otro con un susurro.

—Duérmete.

Entonces sí que miró a Félix con una sonrisa soñolienta y cerró los ojos. Al cabo de unos minutos su pecho subía y bajaba con un ritmo regular bajo la manta.

Pese a lo exhausto que estaba, Félix se quedó despierto con un nudo en el estómago. ¿Qué le había dicho a Aurelia unas horas antes? En cuanto se asegurase de que Loren estaba a salvo, la deuda entre ellos quedaría saldada y abandonaría la ciudad. Pero entonces se acordó de la avidez con que miraba Julia a Loren, como evaluándolo antes de comérselo de un bocado. Y Loren (que como había comprobado no tenía instinto para el engaño), no se había inmutado siquiera. Lo cierto era que ninguno de los dos estaba a salvo en esa villa vacía y laberíntica.

A Aurelia le había dicho que se aseguraría de que no le hubiera pasado nada malo.

A Loren le había prometido quedarse hasta que terminara la semana.

Miró el techo confuso y con sentimientos encontrados. No durmió.

CAPÍTULO XII

Loren

Loren deseó sorprenderse cuando abrió los ojos (pero sin despertar) en los confines del mundo real, pero la novedad había dejado de serlo muchos años, y muchos horrores, atrás.

La oscuridad era impenetrable, no había estrellas ni luna. Un viento cálido azotaba el espacio vacío y caía por el borde del precipicio en el que se encontraba. Unas columnas blancas de superficie irregular como dientes gigantes se elevaban desde las negras profundidades, la boca abierta de una bestia. Una tormenta roja rugía sobre un pico a lo lejos. Aquel lugar era baldío. Inerte.

—¿Por qué me has traído a este sitio? —preguntó Loren al silencio implacable.

—Dímelo tú. Es tu sueño —contestó una voz a su espalda.

Fue como si volvieran a apuñalarlo por la forma en que se le vaciaron de oxígeno los pulmones. No había contado con que el Félix fantasma le respondiera. Porque lo cierto es que era su voz, no tenía que darse la vuelta para comprobarlo, aunque el fantasma hablaba con un tono plano y hueco, en vez de con la cadencia afilada de Félix. Lo desagradable del sonido lo llenó de angustia.

El Félix fantasma se le acercó hasta colocarse a su lado, con cuidado de dejar espacio entre ambos. Lo miró fijamente con los ojos tristes, el cuerpo desvaído como una prenda que se ha lavado infinidad de veces. Un vapor sibilante se le arremolinaba en torno a los pies descalzos y ensangrentados.

Loren expulsó el aliento entrecortado, húmedo pese al asfixiante calor.

—Así que puedes oírme —dijo el fantasma—. ¿Y piensas escuchar?

—Llevo haciéndolo años —contestó Loren—. Eres tú quien no quería hablar. ¿Qué querías decirme? ¿Qué te traes entre manos? ¿Qué...?

El Félix fantasma tembló como una llama vacilante.

—Estás cerca de la respuesta si te sirve de algo. Ya tienes todas las piezas. Pero el tiempo se agota.

—¿Qué respuesta? ¿Qué piezas?

Pero un escalofrío lo recorrió al comprender. El día anterior Aurelia le había enseñado su tapiz. Una ola negra. Un destello cobrizo.

Y plateado por primera vez.

—El casco —dijo Loren notando el sabor acre de las palabras.

El Félix fantasma separó los labios con avidez, pero no dijo nada.

—¿Por qué? ¿Qué pretende hacer Mercurio con Félix?

Solo que esa no era la pregunta correcta. Como le había advertido Nonna, los humanos no podían comprender los actos de los dioses. Que Mercurio hubiera guiado a Félix hacia el templo para coger el casco podría tener un significado oculto, pero era igualmente posible que lo que ocurrió fue que Félix estuviera en el lugar equivocado en el momento equivocado, empujado por los caprichos de un dios voluble y embaucador. Loren puso en orden sus pensamientos.

—¿Qué quiere decirnos el casco? ¿Qué obligará a hacer a Félix?

—Estás muy cerca de la respuesta —repitió el fantasma—. Pero no haces las preguntas correctas.

—Dímelo ya.

—Pues escucha con atención —espetó el fantasma, sacando del bolsillo un cuchillo de acero y madera. Loren sintió el pánico aferrándosele a las costillas, un pinchazo en el lugar donde se le había hundido la hoja la última vez, pero el Félix fantasma siguió hablando—. ¿Qué piensas hacer con el cuchillo hoy? ¿Clavármelo a mí o apuñalarte tú mismo otra vez?

Le tendió el mango. Una rama de olivo.

—Trae el casco y no solo te lo diré, te lo mostraré —dijo el fantasma con aspereza.

Loren intentó protestar, intentó gritarle que el casco estaba maldito y era peligroso, y que él jamás pondría algo tan poderoso en las manos de aquel Félix, pero el fantasma avanzó un paso hacia él y las palabras se esfumaron. La tierra tembló. Otro paso. Estaba a un brazo de distancia. Menos. Estaban tan cerca que casi se tocaban el pecho, se rozaban la nariz. El calor inundó el hueco, pero el Félix fantasma no llegaba a tocarlo.

Por su parte, Loren pasó de estremecerse suavemente a temblar en serio. Quería poner la boca sobre la de Félix. Quería empujarlo por el precipicio. Quería caer con él.

—Si quieres detener esto, ven a buscarme —susurró el fantasma.

El cielo negro se abrió y empezó a brotar ceniza de nuevo.

Loren se despertó. Los pulmones le quemaban. Se volvió bruscamente y se encontró con que la otra cama estaba perfectamente lisa. Como si no hubieran dormido en ella. No le sorprendió que Félix se hubiera ido.

O tal vez no lo había hecho. Su mirada tropezó con las sandalias andrajosas. Con lo contento que se había puesto el otro día cuando las recuperó, su único par, Loren no lo veía capaz de dejarlas allí. Se le aligeró un poco el peso que se le había formado en el pecho. Sabía que no debería, pero se lo tomó como una señal de que Félix pensaba volver.

Necio. ¿Cuándo había empezado a ansiar cualquier momento, por breve que fuera en su compañía? Dos noches atrás, cuando apuntó al fantasma con el cuchillo en su sueño, habría hecho lo que fuera con tal de deshacerse de él. Lo que fuera con tal de proteger su ciudad.

Pero eso fue entonces. Ahora había compartido su pan con Félix. Había sido testigo de su agilidad mental, le había mostrado los lugares que sus visiones condenaban a la destrucción, le había confesado sus deseos secretos. Y Félix le había prestado atención. La idea de que muriese después de todo lo afectaba de una manera desconocida.

¿Cómo podía ser ese chico el fantasma que llevaba años atormentándolo?

—Idiota —dijo en voz alta por si acaso. Se rehizo la trenza antes de salir rápidamente de la habitación. El sueño había puesto de relieve otra cosa: se le agotaba el tiempo. El trato que había hecho con Félix expiraba en dos días, pasados los cuales tendría que dejarlo marchar. Le quedaban dos días para demostrar su valía.

Julia lo esperaba en el jardín para desayunar, pero seguro que no le importaría que husmeara un poco antes. Al fin y al cabo, si aceptaba su oferta, la casa no tardaría en ser suya.

Se desvió hacia otra galería buscando el estudio de Julia.

Durante el día, la casa no estaba tan desierta, aunque continuaba estando curiosamente vacía. En todas las habitaciones a las que se asomaba, la zona destinada al servicio y las cocinas, las habitaciones para almacenar provisiones y los salones, no había más que polvo y mobiliario cubierto con telas. Aparte de los ronquidos de Gus fuera de la que debía de ser el ala de la casa que ocupaba Julia, no se veía un alma.

Habían dejado entreabierta la puerta del estudio, y, tras echar un vistazo a su alrededor, se coló. De todas las habitaciones que había examinado, le sorprendió que aquella fuera la única que mostraba signos de estar habitada. Las estanterías acogían pirámides de rollos de papiro, y Julia había dejado su palla blanca sobre el respaldo de una silla. La vela encendida en el alféizar de la ventana sugería que había estado trabajando hacía poco.

No tenía tiempo que perder. No podían pillarlo. Julia no sabía que había ido a su casa por el asunto del casco, y preguntarle por ello directamente haría saltar las alarmas. Tenía que investigar con discreción.

Se dirigió al escritorio y empezó a registrarlo.

Cartas, rollos y montones de hojas de pergaminos cuidadosamente ordenados, pero nada en ellos que fuera de interés. Ningún oportuno comunicado del consejo o notas detalladas sobre los planes de Umbrius. Ni siquiera una anotación en la agenda. Eso sería demasiado fácil. Se fijó entonces en lo que había estado trabajando Julia: una tablilla de cera con anotaciones en jerga legal junto a una hoja de pergamino. El padre de Loren hacía lo mismo: pasaba horas en su estudio redactando sólidos contratos en los que ni la criatura más sibilina encontraría una sola fisura por la que colarse. La comparación se le hizo empalagosa.

Pero en eso consistía la vida dedicada al comercio o la política, ahí o en la villa de su familia, lo mismo daba. El futuro de Loren estaba siempre en un cargo público. Pero con Julia al menos (si es que aceptaba la oferta) sería en un cargo de su elección donde la gente escucharía. No solo lo que tuviera que decir sobre política, sino también sobre sus visiones. Puede que incluso creyeran en él.

No. Se quitó la fantasía egoísta de la cabeza y tocó el cordón que llevaba al cuello. Había ido hasta allí para averiguar algo sobre el casco. No le había mentido a Félix. Si Pompeya sobrevivía los siguientes dos días, tal vez podría pensarse bien la oferta de Julia.

—Te lo habría enseñado si me lo hubieras pedido —dijo Julia. Loren pegó un brinco del susto. La mujer sonrió con suficiencia desde la puerta, con una copa de vino en la mano—. Relájate, anda. No me he enfadado. Al fin y al cabo, es tu contrato.

Lo dijo con tono ligero, pero el resto de su ser emanaba agotamiento. Llevaba el mismo vestido lavanda de la noche anterior, pero se notaba que estaba arrugado y sobado. Mechones de pelo rubio se habían soltado de las horquillas y tenía ojeras. Si había dormido, no lo parecía. Los sirvientes de la villa deberían haberla atendido ya a esas horas. La madre de Loren jamás se habría dejado ver así de desaliñada.

—La estaba buscando —dijo Loren con cautela, retrocediendo—. No estabas en el jardín.

Julia enarcó una ceja y se acercó para limpiar la tinta de la punta de un cálamo que había empezado a secarse.

—Respetaría más tu respuesta si admitieras que estabas husmeando. Dímelo con sinceridad, Loren. Una desconocida te trae a su casa en plena noche y te promete hacer realidad todas tus ambiciones. Es lo que yo haría en tu situación.

—No he aceptado.

Aun así, la presión del pecho se suavizó.

—Todavía. —Los ojos de Julia resplandecían. Metió la mano debajo de la palla, de donde sacó un paquete envuelto—. Me he tomado la libertad de que te trajeran ropa. Ha sido caro por haberlo pedido con tan poca antelación, créeme, pero no quiero que vayas vestido de una forma tan corriente en un día como hoy.

Loren aceptó el paquete y soltó el cordón que lo ataba. Dentro había una túnica de color amarillo claro con el cuello y las mangas decorados con un intrincado bordado de flores rojas y azules. Volvió el bajo y comprobó que las puntadas no le resultaban familiares. No era una creación de Livia.

—Es muy bonita —dijo Loren, tragándose la culpa—, pero...

—Como te quejes por cada regalo que te haga, va a resultar agotador. Sigue mirando, hay más.

Loren dejó la túnica a un lado con cuidado de no arrugar el lino y desplegó un pliego blanco de tela perfectamente planchado. Puso los ojos como platos.

—¿Una toga?

Julia se había entretenido en quitar el corcho de una jarra, pero Loren atisbó la sonrisa orgullosa.

—La primera, supongo.

En lugar de responder, Loren acarició la lana. Las togas estaban reservadas para los hombres adultos romanos, pero sabía que en Pompeya se encontraba en ese incómodo punto a caballo entre ser ciudadano y no. Eso era lo que ocurría cuando renunciabas a tu identidad, que perdías todo lo que ello conllevaba.

Al regalarle esa toga, Julia proclamaba sin decir una palabra que lo tomaba en serio por méritos propios, la primera persona que lo hacía desde que llegó a Pompeya. Puede que fuera la primera persona que lo hacía en toda su vida. En el templo de Isis no lo habían hecho. Y sus padres tampoco, eso seguro.

No se dio cuenta de que aferraba la prenda tan fuerte que la estaba arrugando hasta que Julia le despegó los dedos del tejido.

—Como mi heredero, y por tanto mi representante, preferiría que no arrugaras la toga horas antes de que asistas a los juegos —dijo, entregándole una copa de vino y quitándole la toga—. Hoy vas a empezar a hacer contactos. No hay mejor lugar para hablar de política. Nos sentaremos en el palco y comeremos alimentos caros. Y Júpiter sabe que a Pompeya le hace falta un poco de diversión antes de que la mitad de sus habitantes la abandonen, que los dioses protejan esta ciudad corrupta. Te mentiría si te dijera que no he estado tentada de irme yo también.

Loren frunció el ceño ante la copa que le tendía y notó nuevamente el nudo en el estómago. Odiaba que la gente hablara así de la ciudad, como si Pompeya estuviera agonizando. Se sentía como si le estuvieran contando un chiste que todos conocían menos él mientras intentaba denodadamente evitar que llegara la gracia final.

—La vida sigue en Pompeya —dijo con firmeza, sin poder evitar defender la ciudad, pero lo lamentó en cuanto cerró la boca y se le relajó—. Perdón, señora, eso ha estado fuera de lugar.

—No te disculpes —dijo ella—. Valoro tu opinión. Y llámame Julia. Ni los sirvientes se muestran tan respetuosos. El otro día sin ir más lejos, Clovia tuvo la osadía de decir que lo que me hacía falta era un buen... Una anécdota inapropiada. Cree que debería buscarme un pretendiente. Casarme.

Arrugó la nariz al decirlo y rodeó el escritorio. Corrigió distraídamente un símbolo escrito en la tablilla antes de seguir hablando. Loren la miraba boquiabierto.

—No es que no los haya tenido. Cuando mi padre vivía, no le parecía bien ninguno. Todos querían la finca. El nombre. Yo no les importaba. Seguro que ahora entenderás por qué prefiero esta forma alternativa de buscarme un heredero. Desprecio la institución del matrimonio.

—Brindo por ello —dijo Loren en voz baja.

—¿Verdad que sí? —Julia alargó la copa hacia él y Loren la rozó con la suya. El metal tintineó—. Brindemos por forjar nuestro propio camino.

—Por una alianza que signifique algo de verdad —añadió él.

—Por las familias que creamos, no en las que nacemos.

Una débil esperanza brotó en el pecho de Loren cuando bebieron un sorbo, que se envalentonó cuando sintió en la lengua la familiar dulzura empalagosa. Vino de Lassius. Y por una vez el sabor no lo lastraba.

Unas fuertes pisadas en el corredor los interrumpió y Ax entró tambaleándose.

—¿Qué ocurre, Axius? —preguntó Julia molesta.

—Es el chico —resolló Ax.

Julia miró a Loren, pero Ax prosiguió con un gruñido.

—El otro. Y Clovia. Será mejor que venga rápido.

***

Clovia estaba en el atrio desmadejada como una muñeca rota y con la cara dentro de la cisterna central. La cabeza flotaba en el agua, el pelo suelto extendido en gruesos mechones.

Félix estaba de rodillas junto a ella.

Loren sintió que le atenazaban la garganta.

Julia inspiró bruscamente y Félix levantó la cabeza. Loren le estudió el rostro en busca de alguna pista que demostrara que él no había tenido nada que ver, pero su expresión no revelaba nada. La línea recta de los labios apretados constituía la única señal de que la situación le hubiera afectado.

Las visiones de un Félix suelto en la ciudad. ¿Era ese el principio del fin?

—¡Augustus! —gritó Julia mientras Ax se desplomaba.

Gus llegó con pesado caminar pestañeando adormilado. Cuando su abotargado cerebro registró la escena, echó mano de su arma con un gruñido. La noche anterior llevaba la espada de Aurelia colgada del cinto. Ya no. Pero sin dejarse intimidar, se lanzó sobre Félix y lo apartó del cuerpo de Clovia.

Félix no opuso resistencia. Se limitó a mirar a Julia con frialdad.

—Me ha extrañado que no viniera a vestirme esta mañana —dijo la mujer mirando a Félix—. Pero no le he dado importancia. He supuesto que estaría cansada.

—Estuvimos bebiendo anoche —murmuró Ax.

—Y se tropezó, ¿no? Qué interesante que cayera bocabajo en la cisterna y no hubiera nadie para ayudarla. Creo que te ordené que no te acercaras al vino, Axius.

El hombre se frotó la frente, restregándose el sudor que se le había formado por los nervios.

—Es interesante —continuó la mujer con las aletas de la nariz hinchadas— porque me pareció que estaba sobria cuando me trajo el pergamino antes de irse a la cama. ¿Tan negligentes son mis guardias que ni siquiera el servicio está a salvo en mi propia casa? Lleva ahí tendida horas y el primero que la ha encontrado ha sido el chico. Me resulta preocupante.

Ax tragó saliva.

—No lleva aquí horas —la corrigió Félix—. Y tampoco se ha ahogado por estar borracha.

La expresión de Julia sugería que se mantenía a la espera.

—¿Y tú cómo lo sabes?

—No estaba cuando he pasado por aquí antes. Tóquela. La sangre está caliente aún. Esto acaba de pasar.

Cuando nadie se molestó en llevarle la contraria, Félix se soltó para sacar a la mujer del agua. Le caían unos surquitos por la cara pálida.

—Savia de amapola. ¿No lo oléis?

—Yo no huelo nada.

—No tenéis olfato ninguno. Mirad entonces. Moratones.

Tratando de controlar los nervios, Loren se acercó hasta arrodillarse junto a la mujer. Félix miraba con expresión cautelosa, protectora casi, el cadáver que tenía entre las manos. El recelo de Félix dio que pensar a Loren, incapaz de entender a qué venía aquella actitud frente a una mujer a la que no conocía de nada, pero cuando alargó la mano para retirarle el pelo de la cara, Félix no se lo impidió. Loren le rozó la mejilla con reticencia e hizo una mueca de dolor al notar el escalofrío.

—La han estrangulado —confirmó.

—Envenenado y estrangulado. —Julia apretó aún más los labios y se dirigió a los hombres con un gesto—. Lleváosla de aquí.

Ax y Gus se acercaron arrastrando los pies para coger a la pobre Clovia entre ambos y se la llevaron a un lugar más íntimo. Loren sintió que se le ponía mal cuerpo. Se preguntó qué harían con ella, si tendría familia fuera de la finca de Julia, en qué punto del camino que salía de Pompeya la enterrarían. Si le importaría a alguien cómo había acabado de esa forma horrible una sirvienta.

—Esperad.

Loren se sacó una moneda del bolsillo y la depositó en la boca inerte de Clovia. El acto palidecía comparado con los suntuosos funerales a los que había asistido de niño, pero al menos serviría para pagar el billete al psicopompo, Caronte o Mercurio, hacia el Inframundo. Cuando apartó los ojos de los de Clovia, inmóviles en la muerte, se cruzó con otro par que lo estudiaba con detenimiento.

Y cautela una vez más. Félix exhibía una seriedad que no se correspondía con su carácter frívolo habitual. Una actitud respetuosa por parte del más irrespetuoso de todos los presentes. De pronto, Loren tuvo la impresión, por más que fuera infundada, de que Félix sentía la muerte de Clovia de un modo más profundo que el resto de ellos.

Al final, los guardias se llevaron a Clovia del atrio, que quedó en silencio.

Félix fue el primero en romperlo.

—Antes de que me lo preguntéis, yo no la he matado —dijo.

Julia levantó una mano y bajó la cabeza.

—Lo sé.

Era lo último que Loren esperaba que dijera. Pero su certeza no vaciló, ni siquiera la gélida rigidez de sus labios se derritió un poco en una fría sonrisa educada.

—¿Vas a venir con nosotros hoy, Félix? —preguntó.

—Los juegos no son lo mío.

—¿Demasiado sanguinarios? —preguntó ella, arqueando los labios.

—Algo así —contestó Félix.

Loren abrió la boca, pero no emitió sonido alguno. Se había producido un asesinato. Y seguían hablando de los juegos de gladiadores como quien hablaba del tiempo.

—Una pena. —Julia se volvió—. Tendrían que ser entretenidos. Loren, ve a vestirte. Salimos dentro de una hora.

Las pisadas rápidas y decididas se alejaron del atrio. En cuanto dejaron de oírse, Loren se apartó de Félix.

—¿Dónde estabas cuando me he despertado?

—Tenía cosas que hacer en la ciudad. ¿Acaso importa?

—¿Que si...? —Loren tomó aire y se puso la mano sobre el corazón—. Pues sí, importa.

Porque se había producido un asesinato. Porque lo que había dicho Julia no tenía sentido. Y porque la túnica nueva de Félix chorreaba agua del cadáver y él iba descalzo como el fantasma de su sueño.

—No he sido yo —repitió Félix—. Y lo sabes.

Esa era la cuestión. Loren quería creerlo, pero desde que se conocieron, Félix había hecho todo lo posible por ocultarle cosas de sí mismo. Lo irónico era que, si se paraba a pensar en ello, sabía más sobre las verdades del Félix fantasma que del real. Por lo menos el fantasma había dejado claras sus intenciones.

—No sé nada de ti, Félix —dijo con tono de súplica casi.

—Entonces es que no has prestado atención —contestó con la frialdad del mármol—. Vi cómo asesinaban a mi padre. ¿De verdad me crees capaz de hacer algo así?

La rabia de Loren se apagó como quien sopla la llama de una vela. Ya estaba Félix otra vez haciendo que se sintiera culpable. Cada vez que conseguía horadar un poco el muro que lo rodeaba le hacía daño. Se sentía como el más cretino de toda Pompeya.

—No lo sabía —dijo.

Félix lo miró con dureza.

—Ahórrate la lástima y ve a vestirte. Tienes que estar presentable para que Julia te exhiba por ahí.

Loren jugueteó con un chorrito de barro que había sobre la baldosa.

—Deberías venir.

—¿Para que puedas vigilarme y me hagas preguntas cuando te he dicho que lo dejes? —Félix apretó los puños—. Porque no te fías de mí.

«No me has dado motivos para ello», estuvo a punto de decir Loren.

Solo que no era cierto. Un recuerdo fugaz de la noche anterior pasó por su cabeza: Félix se había colado en la finca de Julia, aunque solo fuera para asegurarse de que no le había pasado nada malo. A pesar de todas las oportunidades para huir que le había dado, Félix seguía volviendo a por él.

No estaba en la cama cuando se había despertado, pero ahora sí estaba.

—Confía en mi experiencia, aunque no lo hagas en nada más. Nunca es buena señal que una persona rica se interese por uno —dijo Félix—. Sé lo que es que te utilicen.

Abandonó el atrio furioso sin darle la oportunidad de tranquilizarse.

CAPÍTULO XIII

Félix

Quitarse las sandalias para no hacer ruido funcionaba solo cuando el objetivo no te estaba esperando.

El amanecer se estiraba sobre la ciudad, y nada más doblar la esquina de la calle de la tienda de la costurera vislumbró los rizos oscuros que se apartaban de la ventana de arriba. Llevaba la espada del padre de Aurelia, que le había quitado al guardia mientras roncaba. La hoja plana y gris de metal resplandecía a la luz de la mañana. Demasiado vieja para que le dieran mucho por ella (que se hubiera planteado empeñarla en vez de devolverla a su dueña no venía al caso), pero la fantasía se esfumó en cuanto Aurelia salió corriendo de la casa.

Si se quedó un poco apartado fue porque ya estaba acostumbrándose al entusiasmo con que aquella niña lo hacía todo.

—¿Dónde está? —preguntó.

—Buenos días para ti también —respondió él, esquivando la patada en la espinilla.

—No hagas bromas.

Tenía un aspecto horrible con el pelo hecho una maraña de mechones encrespados que se le salían de la trenza y los ojos hinchados. Félix se preguntó si habría dormido algo o si habría estado dando vueltas toda la noche por culpa de las pesadillas. Se acordó del episodio que había tenido en el callejón, los ojos vidriosos y sus serias revelaciones, las mismas que desestimó nada más pronunciarlas, pero no sabía por dónde empezar a preguntarle.

Era una niña extraña. Extraña como Loren. Por eso se llevaban bien.

Félix suspiró y aflojó un poco.

—Está bien. No me necesitaba. No nos necesitaba a ninguno de los dos.

—No es verdad. Mamá dice que todos nos necesitamos.

—A algunos les cuesta admitirlo.

Aurelia lo miró con fijeza.

—¿Te refieres a ti?

Félix notó de nuevo ese efecto extraño, el mismo que ejercía Loren sobre él, como si la piel se le hubiera vuelto invisible y los órganos vitales quedaran expuestos. Sintió la intensa necesidad de cubrirse, pese a estar vestido.

—Parte de mi oficio consiste en trabajar solo. Soy ladrón, no contrabandista —dijo despacio.

—No es eso. Creo que los ladrones son los más solitarios de todos —replicó Aurelia con un soplido, y acto seguido le quitó la espada y desapareció en la casa dando un portazo.

Félix permaneció un rato largo de pie en la calle tratando de no sentir la presión de sus palabras. «Los más solitarios de todos». Aurelia no tenía ni idea de lo que era la soledad.

O lo que conllevaría para él la alternativa.

Regresó a la villa de Julia por el camino más largo con la esperanza de que Loren siguiera dormido para que le diera tiempo a meterse en la cama de nuevo como si no hubiera salido de la casa. Era la primera vez que hacía algo así: evitar una confrontación por todos los medios.

Pero al doblar la esquina, el destello escarlata al final del callejón lo obligó a pararse en seco. La aprensión lo recorrió por dentro. Había visto antes ese color en Pompeya. Un tinte de esa tonalidad de rojo tan viva costaba un buen dinero.

Y conocía al hombre que podía permitírselo.

Caminó sin hacer ruido fundiéndose con las sombras conforme se acercaba a la calle principal. Se asomó lo justo cuando el borde de la capa desaparecía al doblar la esquina su dueño. «Por los pelos». La última vez que había visto aquel rostro lo apuntaba con una espada. Darius, el guardia del político (que se estaba convirtiendo rápidamente en el Pompeyano que Félix más odiaba) andaba merodeando a plena luz del día por una parte de la ciudad que no le correspondía.

Algo no cuadraba.

Los nervios lo estaban avisando. ¿Acaso sabía el político que había estado en la villa de Julia? ¿Habría ordenado a Darius que entrase en la villa? Una parte de él quería seguirlo. Quería ver otra vez al político y tratar, en vano, de ubicarlo en su laguna mental. Se pegó a la pared y se mordió indeciso la lengua.

Pero notó una sensación lóbrega en el estómago y una idea inquietante le pasó por la cabeza, algo que lo impelía a volver a la casa de Julia. Tenía que comprobar algo con sus propios ojos. No había sobrevivido tantos días en esa horrible ciudad para que Loren terminase muriendo a manos de un guardia.

Se dirigió a la villa.

Y se encontró con Clovia flotando en el agua de la cisterna con el cuello amoratado.

***

Más tarde, oculto entre las sombras, vio salir a Loren hacia el anfiteatro escoltado por Julia y sus guardias. Félix tenía sentimientos encontrados. Por un lado, sentía la necesidad de vigilar a Loren, y, por otro, la de recabar pruebas. No podía acusar a Darius de asesinato ante Julia. Señalar nunca actuaba en favor de un ladrón. Por lo general le acarreaban la muerte.

Ya no estaba tan seguro de su suposición inicial, la de que Darius había entrado en la villa de Julia porque su señor sabía que él, Félix, se encontraba dentro. Sobre todo después de haber visto la reacción de Julia, su mirada conocedora y su calmada seguridad en que Félix no había matado a Clovia. Como si lo hubiera estado esperando. Como si ya hubiera sucedido antes. Darius quería que lo pillaran, quería que reconocieran el asesinato. Recordó la presión de los dedos del guardia en su cuello y el amargor de la savia de amapola que le había dado el político. Las marcas en el cuerpo de Clovia eran la marca de la casa. Un mensaje.

Existía una conexión entre el político y Julia, lo que significaba que Loren se había metido en un lío más grave de lo que pensaba. Por eso necesitaba pruebas. Para convencerlo de que el peligro que implicaba aquella mujer no merecía la pena por mucho que pudiera tener información sobre el casco, y que si no se desvinculaba de ella, su cadáver amoratado y rezumante de savia de amapola sería el próximo que encontraría Félix.

Que no era porque le importase. Lo único que quería era ponerse de nuevo en marcha y abandonar la ciudad sin dejar cuentas pendientes. Sin remordimientos. Sin fantasmas.

En ese momento, Loren volvió la cabeza hacia atrás una última vez, apretando los labios en esa mueca suya tan familiar antes de que la muchedumbre se los tragara, y Félix sintió un revoloteo en el estómago. Sus prioridades se reorganizaron en torno a algo parecido a la preocupación.

La sensación no le gustó para nada.

Félix salió también de la villa, pero en la dirección contraria.

Las calles estaban rebosantes de gente que se dirigía tranquilamente hacia el lugar donde tenían lugar los festejos. La gente estaba animada, charlaba con voz alegre. Todos estarían allí, deseosos de divertirse tras los recientes episodios de mala suerte que habían asolado la ciudad. Félix contaba con ello, aunque por una vez, no huía. Primero tenía que demostrar sus sospechas.

Nadie se fijó en que iba en sentido contrario a todos los demás. De nuevo, dejó las sandalias por el camino para ir a recogerlas después, y siguió hacia esa calle con los adoquines de otro color que, lamentablemente, conocía bien. Dejó atrás la verja de la entrada principal y se dirigió hacia la puerta lateral por la que entró la última vez. Metió en la cerradura la horquilla del pelo que se había agenciado en la fiesta de la noche anterior hasta que la hizo saltar.

El fresco del majestuoso Vesubio coronado de uvas y atravesado por un serpenteante camino le dio la bienvenida desde el larario del político. Los lares dentro de su hornacina en actitud de pedir regalos y oro. El vino derramado en el suelo se había secado dejando un rastro morado y pegajoso en el suelo. Pese a que hacía varios días, Félix seguía notando el frío de las baldosas contra las rodillas, las manos del político rodeándole la cara.

Pero eso formaba ya parte del pasado. No debía pensar en el pasado. Tragó saliva y se apartó.

Estaba todo en silencio. Se oiría el sonido de un alfiler al caer al suelo desde la otra punta de la casa. Aquel lugar estaba lleno de secretos, lo percibía. Secretos peligrosos. Deseó tener el cuchillo que había robado, aunque tampoco es que sirviera de mucho, pero cuando se metió la mano en el bolsillo, comprobó que no lo tenía. Se había perdido. Maldijo.

Eligió un pasillo al azar y empezó a buscar.

La siguiente puerta que intentó abrir estaba cerrada con llave también, pero no por mucho tiempo. Con una sonrisita de superioridad, sacó la horquilla y la introdujo.

La sonrisa se desvaneció rápidamente.

Por Júpiter y Juno, aquella habitación estaba abarrotada de cosas. El político se había definido a sí mismo como coleccionista, pero acumulador era más apropiado. Félix flexionó los dedos. Aquel sitio sería el alijo perfecto de un ladrón, el sueño de un contrabandista, pero... algo no cuadraba.

Cruzó el umbral con cautela. Las mesas situadas contra la pared crujían bajo el peso de los artículos de bronce y plata, y montañas de objetos descartados cubrían el suelo; torres de copas deslucidas amontonadas, conjuntos de varias estatuas de sonrisa lasciva; escudos, coronas, una guadaña. Cogió una espada recubierta de óxido o sangre y sintió que el estómago se le daba la vuelta. En la estancia resonaba una energía enajenada que no alcanzaba a comprender, una vibración que le recorría la yema de los dedos, una energía estática creciente.

Bastaría con solo tocar algo que no debía para incendiarlo todo.

Lo peor eran los cascos. Observándolo desde todos los ángulos de la sala con ojos huecos. Cascos relucientes, cascos abollados, cascos con salpicaduras de sangre. Con todos los que ya tenía y el político estaba empeñado en conseguir también el que Félix había robado. El que estaba guardado entre la colada de Loren. Estaba dispuesto a pagar por él. A matar por él.

Un susurro le acarició los oídos, más que un susurro, conversaciones mudas. La sensación de que lo observaban, de que le recorrían el cuerpo con los ojos, hizo que se le erizara el vello de los brazos. Volvió a dejar la espada en su sitio con delicadeza y retrocedió con los nervios de punta. Independientemente de la relación que tuviera el hombre con Julia, seguro que no tenía nada que ver con aquella sala llena de reliquias.

La siguiente sala no era mejor. Estaba claro que se trataba de las dependencias personales del político... no podría decir cómo, pero lo sabía. Permaneció de pie en el estudio mudo de asombro, rodeado de montañas de rollos de pergamino y papiros. Montones y montones de documentos. Uno en plena redacción aguardaba sobre el escritorio, y a su lado un bote de tinta abierto secándose. Con lo frío y calculador que se había mostrado el político ante él, y luego resultaba que vivía sumido en el caos.

Félix cerró la puerta. No sabía muy bien qué buscar, así que empezó a registrar la montaña de papeles más cercana. Una pista, una señal, una palabra que le resultara conocida. Lo que fuera. Loren podría haber traducido lo que ponía si no estuviera jugando a la política. Se dejó caer en el escritorio con un resoplido y se apartó el pelo rizado de la frente. Una sala llena de objetos antiguos de todo tipo, un guardia que iba dejando mensajes siniestros, savia de amapola y documentos. Montañas de ellos. ¿Cuál era el nexo entre todas aquellas cosas?

Una pesada caja de bronce, o más bien un cofre, ocupaba una esquina del escritorio. Cuando se lo acercó para inspeccionar de cerca la cerradura, algo se movió dentro. Movió varias veces la horquilla hasta que saltó la cerradura.

Dentro había más papeles.

La hoja que coronaba el montón estaba plegada en tres y su textura era distinta a la del resto de los documentos desperdigados por la superficie de la mesa, pergamino caro en vez de papiro quebradizo, y la tinta tan negra como el primer día. Debían de haberlo escrito para impresionar al lector. O debía de haberlo escrito alguien con dinero de sobra. Félix estudió el texto, pero no entendió nada hasta que vio el sello grabado al final.

Una efe rodeada de laureles.

Había visto antes ese blasón, grabado en el uniforme de Ax. Esa carta la había escrito Julia. Empezó a darle vueltas con el corazón a punto de salírsele por la boca pensando que tenía razón.

Tan impactado estaba que por poco se le pasaron por alto las voces.

—Menuda pérdida de tiempo —dijo un hombre fuera del estudio, y Félix agradeció haber cerrado la puerta. Se metió la carta en la túnica, dejó la caja en su sitio y corrió a esconderse en el primer sitio que vio, una habitación adyacente. Acababa de meterse debajo de la cama sin hacer cuando abrieron la puerta del estudio y entró el político.

Desde ese ángulo, bocabajo en el suelo, Félix solo veía las botas de cuero del hombre mientras caminaba a un lado y otro del estudio con pasos cortos y rápidos. Parecía agitado. Apareció un segundo par de piernas y vislumbró también el bajo de color rojo de la túnica. Darius, que se quedó haciendo guardia junto a la puerta, como el obediente perro guardián que era.

—¿No les parecerá extraño a los demás que se haya ido antes?

—Ya has visto el estado en que se encontraba Umbrius. Apuesto la mitad de mis posesiones a que no se ha dado ni cuenta.

Las pelusas se arremolinaban debajo de la cama. Le entraron ganas de estornudar, pero se mordió la lengua para aguantárselas. Franjas de luz que se colaba entre los postigos atravesaban el suelo a su derecha. Se dirigió hacia allí muy muy despacio.

—No me refería a Umbrius.

El jefe se detuvo. Se oyó el crujido de papel.

—Ah, si nuestra querida señora cree que su nuevo chico va a cambiar las cosas en lo más mínimo, está más confundida de lo que pensaba. O más desesperada.

Félix se detuvo.

La mañana que entró en el templo de Isis huyendo de Darius, Loren llevaba las vestiduras que usaba para trabajar en el templo y velo. No se parecía en nada al chico con la ropa cara que le había regalado Julia. Claro que Félix se había quedado inconsciente y no sabía hasta qué punto habría visto Darius la cara de Loren. Si unía las piezas, comprendía que Loren era el chico que acompañaba a Julia y lo relacionaba con él, con Félix...

—Lo he visto por ahí —dijo Darius con un gruñido—. En el foro. Un prostituto, creo, del lupanar.

—¿Pasas mucho tiempo allí?

Darius tuvo la prudencia de morderse la lengua.

—En cualquier caso, resultará fácil deshacerse de él, nadie llora a los prostitutos —continuó el político—. No me sorprende que Julia haya caído tan bajo. Sus errores son cada vez más burdos. Imagino que no tardaremos en quitárnosla de encima. Claro que —dijo, y su tono pasó de divertido y despreocupado a cortante—, si tuviera el dichoso casco, nada de esto sería necesario.

—Los guardias de las puertas no saben nada más —dijo Darius.

—Debe de estar esperando el momento propicio en la ciudad —murmuró el jefe—. Traté con chicos como él en Roma, sé cómo piensan esos ladrones. Su misteriosa buena suerte, su habilidad para mezclarse con la gente. Es casi mágico, ¿no te parece?

Félix se puso tenso. Siempre igual. Siempre mágico. Y lo decía él, que había acusado a los pompeyanos de ser supersticiosos.

Se escabulló hacia la ventana, salió de su escondite y se agachó todo lo que pudo al acercarse a los postigos. No se atrevía a respirar siquiera.

—Darius, ¿has abierto tú mi caja de las cartas? —preguntó el político.

Unas fuertes pisadas se dirigieron hacia el escritorio.

Félix saltó por la ventana al callejón. No se entretuvo a ver si Darius se había percatado de su presencia. Echó a correr hacia la calle con la rapidez de un gato y no volvió la vista atrás.

***

Félix encontró a Aurelia en una callejuela cerca del foro. Estaba de rodillas junto a un círculo de tiza hablando con un chico, pero mientras que ella vestía ropas sencillas y gastadas, el estilo del chico era formal: una toga blanca impecable sobre una túnica naranja, un senador en miniatura, totalmente fuera de lugar allí agachado, en el suelo de adoquines. Los dos hablaban en voz baja sobre algo, como el derrocamiento del imperio, los impuestos o lo que fuera de lo que hablasen los niños malos cuando confabulaban sobre algo.

—Necesito tu ayuda —dijo Félix, atándose las sandalias conforme se acercaba.

Los dos se separaron bruscamente. Aurelia lo miró con cara de malas pulgas.

—Estoy ocupada.

—Ya lo veo. —Félix observó el suelo. Un puñado de canicas decoraban el círculo. El amigo de Aurelia lanzó con el pulgar una esfera de cristal más grande hacia el centro, que golpeó las canicas e hizo que se desperdigaran. Dos se salieron del círculo y el chico gritó alborozado.

Aurelia golpeó el suelo con la mano y gruñó.

—¿Ves lo que has hecho? Me has distraído. Y ahora voy a perder.

—No vas a perder —contestó Félix, que hizo un recuento rápido y se agachó junto a ella—. Lanza así —dijo imitando la pose de lanzar— y sacarás las tres que quedan.

Aurelia torció la boca con escepticismo, pero agarró la esfera grande de lanzar.

—¿Así?

—Un poco más de lado.

Lanzó. La esfera atravesó rápidamente el círculo y golpeó las canicas que había allí. Tal como había predicho Félix, las últimas canicas salieron rodando del círculo, y el juego quedó sentenciado.

—¡Toma! ¿Dónde lo has aprendido?

Félix se encogió de hombros con repentina incomodidad. No debería molestarle no poder recordar cómo había aprendido a jugar, pero era otra de las piezas de su infancia que le faltaban. Estaba atrapado tras una verja mental cuya cerradura era incapaz de forzar. Era como si todos en Pompeya hubieran decidido meterse con él poniéndole delante todas esas cosas que no era capaz de recordar. Decidió dejar la frustración a un lado para después.

—Tramposa —dijo el otro niño con un resoplido y un mohín.

—Le dijo la sartén al cazo, Celsi, como diría mamá —dijo Aurelia.

El chico frunció aún más el ceño.

—¿Qué?

—Que no puedes llamarme tramposa cuando tu familia está donde está precisamente por hacer trampas.

—No es...

Félix no tenía tiempo para esas tonterías.

—Aurelia, se ha terminado el juego. Necesito que me ayudes.

La niña echó una por una las canicas en una bolsita de cuero con un satisfactorio tintineo.

—¿Y por qué voy a hacerlo?

—Porque yo te he ayudado a ganar. Y he arriesgado la vida y las extremidades para devolverte tu espada.

—Ya será menos.

—Y si me ayudas —añadió Félix mientras buscaba algo en el bolsillo—, te daré esto.

Le mostró el tesoro: una cuenta amarilla de vidrio soplado que había birlado de un puesto la noche anterior. Se le había ocurrido empeñarlo para sacarse unas monedas, pero el juego de Aurelia le había dado una idea. La niña la miró con ojos relucientes y se la arrebató con dedos codiciosos.

—Quiero verlo —lloriqueó Celsi. Aurelia cedió al final y se la enseñó, pero el chico fue a quitársela y ella retiró la mano—. ¡Eh!

—Es mía. Además, tu padre no quiere juguetes.

Con la barbilla levantada con arrogancia, Celsi se levantó y se alisó la toga.

—Como quieras. De todas formas, tengo cosas más importantes que hacer. La procesión está a punto de empezar.

—Pues largo —dijo Aurelia.

Tras mirar con envidia la cuenta de cristal una última vez, Celsi dio media vuelta y se fue muy tieso hacia el foro.

—¿La procesión? —preguntó Félix.

Aurelia torció la boca.

—Ese era Numerius Pompidius Celsinus, miembro del consejo.

—Es un niño.

—Tiene casi mi edad.

—Pues eso, un niño —repitió Félix—. ¿Cómo que es miembro del consejo?

Aurelia puso los ojos en blanco.

—No es miembro como tal. No es del *ordo decurionum* en realidad. El padre de Celsi no puede formar parte porque antes era esclavo, por eso ha pagado para que su hijo nacido libre forme parte del consejo. ¿Has oído hablar del terremoto? El grande, no los pequeños que tenemos últimamente.

Félix recordó que Elías había dicho algo el día que jugaron a los dados.

—¿El de hace quince años?

—Diecisiete. Destruyó el templo de Isis y no hubo dinero para reconstruirlo en los diez años siguientes. La familia de Celsi era devota de Isis y su padre recaudó el dinero para la reconstrucción, en nombre de Celsi. Lo que la ciudad le devolvió el favor con un puesto en el consejo de decuriones y lo trasladaron al templo de Júpiter. Tenía seis años. Ahora tiene diez. Era más divertido antes. Últimamente...

Pero en vez de terminar la frase, Aurelia cogió un trozo de tiza y empezó a garabatear en el suelo. Esbozó un rostro, con una mandíbula afilada y una boca fruncida. Al entender que no iba a decirle nada más, Félix suspiró y sacó el pergamino doblado.

—¿Sabes leer? —preguntó y cuando la niña respondió encogiendo los hombros, continuó—. Necesito que me digas lo que pone aquí. Es importante.

—¿Es sobre Loren?

Continuó dibujando mechones de pelo, una oreja.

—No exactamente. Bueno, algo sí tiene que ver.

—Enséñamelo.

Por primera vez, Aurelia levantó la vista y se fijó en los perspicaces ojos castaño oscuro que tenía. Le dio el pergamino. Polvo de tiza quedó flotando en el aire cuando la niña lo cogió.

—Podría ser una carta —dijo él—. Reconozco la estructura, aunque solo sea eso.

Guardaron silencio mientras Aurelia examinaba el texto.

—Conozco la firma. Es...

—Julia —dijo Félix.

Aurelia observó el borde del pergamino con perplejidad.

—Julius. El padre de Julia Fortunata. Poseía una propiedad enorme en la ciudad, no sé cuál. Pero supongo que habrá muerto y la señora Julia la habrá heredado. —Descendió con la vista—. Esto no tiene sentido. Un acuerdo económico o un favor, pero al final se torció.

Félix suspiró.

—Léelo todo en alto.

Aurelia frunció los labios y comenzó a leer con voz vacilante.

—«Sen. M. Servius R. Estimado amigo: Me apena saber de tu consternación por haber interrumpido nuestros negocios. Imagino que las cosas no se hacen igual en Roma. Como te decía en mi última carta, no estoy en condiciones, y tampoco estoy dispuesto, a llevar a cabo exportaciones de esa naturaleza. Con independencia de las ganancias prometidas, soy demasiado mayor para correr semejantes riesgos. Espero vivir el resto de mis días en mi casa de Pompeya con mi hija. En cuanto al futuro de mi propiedad (y te aseguro querido amigo que soy viejo, pero aún tengo la cabeza en su sitio), me aseguraré de que quede en manos de mi familia.

»Saluda al emperador de mi parte. Atentamente —terminó de leer Aurelia—, Spurius Julius Fortunatus». Era comerciante de vino, es lo único que sé. A eso debe referirse con lo de las exportaciones.

—No —dijo Félix con mal cuerpo al comprender—. Es una forma disimulada para referirse al contrabando. La oí muchas veces cuando era pequeño y la reconozco de sobra.

Tenía sentido. La sala llena de reliquias, el supuesto interés especializado; si el político estaba metido en el negocio de la «exportación», no era de extrañar que le hubiera llamado la atención un casco divino. Félix notó que se le secaba la boca. Roma estaba llena de contrabandistas. Pero él confiaba en haber dejado atrás esa vida.

—¿Cómo dices que has encontrado esta carta?

—La he robado. ¿De dónde la iba a sacar si no? ¿Qué sabes sobre Julia?

Aurelia le devolvió la carta y siguió con lo suyo, dibujando los detalles de un ojo, sombreando la nariz.

—Mamá dice que está recluida. Tras la muerte de su padre hace casi cinco años, la señora Julia dejó de salir y se encerró en la casa. Solo se deja ver en las fiestas. A veces va a votar y a las reuniones del consejo.

—Pero es mujer.

Aurelia lo fulminó con la mirada.

—¿Y? Mira, da igual. Soy demasiado joven para agotarme con vuestras tonterías de chicos. Mientras Julia tenga la casa, tiene voz y voto en los asuntos de Pompeya.

Félix examinó la carta de nuevo con la esperanza de entender algo más. ¿En qué lío se había metido Loren? O peor, ¿hasta qué punto podría complicarse antes de que se las arreglara para sacarlo de él? Contrabandistas, políticos... Él no había accedido a nada de eso cuando le prometió que se quedaría cuatro días.

Y tampoco Aurelia. No entendía cómo soportaba vivir entre las serpientes y los lobos de Pompeya.

—Tú sabes muchas cosas de esta ciudad, ¿verdad? —dijo Félix.

Ella lo miró de nuevo poniendo los ojos en blanco.

—Vivo aquí.

—No es solo por eso. Coleccionas datos como si pudieran salvarte la vida algún día.

—No solo a mí —contestó ella con tono sombrío—. Soy lista. Soy capaz de entender las cosas que veo y oigo por ahí. Tú también sabes lo que es depender de tu astucia para sobrevivir.

Félix la miró detenidamente, cómo pasaba del comportamiento infantil a la observación perspicaz. La forma en que se sujetaba la falda a un lado para poder correr más rápido, trepar más alto. La trenza despeinada y las rodillas llenas de arañazos. Cómo tejía historias, se preocupaba y nunca reducía la marcha.

Eso era lo que Félix no entendía. Tenía una vida cómoda, ¿no? Tenía una madre y un hogar. Loren la trataba como si fueran hermanos, aunque no de sangre. Y también tenía amigos.

¿De qué huía tan desesperadamente?

En algún lugar a la vez lejano y demasiado cerca como para no resultar un sonido molesto, las campanas empezaron a repicar. Y por debajo vibraba el rumor de pasos y cánticos. La procesión debía de estar cerca ya.

—Algo no va bien, ¿sabes? —masculló Aurelia, su voz ahogada casi bajo el creciente alboroto. Trazó otra línea con la tiza. Félix miró el suelo, asombrado al encontrarse con su propio reflejo, la sorprendente profundidad de sus rasgos dibujados con líneas blancas. Pero no era como mirarse en un espejo o un estanque. El rostro que tenía delante estaba distorsionado, tallado con planos y oquedades que no lograba descifrar. Dos protuberancias idénticas salían de entre sus rizos, una a cada lado de la cabeza, como las alas de una paloma.

Como si llevara puesto el casco de Mercurio. Como si se hubiera convertido en el casco.

Aurelia gruñó y, posando el lado ancho de la tiza en el suelo, emborronó el rostro de Félix con un rápido movimiento. Después lanzó la tiza contra la pared, donde se hizo añicos.

—¡Eh! ¿Por qué has hecho eso? —preguntó Félix.

Pero Aurelia habló como si no lo hubiera oído.

—Creo que un día todo esto desaparecerá. Se esfumará. ¿Dónde estaremos cuando llegue la marea?

CAPÍTULO XIV

Loren

Los gladiadores luchaban en la arena, pero Loren no tardó en comprender que la verdadera acción tenía lugar en las gradas, donde se libraban luchas sin cuartel en las que no se vertía sangre.

—Quédate a mi lado —murmuró Julia sin borrar la sonrisa. Se detuvieron antes de entrar en una fila privada, reservada a las clases altas—. Vas a despertar el interés de algunos entre el público. Un interés grande.

Aquello no presagiaba nada bueno. Estaba hecho un manojo de nervios.

—Lo vas a hacer muy bien, querido. No tienes que preocuparte. —Julia le dio unas palmaditas en la mejilla y entrelazó el brazo con el suyo. Así apartaron la pesada cortina y entraron.

El anfiteatro de Pompeya seguía unas estrictas normas sociales. Cuanto más baja era la clase a la que pertenecías, más arriba te sentabas. Loren no había estado nunca tan cerca de las cosas. Lo primero que le llamó la atención fue el ruido, que se concentraba en el interior de las gradas con forma de cuenco. Bajo la zona reservada para la élite, hombres y muchachos podían elegir el sitio de los destinados a la plebe, mientras que las mujeres y los esclavos se sentaban en las gradas de más arriba.

Toda slas mujeres salvo una. Nadie dijo nada cuando Julia entró con Loren.

Al contrario que las gradas abarrotadas de público común, en la fila reservada a los notables había sitio de sobra, con los asientos acolchados y amplios pasillos. Incluso un gigantón como Gus caminaba cómodamente cerrando la comitiva, puesto que Ax se había ausentado para lamerse las heridas en un lugar más tranquilo. Loren intentó no quedarse mirando a nadie. Políticos, patricios, romanos ricos que estaban de vacaciones en Pompeya, caras conocidas de alguna reunión en la que se había colado de las celebraban en el foro. Aquello lo puso aún más nervioso.

Julia condujo a Loren al centro de la parte delantera, justo encima del corredor por donde salían los luchadores, y dio permiso para irse a Gus, que se retiró al fondo con los otros guardias personales. Un puñado de hombres ataviados con toga los miraron.

—¡Señora Julia! —dijo un hombre gordo, levantándose torpemente con la diadema de oro de la cabeza torcida. Llevaba en una mano una copa casi vacía y extendió el otro brazo a modo de bienvenida.

Loren inspiró bruscamente. Allí tenía la oportunidad que había estado esperando.

—Umbrius —dijo Julia con su frialdad habitual—. Un placer verte. Permíteme que te presente a...

—Venid, venid. Sentaos —dijo Umbrius, sacerdote de Júpiter y presidente del consejo, que se dejó caer en su asiento y el vino se le desbordó de la copa. Dio unas palmaditas en el cojín contiguo con excesivo entusiasmo—. El vino es verdaderamente excelente, nuestro patrono se ha superado esta vez. Pídele a tu sirviente que te traiga una copa.

Julia se estiró la falda con cuidado antes de sentarse.

—Loren no es un sirviente.

—Iba a decírtelo, no me resultaba familiar. ¿Dónde está la mujer de siempre?

—No ha podido venir, por desgracia.

—Lástima. —Umbrius hizo una seña y un sirviente se acercó a rellenarle la copa—. ¿Y quién dices que es este muchacho?

—Es mi...

—Soy Loren, señor —interrumpió él. Creía que había estado nervioso al llegar, pero aquello no había sido nada comparado con ese momento—. No sé si se acordará, pero nos conocimos hace menos de un mes.

Umbrius frunció el ceño, pero no dijo nada. Loren notó que empezaban a sudarle las palmas de las manos y se las secó en la toga.

—En el foro —continuó—. Después de una sesión.

—¿Estás en el consejo? No recuerdo haberte visto.

—Ya —contestó Loren, inspirando bruscamente—. No, señor, pero sigo las votaciones con gran interés. Fue después de su discurso sobre el recorte de impuestos en educación...

—Ay, por favor —lo cortó el otro.

—... y sé que dijo que no volviera a acercarme, pero le pido que reconsidere...

—Ahora que lo dices, sí que te recuerdo —dijo el hombre apretando la copa contra el pecho con el ceño fruncido.

—¿Ah, sí? —Loren sintió un chispazo por dentro. Parecía estar flotando.

—Por supuesto, por supuesto. Ya hablaremos, después de los juegos. Siéntate.

Loren obedeció. Le faltaba el aliento, estaba a punto de estallar. La noche anterior había prometido a Félix que no se distraería, y acababa de malgastar su oportunidad de preguntar al presidente del consejo todo lo que tenía en la punta de la lengua, como qué pensaba él sobre la desaparición del casco, si lo consideraba un presagio o un mensaje, qué le preocupaba. Qué planes tenía. Pero no podía preguntarle nada. No delante de todas aquellas personas, que podrían mirarlo con suspicacia por mostrar una curiosidad muy por encima de su estatus social y por no confiar en las intenciones de los dioses. Intentó comportarse con calma y no dejar que su impetuosidad lo enredara en un lío aún más gordo.

—Me alegro de que ya nos conozcamos todos —dijo Julia con labios temblorosos.

—Es alentador ver a un joven tan interesado en la política municipal —dijo con tono perezoso el hombre que estaba sentado al otro lado de Umbrius—. ¿Cómo has dicho que te apellidabas, muchacho?

Julia se puso rígida como un palo.

—Servius. No te había visto.

El aludido sonrió con calma, relajadamente, y se inclinó hacia delante. Vestía de forma extraña para el calor que hacía en esa mañana otoñal: botas altas y guantes ceñidos. Sobre la túnica de un intenso color rojo llevaba una toga impecable, sujeta con un blasón con la forma de un halcón. Algo en el tal Servius le resultó familiar a Loren, como si lo hubiera visto de pasada en alguna parte.

Umbrius aprovechó para cambiar de tema.

—¿Sabes que nuestro querido senador patrocina los juegos de hoy, Julia? Y de su propio bolsillo.

—No me digas —contestó Julia sin que se le moviera la sonrisa—. Qué generoso.

Servius hizo un gesto con la mano para quitarse importancia.

—Umbrius exagera. No ha sido nada. Entre los terremotos y el robo, la ciudad necesita que le suban el ánimo.

—No ha reparado en gastos —añadió Umbrius, agitando la copa, y las gotas de vino no cayeron en el vestido de Julia por muy poco—. Quería hablarte de la donación que estuvimos comentando, Julia. Cabría preguntarse si el foro no ha estado en mejores condiciones, si se podría incentivar a los guardias para... vigilar.

—¿Discutir mejoras en el templo en un día de fiesta? Deja en paz a la mujer. Los juegos están a punto de comenzar. —Servius pidió que le rellenaran la copa con un gesto y el sirviente se acercó. Una distracción de lo más oportuna—. El alcohol es siempre el mejor mediador, mi consejo para tu nuevo pupilo —añadió con ojos brillantes al tiempo que inclinaba la copa hacia Loren.

—Loren es un chico listo, senador —respondió Julia clavando con tanta fuerza las uñas en el brazo de Loren que este casi no pudo disimular la mueca de dolor—. No le hace falta ir repartiendo vino para conseguir lo que quiere.

Servius apretó la mandíbula con un leve movimiento.

—Los juegos están a punto de empezar.

Julia observó la arena.

—Y que lo digas.

Loren se preguntó qué acababa de ocurrir.

***

—¿Tienes el estómago delicado? —preguntó Julia tras el último combate. Estaban dando una vuelta por el jardín de fuera del anfiteatro, esperando a que a Umbrius se le pasara la borrachera.

Camilia solía llevarlo a ese sitio durante las fiestas al terminar su trabajo en el templo. Para cuando llegaban, hasta los peores sitios estaban cogidos, de forma que no les quedaba más remedio que sentarse en el muro más alto con los pies colgando. Estaban tan lejos que la sangre no se veía.

—Puede que los combates entre gladiadores no sean lo mío —admitió con un hilo de voz.

—Te has puesto blanco.

—Ha limpiado la sangre de la espada con la lengua.

Julia se rio y le apretó el codo.

—Los juegos constituyen uno de los aspectos más cruciales en tu carrera política. ¿Cómo ganarse a la gente? Con entretenimiento.

—Como ha hecho el senador Servius. —Al ver que Julia no respondía, Loren añadió rápidamente—: Creo haberlo visto antes, en el consejo municipal. Pero no sabía que era miembro.

—No lo es —respondió ella con cautela—. Servius asesora al consejo. Influye en algunas de las políticas que se llevan a cabo. Pero su lugar está, estaba, en Roma.

—Parece que no te gusta mucho.

—¿Tanto se me ha notado? Servius y yo nos conocemos desde hace mucho y hemos tenido nuestros más y nuestros menos —suspiró. Le indicó el banco situado bajo una amplia higuera, donde se podía charlar sin que la gente que salía pronto del anfiteatro los oyera—. ¿Sabes por qué se nota que eres un chico listo, Loren?

Él pestañeó y el rubor le subió por las orejas.

—La verdad es que no. Mi padre pensaba que era medio tonto.

Julia se rio con un resoplido poco elegante.

—Cree un poco más en ti. Percibes sentimientos, cosas que otros pasan por alto.

—Hay palabras para describir eso. Sensiblero. Piel fina.

—No subestimes la capacidad de leer las emociones de los demás. Pero debes andarte con ojo, cariño. La política es un juego en el que tu oponente hará lo que sea para coger ventaja. Aprovechará tus puntos débiles. No debes dejar que ese sea uno.

Loren frunció el ceño y se removió en el asiento.

—¿Qué tiene eso que ver con Servius?

—Una mujer soltera con propiedades se crea enemigos. Y como te he dicho, nuestro senador visitante y yo nos conocemos desde hace tiempo. —Su sonrisa vaciló un segundo durante el cual apretó los labios un poco más de la cuenta—. Es prácticamente imposible quitártelo de encima. Es fácil que te lleve al límite. Convencerte para que hagas lo que sea con tal de ganar.

—¿Señora? —Una sombra cruzó el jardín cuando el sol se ocultó detrás de un banco de nubes.

—Hoy es un día de fiesta, Loren. No pienses en Servius.

—Decirme que no me preocupe solo hace que me preocupe más.

Ella soltó una risotada áspera.

—Tiene gracia cómo funcionan las cosas, ¿no crees? Este acuerdo nuestro a mí al menos me las facilita.

Eso, el acuerdo. Tendría que hablar con ella. Hablarle de sus padres, las visiones, las responsabilidades que lo aguardaban en casa. El verdadero motivo por el que la había acompañado. El casco. Los secretos lo estaban asfixiando. Jugueteó con el anillo que le colgaba del cuello, abrió la boca...

El estruendo de una trompeta lo interrumpió. La gente que paseaba por el jardín guardó silencio.

—Comienza la procesión —dijo Julia lacónicamente.

***

Saciada la sed de sangre, podía comenzar la verdadera celebración.

El humo dulzón de las antorchas flotaba sobre la cabeza de los que iban caminando. Los tambores marcaban un ritmo uniforme acompañado por las campanas. El sacerdote Umbrius divisó a Julia entre la marea de espectadores tan fácilmente como si la hubiera atrapado con una red de pesca y la llamó. Esta accedió y, llevando a Loren del brazo, se unieron a la cabecera del desfile en su descenso por la vía de la Abundancia.

—Cuando lleguemos al templo, colócate al lado de Umbrius —susurró Julia sin que se le alterase la sonrisa—. Ofrécele tu ayuda.

Loren la miró sorprendido.

—¿Por qué?

—Va a realizar el augurio vespertino. Si quieres llamar la atención de alguien, él es el indicado.

—Pero yo no estoy cualificado para eso.

—Eres una ricura cuando te pones nervioso. Si yo considero que estás cualificado, es que lo estás.

Loren apretó los labios con preocupación.

Entre el estruendo metálico y los cánticos la multitud entró en el foro, donde los que no habían asistido a los juegos se habían apropiado del espacio de celebración. Umbrius subió tambaleándose los escalones de mármol resquebrajados del templo de Júpiter, farfullando algo sobre las dichosas reformas, los condenados terremotos y un muchacho malcriado llamado Numerius Pompidius Celsinus, cuyo padre había elegido mal el templo al que ayudar con su patrocinio.

Julia dio un codazo a Loren, que, tras volverse a mirarla nervioso, se separó de ella para unirse a los hombres de la élite que seguían de cerca a Umbrius.

—Veo a Camilia —dijo un chico cerca de él— y parece que quiere cortarte los huevos.

Loren dio un respingo. Celsi, ni más ni menos, había aparecido de repente, moviendo muy deprisa las piernecitas cortas para no quedarse atrás. Tenía el pelo cubierto de polvo blanco de tiza y manchas en la toga. Celsi buscó los sorprendidos ojos de Loren y lo miró levantando la barbilla con arrogancia, y acto seguido hizo un gesto de asentimiento en dirección a un punto cubierto bajo el pórtico.

El familiar flequillo corto de Camilia le cubría casi el ceño fruncido, pero la chica no era la única que parecía furiosa. El sacerdote de Isis se apoyaba pesadamente en su bastón con una expresión ceñuda que acentuaba los surcos de su rostro. En el caso de Sera y Shani estaban demasiado ocupadas peleándose para dirigir su enfado hacia otra persona.

Loren sintió un pesado nudo en el estómago. Levantó la mano un poco en un pobre gesto de disculpa, pero el sacerdote se limitó a negar con un movimiento de cabeza. Camilia sonrió con desprecio. Después dio media vuelta y desapareció. Loren sintió que se le caía el alma a los pies.

Pero frente a la vergüenza prendió en él una chispa de indignación. El hueco que los trabajadores del templo de Isis esperaban que él, Loren, cubriera nunca había estado hecho para él. Estaba cortado a medida para otra persona, mucho antes de que él llegara a Pompeya. Y cuando el sacerdote lo echó, Julia lo recibió con los brazos abiertos.

Las piezas por fin iban a encajar, siempre que él jugara bien sus cartas, resolviera los acertijos del fantasma y salvara a la ciudad. Demostraría que sus visiones estaban en lo cierto y, cuando Félix se marchara, firmaría el contrato con Julia.

Cuando su padre intentara arrastrarlo de vuelta a casa, sería intocable.

—Mira, los has enfadado a todos —canturreó Celsi—. ¿Qué se siente al ser una decepción absoluta?

—Yo también estoy encantado de verte, Celsi.

El chico le agarró la mano. Cualquiera que lo hubiera visto, lo consideraría un gesto afectuoso, propio de dos hermanos, pero la forma en que le clavó las uñas decía la verdad.

—No sé qué haces aquí, pero no tienes lo que hay que tener —dijo Celsi.

—Aurelia tiene razón sobre ti. Eres un maleducado.

—Te lo advierto —amenazó el otro, clavándole aún más las uñas—. No ocuparás mi puesto en el consejo, aunque lo intentes. Mi padre pagó mucho dinero para conseguirme un puesto. Posicionarte bien gracias a la solterona de Julia no te llevará a ninguna parte.

Loren suspiró pese a todo.

—No pretendo robarte el puesto.

—¿Ah, no? —preguntó el otro con ojos como platos. Y de repente le dio un pisotón—. Porque no es la primera vez que lo haces. Podría haber tenido a los dos, ¿sabes? A Isis y a Júpiter. Hasta que apareciste tú.

El dolor del pisotón se extendió por el pie de Loren, que apretó los dientes para aguantarlo.

—No fue culpa mía.

—Yo siempre le caí mejor a Camilia. Incluso ahora no eres más que un sustituto.

Celsi le apretó la mano una última vez y se separó de él, se metió entre la gente que bordeaba el camino por el que pasaba la procesión justo cuando cruzaban las puertas del templo abiertas de par en par.

El templo de Júpiter era magnífico e inmenso, los notables de la ciudad acudían a él. Loren solo iba en los momentos de mayor desesperación, cuando se las daba de persona con estatus, pero a los estrictos ojos de la estatua de Júpiter siempre se sentía como un don nadie. Ni siquiera en ese momento, envuelto en una costosa toga, conseguía apartar la sombra que proyectaba sobre él el rey de los dioses, flanqueado por Minerva y Juno.

Tragándose el malestar, siguió a Umbrius hasta el altar y le tocó el hombro. Umbrius se dio la vuelta una vez y luego otra.

—Tú otra vez. ¿Qué pasa ahora? No es momento de hablar de fondos.

—N-no, Julia me ha pedido que le preste mi ayuda, si me lo permite.

Umbrius respondió con un gruñido.

—Ya era hora de que se interesase por el templo. Muy bien. Puedes sujetar la jaula. Celsinus, entrégasela.

Celsi había aparecido de repente con una jaula de mimbre con un cuervo profundamente infeliz en el interior. El gesto se le torció al oír la orden. Loren sabía que quería mostrar su desacuerdo. O llorar. O estrangular al pájaro.

—No hace falta —dijo Loren, pero Umbrius repitió el gesto, y Celsi le puso la jaula en las manos sin contemplaciones, tras lo cual se alejó de malos modos golpeando el suelo de piedra con sus pequeñas sandalias.

El cuervo graznó con los ojos relucientes y Loren reprimió la sensación de inquietud.

—Padre Júpiter —comenzó Umbrius, y los asistentes guardaron silencio—: te hemos ofrecido alimentos, vino y sangre; muéstranos ahora tu magnánima voluntad.

A continuación, desgranó una tanda rápida de súplicas: prosperidad para la ciudad, que el calor les diera un poco de tregua, que la tierra dejase de temblar, que reapareciera el casco, que el ladrón se las viera con la justicia…, y así con los muchos problemas que tenía Pompeya. Al final, Umbrius hizo un gesto y Loren fue a abrir el pasador de la jaula.

Cuando el suelo tembló, casi no sorprendió a nadie.

Casi. Perplejo, Loren dejó caer la jaula y la puerta se abrió. El cuervo salió volando asustado hacia el techo del templo. Umbrius se quedó mirando pasmado. La tierra volvió a temblar y la reprimenda que pretendiera echarle a Loren por su torpeza pasó a segundo plano.

Un murmullo nervioso se alzó entre los presentes mientras los hombres abandonaban su actitud devota para buscar cobijo o agarrarse al más próximo para no caer. Las piedras empezaron a retumbar y las baldosas a resquebrajarse. Una grieta partió el mármol por la mitad. La llama de las antorchas tembló ante la amenaza de que fueran a caer al suelo. La estatua de Minerva perdió la lanza que sujetaba y se inclinó en un ángulo precario. Loren se quedó clavado en el sitio con el corazón golpeándole el pecho incluso cuando Umbrius huyó del altar.

No pasaba nada. El temblor era igual que el que habían tenido dos días antes. Dos semanas antes. Dos meses antes.

Su mirada se cruzó con la de Félix, en la otra punta de la sala sumida en el caos.

Incluso disfrazado bajo una generosa palla y un pañuelo, distinguió sin problema los ojos grises como nubes de tormenta. Se apoyó en la pared trasera del templo, parcialmente oculto por una columna. Las facciones de su rostro estaban totalmente rígidas. Huecas. Yuxtapuestas al mármol blanco en la penumbra tenían una apariencia fantasmal casi.

¿Qué había dicho Nonna sobre el ladrón del casco? «Camina entre sueños. Cruza los planos».

Alguien que estaba más cerca de los muertos que de los vivos.

Loren se quedó estupefacto.

Estuvo a punto de chocar con Celsi, que había elegido ese momento precisamente para cruzar la sala, cuando se fue derecho hacia Félix caminando sobre el suelo irregular, presa de una creciente agitación. Si había ocurrido algo...

Lo agarró y lo arrinconó contra el lado más alejado de la columna.

—¿Dónde está? —siseó Loren, registrándolo de arriba abajo, como si pudiera llevar escondido el casco bajo los pliegues del pañuelo—. ¿Qué has hecho?

—¿Qué? —espetó Félix—. Nada. Yo no...

La sensatez recuperó el lugar que le correspondía con la rapidez con que el suelo se calmó. Claro que no llevaba el casco encima. Su pellejo valía demasiado para ir por ahí paseándose con el objeto, como ya le había dicho. Loren se tranquilizó, aún algo tembloroso por el impacto de la réplica. El alivio se abrió paso entre todo lo demás. Alivio al ver que Félix estaba allí. Que seguía siendo de carne y hueso. Lo devoró con los ojos a la luz del día, la palidez normal de un ser humano, la boca suavemente escéptica. No había ningún fantasma allí.

Estaban tremendamente cerca el uno del otro. Félix desprendía calor. Ruborizado, Loren recordó la presión sentida en el sueño de la noche anterior, el espacio casi inexistente entre sus cuerpos. El deseo de eliminarlo. Deseo que seguía allí, aunque estuviera despierto.

—Habrá sido coincidencia —admitió Loren con la esperanza de que la luz de las antorchas ocultara su rubor.

—Pensaba que no creías en las coincidencias —contestó el otro mientras se recolocaba el pañuelo en el hombro.

La sonora carcajada de un hombre reverberó por todo el templo. Pompeya seguía con su vida, como siempre. Pero esta vez, la energía había variado, aunque Loren no sabría precisar de qué modo. Aunque Umbrius había terminado la ceremonia, los notables seguían por allí cerca hablando en pequeños grupos, reacios a marcharse. Se percibía una agitación en las voces que Loren no había escuchado nunca.

Que Félix estuviera parcialmente oculto por la columna no bastaba. Había ojos y oídos por todas partes.

—No deberías estar aquí —susurró Loren—. Alguien podría verte.

—¿Te avergüenza que te vean conmigo? ¿Te preocupa que pueda dañar tu reputación?

—Me preocupas tú. Deberías estar escondido. Lo que sea seguro que puede esperar.

Al otro lado del foro, Umbrius abrió un barril de vino. Era la oportunidad de Loren para hablar con él sobre el casco, sobre sus visiones.

—Esto no —contestó Félix, atravesándolo con la mirada—. No habría venido si no fuera importante. He descubierto algo que trastocará todos tus planes. Sobre Julia. Y sobre... eso.

El vino manaba copiosamente del barril formando un charco de color rubí, y los murmullos nerviosos se tornaron en vítores. Umbrius dirigió un brindis al cielo y se bebió la copa de un trago. Loren no sabía qué hacer. Julia había cumplido lo prometido: concederle la oportunidad que tanto ansiaba. Sería un necio si no la aprovechara. Pero Félix había ido hasta allí, pese a los riesgos, pese a no creer en los templos. Había ido a buscarlo. Por una vez, quería ayudarlo en la búsqueda de respuestas en vez de obstaculizarla. Le sorprendió lo mucho que eso lo asustaba. Pero en realidad no había tenido elección.

Otro día. Ya encontraría la manera de hablar con Umbrius al día siguiente, sin temblores de tierra ni ojos curiosos. Félix lo necesitaba en ese momento. El resto podía esperar.

Cuando iba a indicarle con un gesto que siguiera, un veloz movimiento llamó la atención de Loren: Celsi salió de detrás de la siguiente columna y echó a correr hacia la salida, pero se detuvo. Miró a Loren con suspicacia y a continuación se percató de la presencia de Félix.

—Celsi... —empezó a decir Loren, pero ya era demasiado tarde.

El chico reinició la carrera.

—Es el niño amigo de Aurelia —dijo Félix—. Les he estropeado la partida de canicas. ¿Crees que habrá oído mucho?

Loren negó con la cabeza, pero se le había secado la lengua.

—Vamos. Cuéntamelo mejor fuera.

No habían dicho nada comprometedor. Loren no sabía nada de la partida de canicas, pero algo en la forma en que Celsi había mirado a Félix le había puesto los pelos de punta.

Era el tipo de mirada que decía: «Sé un secreto y vosotros no».

CAPÍTULO XV

Félix

Fuera del concurrido templo, la fiesta estaba en todo su apogeo, pese a su dudoso comienzo, reafirmando de nuevo la teoría de Félix de que los pompeyanos estaban locos.

Siguió a Loren a lo largo del contorno del foro zigzagueando entre los rezagados. Caminaba con la cabeza gacha y arrebujándose en la palla, aunque casi no pudiera respirar. Se había hecho con ese elemento nuevo para su disfraz tras distraer a su dueña ofreciéndose amablemente a llevarle la cesta de la colada, pero al final la había dejado plantada para ir al templo en busca de Loren.

Se metieron por la misma callejuela en la que había encontrado a Aurelia jugando a las canicas con Celsi. Félix ahogó el escalofrío al pisar los restos de tiza de su propio rostro. Aquello lo trastornaba de una manera inexplicable. Estaba vivo. Respiraba. El dibujo, espeluznante, inhumano y decorado con alas, no era más que polvo.

—¿Félix?

Notó el roce de unos dedos en la muñeca, era solo una pregunta, pero la apartó de un tirón como si Loren le hubiera pellizcado. Tal vez fuera porque, por una vez, deseaba que el contacto fuera más profundo. Que le llegara hasta dentro. Lo que fuera con tal de demostrarle que no era transparente.

—Perdona —se disculpó Loren, apartándose—. Te estabas quedando atrás. ¿Qué querías decirme?

Félix soltó el aire que estaba conteniendo. «Concéntrate».

—El asesinato de Clovia no fue un hecho aleatorio. Era un mensaje.

Loren abrió la boca en un círculo perfecto.

Félix repitió lo que había hecho esa mañana. Por primera vez desde que se conocieron, Loren escuchó en silencio con los ojos como platos.

—No te lo he dicho antes porque no tenía pruebas —terminó Félix. Pero entonces sacó la carta con las puntas dobladas de tanto tocarla y se la puso en el pecho—. Pero ahora sí. He encontrado esta carta en casa del político, el mismo que quiere hacerse con el casco.

Loren cogió el trozo de pergamino antes de que se le escurriera.

—Dijiste que te esconderías, no que fueras a allanar la casa del hombre que te persigue.

—Tú léela.

—Me sorprende que sepas lo que dice.

—Me ha ayudado Aurelia —contestó Félix y apretó la mandíbula—. Léela.

Angustiosamente despacio, Loren desplegó la carta y leyó el texto una vez. Dos.

—Pero los nombres... —Se quedó boquiabierto.

—Es el padre de Julia, ya lo sé.

Loren negó con la cabeza, la trenza medio deshecha.

—No me refiero al autor, sino al destinatario. No tienes ni idea de quién es la persona a la que se la has robado, ¿verdad?

—Creía que habíamos dejado atrás el asunto del allanamiento.

—Félix, no me estás escuchando. —Loren dio unos toquecitos sobre el encabezado—. Sen. M. Servius R. ¿Ese es tu político? El guardia que viste en la villa, ¿estás seguro de que era el mismo?

—Me clavó la espada. Tengo mala memoria, pero algo así no se olvida fácilmente.

Loren resopló y se sujetó los mechones detrás de la oreja.

—El senador Servius es muy poderoso. No lo entiendes. Lo he conocido hoy. Julia y él... se conocen desde hace mucho y han tenido sus más y sus menos, según me ha dicho. No me había dado cuenta de hasta dónde llegaba su enemistad.

—Pues parece que hasta el punto de matar.

—Por el amor de Isis, esto es grave. —Loren se hundió contra los ladrillos de la pared y se apretó los ojos con el talón de las manos. Estaba agotado—. Cuando dijiste que un hombre rico te perseguía, pensé en un comerciante. Alguien del consejo municipal de menor estatus. Pero ¿un senador de Roma?

—Peor —dijo Félix—. Es un contrabandista. Reconozco las palabras empleadas para describirlo. Yo digo que no consiguió meter al padre de Julia en su red de contrabando y le guarda rencor.

—Aurelia me contó una historia de un contrabandista exiliado, un hombre que siempre lleva guantes porque intentó coger el casco y se quemó. Debería haberle hecho caso. Servius llevaba guantes durante el espectáculo.

—No me extraña que quiera el casco. Imagina lo que valdrá en el mercado.

—Si Servius se hiciera con una verdadera reliquia divina, dudo mucho que la vendiera así como así.

—Crees que la utilizaría para algo. —Félix dio una patada a una grieta de la pared—. Claro. ¿Quién no querría reunir más poder?

—Tú no querrías.

Loren bajó las manos y lo miró fijamente.

—Tú sí. —Félix le sostuvo la mirada—. El poder se extralimita. No puedes confiar en nadie que tenga más que tú.

Un rubor agitado cubrió las mejillas de Loren.

—Eso no es cierto. Un buen político debería ser alguien en quien puedas confiar. Alguien que actúe en tu nombre. Si fracasa, no se le reelige.

—Porque es facilísimo deshacerse de los malos políticos.

—No es un sistema perfecto. Pero cuando se tienen buenas intenciones...

—¿Intenciones? Loren, los políticos no actúan en mi nombre. Actúan en nombre de los que más dinero tienen. Y yo no valgo nada, ni para el consejo, ni para los ricos que los financian. ¿Qué valor tengo yo para...? Olvídalo. —No soportaba oír a Loren defender un sistema que jamás se había preocupado por él. Otra vez. Agitó la carta, que Loren apretaba en el puño—. ¿Qué vas a hacer al respecto?

La distracción funcionó. Desanimado, Loren intentó en vano alisar el pergamino arrugado. Leyó el contenido una vez más y suspiró.

—¿Qué opción tengo? Debería advertir a Julia de que va a por ella.

—Ya has visto la cara que ha puesto al encontrar a Clovia. Lo sabe. Te he traído esta carta para demostrarte que tratar con ella es peligroso. Da igual lo que sea que creas que puede saber sobre el casco, no merece la pena arriesgarse. Busca otra forma de averiguarlo o déjalo. Esta relación que tienes con ella tiene que acabar.

—Corre peligro, Félix. Como heredero suyo, también me afecta.

Puede que Loren siguiera hablando. Probablemente lo hizo. Pero la capacidad de atención de Félix se redujo drásticamente a tres palabras: «Como heredero suyo».

—¿Heredero suyo? —musitó, interrumpiendo a Loren—. ¿Has firmado?

Loren se removió. Tenía un aspecto extraño, resplandeciente y orgulloso y ruborizado por motivos equivocados.

—De manera oficial no. Aún. No hace falta que te interese la política, pero lo que me ofrece...

—Dijiste que no ibas a hacerlo. Que solo habías ido por el casco. —Tragó saliva—. Por el amor de los dioses, Loren. Creía que no querías que te controlasen.

—Julia no intenta controlarme. Ella es... Ella es como yo.

—¿Es qué, una mentirosa? Te ha enredado en su embrollo político. Perdón, *¿usar* te gusta más que *controlar?*

—¿Desde cuándo te importa? —espetó Loren con ojos brillantes y húmedos.

Aquello pilló a Félix tan desprevenido que sintió como si hubiera desaparecido el suelo bajo sus pies. Había hecho llorar a Loren. No debería haberlo criticado con tanta dureza. Debería pedirle disculpas. Sería sencillo. Un simple gesto, normal entre amigos.

—Buena pregunta —contestó.

Loren entreabrió los labios en un gesto de sorpresa fugaz, pero pronto se endureció. Con movimientos rápidos y precisos, dobló la carta y se la guardó dentro de la toga. Después se separó de la pared y se dirigió hacia la boca del callejón.

—Loren, no quería decir eso —trató de explicar Félix—. Bueno, sí, pero no debería haberlo dicho.

—Cada vez que empiezo a pensar que eres medio decente, te las arreglas para estropearlo. —Loren apretó los labios frunciendo las comisuras: su expresión característica. A Félix no le gustó nada comprobar que la reconocía—. Voy a buscar a Julia. Tú coge la salida cobarde si quieres, pero yo no abandono a las personas cuando las cosas dejan de beneficiarme.

Por el amor de los dioses. Félix observó impotente mientras Loren desaparecía entre el gentío del foro.

Esconderse entre las sombras del callejón era mucho más cómodo que afrontar... eso. Después de todo, se suponía que no le importaba. Pero Loren había encontrado alguna rendija por la que colarse en cada una de sus reglas con la facilidad de quien busca la mano de un amigo en medio de la multitud para no perderse. Nadie le había buscado la mano nunca. No estaba preparado para soltarse, pese a sentir que los dedos se le iban escurriendo.

Volvió a pensar en el político, el senador Servius. En Darius escapando de la villa de Julia. En la cabeza de Clovia flotando en la cisterna del atrio. Y pensó en lo que los dos podrían hacerle a Loren ahora que formaba parte de la vida de Julia.

Los contrabandistas eran sanguinarios. Y no vacilaban.

Por el amor de los dioses. Félix se armó de valor y salió detrás de Loren.

***

Para un ladrón, una multitud de celebración no era tanto una fiesta como una oportunidad.

Su padre lo llevaba al Circo Máximo cuando había algún festejo. Pero no para celebrar, sino para robar a la gente. Repetían siempre la misma rutina: el pequeño Félix con sus rizos y sus hoyuelos se ponía a gritar que había perdido a su padre y enseguida lo rodeaba un montón de amables desconocidos. Lo tomaban en brazos, lo acunaban y lo consolaban. Y él aprovechaba la cercanía para meterles la mano en el bolsillo y robarles todo lo que llevaran. Ese era uno de los pocos recuerdos que tenía de su infancia.

Ahora que era mayor, más hábil y tenía menos cara de inocente, Félix utilizaba otra estrategia. Aprovecharse de la generosidad de desconocidos de cierta edad no era tan fácil con diecisiete años, la presa ahora eran hombres borrachos con dinero.

Era una lástima que no tuviera tiempo para vaciar algún bolsillo. El alcohol corría libremente por las calles de Pompeya.

Recorrió la multitud y se abrió paso a codazos entre los cuerpos pegados, en diversos estados entre bastante achispados y borrachos como cubas. Las copas pasaban de mano en mano y la música sonaba de fondo entre la animada cháchara. Se moría de ganas de robar alguna cosa. Lo que fuera.

En el fondo del bolsillo encontró otra canica, pero en ese momento alguien lo empujó. Evaluó la situación. La canica se le escapó de los dedos y salió rodando entre las sandalias de la gente. Se había quedado sin sobornos para Aurelia.

Divisó en la otra punta del foro una tela de color azul que le resultaba familiar, los ropajes de los que trabajaban en el templo de Isis. Camilia, con su pelo corto y su mal genio, estaba sentada con desgana sobre unos escalones irregulares. No había vuelto a verla desde que el sacerdote le hizo el corte en el brazo, pero era amiga de Loren, ¿no? A lo mejor ella lograba que entrara en razón. Cambió el rumbo y esquivó a un grupito de niñas.

Cuando se enderezó, Camilia ya no estaba sola.

Alguien con pelo rizado y una pequeña toga la acompañaba. Otra vez Celsi, el niño quejica, rodeándole la oreja como hacen los niños creyendo que nadie lo nota. Camilia fruncía el ceño.

Félix se detuvo. No era buena idea en el foro atestado. Recibió empujones por todos lados y una pandilla de niños mucho más pequeños que Aurelia hicieron lo posible por tirarlo. Se tambaleó y sintió que la piel le picaba. Una tercera persona se unió a Camilia y Celsi. Un hombre de mediana edad con la piel del mismo color aceitunado de Celsi llegó hecho una furia, agarró al niño del brazo y se lo llevó de malos modos.

Félix sintió que una mano inexistente lo agarraba por la muñeca. Pestañeó. Repitió el movimiento. Sentía una presión en los pulmones. El ir y venir de todas aquellas personas, el retumbar de un tambor, *su propio padre bajando los escalones del templo llevándolo a rastras, los pies pringosos de sangre sobre el mármol blanco, atrás quedaba un cuerpo que empezaba a enfriarse ataviado con ropajes púrpura, señal de respetabilidad...*

El recuerdo se interrumpió y con el siguiente redoble de tambor se desintegró. Félix volvió a la realidad temblando de rabia hacia su propia mente por arrastrarlo por el tiempo de esa manera. Se frotó la muñeca, los moratones desaparecidos hacía tiempo. Su padre no quería lastimarlo. Lo había alejado para evitar que le hicieran daño, estaba seguro.

No como había hecho el padre de Celsi, que lo arrastraba hacia algo peor, pensó con el estómago revuelto.

Camilia se frotó los ojos y un segundo después se fue en dirección contraria, demasiado deprisa como para poder alcanzarla. Félix no conseguía quitarse de encima la sensación de que había visto algo que no debía. Si fuera más valiente (si fuera Loren) podría haber intervenido, aunque fuera solo para obligar al hombre a soltar la pequeña muñeca de Celsi.

La marea humana lo empujó de nuevo hacia el interior, aunque se sentía más fuera que nunca. No podía identificarse con aquellos desconocidos. Él no era como ellos. Una misteriosa copa de líquido apareció en su mano. Cómo había llegado hasta allí era igualmente misterioso. El alcohol solo serviría para entumecer los sentidos que él necesitaba bien despiertos, pero entre los empujones y la presión que seguía teniendo en el pecho un sorbito no le haría daño. Olió la copa. Nada inusual. Bien.

Se la bebió de un trago.

El amargor del lúpulo le recorrió la lengua y le quemó la garganta. En cuestión de segundos, una copa llena reemplazó la vacía. Aquello era un error. Bebió otro sorbo y se dio la vuelta. Y lo escupió de inmediato.

Acababa de encontrar a Loren.

La cerveza escurría por la barbilla de Félix, que se limpió con la manga y una mueca. Al cuarto de hora de salir a toda prisa del callejón, Loren se había mezclado con un grupo de ciudadanos que se divertía, bailaban, reían y daban palmas al ritmo de la música. Era algún tipo de baile popular, el tipo de baile que todo el mundo nacía sabiendo de algún modo.

Todos menos Félix, claro. Porque mientras los demás niños practicaban el baile tradicional, él lo hacía para convertirse en un prodigioso descuidero.

La cinta de cuero que sujetaba la trenza de Loren se había soltado y la larga melena le caía por la espalda y brillaba con la luz cuando giraba. Bailaba agarrado del brazo de un desconocido.

Mudo de asombro, Félix le dio su copa a alguien.

Se había pasado la vida ocultando sus sentimientos, decidido a mantenerlos a raya. Cuando se enfadaba, se quedaba enfadado hasta que se lo quitaba corriendo o bebiendo. Pero Loren no era así. Félix lo vio con toda claridad: Loren enfadado, con los ojos brillantes, rebosante de rectitud moral, había salido corriendo hacia el foro sin darse cuenta de que se había metido entre un montón de gente bailando hasta que se vio empujado al centro de la acción. Se dejó llevar. Sus sentimientos cambiaron espontáneamente. Decidido a aprovechar al máximo los latidos de su corazón, aunque no tuviera ningún sentido.

Cuánto deseaba Félix poder vivir así, allí donde los deseos de su corazón prevalecieran sobre las órdenes de su cabeza. Allí donde pudiera correr al encuentro del presente, en vez de huir de él.

Sus ojos se cruzaron. El rostro de Loren se iluminó, atrás quedaba la discusión de un rato antes, y se acercó de un salto tendiéndole la mano. Como invitándolo a entrar. A bailar con él. Félix no pudo hacer otra cosa más que mirarlo sin comprender. Otro desconocido, un chico con unas bonitas pestañas, apareció de la nada y se llevó a Loren. Félix sintió fuego dentro de las costillas. Necesitó un momento para entenderlo.

Celos.

—Por el amor de los dioses —dijo Félix con los dientes apretados.

Cuando se dio la oportunidad, la sonrisa tímida de una chica, Félix se dejó arrastrar. Ella mascculló su nombre y él trató de recordarlo, pero el amodorramiento del alcohol le subió por fin, un filtro suave entre él y la multitud y la mano de la chica sobre la suya.

El peinado no era el adecuado. Llevaba el pelo sujeto en un recogido muy complejo, en vez de suelto para poder introducir los dedos. Aun así, le enseñó los pasos y no se burló de él cuando la pisó. Giraron al ritmo del tambor. Si Félix fuera otra persona, tal vez se habría pegado a ella.

Cambio de pareja. Félix se movió, pero se encontró con el chico con quien había estaba bailando Loren, que entrelazó los dedos con los suyos y sonrió contra su cuello. Cambio de pareja. Ahora Félix hacía girar a una mujer mayor, de la edad de la Nonna, que se rio achacosamente cuando hizo que se inclinara hacia atrás. En algún momento la palla que llevaba se soltó y el pañuelo cayó, exponiendo sus facciones con un escalofrío lujurioso y agitado. Cambio de pareja. Cambio de pareja. El ritmo de la música iba acelerándose, una espiral de melodías alegres, palmas hacia...

Por fin, la mano de Loren cayó sobre la suya, y Félix lo atrajo hacia sí, ciñéndole fuerte la cintura. El contacto lo encendió. Ojos color canela. La nariz cubierta de pecas. La luz del sol.

... el final.

—Félix —dijo Loren, pero no se apartó.

—¿Quieres...? —empezó a decir. Se detuvo. Se le había secado la boca—. Quiero decir, ¿puedo...?

De súbito, la necesidad perentoria de quedarse para siempre en aquel momento, detenidos en ese punto como dos estatuas, le recorrió todo el cuerpo. Los labios de Loren dibujaron un arco perfecto y se abrieron en señal de confusión o sorpresa.

Félix se inclinó hacia él.

Un chillido atravesó la neblina. Las voces callaron. Félix retrocedió de un salto cuando una larga mata de rizos se abrió paso entre la multitud y llegó corriendo hacia ellos. Anheló el calor que emanaba de la palma de Loren en el momento en que se separó de su mano.

—¿Qué pasa, Aurelia? —preguntó Loren emocionalmente exhausto, los ojos desenfocados.

La niña no dijo nada cuando chocó contra él. Loren se inclinó hacia atrás y, de forma instintiva, Félix se echó hacia delante para sujetarle el brazo. Demasiado tarde.

Aurelia se llevó la mano de Loren a la mejilla.

Se le doblaron las piernas. Cayó hacia delante. Puso los ojos en blanco. Y Loren ya no estaba allí.

CAPÍTULO XVI

Loren

Loren estaba dividido entre dos realidades, este mundo y...

Los adoquines se le clavaban en las rodillas. Le ardía la espalda del calor. Un aire acre le abrasaba los pulmones.

Un plumazo negro.

Cobre fundiéndose con plata. Poniéndose el casco.

Blanco.

Este mundo y aquel en el que moría. Las imágenes iban y venían, alternando entre la visión de Aurelia y la multitud de celebración. Loren no podía permanecer en una. Sentía...

—Cógelo de la mano —murmuró Aurelia con voz áspera, los ojos vidriosos muy lejos de allí—. Cógelo.

Lo agarró de la muñeca.

Tiró.

El rostro fantasmal de Félix se rompió en mil pedazos.

Loren apartó la palma de la mejilla de Aurelia ahogando una exclamación y con los dedos abrasados. Ella osciló allí mismo donde estaba arrodillada, como inclinándose hacia un lado. Nunca la había visto hacer algo así. Ni una sola vez.

La histeria lo estrangulaba.

—¿Qué quiere decir? ¿Qué intentas mostrarme?

No sabía a quién se lo preguntaba. A Aurelia, a los dioses, ¿acaso importaba?

—Loren —susurró ella—. Estuvo allí. Te vi a ti también.

—¿Qué estoy haciendo? —preguntó con voz entrecortada.

Pero Aurelia negó con la cabeza.

—Loren, creo...

—Aurelia.

La niña lo miró con una tristeza impropia de su edad.

—No puedes detener el fuego.

—No. —Loren retrocedió—. No.

De todo lo que podría haberle dicho Aurelia, eso era lo que más le dolía. Después de años de esfuerzo en Pompeya afrontando callejones sin salida y burlas durante el día, y muerte y catástrofes por la noche en sus sueños, estaba condenado a fracasar igualmente. No podía ser. Lo conseguiría.

Félix dijo algo. Algo apremiante. Estaba preocupado. Pero era como si Loren estuviera sumergido en una bañera, con la cabeza debajo del agua, y los sonidos le llegaran amortiguados excepto el tono lúgubre de Aurelia, él solo dentro de una burbuja.

—¡Loren!

Los oídos se le destaponaron. Había música, risas, gente hablando. Volvió en sí de repente: dónde estaban, quiénes eran, Félix sujetándole fuertemente los hombros para impedir que se derrumbara. Las manos de Félix dejaban una huella de fuego en su piel, a través de las capas de tela. Quería pegarse a él, dejarse abrazar, afianzarse en el ahora, para siempre.

No había un para siempre, y Félix no era suyo.

Loren se impulsó con piernas temblorosas, apartó a Félix de un empujón sin ser apenas consciente, pero su mente nublada sintió pena al perder el contacto con él. La gente contemplaba boquiabierta. Pues claro, había caído en un trance visionario en mitad de las celebraciones. Cuando bajó la vista, Aurelia no estaba a su lado, había desaparecido como si nunca hubiera estado allí.

—¿Qué ha pasado? ¿Qué has visto? —preguntó Félix.

Por primera vez después de recuperar la consciencia, Loren miró a Félix de verdad. Estaba pálido y lo miraba con premura en sus ojos grises. Estaba asustado. Lo que veía en su cara era inusual en él.

Habían estado bailando, Félix le había estrechado la cintura. Tragó saliva, pero tenía la garganta seca. Tardó en darse cuenta de que lo miraba fijamente. Le ardía la cara y bajó la cabeza. Los pensamientos se apelotonaban en su mente. Tenía que hacer algo. Tenía que controlar la energía que bullía en su interior antes de que estallara.

—Tengo que encontrar a Julia —dijo atropelladamente, y se escabulló entre la gente desesperado por poner tierra de por medio. Se trenzó el pelo para evitar que le temblaran los dedos. La deshizo y empezó de nuevo. Las voces protestaban furiosamente en su cabeza buscando llamar su atención. Aurelia. Julia. La carta. Una ciudad en llamas. La mano de Félix en la cintura.

El recuerdo se representaba en su mente una y otra vez, no lograba quitárselo de encima. ¿En qué había estado pensando al dejarse llevar por un baile como ese? Dejándose llevar por Félix, el chico que antes le daba miedo. A lo mejor su padre tenía razón y su cerebro estaba confundido y no tenía remedio.

En sus sueños, Félix siempre moría. Era él quien iniciaba el incendio.

Y ahora sabía cómo: poniéndose el casco.

No estaba dándose la prisa necesaria para resolver el misterio de Félix. Necesitaba algo que pudiera solucionar ya, algo claro y sencillo con lo que Servius dejara en paz a Félix un rato. Algo como la carta.

Julia estaba fuera del templo de Apolo hablando con uno de los miembros del consejo. O más bien era el hombre quien hablaba. Ella se limitaba a guardar silencio aburrida. Cuando vio acercarse a Loren, se quitó al hombre de encima y fue hacia él.

—Estaba más que harta de oírlo hablar, qué aburrimiento —dijo Julia—. Chismorreos sobre el casco, como si pudiera arreglar la situación de alguna manera. —Lo miró con detenimiento—. ¿Te encuentras mal?

—Tengo que hablar contigo —respondió—. Es urgente.

—¿Urgente? —Julia miró por encima del hombro de Loren y se le agrió la sonrisa—. Y vienes con tu amiguito.

Loren no quería darse la vuelta por miedo a que Félix se desvaneciera, como Eurídice en la historia de Orfeo. Si no miraba, si no lo deseaba, no le arrebatarían a Félix.

—Félix ha descubierto una cosa. Tiene que ver con tu padre —dijo Loren.

La postura de la mujer cambió, soltó el codo de Loren y se quedó tiesa. La Julia cálida desapareció y en su lugar apareció una estatua de sí misma.

—Entiendo —dijo con una voz fría como una nube de tormenta en pleno invierno—. Venid conmigo.

***

—No se lo digas a nadie —advirtió Umbrius mientras le entregaba la llave de su estudio sin quitar ojo a Loren y a Félix justo detrás de ella—. Una mujer aquí dentro. Impensable.

Ella lo miró con una sonrisa forzada y abrió la puerta. El pequeño estudio estaba demasiado atestado de cosas para ser agradable, pero les daba intimidad. Un escritorio y un par de sillas ocupaban todo el espacio. A lo largo de la pared del fondo había una estantería con una jarra y unos cálices, perfecto para que se sintieran cómodos los hombres que entraban allí a jugar a la política.

Julia se sentó en el sitio de Umbrius. Loren escogió la silla que estaba justo enfrente. Félix vaciló un minuto y al final optó por apoyarse en el brazo de la silla de Loren, mientras este hacía lo imposible por acallar las mariposas que revoloteaban en su estómago. Tenía que actuar con calma. Félix estaba empezando a mostrarse afectuoso con él, aunque se comportaba más como un gato asustadizo que como un chico. Un movimiento en falso y saldría corriendo.

—No tenemos mucho tiempo —dijo Julia—. Mostradme lo que habéis encontrado.

Loren le entregó la carta. Ella la leyó por encima con rostro inexpresivo. Cuando llegó al final, la tiró sobre el escritorio con un gesto desdeñoso.

—¿Esto es todo?

—No —dijo Loren—. Félix vio al guardia de Servius momentos antes de...

—Encontrar a Clovia —terminó Julia—. Conozco las tácticas de Servius, créeme.

—Pero antes, en el anfiteatro...

—Sí, ya lo sabía. No digas nada, Loren —lo interrumpió ella mientras se servía vino—. Este asunto es mucho más complicado de puedas imaginar.

Julia cogió un rollo de pergamino de una cesta de debajo del escritorio y lo desenrolló. Era un trozo de mapa. Sujetó tres esquinas con la copa llena y dos manzanas respectivamente, y dejó que la cuarta, que ocupaba la zona del mar, se enrollara. Después, extrajo un monedero que llevaba oculto entre los pliegues del vestido y sacó varias monedas.

—Nuestro amigo tiene negocios en más sitios de los que imagináis.

Distribuyó las monedas en distintos puntos del mapa.

Loren reconoció algunas de las ciudades. Roma, la capital. Sorrento. Estabia. Incluso Salerno. Julia comenzó a llenar los huecos colocando monedas sobre lugares de los que ni siquiera Loren, que tenía educación comercial, había oído hablar. Al momento, dos docenas de monedas cubrían el mapa.

—Forman un patrón —dijo Félix, sonrojándose cuando Julia y Loren lo miraron sorprendidos—. Mirad. Roma está en el centro, rodeada de monedas.

—Buena observación —comentó Julia, no tan de mala gana como cabría esperar. Miró a Loren—. Puede que tu perro tenga cerebro y todo.

Félix hizo una mueca de enfado. Loren lo miró en señal de advertencia, y Félix se recostó contra la silla.

—Si Servius quiere algo, no se detendrá ante nada con tal de obtenerlo. —Julia colocó un último par de monedas sobre Pompeya y Herculano respectivamente, una al lado de la otra, como cubriendo los ojos de un cadáver antes de la travesía hacia el Inframundo—. Controla todo lo que quiere de esta ciudad.

—No lo entiendo —dijo Loren—. ¿Con qué objetivo? ¿Ser elegido aquí? Dices que es de Roma.

Julia resopló con tono impaciente.

—Pompeya podría hundirse en el mar mañana mismo y Servius ni se inmutaría. De nada sirve untar la basura de miel. Odia esta ciudad. La odia por haberlo tomado como rehén. Se las ingenió para entrar en el consejo de todas estas ciudades, inclinar la balanza del voto y que demostraran obediencia a la capital en cuestión de meses. Pompeya se ha resistido cuatro años. ¿Crees que nos hemos granjeado sus simpatías después de eso?

—Pues que se vaya si tan poco le gustamos —replicó Loren con vehemencia.

—No tiene a donde ir. El emperador no dejará que vuelva hasta que cumpla los requisitos que establece su sentencia. Servius lleva exiliado seis años.

Félix resopló con desdén.

—A la mayoría de los contrabandistas no se les perdona así como así.

—¿Estás al tanto de este pasatiempo suyo? No dejas de sorprenderme. Pero sí, ¿cómo consigue alguien que lo exilien? Pierdes el favor de ciertas personas, pero eres demasiado importante para que te asesinen. Una estrategia útil para evitar que te maten, tengo que admitirlo. Servius se vio envuelto con una red de contrabando y lo pillaron con las manos en la masa. El anterior emperador, Vespasiano, le ofreció un trato: meter a las colonias romanas en el redil a cambio de recuperar su posición.

—Subiendo los impuestos —dijo Félix—. Es uno de los enviados de Roma.

—Yo sigo las votaciones del consejo —comentó Loren—. Sesión tras sesión, y la respuesta no ha cambiado.

—Aún —corrigió Julia—, porque yo me interpongo siempre.

—¿Que tú…? Pues claro —dijo Loren y se reclinó para estudiar el mapa—. Tener posesiones te permite influir en Umbrius y el consejo. Y si continúas poniendo trabas al voto que pide subir los impuestos, Servius no puede irse. Se encuentra en un punto muerto.

—¿Te parece que, llegado a un punto muerto, Servius es de los que ceden? ¿De los que negocian? —Julia cogió la copa que sujetaba el mapa para beber un sorbo, y la esquina del mapa se enrolló—. Me temo que es más complicado.

—Entonces, ¿qué pasa? —espetó Félix—. Odio la política. La vida debería ser sí o no, no esta mierda llena de complicaciones.

Julia enarcó una ceja, pero no le hacía gracia.

—No sobrevivirías ni un día en Roma.

—He sobrevivido once años en Roma.

—Y, sin embargo, aquí estás, mezclado en esa política que tanto desprecias.

Félix masculló todo tipo de insultos. El borde de su túnica rozó el codo de Loren.

Julia se volvió hacia Loren entonces.

—Antes de que mi padre se retirase a vivir en esta villa era comerciante y viajaba mucho. Sus negocios lo llevaron por todo el imperio y se ganó el favor de Vespasiano. Fue así como conoció a Servius, que, si recuerdas lo que dice la carta, trató de hacer un trato con mi padre. Introducirlo en la red de contrabando. Mi padre no era un santo, te lo aseguro, pero los objetos que buscaba Servius...

Se le puso mal cuerpo al sospechar que sabía a lo que se refería.

—Objetos muy valiosos —dijo igualmente.

—Divinos —corrigió ella—. ¿Te has fijado en los guantes que lleva? Se los pone para que no se le vean las cicatrices de las palmas, quemadas tras manipular reliquias que no están hechas para los humanos. Pero él insiste. Servius siente un deseo irreprimible, por la idea de que los mortales puedan estar conectados con los dioses. Hasta el punto de llevar a cabo sus actividades a las puertas de un templo en Roma. Y eso fue la gota que colmó el vaso para mi padre. Le pareció demasiado escandaloso. Se lo contó a Vespasiano y unas semanas después registraron a los participantes en la red.

Félix se envaró en el brazo de la silla donde se había sentado, rígido e inerte como una obra de un artista aficionado. Una pregunta tomó forma en la punta de la lengua de Loren, una cuestión informe que de alguna manera unía a Servius, el contrabando y a Félix, pero Julia se adelantó y la idea se quedó en el aire.

—La rabia de Servius hacia mí es tanto personal como política. Ya has leído la carta. Una vez que Vespasiano dictaminó su castigo, Servius vio la oportunidad de hundir Pompeya y con ella a mi padre si conseguía ponerle las manos encima a sus propiedades. Mi padre era mayor. Servius optó por esperar el momento oportuno.

—Pero tú heredaste la propiedad a la muerte de tu padre —dijo Loren.

—Una situación muy poco tradicional. Servius no se lo esperaba, te lo aseguro. Imagino que no me consideró una amenaza, pero soy todo lo que él detesta en una persona: mujer, educada y lo bastante inteligente como para mantenerme siempre dos pasos por delante.

—Podría matarte. ¿Qué lo detiene? —dijo Félix con tono impasible. Loren se sobresaltó ante aquel atrevimiento, pero Julia tan solo sonrió con su frialdad habitual.

—El error de Servius ha sido siempre que me ha subestimado —contestó ella.

Loren jugueteó con una moneda haciéndola girar sobre el canto.

—¿Cuántas veces has rechazado su propuesta de matrimonio?

—Más de las que resulta apropiado. Creía que terminaría cediendo. Pero se está impacientando. Clovia fue una víctima desafortunada.

—Julia, si Clovia ha sido solo un mensaje, seguro que a ti te hará algo peor. —Loren dirigió una mirada a Félix. A menos que se hiciera justicia y Servius de detuviera, tenía la desagradable sensación de que el senador seguiría persiguiendo a Félix. Aunque este devolviera el casco. Aunque abandonara la ciudad. La habilidad de Félix para manipular una reliquia como esa era demasiado valiosa para dejarla escapar—. Y tengo razones para sospechar que sigue con el contrabando, pese al exilio. Tenemos pruebas. Acude al consejo. Acude a Umbrius.

Por fin, la máscara de Julia se vino abajo. Los ojos se le encendieron, se irguió y soltó una aguda carcajada.

—Mi poder es endeble. Soy una mujer con propiedades por los pelos. Si acusara de transgresión ni más ni menos que a un senador de Roma, comprobaríamos hasta qué punto es endeble. ¿De verdad piensas que me creerían a mí antes que a él? ¡Las pruebas dan igual!

—Pero eso no está bien. ¿Para qué está el consejo sino para defender a la gente? ¿Cómo vamos a reparar una injusticia si elegimos no hacer nada?

—No podemos. —Julia dejó la copa en la mesa con un gesto brusco. El vino se desbordó y cayó sobre el mapa y se extendió sobre Pompeya como un reguero de sangre—. No eres un héroe, Loren, y tu ambición política no se corresponde con tus ideales. Debes renunciar a una de las dos cosas.

—¿Y si no lo hago?

—La alternativa es caer en el olvido. O la muerte, si tienes suerte.

—Acude al consejo. Te escucharán, podemos enseñarles las pruebas.

—Lorenus, ya basta.

El mundo de Loren se detuvo. En un instante todo quedó reducido a un momento preciso: el rostro de Julia enrojecido y furioso, con los hombros temblorosos de rabia apenas contenida; el cuerpo de Félix preparándose para huir; el vino inundando las ciudades; su nombre completo en boca de Julia.

El nombre que llevaba cuatro años sin oír. Desde la última vez que lo pronunció su padre.

—Lo sabías —dijo Loren—. Lo has sabido todo el tiempo.

—Por supuesto que lo sabía —siseó Julia, pellizcándose el puente de la nariz—. He crecido en el mundo de los negocios. ¿Pensabas que no conocía a tu padre? ¿Que no vería que te pareces a tu madre? ¿Que elegiría a un asistente del templo cualquiera que había visto en la calle? Quiero fortalecer mi linaje familiar, no destruirlo.

Loren se habría reído si no acabara de destrozar la identidad falsa que con tanto cuidado había construido. ¿Cómo no se había dado cuenta? La jarra de vino en el estudio de Julia, que no se hubiera cuestionado que careciera de historial... Pues claro que lo sabía.

Él le daba igual. Lo que quería era su apellido.

Loren se levantó con tanta fuerza que estuvo a punto de hacer caer la silla. El cordón que llevaba al cuello se había vuelto muy pesado.

—No soy una marioneta que puedas manipular —dijo con los dientes apretados—. Búscate a otro, Julia.

Y abandonó el estudio hecho una furia. Oyó los pasos de Félix muy cerca, pero no estaba de humor para escuchar lo que tuviera que decirle. Irrumpió en el foro, donde la gente seguía celebrando con una alegría despreocupada y contagiosa. Una idea lo golpeó de repente. En ese estudio, rodeado de mapas y dinero, había olvidado con facilidad que aquel era el corazón de Pompeya.

Aquel era su hogar. Había tenido dificultades, había llorado, cierto, pero Pompeya había sido el primer sitio que le había dado la oportunidad de vivir según sus propias normas, fuera de la villa de su padre. Pompeya le había dado esperanzas.

Las palabras del Félix fantasma resonaron en sus oídos: «Te lo has hecho tú solo». Y a continuación las de Aurelia: «No puedes detener el fuego».

Lo destrozaba saberse tan inútil.

Él amaba esa ciudad igual que Ícaro amaba el sol. Audaz. Brillante. Dispuesto a quemarse por ella.

—Estáis todos en peligro —susurró.

Félix se acercó sin hacer ruido. Le rodeó la muñeca con suavidad, una caricia inusual que lo animó a actuar.

—Que le den a todo.

Loren se soltó y echó a andar. Edificios gubernamentales y los templos rodeaban el foro, salas asfixiantes de ley y orden, cuando la razón de ser de aquel lugar era ofrecer una palestra al hombre normal y corriente. Cualquier ciudadano libre podía alzar la voz, y aunque Loren tuviera objeciones a las personas que quedaban exentas de esa lista, juraba en nombre de todos los dioses que aprovecharía todo lo que ofrecía esa plataforma.

Porque Julia no haría nada respecto a Servius.

Porque él, Loren, sí podía hacer algo.

Se recogió la toga y se encaramó al bloque de piedra que tenía más cerca.

—¡Deteneos, todos vosotros, deteneos! —gritó—. ¡Tenéis que escuchar!

Cerca de él un grupo lo miró con cara de pocos amigos, pero la multitud seguía bailando. Había demasiado ruido. Pensó rápidamente qué hacer y se quitó una sandalia. Se encomendó a Apolo y la lanzó.

Apuntó entre el músico que tocaba la flauta y el del tambor, solo para llamar la atención, pero erró el tiro y la sandalia golpeó al que tocaba la cítara en plena cara. El chico se tambaleó y la música se detuvo. El baile paró poco a poco. La gente volvió la cabeza para mirar. De pronto, se extendió el silencio.

Loren se quedó mirando con la mano en la boca. Eso era lo que quería, así que se apartó la mano y dijo con voz alta y temblorosa:

—Moriréis todos si no abandonáis la ciudad. Ya.

Un millar de pares de ojos se clavaron en él. Si su carrera política no estaba ya fulminada, desde luego un poco estropeada sí estaba, así que siguió.

—Sé que suena absurdo —Unas cuantas personas se removieron con inquietud y se miraron con aprensión. Animado por la posibilidad de que creyeran en sus palabras, Loren alzó aún más la voz para que llegara a todos los rincones de la plaza, pese al pánico que sentía—, pero una catástrofe terrible está a punto de caer sobre la ciudad. Los terremotos no son una coincidencia: son un aviso. Días, semanas, no sé cuándo.

»Tenéis que iros. De inmediato.

—¿Hay pruebas? —le gritó un hombre.

Loren se puso pálido. Pruebas. Sus padres le habían insistido toda su infancia en que guardara en secreto sus visiones desde aquel primer sueño que tuvo en el que una vecina de la ciudad se ahogaba y cuyo cadáver llegó a las costas días más tarde. Eran un motivo de vergüenza, un defecto, un signo inequívoco de que estaba loco, maldito o las dos cosas. Su padre le había dicho en una ocasión: «No existe tolerancia para la locura, hijo. Ni aquí, ni fuera de aquí».

Al otro lado del foro, su mirada se cruzó con la de Julia, su figura rodeada por un halo al recortarse contra la luz de la lámpara de aceite del interior del estudio. Parecía de mármol y oro resplandeciente, fría y furiosa como una estrella lejana. Extraña, sin amigos. Pensó que, al final, no eran tan diferentes. Dos personas que habían vivido siempre rodeadas de privilegios, pero ninguno disponía del poder suficiente a la hora de la verdad.

Y luego estaba Félix, que no tenía nada.

Loren sintió el bofetón de la ironía brutal de que Félix, un ladrón irresponsable, se hubiera convertido en la verdadera constante en su vida. No solo en los últimos días, sino desde hacía años, desde que el fantasma rabioso empezó a aparecer en sus pesadillas. Porque aunque nadie creía en sus visiones, el Félix fantasma sí lo hacía. Loren lo buscó con ansia desesperada, buscó alguna señal de que no era un necio que estaba solo en el mundo, pero hacía tiempo que el ladrón había desaparecido.

Félix no tenía motivos para quedarse. No era su amigo. Eso se lo había dejado bien claro.

Loren se volvió de nuevo hacia los presentes, personas a las que veía a diario en el mercado y la taberna, con quienes intercambiaba sonrisas y a los que saludaba con un estrechón de manos, pero que en ese momento lo miraban con rabia y desconfianza. El vendedor de queso al que había saludado el día antes le hizo una peineta con el dedo.

—No tengo ninguna prueba —admitió. La muchedumbre se rio de él. La buena relación que había entablado con ellos se desvaneció rápidamente—. Pero tenéis que escucharme...

—¡Que empiece la música!

El de la cítara, recuperado ya del ataque con la sandalia, lo miró con cara de pocos amigos, que parecía aún peor por la sangre que le salía de la nariz. Luego acarició las cuerdas de su instrumento con aire desafiante. Al momento lo acompañó la flauta y también el tambor.

—No —susurró Loren. Y después con más fuerza—: ¡Por favor, creedme!

—¡Fuera de aquí!

Notó una salpicadura fría en el hombro, fruta que chorreó y le manchó la toga. La gente se rio.

Loren se fue de allí.

Bajó de un salto de la piedra y salió corriendo. La multitud no se apartó para dejarlo pasar, obligándolo así a abrirse camino entre la gente, tambaleándose entre los empujones y las carcajadas. Loren avanzaba con la cabeza gacha tratando de contener el escozor humillante de las inevitables lágrimas. Llevaba un pie descalzo, algo que, de alguna manera, empeoraba todavía más la situación.

Llegó por fin a la puerta del templo de Isis, el único lugar al que se le ocurrió ir. Una vez que las manipulaciones de Julia, que solo lo quería por su apellido, habían salido a la luz, regresar a su villa no tenía razón de ser. Enfrentarse a Elías en el burdel sería aún peor. En el templo al menos podía estar tranquilo un rato.

Entró, cerró la puerta tras de sí y se apoyó contra ella.

—Y dime, ¿has terminado de humillarnos ya? —preguntó una voz áspera familiar.

—No empieces, Camilia. —Loren abrió los ojos y se la encontró apoyada sobre el altar. No se molestó en mirarlo, miraba solo las ascuas en la pátera—. Por favor, no puedo soportarlo.

—¿Que tú no puedes soportarlo? Te extralimitaste en tus atribuciones y por eso el sacerdote te echó. Y ahora te paseas por ahí con gente que está muy por encima de tu posición social. —Negó con la cabeza y los labios fruncidos—. Te burlas de nosotros, pero sigues viniendo en busca de refugio. Nos utilizaste para dar el salto al consejo y al templo de Júpiter, igual que Celsi. Peor, porque él tenía la excusa de que era un niño sin elección.

Loren atravesó el peristilo. El humo envolvía el aire en una bruma gris.

—Sabes que soy fiel a Isis. Me conoces.

—¿Ah, sí? —Levantó por fin la vista, los ojos rodeados de lápiz negro emborronado—. Eso creía. Éramos amigos. Ahora no lo tengo tan claro.

—Nunca te he mentido. Al menos en lo importante.

—Todo en ti es una mentira, Loren. ¿Cuándo fuiste sincero por última vez? No conmigo. Contigo. Y no me vengas con las dichosas visiones. —Las hierbas aromáticas chisporrotearon. Las figuras parecían retorcerse en el humo, pero Loren tenía la vista demasiado emborronada por las lágrimas para distinguir nada—. Todos en esta ciudad te conocen porque siempre estás metiendo las narices en todos los asuntos. Saben que eres el chico del templo de Isis, de manera que todo lo que haces nos afecta.

—Nunca me habéis querido aquí —dijo Loren sonrojado de nuevo—. Ni tú ni los demás.

—Estuvimos intentando incluirte años. Pero desde el primer día tú tuviste la vista puesta más allá de nosotros. —Se apartó del altar y se quitó la ropa de trabajo—. Nuestra reputación ya ha sufrido bastante. Tienes que irte.

—Sigo siendo seguidor de Isis. Tengo derecho a estar aquí.

—No me refiero a que vuelvas al burdel o adonde estés durmiendo ahora. —Hizo una pausa mientras colgaba la ropa—. Me refiero a que te vayas a casa. Al lugar del que vienes. Deja de molestarnos.

Se le hizo un nudo en el estómago.

—¿Por qué dices eso?

La puerta del armario se cerró con un ruido seco.

—Porque no soy la única que se ha cansado ya de permitir que vayas por ahí con ese complejo de salvador.

Camilia se marchó sin mirar atrás. Loren esperó a que la puerta se cerrara y sus pasos se perdieran en la distancia antes de que se desplomara el último de sus muros de protección. Con ojos llorosos, se acercó dando tumbos al armario y lo que sabía que había en su interior.

Una jarra de barro para el vino con el familiar emblema: una severa ele rodeada de hojas de vid.

—A tu salud, padre —dijo Loren. Quitó el corcho y bebió.

CAPÍTULO XVII

Félix

El plan de Félix giraba en torno a una sandalia perdida. Ese debería haber sido el primer indicador de que estaba destinado a fracasar. El segundo fue la mirada que le echó Livia cuando se presentó en su puerta después de que se hubiera puesto el sol, que denotaba que lo había calado por completo.

Estaba barriendo la acera vestida aún con la ropa de todo el día. Aurelia estaba en cuclillas en el escalón jugando a las canicas sobre los adoquines, pero nada más verlo, se puso blanca como si hubiera visto un fantasma y se metió deprisa en la casa. Livia levantó la cabeza al oír el portazo.

—Ah, hola. —Se le iluminó el rostro como si verlo fuera lo mejor del día—. ¿Has comido?

—Yo...

—Claro que no, vosotros, los chicos, no os cuidáis como es debido. —Se sacó un trozo de pan plano del delantal—. Toma, anda. ¿Qué haces con esa sandalia en la mano?

Aún estaba a tiempo de salir corriendo. Pero no lo hizo.

—Por eso he venido. ¿Has visto a...?

Ahí estaba. La mirada que le decía que Livia sabía perfectamente quién era él y qué quería.

La sonrisa de la mujer se volvió triste.

—No, cariño, pero Aurelia me ha contado lo que ha pasado. Imagino que estará muy desanimado ahora mismo.

Félix cambió de postura. Le sudaban las manos allí donde agarraba la sandalia y el pan. Era reciente, hecho por Nonna. No sabría decir cómo había llegado a familiarizarse con esas personas en solo unos días. A lo mejor cuando se fuera le resultaba útil tener esa memoria de mierda por una vez en la vida. A lo mejor se olvidaba de todos ellos.

—¿Sabes? Es bueno que Loren te tenga —dijo Livia.

Eso no podía ser bueno.

Lo cierto era que el de esa noche estaba siendo el peor intento de huida hasta la fecha. Había echado a correr cuando Loren se subió al bloque para hablar, incapaz de soportar las consecuencias que se olía que iba a tener aquello, el cambio que se notaba en el ambiente. Atención, conflicto; era demasiado arriesgado quedarse allí.

No había dado ni tres pasos cuando se dio la vuelta. Cada paso que lo separaba de Loren era como sentir que se alejaba demasiado de la orilla. No podía irse, y esta vez la culpa no la tenían los guardias de la ciudad, ni Darius ni el casco. Era él quien quería quedarse. Quería que Loren estuviera a salvo, que no lo despedazara una jauría política. Quería que tuviera sus dos sandalias.

Y eso lo asustaba más de lo que jamás podrían asustarlo la magia o sus recuerdos.

Inspiró profundamente para calmarse.

—Solo quiero devolverle la sandalia.

Pero Livia volvió a mirarlo de esa forma.

—No es solo eso.

—¿Ah, no?

—Tienes que encontrarlo.

—Eso intento.

—Le vendrá bien un amigo.

—Ya.

Livia emitió un sonido parecido a un canturreo.

—Yo era solo una niña cuando mis padres me echaron de casa —dijo cambiando de tema con tanta brusquedad que Félix se sintió confuso—. Yo pensé que era por mi culpa. Dejé de confiar. Cuesta aceptar que se preocupen por uno cuando siempre te han hecho daño. Hasta que llegué aquí, y Nonna se ocupó de mí. Me ayudó a abrir mi tienda. Y luego conocí a otra persona que me demostró que me equivocaba. Él ya no está, pero ¿sabes lo que aprendí?

—Creo que no quiero saberlo —contestó él elevando las murallas defensivas.

Debía de parecer idiota allí de pie. Livia dejó la escoba a un lado y lo envolvió en un abrazo apretado, aplastando el pan con el movimiento. Ese tipo de gestos disparaba todas sus alarmas, pero por una vez las silenció.

—Aprendí que amar no significa perderse a un mismo —dijo Livia mientras le acariciaba la espalda—. Dejar entrar a alguien no implica sacrificar nada.

—No es tan fácil. —Admitirlo dolía—. Para mí no.

—Imagino que tus murallas están ahí por algo. Empieza por encontrar a alguien dispuesto a trepar por ellas. —Lo soltó, pero le puso la mano en la mejilla roja—. Lo he dicho en serio. Me alegro de que Loren te haya encontrado. Es un buen chico, pero necesita que lo sujeten.

Solo una madre podría decir algo así y quedarse tan ancha. Un pequeño escalofrío lo recorrió al pensar que Livia se lo hubiera susurrado a él, como si Loren y Félix fueran algo más que un par de chicos unidos por un golpe de mala suerte.

—Y ahora vete, cariño. Seguro que lo encuentras.

Le revolvió el pelo y le dio una palmadita para echarlo de allí. Después retomó la tarea de barrer y él retomó la búsqueda. Y eso fue todo.

Félix se comió el pan mientras buscaba. Había borrachos y gente alegre por todas las esquinas, bailando, bebiendo vino, besándose. Una especie de zumbido se extendía por toda la ciudad, el atardecer acompañado de un parloteo constante. Reinaba la alegría, y esa despreocupación de la gente lo inquietaba. El cambio se notaba en el aire, burbujeaba en el corazón mismo de la ciudad, una neblina lúgubre flotaba sobre sus cabezas, y puede que no creyera en los malos augurios, pero sí confiaba en su instinto.

Y su instinto le gritaba que corriera. Mientras pudiera.

El burdel se alzaba más adelante, haciéndole señas con sus luces naranjas. Se le puso la piel de gallina nada más entrar. Lo recibió el ambiente almizclado y un intenso olor a...

—¡Zorro! —Elías se animó al verlo. Estaba sentado en los escalones sujetando un grueso cigarro de hierbas entre dos dedos—.

Interesante. Justo me estaba preguntando cuándo volverías a nuestra humilde morada.

—Eso huele fatal —dijo Félix—. ¿Qué lleva, diente de león cogido del camino?

Elías echó la cabeza hacia atrás y soltó una carcajada. Tenía los ojos enrojecidos.

—Es una nueva variedad de cáñamo, dulce, para paladares refinados. Aspírala un momento y dime si no es embriagador.

Félix arrugó la nariz, pero se acercó, pese a que sabía que era mejor no hacerlo.

—¿Dónde está todo el mundo?

—¿Las mujeres? Fuera, con los demás. Celebrando. Como cualquier buen romano. —Lo atisbó entre el ambiente poco iluminado y envuelto en el humo—. ¿Sabes? Me sorprende verte aquí solo. ¿Los festejos no te resultan lo bastante atractivos?

—Esperaba que hubieras visto a Loren —contestó con una mueca.

—¿A quién? Vas a tener que describírmelo, Zorro. Verás, ha llegado un punto en que no recuerdo nada, vamos.

Se estaba burlando de él.

—Ya miro yo.

Elías se quedó despatarrado en las escaleras, bloqueándole el paso.

—No está aquí. Yo lo habría visto si hubiera venido.

—¿Cuánto tiempo llevas aquí?

—Horas y horas. Siéntate conmigo un rato, anda. A lo mejor logramos resolver este misterio los dos juntos. Repasaremos todos los sitios en los que podría estar. Te prometo que no será una pérdida de tiempo.

Félix vaciló, pero Elías le dirigió una sonrisita exaltada y se echó hacia un lado para dejarle sitio. Félix se sentó con cautela, pero sin despegar los pies del suelo, por si tenía que salir corriendo de repente. Elías le ofreció el cigarro y se encogió de hombros cuando lo rechazó.

—Dime dónde has mirado.

—A ver —dijo Félix, jugueteando con el borde de piel gastada de la sandalia de Loren—: los muelles, la taberna, la tienda de las telas y aquí.

—Si tu método consiste en mirar primero en todos los lugares a los que Loren nunca iría, va a ser una noche muy larga. ¿Puedo decirte una cosa?

—No.

—Por una parte, no quieres encontrarlo —dijo Elías igualmente, y soltó una carcajada cuando vio que Félix se mordía la lengua—. Tengo razón, ¿a que sí?

Le ardía la punta de las orejas. Esperó en vano que Elías estuviera lo bastante adormecido como para no darse cuenta.

—¿Tú no tendrías que estar por ahí ligándote a alguien?

—Es mi noche libre. Bueno, de esa parte del trabajo. Ahora has descubierto la otra parte de mi profesión: dar consejos sobre relaciones afectivas y aliviar los corazones rotos.

Félix gimió y dejó caer la sandalia para cubrirse la cara con las manos.

—Solo quiero devolverle la sandalia. Nada más. Después me iré. Para siempre.

Elías pestañeó sin dejarse impresionar.

—Eres patético. Y no te enteras.

—Vete al cuerno.

—¿Quieres mi consejo? —dijo Elías arrastrando las palabras, y Félix estaba seguro de que no quería, pero el otro continuó de todas formas—. Deja de mirar donde sabes que no está y ve a donde sabes que está.

—Si lo supiera, ya habría ido —contestó Félix.

Elías sonrió burlonamente y se reclinó con pesadez en el escalón. A la luz parpadeante del candelabro de la pared tenía un aspecto borroso y delgado, como si fuera un esbozo hecho a toda prisa y la tinta se corriera por los bordes. Un dibujo imperfecto hecho con cuidado. Perezosamente hermoso. En otra ciudad, y dócil después de haber bebido una buena cantidad para suavizar la incomodidad que le causaba el contacto físico, ya se habría ido a un rincón oscuro con él. Intimidad pasajera, una distracción.

Elías le tiró del hombro para que volviera hacia atrás.

—Aceptaría si pensara que soy yo lo que quieres.

—¿Por qué no ibas a ser tú?

—Porque soy fácil y tú no eres de esos. Porque dentro de poco conseguiré salir de aquí y no pienso dejar nada atrás cuando lo haga. —Sonrió de oreja a oreja y dio una larga calada. El humo se extendió entre la cara de ambos. A lo mejor tenía razón. La hierba tardaba en arder y costaba paladearlo al principio, pero terminaba gustándote—. Puede que en otra vida. Ve a buscar a tu chico.

Félix cogió la sandalia y se fue.

El burdel no estaba lejos del templo de Isis, y fue un alivio y una decepción descubrir que la puerta no estaba cerrada con llave. Claro que nunca lo estaba. Así eran las cosas con Isis: recibía de buena gana a los oprimidos, los necesitados, los desposeídos. Él encajaba en las tres categorías.

Un ramalazo naranja pasó junto a sus pies. Se detuvo, pero solo era uno de los gatos, Pólux, el centinela más inútil. En el altar chisporroteaba el incienso, pero al contrario que ocurría con el humo del cigarro que se estaba fumando Elías, el del incienso era dulce y suave, y no te nublaba la mente. Si no, el peristilo no se movería. Por un momento pensó que otra vez había entendido mal la situación. Entonces vio la rendija de luz plateada que salía de la puerta de la cella. Subió un pequeño tramo de escalones en dirección a ella y se detuvo.

Aquel lugar hacía que se sintiera muy muy pequeño, como un niño que no había superado la sensación de no pertenecer a ningún lugar. La cella era una sala de veneración, reservada a los devotos. Nada en ella debería resultarle familiar, y, sin embargo... volvían a producirse esos chispazos en la memoria. Otro templo, otra cella, otro tiempo.

Había un templo... el monte Aventino...

La luz de una lámpara de aceite. Solo.

Vino con sabor amargo.

Félix se frotó los brazos para quitarse la piel de gallina. No era momento de intentar comprender pensamientos inconexos. Se armó de valor y empujó la puerta. Los ojos oscuros de Isis lo seguían, pero no parecía enfadada. La luz dorada del sol le envolvía el pelo. El culto llevaba a cabo sus ceremonias en aquella sala, los ritos secretos de los seguidores de Isis que juraban por su vida a cambio de nada en el peor de los casos, de consuelo en el mejor.

Los templos siempre le habían resultado indiferentes.

Vio una figura tirada a los pies de la estatua que le resultaba muy familiar.

—Fuera de aquí —dijo a Cástor, acurrucado contra las costillas de Loren.

El gato pestañeó una vez con los grandes ojos amarillos, y Félix temió que tuviera que echarlo de allí a la fuerza, pero el animal se estiró, bostezó y se fue a acurrucar en las sandalias de la diosa. Sin el gato a su lado, el aspecto de Loren era aún más patético. Félix frunció los labios, se arrodilló a su lado y lo empujó del hombro hasta que se removió.

—Estás borracho, ¿verdad? —dijo Félix.

Con la elegancia de un cervatillo recién nacido, Loren se incorporó. Le pesaban los párpados y las lágrimas le habían dejado surcos en las mejillas. Mechones de pelo escapaban de la trenza enredada y le enmarcaban el rostro.

—Si has venido a regañarme, no te molestes. Hoy no estoy de humor para que me digas que soy un necio.

—No he venido a eso —respondió y le tendió la sandalia.

Loren se quedó mirándola un buen rato.

—Es tuya —dijo Félix.

—Ya lo sé —contestó Loren, sin llegar a comprender—. ¿Por qué la tienes tú?

—Porque la has tirado. Al músico de la cítara. Buen tiro, aunque igual él no piensa lo mismo.

—Ya lo sé. Pero ¿por qué la tienes tú?

Aquello no iba a ser fácil, eso estaba claro. Félix soltó la sandalia y se sentó junto a él en el pedestal.

—He ido a buscarte después de tu discurso.

Loren resopló con desprecio hacia sí mismo, un sonido que parecía impropio.

—Es muy generoso que lo llames así.

—Es el único par de sandalias que tienes, ¿no? Yo en tu lugar habría querido recuperarla.

Lo cual no era exactamente verdad, dado que él había estado a punto de abandonar sus sandalias en ese callejón unos días antes, pero le pareció una excusa razonable.

—Tú no habrías estado en mi lugar. —Loren apretó fuerte los ojos—. Lo entiendes, ¿verdad? Solo yo perdería el control de esa forma. Delante de todo el mundo. Lo he estropeado sin remedio.

Félix puso los ojos en blanco sin poder evitarlo.

—¿Crees que Patroco...?

—Patroclo.

—¿... no hizo nunca el ridículo? Tú no eres el único idiota de la historia.

—Yo nunca pasaré a la historia —insistió Loren—. Hoy he tirado a la alcantarilla todas mis ambiciones. Y Patroclo murió por hacer el idiota.

—¿Es Aquiles a quien tengo que poner de ejemplo?

—Otro idiota. Muerto también.

—Puedo irme si lo prefieres.

Hizo ademán de levantarse, pero Loren agitó los brazos en protesta.

—No. Prefiero escucharte hablar de poesía que quedarme a solas y despierto con mis sentimientos. —Cogió con torpeza un ánfora y miró el sello del fabricante con ojos entornados antes de pasársela a Félix—. Creía que se suponía que el vino ayudaba.

—¿Cuánto has bebido? —preguntó Félix, haciendo girar el líquido. No quedaba casi nada, a juzgar por el sonido.

—Estaba sin abrir.

—Por Júpiter, Loren. ¿En qué estabas pensando? Se supone que hay que diluirlo con agua, no bebértelo así.

—Estaba pensando en que no quería pensar. Pero solo he conseguido que subiera el volumen de mis pensamientos.

Félix bebió un trago. El sabor empalagoso le envolvió la lengua.

—Horrible. ¿Qué vino es este? ¿El de Lassius?

La pregunta arrancó una carcajada dolorosa a Loren.

—No tienes ni idea, ¿verdad?

—Me da igual lo que digáis los ricos. El vino de Lassius es basura —dijo, y con una sonrisa satisfecha añadió—: Entré a robar en su villa una vez.

—No. —Loren seguía riéndose y balbuceaba con voz ebria. Le temblaba todo el cuerpo cuando apoyó la frente en el hombro de Félix, que notó el estallido de cada carcajada reverberar de forma cálida y tangible hasta la yema de los dedos—. Dime que es broma.

Félix asintió con la cabeza con extraño orgullo.

—Es el dueño de un viñedo enorme al sur de aquí, a un día de viaje por la carretera principal. Tiene tantos terrenos que no sabe ni qué hacer con ellos, así que le robé todas las botellas que pude. Dudo que se diera cuenta.

—Félix. —De forma tan abrupta como había brotado, la risa de Loren cesó—. No puedes decirme esas cosas.

—¿Por qué no?

Félix notó que Loren levantaba la cabeza de su hombro, aunque tampoco era que le importara.

—Porque Lassius es mi padre.

Félix esperó a que se riera de la broma. Y esperó. Pero Loren se metió la mano por el cuello del desastre de túnica-toga que vestía y sacó un anillo de oro que colgaba de un cordón. Tiró con fuerza y el cordón de cuero se soltó.

Puso el anillo en la palma de la mano de Félix.

—No quería decírtelo —dijo, y Félix lo tradujo como: «Te lo digo porque estoy borracho como una cuba»—. Pero Julia lo sabe, así que, ¿qué coño importa?

Félix no entendía nada.

—¿Julia lo sabe?

—¿Es que no has oído lo que ha dicho? —La bonita boca de Loren se torció en una mueca—. Nadie en Pompeya debería saber mi verdadero nombre.

—Tu verdadero nombre —repitió. No entendía nada de nada.

—Lucius Lassius Lorenus. Ridículo, ¿a que sí?

Ninguno se rio. Félix observó el anillo sello con lo que sin duda era el blasón de la familia Lassius, pero al revés, de forma que, al presionarlo sobre barro o cera caliente, se vería del derecho. Durante un buen rato no fue capaz de emitir sonido alguno.

—Di algo, Félix. Di que tenías razón desde el principio, que solo soy un niño rico que ha vivido siempre una vida llena de privilegios. Sé que lo crees. No pasa nada por que lo digas en voz alta. O dime...

Félix se puso el anillo. Loren se detuvo y reprimió una pequeña tos.

—Quédatelo —dijo—. Yo no lo necesito. No sé por qué lo he conservado tanto tiempo. Imaginé que en algún momento podría recurrir a él para salir de algún aprieto o para meterme en uno, pero es obvio que todo esto ha sido un error. Volveré a casa arrastrándome. Me iré esta noche.

De repente, Félix entendió que por más que pensara que Loren y él eran diferentes, tal vez fueran esas diferencias lo que los unía. Después de todo, ¿no buscaban un lugar propio los dos? ¿Un lugar donde no importaran las normas?

—No —dijo Félix—, no vas a volver. Pompeya es tu hogar.

Un silencio inquietante invadió la sala. Félix apartó los ojos del anillo, se volvió para mirarlo y...

Loren lo besó.

Y, oh. Vaya. Brusco al principio y luego suave. Suave y torpe y descoordinado. Loren sabía a vino dulce y pringoso, pero el azúcar se había atenuado en cierta forma, como cuando la miel se carameliza a fuego lento. Félix le enmarcó la mejilla con la palma y lo guio hacia un ángulo mejor, y después metió los dedos en su trenza. Ansiaba deshacer las ondas y que el pelo cayera suelto para poder peinarlo hasta llegar abajo.

Quería besarlo hasta perder la cabeza.

Quería zambullirse en él y no salir a tomar aire.

Quería desescribir todas sus normas.

Loren posó la mano en algún punto del pecho de Félix, prendiendo un millar de chispas diminutas con el contacto. El cuerpo de Félix se encendió por completo y tembló abrumado por la sensación, mientras sus bocas se deslizaban la una sobre la otra. El azúcar del vino desapareció y lo único que quedó era el sabor de Loren, Loren, Loren.

Cuando este dejó escapar un suspiro cálido contra sus labios, Félix se apartó bruscamente.

—No podemos.

Loren frunció el ceño. Siguió inclinándose sobre Félix, pese a que este se apartara. Las pupilas dilatadas se tragaron sus iris de color canela.

—Pero...

—No podemos.

El corazón le latía con fuerza bajo los dedos que le acariciaban la clavícula. De repente la presión le impedía respirar.

—Pero... —Loren pestañeó sin comprender. Se irguió al notar la incomodidad de Félix y bajó la mano. Pese a la tenue luz, Félix se dio cuenta de lo ruborizado que estaba—. Ah, no te gusto en ese sentido. Había entendido que sí. Te he malinterpretado. O tal vez... prefieres a las mujeres. Lo siento mucho, Félix, yo...

Tenía que hacer que se callara. Félix buscó un lugar en el que tocarle que no implicara una caricia inapropiada, pero el hombro le pareció condescendiente y la cintura, demasiado íntimo. Se decantó por la rodilla.

Y funcionó. Loren calló. No solo calló. Se quedó inmóvil. Observó la mano de Félix con los labios entreabiertos. El sello de oro lanzaba destellos a la luz de la lámpara de aceite, encajado en su dedo.

—Estás muy muy borracho —dijo Félix.

Y él no lo estaba lo bastante, pero no quería reducir a Loren a una mera distracción.

—Te besaría sobrio —susurró Loren, y que bajaran los dioses si oírlo no produjo en Félix un escalofrío que le recorrió la columna entera—. No es por el vino.

—Pero ahora estás borracho. No quiero aprovecharme de ti cuando no piensas con claridad.

Loren acercó los dedos a la mano de Félix y, al notar que no lo rechazaba, los entrelazó con los suyos. El tacto era una conversación cuidadosa y enrevesada para Félix, y deseó no tener que estar negociando siempre.

—Confío en ti —dijo Loren—. Dejaría que hicieras lo que quisieras conmigo.

—Eso es lo que me preocupa. —Félix frunció el ceño—. Venga, te acompaño a casa.

Loren se ató la sandalia perdida con absoluta descoordinación. Félix tiró de él para ayudarlo a levantarse y lo agarró cuando se tambaleó al ponerse de pie. Unos ojos gatunos resplandecían entre las sombras. Cástor y Pólux escudriñaban la escena, casi como si no confiaran en Félix como hacía Loren.

Puede que los egipcios tuvieran razón en que los gatos eran capaces de ver aquello que escapaba a los humanos.

Las calles silenciosas los acompañaron en su paseo hasta el burdel. La ciudad se había agotado de tanta celebración por fin, o la había trasladado al interior de las casas. Loren se apoyaba pesadamente contra Félix, aunque tampoco pesaba tanto.

El dios a cargo de las pequeñas bondades se había ocupado de quitar de en medio a Elías, mandarlo a besar a algún desconocido o a buscar más cáñamo. Félix subió a Loren a la planta de arriba en un caos de extremidades. Al fin, y tras un extraño registro de bolsillos mientras Loren se tambaleaba y le miraba el pelo, Félix consiguió abrir la puerta de la habitación de los dos. La habitación de Loren. Lo que fuera.

Loren no se entretuvo en desnudarse y se tiró en la cama.

—Estás hecho un desastre —mascullό Félix mientras se acercaba a quitarle las sandalias, pero Loren alargó un brazo y le buscó los dedos con la mano. Félix se quedó inmóvil.

—Y tú no eres quien yo creía —confesó.

Podría parecer casual, una referencia a los desconocidos y las primeras impresiones, pero Félix recordó la mirada de reconocimiento en los ojos de Loren justo antes de estamparle la pátera en la cabeza. Conocía a Loren desde hacía dos días.

Pero se preguntaba desde cuándo lo conocía Loren a él.

—Quiero entenderlo —dijo este con el ceño fruncido sobre los ojos cerrados—. Entenderte a ti. Quiero ayudar.

—No tienes que ayudarme a nada —dijo Félix.

—Lo que dijo Julia —comenzó a explicar Loren como si se hubiera acordado de repente, en ese momento justo, a punto de empezar a dormir la mona— sobre la red de contrabando. El templo. Servius. ¿Piensas...?

Félix se soltó con cuidado mientras Loren mascullaba antes de quedar inconsciente.

Que si pensaba. No, pensar era una actividad que Félix procuraba hacer lo menos posible. Pensar solo le complicaba la vida. Sobre todo cuando tenía que ver con templos, contrabando y recuerdos. Además, sospechaba qué era lo que iba a preguntar Loren. Su mente también había viajado a ese lugar. Cómo no.

Pero había una cosa que sabía con absoluta certeza y era que, por más velados que estuvieran sus recuerdos, jamás olvidaría a un hombre como Servius. Buscar las coincidencias era perder el tiempo. Félix descartó la idea. La empujó al fondo de la mente, aunque amenazara con asomar de nuevo. Confiaba en que la inminente resaca de Loren la borrara también de su cabeza.

Félix manipuló el cerrojo del cofre del arcón hasta que forzó la cerradura para sacar la manta que guardaba en el fondo. Pero cuando levantó la tapa, se quedó inmóvil. La bolsa de la colada estaba abierta. La plata refulgía en la habitación en penumbra, pero no devolvía ningún reflejo. Félix lo sacó con delicadeza y lo sostuvo entre las manos.

Era extraño cómo Pompeya premiaba y temía en igual medida, y era extraño que hubiera permanecido en una misma ciudad durante tantos días, el mayor espacio de tiempo seguido desde que había abandonado Roma. Así y todo, había algo familiar en el casco, una atracción que no sabría explicar. No estaba seguro de querer hacerlo. Loren decía que era el casco de Mercurio. La forma, el peso, el estilo..., pero cuanto más pensaba en ello, más se le escapaba la respuesta, alejándose velozmente con pies alados.

Y ahora se moría de ganas de perseguirlo.

Pensó de nuevo en las preguntas que se había hecho en los muelles, las imposibilidades sobre las que no se había permitido pensar nunca antes. En que había sido atraído hacia Pompeya por una razón. En que debía buscar la respuesta ahí, una respuesta que le había dado mucho miedo afrontar.

Él no tenía apellido. No tenía un viñedo al que regresar ni una herencia que mantener. Pero tenía el casco. Algo suyo. Algo que entendía lo que significaba ser intocable.

Algo hacia lo que correr, no de lo que huir.

Félix habría jurado que el metal vibraba bajo sus dedos.

CAPÍTULO XVIII

Loren

El día siguiente se presentó con dos novedades para Loren: la resaca y la desagradable conciencia de que el mundo seguía adelante. ¿Cómo podía ser, después de haber probado a qué sabía la boca de Félix y de haber sentido las formas de su pecho bajo la palma de la mano? Era imposible. Todo había cambiado.

Pero cuando se despertó con la potente luz entrando por los postigos y lo vio de pie en la puerta se dio cuenta de otra cosa: la había cagado pero bien.

El plazo de cuatro días terminaba al día siguiente. Félix se iría al día siguiente.

Loren se levantó tambaleándose, con ganas de vomitar y un gran dolor de cabeza. La toga de Julia lo envolvía en una masa asfixiante de lana arrugada y manchada de vino, y trató de dar con la fíbula que la sujetaba. En su mente flotaba el recuerdo lejano pero cercano a la vez de Félix cargando con él escaleras arriba, metiéndolo en la cama, desatándole las sandalias. De él mismo perdido entre esos rizos suyos.

Pero si conservaba esos recuerdos, ¿qué era lo que no recordaba?

Gimió y se agarró la tripa.

—Si tienes intención de vomitar, prueba a hacerlo aquí —sugirió Félix ofreciéndole el casco de Mercurio dado la vuelta.

Loren lo miró con cara de pocos amigos.

Félix lo atrajo hacia sí.

—Era broma.

El momento de introspección se había pasado y de nada servía intentar recuperarlo. Loren se dirigió dando tumbos a la palangana esperando encontrarla encharcada con agua de varios días con una costra de jabón, pero estaba llena de agua limpia.

—¿Las has...?

—Lávate —espetó Félix con las orejas rojas—. Te has pasado toda la mañana durmiendo. Quiero salir antes de que se haga de noche.

Loren comprendió mientras buscaba un paño para lavarse. Félix tenía el casco en las manos. Y el pánico se apoderó de él.

—Es demasiado pronto. Me prometiste cuatro días.

—No hablo de irme de la ciudad. Quiero... Esperaba que pudiéramos... —Félix se pasó la mano por el pelo con gesto frustrado—. Estoy harto de verdades ocultas. De que los demás sepan más que yo. Dijiste que soy la única persona que puede tocar el casco. Mantendré la promesa y lo devolveré mañana, te lo juro. Pero antes quieroaveriguar por qué pude cogerlo.

—Quieres ayudar —dijo Loren, pestañeando rápidamente.

¿No era eso lo que él mismo había deseado? Debería alegrarse de que Félix dejase de evitar las preguntas.

Pero el estómago se le revolvió de nuevo al ver cómo estrechaba el casco contra sí. Quería entender por qué Félix hacía lo que hacía, pero le aterraba que él lo entendiera antes. Destellos de visiones se mantenían al acecho cada vez que cerraba los ojos. *Una ola negra. Un destello cobrizo. El Félix fantasma en el centro del meollo.* El casco estaba presente cuando llegara el fin del mundo, conectado directamente con Félix. Averiguar cualquier cosa más tendría un coste.

Claro que él ya estaba condenado, aunque no por culpa de un casco de plata, sino de una boca insolente y unos ojos tormentosos y su anillo sello, que seguía en el dedo de Félix.

—No sé qué creer —admitió Félix—. Sobre lo que según tú puede hacer el casco. Pero ya que no se me permite entender ninguna otra cosa sobre mi vida, estoy dispuesto a intentar creer. Y necesito que tú me enseñes.

Loren había sido egoísta. No podía negarle lo que pedía. Hasta el momento, había tratado de averiguar él solo lo que presagiaba el casco y no había logrado nada. Tal vez hubiera que enfrentarse al asunto desde otro ángulo.

Un ángulo que requiriese la colaboración de Félix.

Abajo, Elías estaba despierto, estirándose en el pasillo entre cubículos, dibujando con la espalda un arco perfecto. Cuando los vio, bajó los brazos sonriendo con picardía.

—¿Habéis dormido hasta tarde? Es casi mediodía —dijo—. Me alegro de que llegaras bien a casa, Loren. Tenías a Félix fuera de sí.

No debería escocerle, pero eso fue lo que le produjo el mero pensamiento de que Félix le hubiera confesado algo.

—Sí, y ahora tenemos que salir —respondió Loren de manera escueta, empujando apresuradamente a Félix hacia la salida, aunque este tenía las mismas ganas de desaparecer, y estaba ya con un pie en la calle mientras se colocaba el pañuelo.

—Espera —dijo Elías antes de que saliera a la calle él también—. Quédate un momento. Últimamente estás siempre yendo a alguna parte. Ya nunca hablamos.

Loren cerró los ojos. Luego se volvió con una sonrisa forzada.

—Te veo todos los días.

Elías no le devolvió la sonrisa.

—Tres años. Ese es el tiempo que hace que te conozco. —Elías se levantó despacio. De pie todo lo alto que era apenas le llegaba a la barbilla a Loren. Lo escrutó y avanzó de forma que invadía su espacio. Antes, esa proximidad despertaba mariposas en el estómago de Loren, pero en ese momento lo único que sentía era cansancio—. ¿Por qué será que entiendo mejor a Félix después de solo tres días?

A Loren se le ocurrían un montón de razones (como que Elías tenía más cosas en común con Félix que con el hijo de un próspero bodeguero, o que había intentado acercarse a Loren muchas veces, y siempre lo había rechazado), pero tenía la sensación de que ninguna de ellas bastaría.

Suspiró.

—¿Qué quieres?

—Pensé que era él quien tenía que preocuparme —continuó Elías—, pero ahora me pregunto si no tendría que replanteármelo. De los dos, tú eres el ambicioso. Es a ti a quien imagino llevando unas alas.

La acusación dolió como un puñetazo en la mandíbula y Loren habría preferido el golpe físico. Solo después cayó en la cuenta de que debería haberse sorprendido al comprender que Elías sabía lo del casco. Bajó la voz.

—¿Crees que lo usaría? ¿Para mi propio beneficio?

—¿Si usarías el casco o si lo usarías a él?

—Yo solo intento ayudar a la ciudad.

—Y yo intento prevenirte —contestó Elías, que agarró a Loren por la muñeca y tiró de él para devolverlo al interior. Por un segundo Loren se engañó pensando que Elías quería besarlo, por lo cerca que estaban—. Lo único que te digo es que tengas cuidado. Por ti y por él.

—¿Qué quieres? —repitió Loren, solo que esta vez sonó más a súplica.

De repente, echaba de menos a Elías con un ansia abrasadora. Estaban tan pegados que respiraban el aliento del otro, pero Loren nunca había notado la distancia con tanta viveza, aunque hubiera sido él quien había abierto la brecha entre los dos. Tras exponerle sus sentimientos y ser rechazado, Loren pensó que darle espacio era hacerle un favor, un sacrificio por su parte, pero jamás se le había pasado por la cabeza preguntarle qué era lo que quería. Y ahora no podía quitarse de encima la sensación de que se agotaba el tiempo para reparar los errores.

Pero ya solucionaría las cosas cuando todo eso se terminara.

—Te lo dije hace tiempo —contestó Elías por fin. Lo soltó y retrocedió cuidadosamente un paso—. No quiero nada de ti.

Si Félix había oído algo, tuvo el tacto de no decir nada cuando Loren salió por fin. Echaron a andar en silencio. Félix llevaba al hombro la bolsa de la colada con el casco dentro. Casi pasarían por un par de amigos haciendo las tareas de un día normal, si no fuera porque Félix estaba más tenso que las cuerdas de una lira y Loren nunca se había sentido tan raro. La incomodidad se percibía entre los dos, más que el intenso calor.

—Deberíamos empezar por Nonna —consiguió decir Loren—. No hay biblioteca en Pompeya, pero ella es etrusca hasta la médula, los primeros pobladores de la ciudad desde antes de que Roma saqueara Corinto. Si alguien conoce la historia del casco es ella.

—Te creo si dices que no nos entregará a las autoridades, pero eso no significa que confíe en ella.

—Confía en mí entonces. —Loren se echó a un lado para dejar pasar a un hombre que iba cargado con una cesta, y Félix se tensó ante la proximidad—. La última vez no te gustó lo que dijo, pero yo seguí insistiendo en el asunto. No volveré a hacerlo. Si dices basta, nos vamos.

—No soy tan frágil —insistió Félix y apartó aún más la mirada, algo que Loren habría creído imposible.

Ya estaba metiendo la pata otra vez.

Media ciudad seguía durmiendo la mona, pero Nonna estaba sentada a la puerta de su panadería, moldeando la masa en porciones redondas. Cuando los vio, se le iluminó el rostro.

—Loren, mi dulce gorrión. —Nonna dejó que le besara las mejillas. Tenía un rostro suave y arrugado como la masa fresca—. Siéntate. Y el pillo también. Ayúdame a amasar.

Quitó la cesta del taburete de al lado y Loren entró en la tienda a buscar un tercero. Félix parecía más por la labor de quedarse de pie, por si había que salir corriendo en cualquier momento, pero Nonna lo miró con severidad y él se sentó, rodeándose la cintura con los brazos.

La panadera puso a Loren a estirar una porción de masa de forma repetitiva, una tarea que no requería pensar y le calmó el persistente dolor de cabeza. Tenía las manos cubiertas de harina y también se había manchado un poco la cara. En otra vida podría ser panadero. Olvidarse de la política y el sacerdocio, de los viñedos y las visiones, y convertirse en aprendiz de Nonna. Viviría de lo que la mujer guardaba en el armario de las provisiones y le enseñaría a hornear pan, y no tendría que cortarse el pelo, ni volver a casa ni casarse.

—A ver, a Nonna no se le miente —dijo la mujer tras un rato en agradable silencio durante el cual no había dejado de mirar a Félix en ningún momento—, porque lo veo en vuestra cara. Tenéis un problema.

Loren la observó plegar la masa hábilmente con aquellas manos arrugadas para formar la barra. Se mordió el labio mientras copiaba el movimiento, pero su pan salió un poco mazacote.

—Es posible que nosotros seamos los causantes del problema. Necesito que nos ayudes a resolverlo.

—Más juego de muñecas. Así. Bien —susurró la mujer—. Lo sospeché la primera vez que os vi juntos. Atraes los problemas como la miel atrae a las moscas, gorrión.

Loren infló los mofletes y se atrevió a echar un vistazo a Félix, que seguía en la misma posición protectora. Ahora o nunca. Sin darse tiempo a cambiar de opinión, se lanzó.

—¿Qué habría que hacer para robar el casco de Mercurio, Nonna? ¿Y para qué podría utilizarse cuando lo tuvieras en tu poder?

Se hizo el silencio. Y al cabo un pellizco enharinado en la mejilla. Loren soltó la masa y se tocó la mejilla dolorida.

—Dime que no es verdad. Dime que no tenéis nada que ver con eso.

Nonna se lanzó sobre él para pellizcarlo de nuevo, y en su prisa para zafarse, Loren se cayó del taburete sobre los adoquines.

Unos brazos lo agarraron por debajo de los suyos. Loren miró mudo de asombro. No había visto a Félix moverse, pero se había lanzado para detener la caída, raudo como el aleteo de un colibrí. El rubor le bajó por el pecho.

—No fue Loren —dijo Félix con voz de hielo.

—Pero las compañías que frecuenta le afectan. Los humanos no deben enredar con los poderes divinos —dijo Nonna, que se reclinó en el asiento muy agitada—. A menos que...

Félix apretó la mandíbula.

Loren se soltó con cuidado de Félix antes de que hiciera alguna tontería, como derretirse contra él para siempre, y levantó torpemente el taburete caído. Habían llegado al punto de inflexión. La acusación que Nonna había dejado en el aire había vuelto a sacar a Félix de sus casillas, lo que no les dejaba más opción que terminar allí la conversación sin haber conseguido respuestas. No estaban más cerca que antes de encontrar la solución.

Y entonces fue Félix quien lo sorprendió. Acercó con el pie el taburete a Loren y se sentó. Lo hizo de forma que sus brazos se rozaran, un contacto mínimo y temporal. Loren notó que se le cortaba el aliento y se le aceleraba el pulso.

Le estaba dando permiso.

Loren se volvió hacia Nonna y tragó con dificultad.

—A menos que la persona posea algún tipo de conexión divina. A través de la bendición de un sacerdote, por ejemplo.

—O una maldición. La vida de un mortal que ha llamado la atención de un dios no es un camino de rosas. Dejan de ser humanos para convertirse en una herramienta. Un objeto susceptible de manipulación.

—Por raro que parezca, yo me siento muy humano —dijo Félix.

—Entonces es que Mercurio aún no ha terminado contigo —le advirtió Nonna—. Se dice que el casco es peligroso por algo. Nadie lo ha movido en trescientos años, desde que Roma lo dejó aquí en pago por exterminar a mis ancestros etruscos en su propia ciudad. ¿Qué energía creéis que posee? ¿Cuántas almas en pena guarda en su interior? Desconozco por qué pudisteis haceros con él, pero por todos los dioses, os juro que temo las consecuencias.

—A menos —repitió Loren— que encuentre la respuesta. ¿Y si yo pudiera detener las consecuencias antes de que ocurra nada? ¿Dónde tendría que mirar?

—Ese tipo de curiosidad tuya podría desencadenar una guerra. Ruego que lo hayas pensado bien. —Bajó la mano, pero Loren sabía que no debía fiarse. El ataque de las viejas abuelas etruscas era más repentino que el de una serpiente—. ¿Qué quieres saber?

—Todo —contestó Loren sin aliento—. Cuéntame, o mejor, cuéntanos todo lo que sepas.

—Ni siquiera yo sé cómo termina todo, pero os diré dónde buscar —contestó la mujer.

***

Cruzar la puerta de la ciudad fue lo más fácil ese día. Los dos guardias con cara de niño y pinta de confusión estaban sobrepasados con un mercader malhumorado porque le estaban registrando el carro cargado de verduras. A Loren le bastó con decir que eran discípulos de Isis y que se dirigían a quemar la ropa de cama de una víctima de la peste para que los dejaran pasar tras mirarse asustados. Un truco sucio, desde luego, pero eficaz.

Salir de Pompeya era como darle un beso de despedida. Como si una vez que saliera por la puerta, no fueran a abrirlas para dejarlo entrar de nuevo. Estar en la carretera significaba que no había muros tras los que esconderse. Aun así, siguió adelante con un ladrón buscado, un artefacto asombrosamente potente oculto en la bolsa de la colada y la desesperación más absoluta mordisqueándole las entrañas a cada paso.

Confiaba en que siguiera habiendo una Pompeya a la que regresar.

—¿Cuánto queda? —preguntó Félix, que caminaba unos pasos por detrás, dando pataditas a las piedras del camino, que chocaban con las pantorrillas de Loren.

Otra piedrecita. Loren puso los ojos en blanco, pero no picó el anzuelo.

—Nonna ha dicho que a una media hora de camino a pie desde la puerta. ¿Hemos andado ya media hora?

—No.

El enfurruñamiento de Félix era patente.

—Pues ahí tienes la respuesta. —Loren cometió el error de mirar hacia atrás—. ¿Has...?

Detestaba cuando se quedaba sin palabras.

Fuera de las murallas, Félix no llevaba puesto el pañuelo, y la luz del sol transformaba sus ondas cobrizas en laureles de fuego y daban a su piel un tono dorado. Parecía un joven Apolo en la flor de la vida, rápido, inteligente y apasionado. Loren anhelaba disfrutar de la luz que irradiaba, empaparse de ella antes de que volviera a ocultarse tras una nube.

Miró de nuevo hacia delante solo porque se tropezó con una piedra. Estiró los brazos a los lados buscando el equilibrio, pero estuvo a punto de caerse. Esos condenados tobillos tan débiles que tenía iban a acabar con él.

—Cuidado —dijo Félix riéndose—. Como te tuerzas un tobillo, no pienso llevarte a cuestas.

Y para reafirmar su intención le lanzó una piedrecita que fue a darle en el talón.

Loren suspiró y observó el Vesubio, que se alzaba delante de ellos, perfectamente nítido contra el pálido cielo, y la cumbre rodeada por un halo de nubes. Hacía un día realmente precioso, pese al calor, y una leve brisa agitaba los campos de amapolas y altas hierbas resecas.

Una pena que tuvieran que pasar la tarde bajo tierra.

Más adelante, un par de piedras alargadas y un poco torcidas colocadas verticalmente se alzaban entre un pequeño pinar, tal como les había dicho Nonna. Loren se salió del camino. Las malas hierbas crujían bajo sus pies.

—Los etruscos levantaban piedras como esas cerca de lugares que eran importantes para ellos —dijo—. Lugares cargados de energía. Apuesto a que estamos ya cerca. ¿Notas que el casco...?

—¿Reaccione? —preguntó Félix, arqueando la ceja con escepticismo—. No.

Loren trató de aguantarse la risa.

—Entonces aún nos queda.

Pasadas las piedras, el monte bajo se abría formando una arboleda cóncava tallada en la falda de la montaña y oculta por árboles de mayor tamaño. La niebla pendía inmóvil de las ramas, de la hierba. En aquel lugar flotaba una quietud y a Loren no le hacía gracia perturbarla.

—¿Por aquí? —preguntó Félix a la vez que señalaba con la barbilla la parte final de la arboleda, donde se veía una hendidura en la montaña que pedía a gritos entrar a explorar—. Dame la antorcha.

Antes de partir, Nonna había entregado a Loren una bolsa de cuero con objetos esenciales. Loren entregó a Félix varios instrumentos, y tras un breve roce de dedos, se hizo la luz. Loren rezó una oración silenciosa para decir adiós al aire del exterior.

Y los dos juntos se agacharon y se sumieron en la oscuridad.

El túnel parecía no tener fin. Loren mantenía la antorcha en alto, que apenas iluminaba un metro por delante y por detrás de ellos; por todo lo demás, podrían estar adentrándose en el mismísimo Tártaro. Su estado de nerviosismo aumentaba con cada chisporroteo de la llama. La gente no estaba hecha para merodear por túneles opresivos como aquel. Criaturas repelentes vivían bajo tierra, monstruos, bestias. Era un lugar en el que ocultar las cosas malas a los ojos de los dioses siempre vigilantes.

Tal vez no fuera tan desacertado, pues últimamente había hecho muchas cosas mal.

—El aire es frío y húmedo —dijo Félix, rompiendo el silencio. Loren se sobresaltó y estuvo a punto de caérsele la antorcha—. ¿Hueles eso?

Loren inspiró, en parte también para tranquilizarse.

—Yo no huelo nada raro. A humedad tal vez.

—Bueno, es normal que estés acostumbrado. Pompeya apesta a huevos podridos. No es tan intenso en la ciudad, pero en el camino es horrible. Aquí abajo es insoportable. Y las paredes zumban, ¿no lo oyes?

Loren frunció el ceño.

—Sí que tienes buen oído...

—Demasiado. Me cuesta ignorar el ruido. —Félix suspiró y cerró los ojos con fuerza un segundo—. Sea cual sea la causa, esperemos no encontrarnos con ella.

Se produjo un nuevo silencio incómodo.

Eran las últimas horas antes de que Félix abandonara la ciudad. Loren sabía que debería aprovecharlas al máximo, pero un muro mental se había levantado entre él y su capacidad de ser racional y actuar con normalidad. «Por todos los dioses. Loren, ¿es que no puedes ser normal?». Le dolía esa distancia. Había besado a Félix. Lo había besado de verdad. Y pese a al mareo producido por el vino, estaba seguro de que... él le había devuelto el beso. Pero no podía decirse que tuviera un historial largo de chicos a los que había besado y conservado. Félix se marcharía al día siguiente. ¿Volvería la mirada una vez que franqueara las puertas de Pompeya?

La luz de la antorcha producía sombras en la superficie rugosa del techo de roca, cambiantes y revueltas como su estómago. Exhaló temblorosamente en la oscuridad.

Por desgracia, Félix lo tomó como una invitación a hablar.

—Así que Lucius Lassius Lorenus —dijo en un valiente intento de aparentar despreocupación—. Un nombre interesante.

Loren clavó la vista en la oscuridad delante de él, con cara de pocos amigos.

—Es mío. ¿Qué le pasa?

—Sé que es mejor no meter las narices donde no me llaman...

—No me había dado cuenta.

—... pero es un secreto tremendo. No pensabas contármelo, ¿verdad?

Loren tenía la trenza húmeda de sudor. Giró hacia un lado para escurrirse por un hueco entre la pared del túnel y un afloramiento rocoso.

—Me calaste desde el principio. Un niño rico haciéndose pasar por pobre. ¿Para qué quieres más? ¿No tienes suficientes datos?

Félix canturreó.

—Resulta raro que dejaras todo eso para vivir de sobras.

—No lo entenderías.

—Ayúdame.

Loren se arriesgó a mirar hacia atrás. Félix no lo miraba con sorna, pero casi deseó que lo hiciera. Cualquier cosa sería más fácil que aquello.

—Te lo dije la otra noche en casa de Julia, mi familia esperaba cosas de mí. Mis padres tienen una idea de cómo debería funcionar el mundo. No toleran nada que vaya más allá. Cuando eres el hijo de Lucius Lassius, no hay lugar para ser diferente. —Se humedeció los labios y añadió—: Cuatro años en el templo de Isis y no he llegado a nada. Umbrius y el consejo no querían saber nada de mí hasta que llamé la atención de Julia, y ya has visto cómo ha terminado la cosa. Me escapé de casa cuando cumplí los doce. Con casi diecisiete, no he conseguido labrarme una vida en Pompeya para evitar que mi padre me lleve a rastras de vuelta.

—¿Sabe tu padre que viniste a Pompeya?

—No llegas a ser uno de los hombres más ricos del imperio si no tienes contactos. Tiene ojos en todas partes. Me ha dado el gusto de vivir aquí estos años. —Sus pensamientos formaban una maraña caótica. Los repasó e intentó ordenarlos, de manera que Félix lo entendiera—. Mi padre no tiene más herederos. Al contrario que Julia, preferiría que lo pisoteara la caballería de Roma a permitir que el apellido de Lassius pase a alguien que no sea de su sangre. Estoy atrapado.

—¿Tan terrible sería?

—¿No tener ni voz ni voto en tu propia vida? ¿Que te digan cómo tienes que hacerlo todo, desde cómo peinarte hasta con quién acostarte? ¿Que tu vida quede limitada a unas hectáreas de terreno cuando sabes que podrías hacer más si quisieran escucharte? Sí, Félix, sería terrible.

Silencio. La llama de la antorcha tembló.

—En eso no pensamos igual, mira. Yo daría lo que fuera por tener eso a lo que tú has renunciado. Estabilidad. Seguridad. Un hogar.

—Nunca fue un hogar para mí.

—Es fácil decirlo cuando decidiste abandonarlo.

Loren tragó saliva y las lágrimas le asomaron a los ojos. Pestañeó varias veces seguidas, pero lo veía todo borroso.

—Pero lo que he dicho antes iba en serio —dijo Félix—. No vas a volver allí.

No tenía ni idea de lo peligroso que era decir esas cosas. Si no estuviera al borde de las lágrimas y con una antorcha en las manos en mitad de un túnel oscuro y apestoso, igual le habría confesado el miedo que le daba añadirlo a su lista personal de puentes quemados.

Por todos los dioses, estaba harto de perder siempre.

De nuevo el silencio.

—¿Soy yo o la oscuridad no es tan densa? —dijo Félix.

Bajar la antorcha y entornar los ojos empeoró el dolor de cabeza de Loren.

—¿Cómo lo sabes?

—Puede que tengas una vista de mierda.

—Y puede que tú seas... —Loren se mordió la lengua y dio media vuelta con el ceño fruncido—. Yo no digo palabrotas. Deja de empujarme a que lo haga.

—Anoche dijiste «a la mierda todo».

Esa sonrisita de superioridad era insufrible. Le dieron ganas de estamparlo contra la pared. O mejor, que Félix lo empujara a él contra la pared y se pegara a él...

Siguió caminando.

Pero que Félix tuviera razón era exasperante. No había pasado ni un minuto cuando se dio cuenta de que se apreciaba la textura de la pared allí donde no llegaba la luz de la antorcha. Lo que empezó siendo un puñado de grados se convirtió en una luz brillante cuando el túnel desembocó en un pozo con el techo abierto. Columnas de piedra brotaban del suelo, torcidas como dedos rotos y recubiertos de oquedades minúsculas como ampollas.

—No. —Loren se tapó la boca con la mano y la antorcha salió rodando por el suelo chisporroteando. Le sobrevino un ataque de vértigo, similar al mareo que sentía justo antes de entrar en un trance visionario, pero no abandonó el presente. Se sujetó a la pared—. Este lugar es horrible. Siento...

—Nunca había visto nada igual —murmuró Félix, pasando a su lado para entrar en la sala.

—Yo sí —dijo Loren, que se dio cuenta de pronto—. Soñé con esto la otra noche. Tú también estabas, pero estábamos allí arriba. Pensé que estábamos en el borde del mundo, y cuando miré hacia abajo, solo vi... unos dientes.

Aquello debía de sonar a locura. Verbalizar sus sueños consistía en explicar cosas que ni él entendía. Por lo general lo mejor era no decir nada, pero allí estaba, sincerándose con Félix, que a esas alturas debía de pensar que estaba como una cabra.

Félix pasó la mano por los hoyuelos de la superficie de la piedra.

—No eran dientes. ¿Qué más viste?

Algo en su forma de decirlo empujó a Loren aún más cerca de la sinceridad total.

—Nada —contestó sin contenerse—. Es el vino de anoche el que habla.

—Loren, ¿qué más viste?

—Dijiste que estaba cerca de la respuesta —dijo Loren de carrerilla—. Que tenía todas las piezas. Y me preguntaste que a quién le había clavado la espada, a mí mismo o a ti. —Tragó saliva.

—¿Sueñas mucho conmigo?

Debería haberlo preguntado con doble sentido. En cualquier otro momento, así habría sido. Pero pese a la habitual actitud descarada de Félix, esta vez no lo preguntaba para ruborizarlo. Esta vez significaba: «Te creo y confío en que vas a decirme la verdad». Loren sintió una chispa que lo recorría por dentro y calor en el vientre pese al frío que hacía en aquel pozo.

—Sí —susurró.

Los perspicaces ojos de Félix se cruzaron con los suyos.

—Antes de que me conocieras.

—¿Cómo lo sabes?

—Cuando me viste en el templo aquella primera mañana. —Félix se acercó a él haciendo crujir el sedimento bajo sus sandalias—. No te sorprendió que estuviera allí, sino que estuviera allí en ese momento en particular.

—Para que conste, siento haberte golpeado con la pátera.

Félix estaba lo suficientemente cerca como para tocarlo. En los sueños, se le acercaba tanto que casi se rozaban la nariz. Loren recordaba que le faltaba el aliento y se dio cuenta desesperado de que se moría por sentirse así de nuevo.

—En tus sueños, ¿qué hago? —preguntó Félix.

El momento, como ocurre con las cosas frágiles, se rompió. Loren se mordió la lengua y se alejó a trompicones. Necesitaba poner distancia. Sintió que Mientras bordeaba la sala, sintió que Félix lo observaba, aún esperando una respuesta. «Díselo», susurró el fantasma que acechaba en las sombras interiores de Loren, pero este lo empujó de nuevo hacia la oscuridad.

Y a continuación hizo lo que mejor se le daba: empezó a hablar y no paró.

—Este lugar parece salido de un mito, arrasado por un incendio o una inundación enorme que talló estos túneles a su paso. —Siguió con el dedo pequeños terrones rocosos—. Tiene sentido que Nonna nos haya dicho que trajéramos el casco. Los antiguos pobladores de la tierra adoraban a Mercurio en lugares extraños como este. Lugares donde el velo entre los vivos y los muertos se reduce, donde es fácil creer que el dios podría revolotear entre los humanos; traernos mensajes de formas que otros dioses no pueden.

Mensaje de fantasmas, aunque la idea se le hizo desagradable. Había utilizado el nombre de «Félix fantasma» como apodo, una forma de diferenciar lo real de lo irreal, pero ahora...

El corazón se le subió a la garganta en un nudo doloroso.

No. Félix estaba vivo. Bastaba con mirar el resplandor que lo rodeaba para convencerse.

—¿Qué sensación emite el casco ahora? —preguntó medio temeroso de conocer la respuesta—. ¿Te dice algo?

La pregunta sonó absurda, pero Félix se quitó la bolsa del hombro y puso la palma contra el objeto de plata. Cerró los ojos, palpó. Loren contuvo el aliento.

Pero Félix negó con la cabeza.

—Sigo pensando que Nonna dice tonterías.

La carcajada sonó hueca en el espacio y rebotó contra las puntiagudas formaciones rocosas.

—¿No decías que ibas a intentar creer?

—Loren, yo... —Félix apretó los labios en una expresión desapasionada—. Para ti es fácil creer. Tus sentimientos son fáciles. No lo entiendo.

—¿Por qué no iban a serlo? Confiar es fácil. —Frunció el ceño—. ¿Qué te llevó a desconfiar de todo?

Por un momento, Félix mostró la expresión de alguien deseoso de confesarlo todo. Como si tuviera las palabras en la punta de la lengua, muriéndose de ganas de lanzarse. Loren esperó dispuesto a zambullirse con él.

—Déjalo. —Desvió la mirada y luego hizo una pausa. La bolsa chocó contra el suelo con un suave golpe sordo y se dirigió al centro del pozo—. ¿Se te ha caído esto?

Cuando se incorporó, llevaba en la mano un cuchillo. Madera. Hierro.

Loren se puso blanco como la cera.

—Qué raro —continuó Félix—. Birlé un cuchillo como este hace unos días, pero lo perdí.

—Es un diseño bastante habitual. Será coincidencia.

—Dices eso mucho para ser alguien que no cree en ellas —bromeó Félix, pero seguidamente los labios se le curvaron hacia abajo. Acercó la hoja a la luz y la ladeó en un sentido y otro—. Juraría que el grabado es el mismo. Parece una montaña.

Loren se atrevió a acercarse un poco y entornó los ojos para protegerse de la luz del sol que se reflejaba en el metal. Se fijó en el garabato grabado: una uve invertida con el pico en forma de cráter.

«Estás cerca de la respuesta», le había dicho el Félix fantasma en el sueño.

Loren alzó la vista. Desde el fondo de la sala solo se veía la cumbre, una silueta rodeada de nubes. El dibujo podría hacer referencia a cualquier montaña.

Solo que el Félix fantasma había soltado el cuchillo ahí por algo. «Si quieres detener esto, ven a buscarme», había dicho. La certeza llegó con un relampagueo, una ráfaga de vapor, los ojos mercuriales fijos en el objetivo: un objetivo que había estado ahí todo el tiempo. La montaña, en los límites de sus sueños. La montaña bajo una tormenta roja. La constante en todos ellos. La frustración aumentó y se mezcló con la emoción de tener la respuesta tan cerca.

Años de visiones que parecían mofarse de él estaban a punto de llegar a su fin.

—¿Te acuerdas de cuando dijiste que no creías en el destino? —murmuró Loren.

—El destino puede irse a la puta mierda.

—En mis sueños veo una montaña.

Félix se le acercó siguiendo su mirada.

—No digas lo que creo que estás a punto de decir.

—Creo que sé adónde tenemos que ir a continuación —contestó Loren sin hacerle caso.

CAPÍTULO XIX

Félix

Cuando Félix pidió ayuda con el casco, no se le ocurrió pensar que consistiría en espantar nubes de mosquitos y sortear ortigas irritantes mientras seguía a Loren ellos por campos cubiertos de hierbas.

Loren siempre mostraba sus sentimientos abiertamente, pero aquello daba un nuevo sentido a la expresión «actuar por impulso». Con los nudillos raspados después de trepar para salir de la sima, había echado a correr a través de la vegetación como un poseso con la vista puesta en el Vesubio. Félix era bastante veloz por naturaleza, pero incluso a él le costó seguirle el paso con esas largas piernas que tenía. Ridículo. Temerario. Si no fuera por lo cabreado que estaba, puede que le hubiera parecido atractivo.

Cuando llegaron dando tumbos al camino principal que conducía al pie de la montaña, el calor abrasador era insoportable. Iba a ser una ascensión infernal calzados solo con sandalias, pero Loren parecía ajeno a ese detalle. El mermado instinto de autoconservación de Félix se revolvió.

—¡He cambiado de opinión! —gritó—. Me da igual lo que pase con el casco.

—Es una pena —contestó Loren dos metros por delante—. Yo estoy decidido.

—No podemos escalar una montaña así. ¿Recuerdas cuando me golpeaste con aquel cuenco? ¿Y cuando me rajasteis el brazo? No estoy en condiciones...

—Me llama, Félix —lo interrumpió. Se afianzó bien en el suelo y giró en redondo con una mirada fulminante. Tenía las mejillas arreboladas y le brillaban los ojos al comprender por fin—. Nos condujeron hasta el pozo porque teníamos que encontrar el cuchillo. La respuesta que busco, o mejor, que buscamos, está en la montaña. Regresa a Pompeya si quieres. Yo no he dicho que tengas que acompañarme.

—Vale. Y sí. —Félix se cambió de hombro la bolsa de la colada—. Te acompaño.

—Ah. Vale —dijo Loren con cara de sorpresa.

—Pero es una mala idea.

—Ya lo has dicho.

Loren hizo ademán de seguir, pero vaciló al girarse. Se tambaleó. Las rodillas se le doblaron y Félix casi no llegó para suavizar la caída. Suavizarla, pero no evitarla. Loren apoyó las palmas abiertas sobre la tierra caliente.

—Otra vez no —dijo Félix con los dientes apretados.

Le había pasado demasiadas veces ya para achacarlo al agotamiento o al calor. Hasta ese momento, siempre había creído que las profecías eran una chorrada, pero empezaba a preguntarse si Loren desafiaba también esas normas. Lo sujetó por los hombros para ayudarlo a incorporarse. Tenía los ojos vidriosos, la mirada perdida muy lejos de allí, como Aurelia en el callejón dos noches atrás.

—Sal del trance —dijo Félix, y le puso la mano en la frente ardiente—. Vuelve.

Loren volvió en sí con la respiración entrecortada, se estremeció y se puso a agitar los brazos y las piernas, empujando a Félix, que cayó de culo en el suelo.

—Jinetes —dijo por fin.

De pronto, Félix lo entendió. Aguzó el oído y captó el ritmo regular de cascos sobre la tierra compactada a un kilómetro y medio o menos. Lejos aún, pero acercándose a gran velocidad. Su ansiedad aumentó. A lo mejor solo eran viajeros inofensivos.

O no.

—Están cerca.

Ayudó a Loren a levantarse y saltó con él al borde del camino, lo justo para esconderse detrás de unos arbustos. Por un momento, el roce de las ramas y el pinchazo de las espinas le embargaron los sentidos, y cayeron el uno sobre el otro de tal manera que las extremidades de ambos se enredaron. La proximidad de la piel y los sonidos lo saturaron por completo, era demasiado de golpe.

—¿Cómo has podido oír...?

—Un caballo. Tal vez dos. A medio minuto de aquí como mucho.

—Pero ¿cómo?

—Cállate. Y no te muevas.

Loren permaneció inmóvil. El crujido cesó segundos antes de que los jinetes aparecieran. Félix contuvo el aliento. De cerca, a la sombra que ofrecía el arbusto, se fijó en el hilo de sangre en la barbilla de Loren por culpa de una espina que le había arañado el labio.

«Seguid. No os paréis».

—¡Mira! Son huellas —exclamó uno de los hombres.

Félix soltó un insulto moviendo la boca sin emitir sonido.

Un caballo relinchó. Dos pares de pies bajaron al suelo a investigar. Félix retorció el cuello hasta un punto que se le hacía desagradable y vio unas pantorrillas sucias bajo las tiras de las sandalias acercarse con fuertes pisotones hasta donde Loren y él habían estado discutiendo un momento antes en mitad del camino.

Unos dedos cálidos se entrelazaron con los suyos. Félix se llevó un susto de muerte, pero Loren se los apretó con suavidad. Otro simple gesto, natural. Algo que a Félix nunca se le ocurriría.

—Sigue buscando —dijo otra persona con un gruñido.

La voz le sonaba familiar. Trató de hacer memoria, pero la mente se le quedó en blanco cuando el pulgar de Loren rozó el suyo. Fue como si se le hubiera desvanecido el cerebro.

—Terminan aquí.

—No. —El roce metálico de la hoja de una espada al desenvainarla acompañó la negativa—. Allí.

Muchas cosas sucedieron en cuestión de segundos.

Una espada se abrió paso entre la maleza. Félix habría tenido que volver la cabeza, pero ya no estaba detrás del arbusto. Estaba de pie y lo arrastraban hacia los árboles que bordeaban el camino. Un grito furioso reverberó en el aire y a continuación se oyó el silbido de una flecha volando hasta dar en el blanco. Félix levantó la vista esperando verla sobresalir de la espalda de Loren, pero no, este seguía corriendo, y él también corría, y por delante una flecha vibraba clavada en el tronco de un árbol.

Unas fuertes pisadas los seguían. El instinto de ladrón de Félix entró en acción. Tomó la voz cantante. Agarró a Loren de la mano y echaron a correr a través del bosque como si los persiguiera el perro del averno. El casco de Mercurio, protegido en la bolsa, rebotaba contra la espalda de Félix, marcando el ritmo.

La espesura se abrió. El paisaje pasó del bosque a un campo de plantas dispuestas en surcos uniformes. Irrumpieron así en un viñedo, uno de tantos en la zona que rodeaba al Vesubio, una tierra negra que daba gruesas uvas. Félix había probado unas cuantas la semana anterior, hasta que un jornalero lo había echado de allí a patadas. Resultaba agradable recordar los viejos tiempos, cuando lo perseguían por cosas sin importancia, como hurto, y el perseguidor no contaba con armas letales.

Las banderas con el famoso emblema de una ele rodeada de hojas de vid colgaban inertes en la calma chicha. Félix movió el pulgar hacia el interior del puño y se frotó el anillo que seguía llevando puesto. Había empezado a formársele un plan en la cabeza.

Desde el punto de vista táctico, un viñedo no era un buen lugar para esconderse cuando huías de algo. Serían un blanco fácil entre las hileras rectas. Si sus perseguidores buscaban la bolsa, Loren, que llevaba las manos vacías, se convertiría en un daño colateral. Una víctima de las circunstancias. Solo podían hacer una cosa.

—Tenemos que separarnos —ordenó Félix entre jadeos.

Loren se volvió hacia él y lo miró horrorizado.

—¿Estás loco? No pienso dejarte.

—Es nuestra única oportunidad. Atravesar el viñedo en diagonal. Tú eres menos corpulento que ellos, no tendrás ningún problema. Y con suerte vendrán a por mí.

—¿Con suerte? —repitió Loren sin aliento con un chillido agudo—. ¡Félix, no!

—Tengo un plan —dijo este al tiempo que lo empujaba para que entrara en una de las filas de vides. Loren se trastabilló con un grito de indignación, pero Félix apretó los dientes y siguió corriendo.

Tenía años de práctica. «Corre y no te pares. Tarde o temprano se cansarán de perseguirte» solía decir su padre. Corre para sobrevivir una noche más.

Félix confiaba en que funcionara.

Sin atreverse a mirar atrás, se internó aún más entre las vides, corriendo por el suelo endurecido con el calor del verano. Giró bruscamente para probar suerte con un hueco que le había parecido prometedor. Desde allí era cuestión de mantener una o dos hileras de separación entre los guardias y él, y atravesar el viñedo desierto en zigzag. En la hora del día en la que más calor hacía, los trabajadores habían dejado las cestas a medio llenar de uvas en el campo mientras descansaban un poco a la sombra.

Al ver las cestas se le ocurrió otra idea. Vació el contenido de una en la bolsa de la colada. Si su plan fracasaba, al menos tendría algo que llevarse a la boca de camino a su ejecución.

Félix acababa de meterse por el siguiente hueco cuando un grito aflautado lo detuvo.

—¡Eh, tú, detente!

Había dos hombres un poco más adelante de la hilera, uno formal y bien vestido, y otro encorvado sobre una cesta. Desplegó los labios en una mueca parecida a una sonrisa y levantó una mano en son de paz, mientras trotaba hacia ellos.

—¡Saludos! ¿Es usted el encargado de las uvas?

Era una forma absurda de llamarlo, pero hacía tiempo que había aprendido que si lo decía con la suficiente seguridad, cualquier tontería sonaba auténtica.

—Así es —contestó el que estaba de pie. Vestía las ropas finas de alguien respetado al que se le daba bien dar órdenes sin mover un dedo. Una insignia relucía en su hombro—. Soy el maestro Adolphus, encargado de estas tierras. Supongo que eres un ladrón.

—Depende de lo que entienda por ladrón —contestó Félix.

El hombre encorvado dejó de recoger fruta y soltó un soplido de mofa. Llevaba el sombrero de ala ancha de los esclavos que trabajaban en el campo y tenía los brazos rojos del sol. Adolphus le pegó una patada en la pierna.

—Silencio, Stravo. No es momento de risas. —Y volviéndose hacia Félix—: ¿Sabes que entrar en una propiedad privada sin permiso es un delito?

Félix le dirigió su sonrisa más encantadora. Tres segundos más. Era lo único que necesitaba.

Adolphus ni se inmutó.

—¿Y que dicho delito se castiga con...?

Trágicamente, Félix no llegó a conocer el castigo. Detrás de él, la espaldera por la que trepaba la vid cayó al suelo y un hombre con armadura de cuero y la espada en la mano irrumpió en la escena.

—Señor, por favor —chilló el maestro Adolphus al tiempo que saltaba hacia atrás y chocaba con el segundo guardia, que emergió por el otro lado de la hilera—. ¡Nada de armas en el viñedo!

—Discúlpenos, maestro —dijo el guardia de la espada. Por una vez, no llevaba colores identificativos, ni se veía el blasón con forma de halcón, pero bajo el casco de hierro, Félix lo reconocería en cualquier parte: su viejo amigo Darius—. Perseguimos a este ladrón. Lo buscan en la ciudad.

Mientras el pobre Adolphus, profundamente turbado, intentaba recuperar la compostura, Stravo se reía por lo bajo en su posición encorvada. El maestro se alisó la túnica y dijo:

—Me alegro. Parece que habéis llegado a tiempo. Ha venido a robarnos nuestros preciados bienes.

El segundo guardia, el del arco, frunció el ceño.

—¿Uvas? Me temo que esto es un poco más...

—¿Te parece que a mi padre le va a gustar la forma en que he sido tratado, maestro Adolphus? —intervino Félix, adoptando una actitud de fría indiferencia que no se correspondía con el ritmo acelerado de su corazón.

Alargó la mano. El anillo sello de Loren captó el reflejo del sol de mediodía.

El efecto fue inmediato y absolutamente arrollador. La cara arrebolada de Adolphus palideció por completo. Stravo masculló un improperio. Darius y su compañero miraban boquiabiertos sin comprender.

—Mi padre es el dueño de este viñedo —continuó Félix, que bajó la mano antes de que ninguno pudiera inspeccionarlo. Por auténtico que fuera, lo habían hecho para los finos dedos de Loren. Cualquiera con dos dedos de frente se daría cuenta de que le quedaba muy apretado—. Me ha mandado a recoger muestras. Inspección de calidad. Anónima —añadió por el bien de Adolphus.

Tampoco quería que le fuera con el cuento a Lucius Lassius. Si Loren había evitado meterse en líos todo ese tiempo, no tenía sentido alertar a su padre diciendo que estaba llevando a cabo inspecciones aleatorias en sus propiedades circundantes.

—Y una mierda has venido a hacer una inspección —dijo Darius—. Eres un cabrón mentiroso.

Adolphus se envaró.

—¿Cómo te atreves a insultar al hijo de mi patrón?

Félix lo miró con aprecio. Puede que fuera un idiota, pero era leal. O un pelota. En ese momento le venía bien cualquiera de las dos cosas.

—Este chico no es el hijo de nadie. Es un delincuente. —Darius señaló con la punta de la espada—. Abre la bolsa.

—¿Y estropear las muestras? —dijo Félix.

—¿Y estropear las muestras? —farfulló indignado Adolphus.

El otro guardia intentó agarrarlo, pero Félix se apartó de un salto.

—Muy bien, como queráis, pero si el vino deja de correr en Pompeya, será culpa tuya.

La bolsa cayó al suelo con un ruido sordo y Félix aflojó los cordones. Levantó la solapa y dejó que Adolphus, los guardias y hasta los mismísimos dioses miraran lo que contenía.

Las uvas se desparramaron. Cientos de ellas.

Adolphus ahogó una exclamación.

—Unas muestras maravillosas. Tienes buen ojo para el detalle, como tu padre, joven señor.

Félix dejó de escuchar al maestro vinatero y sostuvo la perspicaz mirada de Darius. El ojo del guardia se contrajo involuntariamente. Una gota de sudor se le escurrió por la nariz y cayó en la tierra.

A Adolphus lo había engañado, pero Darius sabía demasiado. No cabía duda de que Félix no era el hijo de Lucius Lassius, y si el guardia porfiaba, se descubriría el pastel. Y entonces Félix tendría que enfrentarse a algo peor que a Servius; este lo entregaría al propio Lassius por fraude después de quitarle el casco. No era así como había imaginado que conocería a los padres del chico al que había besado.

Unos pasos y el roce de vegetación interrumpieron su duelo de miradas. Loren apareció por el hueco entre las viñas.

—¡Esperad! —Se colocó tambaleándose entre Félix y Darius—. No podéis hacerle daño en estas tierras. Os ordeno que...

Ese idiota tan mono y tan torpe estaba a punto de echarlo todo a perder.

—¡Cállate, Félix! —ordenó Félix con cara de enfado.

—Qué... —dijo Loren, pero no era una pregunta.

Félix rogó en silencio que le siguiera la corriente y giró la mano para que el sol se reflejase en el anillo.

—¿Quién es este? —preguntó el maestro Adolphus con el pecho hinchado—. ¿Quién es para venir aquí dando órdenes?

—Soy... —comenzó Loren vacilante. Tragó saliva y continuó—. Félix. Su ayudante.

—Es griego —explicó Félix—. Habla poco latín.

Loren puso una cara de haberse tragado una avispa.

—Sí, yo...

—De hecho, casi no habla.

Loren cerró la boca con un chasquido audible.

—Qué curioso —dijo Darius— que los dos respondáis a la descripción de los ladrones que estamos persiguiendo. Deberíais saber que los guardias hablamos entre nosotros. A lo mejor no fue muy inteligente por vuestra parte exponer vuestra afiliación con Isis al salir de la ciudad.

—¿Con qué autoridad? —intervino Adolphus—. Entráis sin permiso en las tierras que atiendo, acusáis de robo al heredero de mi señor, exigís acceso a muestras que hay que manipular sin demora. Decidme, ¿a quién servís?

Darius apretó los gruesos dedos en torno al pomo de su espada. Félix permanecía completamente inmóvil. Le bastaría una cuchillada precisa para mandar su cabeza rodando entre las uvas. Pero cualquiera con un conocimiento mínimo sobre el comercio de la zona sabía el poder que tenía Lassius. Aunque se revelara la identidad de Félix, el escándalo de matar al heredero del bodeguero desarmado y en sus propias tierras hundiría la reputación de Darius. Y por extensión la de Servius. El guardia estaba pisando una línea más fina que el papiro.

Darius inclinó la cabeza muy muy despacio. Mostrarle respeto debía de estar entre las cosas más dolorosas que había tenido que hacer.

—No pretendía ofenderlo, maestro vinatero. Nos vamos, lo dejamos trabajar en paz. Vamos, Maxim.

Hizo una seña con la cabeza a su compañero y se alejó por la larga hilera de viñas. Maxim pasó al lado de Adolphus y lo empujó con el hombro con tanta fuerza que estuvo a punto de tirarlo al suelo. Loren lo sujetó.

—Qué hombre tan horrible —dijo Adolphus con un resoplido, apartando a Loren y golpeando los talones para conservar su menguante dignidad—. ¿Está bien, señor?

Félix tardó un momento en comprender que le preguntaba a él. Asintió con la cabeza y soltó el aliento que había estado conteniendo cuando vio alejarse a Darius por fin.

—Es una lástima que un chico no pueda coger unas uvas de sus propias tierras sin que lo acosen —continuó el hombre—. Cuando su padre se entere de...

—No —dijo Félix—. No le digas nada.

Adolphus frunció el ceño.

—Pero...

—¿Te parece que mi padre es un hombre paciente? ¿O compasivo? —Félix aplastó una uva entre el índice y el pulgar haciendo que salpicara el jugo y la pulpa—. Si se entera de que has permitido que unos hombres armados persiguieran a su hijo, puede que se pregunte qué otras cosas has permitido que sucedan. Laxitud en el control, laxitud en la calidad.

—Señor —dijo el hombre con la cabeza medio calva temblorosa—, mi trabajo es mi vida. Deje que lo solucione.

Félix se echó la bolsa al hombro.

—Ya has hecho suficiente.

—Tiene que haber algo más.

—Mi ayudante y yo seguiremos nuestro camino. Vamos a inspeccionar los prados de más arriba.

Detrás de Adolphus, Loren frunció la nariz.

—¿Prados? —dijo moviendo los labios sin articular sonido, pero Félix lo miró con un gesto de advertencia.

Si a Adolphus le pareció extraña la elección de la palabra, no dijo nada. Al contrario, se le iluminó el rostro.

—Iré con usted. Stravo tiene la carreta.

Bajo el ala del sombrero, Stravo hizo una mueca.

—No, no, esto de las inspecciones es un trabajo delicado —dijo Félix.

Loren le puso otra cara rara, que no ayudaba a Félix a mantenerse en el papel.

—Además, mi padre quería que se hiciera de forma anónima —continuó—. Aunque...

—Lo que sea —dijo el hombre—. Dígame qué necesita.

Adolphus se ajustó la insignia, recordatorio de su posición.

Félix reprimió las ganas de arquear una ceja en señal de poco convencimiento y observó la posición del sol. El encuentro con los guardias les había costado un tiempo precioso. Escalar la montaña antes del atardecer ya era difícil, pero ahora sería imposible. Hacerlo en la oscuridad resultaría mortal a buen seguro.

Ojalá hubiera una forma más rápida de hacerlo.

Stravo pareció llegar a la misma conclusión justo a la vez, pero no parecía contento.

—¿Engancho las mulas?

—Oh, qué buena idea, señor Lassius. Tiene usted ideas brillantes, igual que su padre.

Lo que tenía era mucha tontería.

***

Adolphus no paraba de hacer aspavientos, todo apurado, en un último intento de impresionar, hasta que se marcharon y lo dejaron en el límite del viñedo. Los despidió agitando un pañuelo de lino que fue perdiéndose en la distancia.

—Ni que partiéramos hacia Troya —masculló Loren—. Podía haberse ahorrado el teatro.

Félix fingió entender la referencia.

La desvencijada carreta de Stravo era poco más que unas cuantas planchas de madera unidas sobre cuatro ruedas. Félix no confiaba mucho en que aquel artilugio fuera a aguantar, teniendo en cuenta que ellos pesaban mucho más que la carga que llevaba normalmente. Pese a los crujidos de mal augurio, aguantó, incluso cuando el camino pasó de ser de tierra compactada a una senda rocosa.

Loren y él balanceaban las piernas a la vez por la parte trasera abierta, la bolsa de la colada entre los dos. La maldita bolsa de la colada. Félix no daba crédito: el truco había funcionado. El riesgo había sido controlado, y para alguien que no había estudiado matemáticas, extremadamente absurdo. Si Darius le hubiera dado una patada a la bolsa o hubiera registrado debajo de las uvas, lo habría descubierto todo.

¿Habría dejado que Loren se marchara? ¿O habría acabado también con su vida?

La cancioncilla que iba silbando el hombre que conducía lo sacó de su espiral mental. Estaban en la montaña en sí, a mitad de un sendero que solo los que trabajaban en las viñas utilizaban.

Loren se aclaró la garganta y habló por primera vez en mucho rato de silencio absoluto.

—Ha sido muy inteligente eso que has hecho con el anillo. Y valiente.

—¿Valiente? Es tu anillo. Te he robado la identidad. Deberías estar enfadado.

—Si quieres ser Lucius Lassius Lorenus, adelante.

Loren levantó la pierna doblada y apoyó la barbilla en la rodilla, como aquel día en el muelle cuando le contó la historia de Aquiles y Patroclo, y Félix no tuvo el valor de sujetarle el pelo. Incluso en ese momento, despeinado después de la carrera entre las vides, tuvo que apretar los puños para no tocarlo. En vez de eso, se mordió la uña del pulgar mirando el suelo desaparecer por debajo de la carreta.

—He arruinado tu plan. Darius ha visto tu anillo. Ahora se lo contará a Servius, que se lo contará a tu padre. Se acabó.

Loren frunció el ceño.

—Eres un ladrón, Félix. ¿Cómo sabe Darius que no has asesinado al verdadero heredero de Lassius y le has robado el anillo para esto? De hecho, espero que a mi padre le llegue el rumor de mi brutal asesinato. Retrasará lo inevitable, al menos.

—O lo acelerará si se le ocurre venir a comprobarlo en persona. —Félix estudió el perfil de Loren, la combinación de líneas suaves y afiladas, el brillo traslúcido de la piel de su mejilla suave como un melocotón—. Darius te vio en los juegos. Ahora Servius sabrá que eres el heredero de Julia y mi cómplice. Dos motivos para matarte.

—Creo que solo uno —suspiró—. Arruiné cualquier posibilidad con Julia haciendo el ridículo en el foro. Nadie quiere a un loco por heredero.

Félix resopló.

—Nunca me gustó Julia. Puedes aspirar a algo mejor.

—Eso espero.

Loren lo miró por el rabillo del ojo y Félix sintió que se le aceleraba el pulso. Se entretuvo comiendo unas uvas. Cuando le ofreció un puñado en señal de paz, Loren levantó la comisura del labio. Se comieron la bolsa entera y solo quedó dentro el casco.

Félix lo sacó con cuidado. Parecía seguro estando en la falda de una montaña. Stravo no tendría ni idea de lo que era, y aunque lo supiera, le daría igual. La clase baja no se metía en los asuntos de los ricos. Demasiadas complicaciones. Demasiado que perder.

Ese dichoso casco era un ejemplo de ello.

—Venían buscando esto —dijo—. Dices que soy inteligente, pero no lo soy. He tenido suerte y Adolphus los ha detenido. Aunque si lo que dijiste la otra noche es verdad, supongo que Servius me quiere vivo.

Loren acercó la mano hasta dejarla a un centímetro del metal.

—A lo que sigo dándole vueltas una y otra vez es ¿por qué tú? Ya sé que te lo he preguntado antes y que no quieres hablar de ello, pero... ¿qué es lo que te hace tan especial, Félix?

—También dijiste que no volverías a preguntármelo.

—Déjame ayudarte —dijo Loren—. Déjame entrar. ¿Qué significa para ti este casco?

Cuando Félix lo miró, Loren estaba girado del todo hacia él. El escrutinio hizo temblar los cimientos de sus murallas de protección, y sintió deseos de aumentarlas, reforzar los puntos débiles. Pero Loren era el tipo de persona que volvía con una cuerda dispuesto a trepar. Él lo veía cuando los demás lo pasaban por alto.

Un pequeño recuerdo cobró vida en lo más profundo de la mente de Félix. Fue detrás de él.

—Hay un templo dedicado a Mercurio en Roma, en el monte Aventino. Mercurio siente debilidad por los ladrones. Mi padre y yo pasábamos mucho tiempo allí.

—¿Eres un pupilo de Mercurio? ¿Y no se te había ocurrido decírmelo hasta ahora? ¡Félix!

—No me había acordado, ¿vale? —Una mentira a medias. Pensándolo bien, claro que sí se había acordado. La conexión estaba ahí agazapada, desvaída, oculta a la vista. Velada, como la mayoría de sus recuerdos—. Mis recuerdos... van y vienen.

Loren se pellizcó el puente de la nariz.

—Me lo había planteado. De hecho, la primera teoría que se me ocurrió fue que a lo mejor podías tocar el casco porque tienes algún tipo de relación divina con Mercurio. La bendición de un sacerdote.

Esa palabra. Félix sintió náuseas al oírla. Giró el casco para inspeccionar el interior. Otro recuerdo se agitó en su cabeza, relacionado esta vez con unos puños y unas voces que gritaban. El sabor amargo de la savia de amapola en la lengua. Podría investigar. Tirar del hilo del recuerdo y ver si se desenmarañaba, ver qué podía mostrarle.

—Eso no puede ser —contestó y se tragó la bilis que le subía a la garganta—. Mi padre mató al sacerdote.

—Ah.

—Mi padre no era malo. —De repente se le antojó que era de vital importancia que Loren lo comprendiera—. Lo hizo por un motivo. No porque fuera malo.

—Te creo.

—Es solo que... —Félix pateó el aire—. No recuerdo el motivo. Pero a veces me acuerdo de estar en el templo sin él. Me dejaba con el sacerdote mientras él iba a trabajar. O sea, a robar. Ya me entiendes.

El hilo del recuerdo se partió, no había forma de ver las imágenes con claridad.

—¿Y?

Félix sacudió la cabeza. Había llegado ante esa puerta en su mente tras la cual todo estaba cubierto en una neblina de savia de amapola. Esta vez no se le aparecieron unos dedos que lo empujaran a extraer más información.

—Eso es todo. Así que ya lo sabes, por eso no sé creer. Hace tiempo que no recuerdo nada de cualquier fe que pudiera tener, lo único que tengo es... —Se le formó un nudo en la garganta y empezaron a escocerle las comisuras de los ojos—. Me asusta lo que no recuerdo.

—Y optaste por no pensar en ello —terminó Loren.

—Era más fácil que revolcarme en ello, mirar más allá, y la fe exige ambas cosas. ¿Cómo puedes hacerte devoto y confiar en que no van a utilizarte?

Félix se frotó la cara humillado.

—Supongo que ofrece consuelo —murmuró Loren—. Creer que las cosas suceden por un motivo. Confiar en que el dolor no es aleatorio.

Félix dejó escapar una carcajada amarga.

—Que el dolor se suponga que significa algo no es un consuelo. Yo no pedí formar parte de esa historia.

—No es eso lo que quiero decir. No es tanto que crea que hay un motivo para sufrir como que la fe nos ofrece la posibilidad de sanar. De llegar al otro lado y volver a intentarlo. Yo soy seguidor de Isis por un motivo, ¿sabes? Livia habló con sus contactos para que me aceptaran en el templo, pero yo elegí la devoción por mí mismo.

—¿Y eso por qué?

Loren sonrió.

—¿Recuerdas por qué me gusta la luna? Porque vuelve. Isis simboliza eso para mí. Sin muerte no hay renacer. El cielo se oscurecerá esta noche, pero solo hay que darle tiempo.

Félix se preguntó cómo sería eso de volver a intentarlo. Solo que cuando lo decía Loren, sonaba más a volver a confiar. A que, pese a haber sufrido, había otras cosas por las que merecía la pena creer. Otras personas incluso.

Sintió que le rozaba los nudillos, una caricia leve como una pluma. El contacto físico por lo general se le antojaba pringoso y desagradable, y hasta las manos más suaves despertaban en él el instinto de huir. Pero había algo diferente en Loren. Él no tocaba para coger algo. Félix sintió ganas de girar la mano y juntar las palmas, disfrutar de la seguridad sencilla de un gesto como ese. Desear conllevaba un precio que no podía permitirse.

Le pareció codicioso, pero permitió que el contacto de Loren se demorase. Ese poquito nada más.

—Dices que recuerdas algo —insistió Loren, delicado como la vitela—. Me contaste que tu padre murió. ¿Recuerdas eso?

—Sí. —Félix cerró los ojos frente al sol y su visión se cubrió de rojo—. Lo recuerdo.

Porque por más que intentaba vivir el momento, ese recuerdo no lo dejaba en paz. Su mente había bloqueado otros sufrimientos del pasado, pero ese en concreto lo tenía presente. Y dejaba espacio de sobra para las dudas. Las especulaciones. Para una vocecilla que no dejaba de susurrarle, abriéndose paso en las profundidades de su mente.

Para sugerirle que no había decidido olvidar. Otros lo decidieron por él.

Félix no se había dado cuenta de lo fuerte que aferraba el casco hasta que Loren le soltó despacio los dedos. Se le habían quedado unos surcos rojos en las palmas.

—Gracias por contármelo —dijo Loren.

Félix se encogió de hombros otra vez.

—Tú me contaste tu secreto. Pensé que te lo debía.

Las ruedas de la carreta crujían y se quejaban. Una de las mulas rebuznó. Al pie de la montaña, Pompeya resplandecía como una baliza. Desde allí arriba, Félix vio el punto en el que el cielo se fundía con el mar acariciado por el sol. Pensó que la conversación se había terminado, pero de pronto...

—Perdona otra vez por besarte —dijo Loren del tirón. Al ver que Félix pestañeaba confuso siguió—: Debería haber preguntado antes. No lo hago muy bien, ¿verdad?

—Quizá —se obligó a decir Félix— tendrías que practicar más.

—Practicar. Ya. —Loren se puso rojo—. ¿Ahora?

Félix reprimió una sonrisita.

—A ver si sobrevivimos a la montaña. Después hablaremos.

CAPÍTULO XX

Loren

Cuando Loren ya sentía los muslos dormidos de tanto golpearse contra la madera áspera, los pinchazos con las astillas y hasta el cerebro le rebotaba dentro del cráneo, Stravo tiró de las riendas.

—Esto es lo más arriba que puedo llevarlos —anunció—. No se puede subir más por este sendero con la carreta.

Se habían detenido en una bifurcación; un ramal continuaba por el flanco de la montaña estrechándose a medida que ascendía, dejando atrás árboles angostados y hierba rala. El otro sendero conducía a una terraza en la ladera de la montaña donde se cultivaba una selección especial de uvas. Loren lo sabía todo al respecto, era un proyecto para hacer vino a gran altura aún en pañales cuando abandonó su casa. No se había dado cuenta de lo mucho que se había expandido hacia el norte el negocio de su padre en esos años.

Aunque no era de extrañar, teniendo en cuenta cómo funcionaba la retorcida lógica de Lucius Lassius. No obligaría a volver a su hijo de momento, pero no se alejaría de Pompeya para tenerlo cerca.

Félix se tambaleó un poco al bajar de la carreta, con el casco debajo del brazo. Era casi un alivio tener tanta libertad allí arriba. En el Vesubio no tenían que esconderse ni moverse a hurtadillas.

Si Stravo vio algo sospechoso en el casco, no dijo nada. En su lugar, dirigió un vistazo cauteloso a Félix.

—No vuelvas al viñedo.

—¿Y eso por qué? —preguntó Félix con tono neutro.

—Tal vez creas que has engañado a Adolphus, pero es más astuto de lo que parece.

—No tiene nada de lo que sospechar —contestó Félix enseñando el anillo de nuevo.

Para sorpresa de Loren, Stravo no se achicó ante la demostración de autoridad. Es más, enarcó una ceja, medio oculta bajo el ala ancha del sombrero.

—Eres un actor talentoso, lo admito. Pero no eres el heredero del señor.

El viento hizo susurrar la hierba.

—¿Qué te hace pensar así?

—El verdadero hijo de Lassius no quiere que lo encuentren, no se pasearía por los campos de su padre en pleno día y anunciaría su presencia, ¿no te parece? —Con un restallido de las riendas inició el descenso nuevamente. Y volviéndose un momento añadió—: No te preocupes. No le diré a Adolphus más de lo que sabe.

Loren le dio un poco de ventaja y salió tras él dando traspiés por el sendero.

—¡Espera!

Stravo lo miró confuso cuando llegó a su altura.

—Así que el ayudante sabe hablar.

—¿Cuántos sois? Me refiero a cuántos trabajadores hay en la finca.

—Esclavos —corrigió Stravo.

Loren se sintió incómodo.

—Esclavos.

—Veinte o treinta contando a las mujeres de la casa.

Stravo rotó los hombros. Tenía una espalda ancha y fuerte de años trabajando en el campo y la piel tostada por el sol. Puede que proviniera de alguna de las provincias al norte de Roma, la Galia tal vez, o más al norte, hacia Londinium. Sea como fuera, no era de allí. Ninguno de ellos lo era.

Loren tenía poco poder con respecto a su padre, pero eso sí podía hacerlo.

—Reúnelos. Reúne a todos los que quieran irse. Partid esta noche.

—¿Órdenes de un ayudante?

—Dile a Adolphus que alguien con autoridad os ha liberado de vuestras obligaciones. —Y para calmar sus dudas añadió—: Por orden del hijo de Lassius. Y si Adolphus opone resistencia, recuerda que es solo un hombre.

Stravo vaciló. Por un momento, Loren temió que fuera a reírse de él. Pero al final asintió con la cabeza una sola vez. Las riendas restallaron. La carreta reinició la marcha.

Loren se quedó plantado en mitad del polvo. Esperaba haber ayudado en vez de complicar las cosas. Al cabo de un momento, regresó despacio hasta donde lo esperaba Félix con expresión insondable.

—Hasta que no has hablado, pensé que ibas a pedirle que te bajara. Eres un poco impredecible —dijo Félix.

—¿Yo?

—Sí. —Félix ladeó la cabeza—. Aunque creo que ya sé cómo funcionas. Si alguien provocara un incendio, yo saldría corriendo. Pero tú siempre sigues los dictados de tu corazón. Tú correrías hacia el fuego.

—Y aun así me has seguido hasta aquí.

Una suave contracción involuntaria hizo temblar los labios de Félix.

—Alguien tiene que vigilar que no te quemes.

Una oleada cálida recorrió el rostro de Loren, pero se obligó a centrarse.

Aunque Stravo no los había llevado hasta arriba del todo, sí los había subido hasta la mitad del camino. El aire era menos denso allí arriba y cuando Loren inspiró profundamente, sintió que los pulmones no se le llenaban por completo. Él estaba hecho para la brisa suave de la costa, no para el aire puro de la montaña. Y el calor… Puede que Stravo les hubiera ahorrado una larga caminata bajo el sol, pero la ladera de la montaña estaba que ardía, en todas las direcciones. Salía vapor del suelo. Reinaba un silencio denso, no se oía ni el canto de los pájaros.

—La peste es peor aquí —dijo Félix al ver que Loren arrugaba la nariz.

—No es perfume, no.

—Podríamos darnos la vuelta. Volver a Pompeya. No sé qué era lo que esperabas encontrar, pero aquí no hay nada.

La sugerencia no debería resultarle tan tentadora, pero aun así la rechazó. Tenía lo que quería, la cumbre del Vesubio a su alcance, el lugar al que lo habían conducido sus sueños desde el principio. Allí estaban las respuestas, y que Félix le hubiera confiado sus miedos solo lo reafirmaban en su decisión de buscarlas. Resolvería el misterio del casco por la ciudad.

Y por Félix.

—No. —Frunció los labios—. Pero aún no hemos llegado arriba.

***

Lo cierto era que Loren no tenía ni idea de lo que esperaba encontrar en la cumbre del Vesubio. Estaba seguro de que lo vería cuando llegara. Todas las piezas encajarían en su lugar correspondiente, como la llave que entra en la cerradura correcta. La respuesta aparecería ante él.

Hasta que lo que vio fue el cráter hundido de la montaña: un valle desolado de vapor sibilante y grava abombado por el centro, como si hubiera algo atrapado en el interior que trataba de liberarse, y se dio cuenta de que no tenía ni la más remota idea de lo que estaba haciendo.

—Me arden los pies —se quejó Félix. El sudor le bajaba desde la línea del pelo y se le metía en los ojos enrojecidos—. Ya hemos llegado. ¿Y ahora qué?

Loren empatizaba con él. También sentía que se le iban a deshacer los huesos del calor. Abrió la boca para decir algo, lo que fuera, pero se mordió el labio. Los vapores nocivos le nublaban la mente. Le dolían los tobillos y el polvo se le pegaba a la piel. Daría lo que fuera por un baño. Un baño frío con rodajas de naranja y hojas de menta flotando en el agua.

En el Vesubio no había baños. No había más que un cráter vacío y un calor antinatural, y dos chicos que no deberían estar allí.

—No me digas que no tienes un plan —espetó Félix—. No me digas que me has arrastrado hasta aquí arriba para nada.

—Para nada no.

—Por todos los dioses. No puedo pensar en nada más que en el zumbido que emite la tierra. Me está volviendo loco. —Se dejó caer en un pedrusco al borde del cráter y clavó con firmeza el casco a su lado, en la grava suelta. El casco miró con mala cara a Loren—. Pásame el agua.

—Te la has bebido.

—Por el amor de los dioses. Yo me largo. —Se quedó sentado.

¿Qué esperaba? ¿Tener una visión? ¿Claridad, verdad, una pizca de escepticismo a la hora de aceptar las cosas, tal vez? Qué lugar tan horrible para buscar nada. El Vesubio era hermoso de lejos, pero de cerca se retorcía como una bestia herida y muy enfadada.

A lo mejor no estaba lo bastante cerca.

—Me pregunto... —dijo.

Félix se protegió los ojos con las manos.

—¿Qué?

Como siguiera mordiéndose el labio, terminaría comiéndoselo.

Félix esperó. Al no decir nada Loren, se destapó los ojos.

—Es la primera vez que te digo que hables y no dices nada.

—Creo que hay que entrar ahí.

—¿Entrar ahí dentro? —Félix se giró bruscamente—. No.

Demasiado tarde. Loren se descolgó por el borde concentrado en la elevación que había justo en el centro de la hondonada, allí donde la tierra se abultaba. Descendió con sumo cuidado buscando los puntos de apoyo.

—¡Para!

Las piedras se resbalaron y Loren sintió que lo agarraban del codo. Se soltó, pero perdió el equilibrio. Extendió los brazos tambaleándose. Casi había recuperado el equilibrio, pero Félix intentó agarrarlo otra vez. Loren lo esquivó y cayó al suelo, pero el impulso de la caída lo empujó hacia delante. Lo arrastró.

La grava caliente se le enganchó en la túnica y se le clavó en las palmas. Vislumbró un resplandor plateado por el rabillo del ojo, un objeto redondo cayó rodando. Alargó la mano en un acto reflejo.

Los dedos rozaron un metal frío y notó escozor. Ahogó un grito y, en un instante, todo cambió.

***

Los sueños de Loren no eran sueños.

Había terminado aceptándolo de niño, cuando se despertó de una pesadilla con las manos cubiertas de pintura pintarrajeando las paredes de su habitación. Le chorreaba pintura roja de las muñecas y formaba un charco sobre las baldosas. Se puso a gritar a pleno pulmón y un sirviente entró corriendo en la habitación. Su madre, que veía en él a un artista, le proporcionaba todo tipo de pinceles y colores, y le pedía que pintara cosas bonitas. Cestas de fruta. Flores. Cosas con las que cubrir las horrorosas manchas que creaba en sueños. Todo en vano.

Loren no estaba loco. No lo estaba.

Pero allí dentro del corazón palpitante del Vesubio, rozando aún con la mano ese metal tan frío que quemaba, empezó a dudarlo.

El tiempo se congeló. El casco siguió rodando hasta que se detuvo. Félix, que segundos antes había tratado de agarrarlo, desapareció. Como si nunca hubiera estado allí.

Un escalofrío le recorrió la columna. Se le pusieron los pelos de punta. En la quietud de aquel mundo sofocante, el aliento de Loren resonaba tan alto que podría quebrar las piedras.

Un movimiento. Una neblina blanca alargándose para formar una figura, con piernas, brazos y el pelo agitándose. El fantasma de un niño que corría despreocupadamente. Loren agarró al niño por el tobillo al pasar, pero su mano atravesó el aire.

Un fantasma. No era real.

Mareado y confuso, vio al niño lanzarse a los brazos de una segunda figura, con el rostro borroso, pero el mismo pelo rizado. Su padre o su madre. Se pusieron a dar vueltas y después se esfumaron.

Se formó un tercer espíritu, uno que Loren reconoció al instante, con esas extremidades desgarbadas y esas rodillas huesudas; era él, sentado con las piernas cruzadas y los ojos cerrados. Sonriendo. De la neblina emergió una mano que no iba unida a un cuerpo y el Loren fantasma dejó que tirase de él para levantarlo con una carcajada silenciosa. Y se desvaneció.

El corazón le dio un vuelco, y el cráter se llenó. Era como ver el foro de Pompeya atestado de gente en una ocasión especial, solo que aquellas figuras eran tan reales como su yo fantasma. Qué felices parecían todos.

Y... vaya, ahí estaba otra vez. El Loren fantasma. Más mayor ahora, con la espalda un poco más ancha, pero seguía llevando el pelo largo, una cascada que le cubría la espalda. Vestía la toga de un magistrado o un senador. Él también parecía feliz, con una gran sonrisa en el rostro, el brazo entrelazado con el de alguien sin rostro. Un hombre. Loren se contempló a sí mismo, un Loren en un futuro en el que no había viñedos, ni matrimonios, estaban solo él y su amante en una ciudad bulliciosa. Siguió a la pareja que caminaba entre niños correteando y perros callejeros hasta que desaparecieron. Pero quería ver más.

Resbaló sobre la grava suelta y se deslizó hacia abajo. Se le aceleró el pulso. Estaba un poco más cerca. Pasó entre otros fantasmas, invisible. El pelo de su yo fantasma se mecía a cada paso, impulsándolo a seguirlo. Un sendero de fuego. Una promesa.

Llegó tambaleándose a la cima del montículo del centro del cráter y se detuvo en seco. Al otro lado se extendía un tupido campo de amapolas de un blanco traslúcido excepto la corola rojo brillante que le indicaban por señas que avanzara. La gente había desaparecido, excepto... allí, sí. Al fondo del campo. Loren entornó los ojos. Un chico con el pelo ondulado y revuelto estaba de pie, de espaldas, pero reconocería su figura incluso ahí, en los confines mismos de la tierra.

—Félix —susurró y echó a correr hacia él. La hierba áspera le arañaba las piernas, y los vapores ácidos le quemaban los pulmones. Las amapolas se derramaban en una cascada sangrienta de pétalos cuando las apartaba con el brazo. Félix dio un paso hacia delante, que lo alejaba de él—. ¡No! —jadeó.

La palabra rompió el hechizo. Loren pestañeó y las visiones se desvanecieron. Se detuvo jadeando y con el cuerpo tembloroso. Una ilusión, pero anhelaba...

Félix habló detrás de él.

—Hombres más fuertes que tú han perdido la cabeza persiguiendo fantasmas.

Loren se giró en redondo, esperanzado.

En vano. El chico que lo miraba desde el montículo, transparente y crispado, con una mueca amarga en el rostro no era su Félix. Aquel era un fantasma. Una aparición cruel y descuidada, como si la hubieran roto y la hubieran vuelto a unir, pero mal. Los vapores inundaban el espacio entre ambos, desplazando y empañando la figura del fantasma entre la neblina.

—Tráelo otra vez. Quiero ver... —Loren se atragantó, tenía la garganta irritada. El Félix fantasma estaba al otro extremo del campo. Quería, no, necesitaba ver si...

—Si era yo —terminó el Félix fantasma.

Loren apretó los puños.

—Tú no. Él. El mío.

—¿Tuyo?

—Tú eres un asesino. Te he visto. Te he soñado.

—¿Crees que tu Félix no haría lo mismo? —El Félix fantasma sonrió con desprecio—. Qué ricura. Leal. ¿Cuánto hace que nos conoces? ¿Tres días? Qué rápido nos las hemos apañado para ponerte de nuestra parte.

—Cállate. —El vapor le quemaba la cara.

Pero el fantasma comenzó un lento descenso por la ladera, tallando en ella un sendero hasta donde se encontraba Loren totalmente inmóvil y después dibujó un lento círculo. La perezosa espiral que traza un halcón justo antes de lanzarse en picado.

—Cuéntame cómo. Cómo te hemos escuchado. Cómo te hemos dicho lo que querías oír. Palabras bonitas en la oscuridad. ¿No hemos hecho que te sintieras como en casa nosotros?

Se detuvo detrás de Loren, a la altura del hombro. Loren no se atrevía a volverse.

—Dime cómo te besamos. Cómo te tocamos. Cómo te dejamos con ganas de más, siempre más...

—Que te calles.

—... siempre sintiendo una mano sobre nuestra piel, sintiendo que nunca estamos limpios. Durante años. —Bajó el tono de la voz a un murmullo irritante que se deslizó entre los recovecos del cuerpo de Loren buscando desarmarlo—. Y tú desesperado por encontrar un amigo.

Las palabras iban dirigidas a él, pero el tono parecía volverse hacia dentro, lo que hizo que Loren se preguntara a quién estaba acusando. Se volvió muy despacio y se encontró al Félix fantasma acunando el casco caído con ternura pese al ácido que destilaba su boca.

—Todo se reduce a esto —dijo el fantasma a los ojos huecos—. Nosotros. Mi casco. La montaña. Ella me entiende. Ella sabe lo que es tener algo dentro.

—¿Qué eres? —preguntó Loren en un susurro con repugnancia.

—Soy el Félix que no olvidó.

La imagen le resultaba muy familiar, demasiado: Félix mirando el casco como si albergara en su interior las respuestas que a él se le escapaban. Un Félix vulnerable y reservado. Deseoso de que lo conocieran, pero temeroso de que se le acercaran demasiado. Un enigma imposible. «Mi casco».

La montaña era la constante.

—Ha dicho que le cuesta recordar —dijo Loren con cautela—. Que sus recuerdos van y vienen. —Solo que eso sonaba a algo temporal, como el movimiento de las mareas, no a casi toda una vida perdida en el olvido.

—Perdida en el olvido no —dijo el Félix fantasma.

—No te metas en mis pensamientos.

—Pero es que es un alivio muy agradable. En tu mente no ocurre prácticamente nada, hay paz.

—Esa sí que es buena. Sí, Loren es un poco corto. Muy original. —Loren inspiró para suavizar el enfado. El aire putrefacto le dejó un sabor acre en la lengua—. Si sus recuerdos no están perdidos en el olvido, ¿por qué no puede recuperarlos?

—Muy propio de ti asumir que tenía elección. Que cualquiera de los dos la teníamos. Nos manipularon la mente. Nos la quitaron. Nos dijeron que era por nuestro bien. —El Félix fantasma se le acercó, el siseo de su voz tan ácido como el vapor que brotaba entre las dentadas rocas negras. Fluctuaba, como sujeta por un vínculo inestable—. Le quitaron, o mejor dicho, él le quitó los recuerdos, sin darse cuenta de que al hacerlo aparecí yo para encerrarlos en mi interior. Todos los recuerdos y toda la rabia que llevan consigo. ¿No es monstruoso?

—¿Quién? ¿Quién lo hizo?

—Sigue así —gruñó el Félix fantasma—. Nuestro, no, mi padre, es mío, solo yo lo recuerdo. Soy yo el que sufrió cuando nos separaron. Para protegernos, dijo papá.

Nada de lo que decía tenía sentido. Eran todo adivinanzas. ¿Proteger a Félix de qué? ¿Qué beneficio podía tener que le quitaran los recuerdos? Una sospecha empezó a cobrar forma en su cabeza, el temor de que esas visiones brutales y sangrientas no fueran advertencias, sino amenazas. En algún lugar, dormido en lo más profundo de Félix, había un poder o una maldición, salvaje como las pinturas que él extendía con las manos por las paredes de su habitación cuando era pequeño. Algo que los demás consideraban que era mejor esconder.

Loren miró al fantasma con renovado horror. Pese al calor que le abrasaba la piel lentamente, comprenderlo fue como si le echaran agua fría en las venas.

—Si se acuerda, se convertirá en ti.

—Yo no soy lo que sus recuerdos harían de él —dijo el fantasma—. Pero me enfurece estar atrapado aquí solo, sin posibilidad de llegar a él. Llevo así desde que teníamos once años. Cuando se entere, le tocará el turno a él de aguantar la rabia. Lo cambiará.

«O lo liberará». La bilis subió por la garganta de Loren.

—Quiero ayudarlo. Dime cómo.

—No lo harás. Tienes miedo. —Sonrió con desprecio mientras giraba la mejilla y abrazaba el casco—. Ya te habrás dado cuenta de que hay partes que no quiere y partes que no puede recordar, y la línea entre ambas se difumina. Pero ¿no querrías recordar tú? ¿Tener elección?

—Quiero ayudarlo —repitió Loren más débilmente que antes.

—Entonces entiendes lo que te pregunto.

Loren tenía ganas de gritarle que no, que no le había dicho nada útil, que quería ayudar a Félix desde el principio, pero el fantasma no dejaba de interponerse en su camino. Sin embargo, observó al casco que sujetaban aquellas manos pálidas y familiares. «Mi casco», había dicho el fantasma. Y Loren lo entendió. El casco debía ser lo bastante fuerte como para destruir lo que se interponía en el camino de esos recuerdos a los que Félix no podía acceder.

—Él cree que su llegada a Pompeya ha sido una coincidencia —dijo el Félix fantasma—, pero ha sido una fuerza mayor quien lo ha hecho venir. No puedo decir qué papel tiene él en todo esto. No es mi duelo y no me corresponde a mí compartirlo. Pero sí puedo decirte cuál será el tuyo. Hace días, le dijiste que no se pusiera nunca el casco, y no lo hará, a menos que tú le pidas lo contrario. Tú estás tan metido en esto como él.

«Qué papel tiene él en todo esto». La advertencia de Nonna de que el portador del casco estaba condenado a ser una marioneta irrumpió en su mente.

El miedo se consumió hasta que Loren no sintió más que rabia.

—Félix se resiste a que lo controlen en todo momento —espetó con impaciencia—. No interpretará ningún papel si no quiere. Todos han hecho oídos sordos a mis palabras toda la vida. No le importan a nadie. Si no se lo ha puesto, no ha sido por mí.

—Entonces son más ignorantes de lo que creía. Todo tiene que ver contigo. El destino quiere que estéis juntos cuando asuma el poder. Nuestros destinos han estado siempre unidos.

—Yo no formo parte de la destrucción. No dejaré que me conviertas en un ser malvado. Deja que me vaya si empeoro vuestra situación. Eres tú el que me ha atormentado durante años, no al revés.

—¿Crees que yo quería que pasara esto? Tú eres el único que tiene una mente lo bastante abierta, o lo bastante vacía, como para dejarme entrar. Dices que es una maldición para ti, pero yo estoy condenado a oírte a todas horas. Oír, que no escuchar.

—Entonces deja en paz a Félix.

—Yo tampoco lo quiero a él —dijo furioso el fantasma. El suelo se movió, se estremeció, y Loren intentó guardar el equilibrio—. Lo odio. Yo soy él.

—Tú no eres él —jadeó Loren.

El fantasma se retorció aún más y Loren lo fulminó con la mirada, sintiendo que los dedos le temblaban de rabia. Si quería pelea, tendría pelea. Las rocas vibraron, se oyó una cacofonía de gruñidos que procedían de las entrañas de la montaña. Chorros de aire abrasador que mordían y arañaban.

No hubo ninguna embestida, ningún ataque violento. Loren se mantuvo firme.

En su lugar, el fantasma se arrugó como les pasa a todas las cosas que no quiere nadie.

Se plegó sobre sí mismo, se hizo pequeño y aguardó que llegara el golpe que, pese a lo espantoso que pudiera ser, no sería del todo inesperado. Parecía que temiera el ataque de Loren. La grava ardiente crujió cuando el Félix fantasma se sentó y se abrazó las rodillas. El casco se alejó rodando, libre cuando subió los brazos para cubrirse la cara. La tierra se calmó.

Loren notaba que le dolían las costillas. No le gustaba sentir lástima, aunque solo fuera una pizca, por aquel fantasma después de tantos años de tormento. Pero al contemplar a aquel chico en el suelo, con la respiración agitada, le costó separar a ese Félix del suyo por primera vez. Le escocían los ojos. No podía soportar verlo tan destrozado, fuera la versión que fuera.

El cerebro le gritaba que corriera. Que trepara por el cráter y dejara allí al fantasma solo y agazapado. Pero Loren no era de los que se guiaban por la cabeza, sino por el corazón. Dio un paso y se le resbalaron las sandalias. El sudor le caía por el cuello y se le colaba por dentro de la túnica empapada. Otro paso. Se arrodilló. Las piedrecillas se le clavaban en la piel.

Esperó.

El Félix fantasma se quedó de piedra ante la cercanía, el tiempo pasaba muy despacio, pero poco a poco se apartó las manos de la cara. Los ojos, apenas visibles por encima de los antebrazos, brillaban como el mercurio. Mercurio receloso. La neblina se le concentró a ambos lados de la cabeza y se extendió hacia fuera como las alas de un pájaro. Blancas como palomas.

Con cautela, temeroso incluso de sus propias intenciones, Loren alargó una mano y se detuvo hasta que el Félix fantasma relajó aún más los brazos y levantó más el rostro.

Le estaba dando permiso.

Loren le enmarcó la mejilla con la mano.

El fantasma entreabrió los labios ahogando una pequeña exclamación de sorpresa y las alas de niebla temblaron y se flexionaron. A pesar de la frialdad marmórea que proyectaba, tenía la piel suave. Arrebatada. Se le aceleró tanto el pulso que le retumbaba en los oídos. La presión contra la palma aumentó cuando el fantasma se apretó contra ella. Temblando, pidiéndole más.

Loren sintió un pinchazo en el corazón al recordar que el Félix fantasma había estado solo todos esos años. «Desde que teníamos once años», había dicho. Nadie lo había tocado en todo ese tiempo.

—¿Qué os pasó? —susurró Loren, tan bajo que se le quebró la voz—. ¿Qué recordará Félix si se pone el casco?

Un reflejo plateado se escapó por el rabillo del ojo del Félix fantasma, un reguero húmedo.

—No voy a hablar de eso. Yo solo no.

—Dime cómo puedo ayudar. Dime qué hacer.

—Llévame con él —suplicó, y el aliento cálido le acarició el interior de la muñeca—. Llévame.

Un terror gélido reemplazó las mariposas en el estómago. Dirigió un vistazo rápido al lugar en el que había quedado el casco de lado, a la distancia del brazo. La atracción que ejercía su poder tenía una vibración magnética, como le ocurre a una piedra imán con el hierro. Un cuchillo queriendo atravesar la piel. Sus alas de plata reflejo exacto de las que enmarcaban el rostro del fantasma, símbolo de Mercurio y todo lo que representaba, guiar a las almas hacia abajo, allí donde la luz no llegaba. El casco quería estar con Félix, Loren lo percibía. Quería apropiarse de él, liberar sus recuerdos, dejar que salieran a borbotones como una presa rota o una arteria abierta, y desatar un poder del que había estado separado mucho tiempo.

Félix le había confesado menos de una hora antes que le aterraba lo que se ocultaba tras los recuerdos bloqueados.

Una parte de Loren quería hacer lo que fuera, dar lo que fuera, con tal de unir esas dos mitades, aunque solo fuera para reparar las fracturas que echaban a perder al chico cuyo rostro tenía en sus manos, cuyo débil pulso latía bajo sus dedos. Pero hacerlo destrozaría a Félix, a aquel cuya existencia real no tenía necesidad de cuestionar.

No podía correr ese riesgo.

Loren tragó saliva como grava caliente y afilada.

—No puedo hacerle eso. No quiero ver cómo se rompe.

El Félix fantasma se puso rígido bajo su palma. La esperanza desapareció de sus ojos, lo poco que quedaba de ella.

Un vapor abrasador golpeó la espalda de Loren. Cayó al suelo de golpe, con un dolor que le recorrió la columna vertebral, y estiró los brazos para cubrirse la cabeza de las gotas calientes. Las piedras le quemaron y le laceraron la piel. El suelo volvió a temblar. Ahogando un sollozo, atisbó el tumulto.

El fantasma se había levantado y flotaba a varios centímetros del suelo. Le habían salido alas a ambos lados de los tobillos. La neblina se agitó y adoptó la forma de numerosas manos incorpóreas que le agarraban las piernas, la carne, el bajo de la túnica. Despegó los labios en una mueca feroz, la más salvaje y menos humana. Loren se preguntó qué saldría si se le abriera la piel: ¿sangre mortal o sangre divina?

«Camina entre sueños. Cruza los planos. Un poder a la espera de que lo usen». Loren entendió por fin lo que aquello implicaba. Un latido rítmico comenzó a palpitar en las entrañas de la tierra. Imperioso.

Constante. Se levantó dando traspiés, pero una ráfaga de viento lo derribó. Las manos de niebla se arrastraron hacia él, buscando, queriendo tocar, y Loren trató de apartarlas a patadas sin éxito.

—Nunca oíste mi voz —siseó el Félix fantasma, el sonido giró en espiral alrededor del cráter, como el vibrante estertor de la muerte— hasta que te mostré la imagen de ti mismo clavándote un puñal. Eso fue lo que necesitaste para escuchar. No finjas ahora que esto es por Félix.

El escozor le impedía ver nada, las lágrimas le caían por las mejillas y lo inundaban todo con una oleada cálida.

—Como si tú fueras mejor. Me has atraído hasta aquí para burlarte de mí, no para ayudarlo. Di algo útil o esfúmate.

—Siempre un ultimátum. Esto o aquello. Pero esto es mucho más importante que tú. Una nube de muerte pende sobre la ciudad, y solo él puede apartarla. Cuando se abra y no haya nadie capaz de aguantar el golpe, toda la culpa será tuya. —Los pies espectrales retrocedieron, livianos como las pisadas de un zorro en el aire. El casco vibraba, tintineaba contra los cascotes, y de repente saltó a su mano—. Estás en una encrucijada. Todo lo que hagas a partir de este momento es una elección. Aprende a vivir con las consecuencias.

La comprensión llegó demasiado tarde.

—Espera...

El fantasma se metió dentro del casco, plata bruñida contra mercurio turbulento. Nada más acoplárselo sobre la frente, se desvaneció.

Y el casco cayó al suelo con un ruido metálico hueco.

***

Cuando Loren volvió en sí, estaba de nuevo en el punto de partida. Deslizándose hacia el interior del cráter. Estirando el brazo para agarrar el casco y retirando la mano al notar el escozor. Y entonces lo agarraron por debajo de los brazos y detuvieron la caída.

—¡Loren! ¿Estás aquí?

Un susurro de pánico y preocupación en su oído.

Félix había detenido la caída, lo había cogido entre los brazos, seguía teniéndolo entre los brazos.

—Aaah —dijo Loren tomando aire. Se retorció para tocar la mejilla a Félix y notó en las yemas que tenía la piel mucho más caliente que el fantasma—. Sigues aquí.

Félix lo miró de forma rara. Enfadado, sí, pero puede que también con afecto. Se apartó de la frente el pelo cobrizo empapado de sudor y cuando bajó la mano, la posó sobre la de Loren.

—¿Y dónde iba a estar?

—Félix —susurró Loren y se ladeó hasta pegar su frente contra la de él. Un calor embriagador le recorrió el cuerpo, una calidez dulce que decía «aquí», y «sí» y «quédate». A la porra la dichosa montaña y el fantasma que miraba con odio acérrimo. Aquel era su Félix. El que lo había acompañado hasta allí arriba. El que le había devuelto el beso en la quietud del templo.

—Tenemos que irnos —dijo Félix—. Estos vapores me están revolviendo el cuerpo.

—Estoy teniendo una epifanía.

—¿Ahora? ¿No puede esperar?

Loren cerró los ojos, demorándose en el momento. «Una encrucijada», había dicho el Félix fantasma. A lo mejor había empezado a comprender. O le decía a Félix que se pusiera el casco y recuperase los recuerdos, arriesgándose a que se convirtiera en un ser cruel como su equivalente fantasma con instintos asesinos, y utilizara el poder del casco para destruir la ciudad, o mentía para proteger Pompeya y perdía a Félix de todos modos cuando se fuera al día siguiente sin el casco. Tenía delante las dos opciones, pero no le gustaba ninguna.

Noche tras noche, sus visiones habían dictado sus actos. Era su turno de tomar el control de la situación.

El casco tirado sobre las rocas negras se le antojaba más siniestro que nunca. El fantasma quería que Félix se lo pusiera. Quería fundirse con él. Pero Félix estrechaba a Loren entre sus brazos como si fuera lo único que le importaba. A lo mejor la historia acababa teniendo un final diferente después de todo. Uno más amable. Uno en el que Félix escogía a Loren por encima de cualquier casco brillante. Uno en el que se quedaban juntos. Uno que protegía a Félix de la verdad.

Esa era la encrucijada de Loren. Lo que fuera que lo hubiera llevado por ese camino había pretendido que terminara ahí, descubriendo que alguien lo había elegido a él también.

Sintió el alivio en todo el cuerpo. El fantasma había dejado una cosa bien clara: él estaba en posición de cambiar el resultado final de sus visiones. Tenía elección. Mientras optara por no decirle a Félix la verdad sobre el casco, su poder permanecería dormido y ellos, y la ciudad, estarían a salvo.

—Si te dijera que puedo ver el futuro —dijo Loren, y sus palabras acariciaron los labios de Félix como un soplo de aire tembloroso—, ¿qué me dirías? ¿Dirías que estoy loco?

—Te diría que me has arrastrado hasta aquí para decirme algo que ya sabía. —Se rozaron la nariz—. No estás loco, Loren. Eres extraño. Brillante. Pero no estás loco.

—Pensé que no creías en la magia.

—Y no creo —contestó Félix—. Pero creo en ti.

Se apartó y se levantó. La grava se desparramó mientras se acercaba a recoger el casco. Al volver, se detuvo y le tendió la mano para ayudarlo. Loren pestañeó hecho un lío.

—Vámonos a casa —dijo Félix.

Sonaba a promesa.

CAPÍTULO XXI

Félix

Descender resultó mucho más fácil que subir, y el sol estaba ya bajo cuando llegaron a un arroyo al pie de la montaña. Félix notaba un picor horrible en todo el cuerpo, cubierto de una costra de sudor y suciedad. Darse un baño sería una maravilla. Hizo ademán de quitarse las sandalias y tirarse al agua, con túnica y todo, pero Loren lo detuvo.

—Aquí no —dijo—. El agua está corrompida desde hace meses.

—Yo también lo estoy —contestó Félix, que se tiró del cuello de la túnica, y una nube de polvo se elevó hacia arriba—. Huelo a huevos podridos.

—Es solo polvo. No es para tanto. Ven, conozco un sitio mejor.

Lo condujo río abajo, a través de un olivar de árboles cuajados de aceitunas listos para la recogida. La sombra los protegía del implacable calor vespertino. En un momento dado, Loren extendió la mano hacia atrás. Un gesto que le salió sin pensar, pero que Félix no se había atrevido a considerar. Al aceptarla, sus dedos se entrelazaron y una calidez que no tenía nada que ver con el clima se le instaló en el vientre.

El olivar se abrió y apareció el mar ante ellos.

Bajo el sol del atardecer, el agua resplandecía amarilla y naranja, el fuego lamía la superficie. Félix respiró hondo. Los pulmones se le llenaron de la brisa marina, que se llevó el olor putrefacto del Vesubio. Pequeñas olas de espuma blanca erizaban la superficie. No había playa, el campo llegaba hasta el borde mismo del agua, cuyo lecho caía y el agua cubría por la cintura nada más entrar. La orilla estaba cubierta de altas y gruesas hierbas, de un verde exuberante. A lo lejos, hacia el sur de ese apacible rincón, refulgía Pompeya.

—Esto es... —Félix tragó saliva— agradable.

Loren sonrió y Félix tuvo que mirar hacia otro lado.

No se entretuvo en desnudarse y puso una mueca de desagrado al quitarse la túnica. Dejó el casco a un lado y se tiró al agua. Después de la tarde abrasadora que habían tenido, el agua del mar era como un oasis de frescor. Cogió unos puñados de arena y se frotó la piel hasta que sintió que le hormigueaba. Se zambulló con el pelo retorciéndose en la corriente y volvió a salir a respirar.

Loren se había sentado en el tocón de un árbol con las piernas cruzadas. La luz jaspeada que se filtraba entre las hojas le salpicaba los hombros de sombras moteadas.

—Tú también apestas —dijo Félix cuando regresó nadando a la orilla para coger su túnica y meterla en el agua. Se entretuvo en quitarle una mancha misteriosa con la uña.

—Gracias —dijo Loren lacónicamente.

—¿Te da vergüenza?

Una deliciosa oleada de rubor bañó su rostro, como vino derramado sobre un mantel blanco.

—Claro que no.

—Entonces ven a bañarte. No quiero tener que aguantar el tufo toda la noche.

Félix soltó una carcajada y se agachó para evitar el guijarro que le tiró Loren. No sabría decir si lo había ofendido, pero lo observó por el rabillo del ojo cuando se levantó y se quitó la ropa con manos temblorosas.

Félix se obligó a apartar la mirada y se entretuvo en contar las nubes que salpicaban el cielo rosa.

Loren se tiró al agua con un chapoteo.

—No voy a mirar —dijo Félix—. Te lo juro por mi madre.

—¿Tu madre muerta? —preguntó Loren. Y seguidamente—: No quería...

—No está muerta. Apuesto a que es una ninfa.

Félix se tendió hacia atrás y se dejó llevar flotando por la corriente. Ingrávido. Se sentía seguro en cierto modo, el agua amortiguaba la vibración ruidosa de la tierra y le dejaba pensar. Habían ocurrido muchas cosas allí arriba, pero no sabría decir si ahora entendía más o menos cosas que antes. ¿Era posible que fuera un poco de cada?

Guardaron silencio un buen rato, solo se oían los sonidos de las abluciones de Loren y el rumor de las olas.

—He visto esto en sueños —dijo Loren por fin.

Félix retomó la posición vertical frunciendo el ceño. Se había abandonado por completo a sus propios pensamientos mientras flotaba y no se había dado cuenta de que la corriente lo había acercado a Loren, que le escudriñaba el rostro como si tratara de leer un texto especialmente complejo. O uno cualquiera, en lo que a Félix respectaba.

—¿Qué quieres decir?

—Que te acercabas a mí flotando.

—Otra visión.

—Puede. —Esbozó una pequeña mueca de preocupación—. Pero mis visiones no suelen ser apacibles.

—A lo mejor me había ahogado y no te habías dado cuenta —dijo Félix.

Un escalofrío recorrió a Loren.

—No digas eso.

—¿Te preocupa que se haga realidad por decirlo?

Loren no respondió y se puso a deshacerse la trenza con habilidad.

De pronto, Félix sintió la boca seca. Agarró la túnica y subió de un salto a la tierra. Iba vestido únicamente con la ropa interior mojada y se tumbó en la hierba tal cual.

—Podría pasarme aquí horas —musitó—. El mar, la brisa, joder, es una maravilla.

—Tienes una boca como una alcantarilla —respondió Loren más cerca de lo que esperaba Félix. Abrió un ojo y lo vio salir del agua de un salto. Su silueta se recortaba contra los ocres oscuros del atardecer—. Y no tienes vergüenza.

Félix sonrió de forma espontánea y un poco juguetona.

—No puedo permitirme tener vergüenza.

—Prueba con la modestia.

—La de ladrón es la profesión más humilde.

Notó la presencia a su lado. Loren había vuelto a ponerse la túnica amarilla bordada que le había regalado Julia el día anterior, ahora manchada y estropeada. A Félix le gustaba más así.

Se apoyó en los codos.

—Tu pelo parece una ratonera.

—Siempre sabes qué decir.

Loren metió la mano en la bolsa que le había dado Nonna y revolvió hasta que encontró un peine y lo sacó con una exclamación victoriosa. Empezó a desenredarse el pelo.

Félix contempló la suave inclinación de sus hombros. Podría quedarse así hasta hartarse, mirarlo como si estuviera muerto de sed y meter el pie en sus aguas para ver cuánto cubría, pero con cuidado de no ahogarse.

—Se te ve más feliz después de bajar de la montaña —dijo al cabo de un rato.

El movimiento del peine se detuvo.

—¿Ah, sí?

—Más feliz no es la palabra. Más ligero tal vez. Como si te hubieras quitado de encima una pesada carga.

—No fui sincero cuando te dije que no pasaba nada en mis sueños. La verdad es que son pesadillas. Visiones terribles. Cosas que no puedo repetir, pero... ya me oíste ayer en el foro.

—Pompeya. Te preocupaba algo que le iba a ocurrir, o mejor dicho, viste que le iba a ocurrir —dedujo Félix—. ¿Algo relacionado con el casco?

Loren jugueteó con los dientes del peine.

—Incluso yo subestimé su poder.

Sonaba a otra verdad a medias.

—¿Y ahora?

—Ahora tengo una respuesta. Todos estarán a salvo cuando lo dejes en su sitio mañana por la mañana. —Lo miró con una sonrisa resplandeciente, la luz del sol tangible en sus preciosos labios curvados hacia arriba—. Creo que todo va a salir bien.

Retomó el movimiento constante del peine sobre su pelo.

Félix, por su parte, se sentía muy molesto.

Había hecho lo que Loren le había pedido, ¿no? Había hablado con Nonna, subido y bajado de la montaña, confesado miedos que no le había contado a nadie. Y Loren seguía ocultándole la verdad. No le estaba contando todo lo que había descubierto sobre el casco allí arriba.

Pero tenía la desagradable sensación de que encontrarían las respuestas por las malas antes de que todo aquello terminara.

Las reglas se amontonaban en su cabeza. «No te encariñes». «Concéntrate en el presente». «No merece la pena creer en nada». Félix se las repetía constamente para no morir si incumplía alguna, pero en el trascurso de tres días, Loren había revisado todas y cada una de ellas, las había sopesado y les había dado la vuelta. Así y todo, y a pesar del revoltijo de emociones, Félix seguía aferrándose a la primera que había aprendido en su vida: «Confía en tu instinto».

Otros se aferraban a la religión y la magia, los augures y los oráculos. A él nada le había funcionado tan bien como su instinto. Lo que comenzó aquella noche con Servius, cuando sintió que la tierra temblaba bajo sus rodillas, había crecido hasta convertirse en un zumbido perturbador que no lograba quitarse de la cabeza. Una cháchara constante que no decía nada, manos disociadas del cuerpo que le agarraban los tobillos y lo hacían trastabillarse. Como un animal asustadizo, él solo quería aplastar las orejas contra el cráneo, dar media vuelta y huir hasta que pasara la tormenta. A Pompeya le pasaba algo verdaderamente horrible.

Tirado entre las hierbas altas, el casco de Mercurio lanzaba destellos rojos. Un canto de sirenas que continuaba llamándolo. Un recuerdo deshilachado que le pedía que le hiciera caso.

Un susurro inhumano que decía que lo peor estaba aún por llegar.

Sabía que tendría que enfurecerle que Loren obstaculizara nuevamente sus intentos de entender quién era. Y estaba furioso. Pero no quería desperdiciar su última noche juntos, y otra cosa no, pero Félix se había convertido en un experto en compartimentar sus sentimientos. Separar sus emociones de lo que estuviera haciendo en ese momento.

Loren se echó el pelo hacia delante por encima del hombro y lo dividió en tres.

—No. —En un derroche de valentía, Félix le tocó el dorso de la mano y notó un cosquilleo en las yemas—. Déjatelo suelto.

Loren entreabrió los labios. Se sonrojó.

—Antes no me has dejado terminar de contártelo.

—¿Hablas del sueño en el que flotaba?

Asintió con la cabeza.

—Creo que me lo imagino —dijo Félix.

Y esta vez fue él quien inició el beso, y los dos estaban totalmente sobrios.

Aunque lo cierto era que mientras sus labios acariciaban los de Loren, Félix sintió como si le hubieran vaciado una jarra de vino entera por el gaznate. La sangre le ardía en las venas. Loren seguía moviéndose con deliciosa torpeza, pero ya le iba cogiendo el tranquillo, sus besos eran suaves pero sinceros. Félix sentía un deseo abrasador por dentro, excitación y terror a partes iguales. Eso, el momento presente, todo era demasiado. Y a la vez no era suficiente. Él no se permitía esa clase de contacto. No lo permitía. Otra regla que Loren había derribado simplemente dándose cuenta de que existía, aunque Félix no se lo hubiera dicho.

Cuando lo estrechó para acercarlo más a sí, le temblaban las manos.

—Joder —jadeó Félix, separándose. Movió la cabeza y siguió con la lengua una gota de agua salada que le bajaba a Loren por el cuello.

Loren contuvo la respiración.

—Alcantarilla.

—Bien que te gusta.

—¿Tu... depravación?

Félix respondió mordisqueándole en un punto sensible detrás de la oreja y lo incitó de nuevo a abrir la boca. Fin de la conversación.

La piel olivácea de Loren resplandecía a la luz del atardecer con una luz propia procedente de su interior, y Félix pensó que podría vivir de esa sangre de los dioses. Se convertiría en el dios de los gestos despreocupados y pasaría toda su existencia inmortal catalogando los valles y los picos que formaban la columna vertebral de Loren, la curva de su garganta y la forma en que se le subía la túnica por encima de los muslos. El lunar que tenía debajo de la mandíbula. Cómo se le arqueaba la espalda. Memorizaría la silueta que dejaba su cuerpo al presionarse contra el suyo, los puntos de este que eran suaves y los que no. Descubriría constelaciones entre sus pecas y haría un mapa nuevo con las estrellas. Su respiración. Cómo se estremecía y le devolvía los besos, sus cuerpos enredados entre la hierba. Y nada más importaba. Ni el mañana. Ni el ayer.

Loren era un chico que merecía la pena recordar. Félix no dejaría que ese recuerdo se perdiera.

—Eres increíble —dijo, presionando la frente contra el hombro de Loren con la respiración agitada.

—Vaya, no has dicho una palabrota. —Loren le levantó la cabeza poniéndole uno de sus esbeltos dedos debajo de la barbilla.

Y por una vez, Félix no sintió la necesidad de corregirse. En vez de eso, le alisó el pelo aún húmedo, se lo apartó de la cara y le acarició el pómulo con el pulgar.

—Y tú besas como un virgen —dijo.

Esta vez, Loren no se sonrojó.

—Bien que te gusta.

Sonrió suavemente y con franqueza, y el corazón de Félix se quebró.

***

—¿Cuándo voy a perderte? —preguntó Loren un rato después. Estaban sentados entre las hierbas altas, y se había cambiado de postura para estar a horcajadas sobre Félix. Sus ojos de color canela parecían insondables bajo la luz de las estrellas.

Sostenerle la mirada dolía demasiado, así que miró hacia otro lado, oculto en la clavícula de Loren.

—Qué pregunta tan extraña.

—No por eso es menos válida.

Hacer que Loren se estremeciera era muy fácil. Félix volvió a hacerlo con solo acariciarle las costillas con la yema de los dedos, porque sí, porque podía.

—¿Por qué estás tan seguro de que me iré?

—Eso no es lo que te he preguntado.

—¿Otra visión?

—No exactamente. —Loren se zafó cuando Félix levantó la cabeza buscando un beso—. Estás intentando distraerme.

—Pues no funciona —se quejó Félix.

—Sí que funciona. —Loren se echó hacia atrás y se levantó para sentarse a un lado. Félix sintió el vacío de inmediato, sintió que le faltaba su calor, su peso—. Quiero creer que dices la verdad, que no me mentirías. Tú no.

—Yo le miento a todo el mundo. Es...

—Lo que haces para sobrevivir. Ya lo has dicho. —Loren arrancó un puñado de hierba y trenzó las briznas con sus hábiles dedos. El pelo le caía por encima del hombro formando una cortina que impedía a Félix analizar su rostro—. ¿Y si esto no tiene que ver solo con la supervivencia? Podríamos huir juntos. Irnos a otra ciudad.

Trenzaba a toda velocidad, pero las manos le temblaban tanto que las briznas de hierba se partían. Félix se las cubrió con la palma para tranquilizarlo.

—¿Abandonar Pompeya? ¿Tú? Este lugar significa mucho para ti.

—Le encuentro significado a cualquier cosa. Soy un sentimental.

—Ya vale, Loren —susurró Félix—. Casi no me conoces.

Lo miró con ojos muy abiertos.

—Pero sí lo bastante como para darme cuenta de que tú también lo deseas.

—Te deseo a ti.

Simple, sincero, sin hacer promesas. Por todos los dioses, era un gesto de lo más simple… El único tipo de gesto que Félix parecía captar.

—A mí ya me tienes. Lo que me preocupa es que yo no te tengo a ti.

—Ven.

Loren lo hizo, se acercó gateando. Félix lo tumbó hacia atrás en la hierba y le besó el cuello, los hombros y el torso, mientras las estrellas recorrían el cielo sobre sus cabezas en una cacofonía silenciosa y los insectos zumbaban en algún lugar cercano. Y las hojas de los olivos estaban en calma. Y el mundo estaba en calma.

Y por una noche sin luna, Félix podía fingir que lo tenía todo.

***

El amanecer llegó demasiado pronto, pintando el cielo de gris y morado, y el sol bajo el horizonte, por detrás del Vesubio, al este. Félix se despertó, pegajoso y dolorido, y supo que Loren lo estaría aún más. Pero seguía durmiendo, el rostro suavizado por la luz de la mañana. Se inclinó a darle un beso en la sien.

El último.

Se levantó con cuidado de no moverlo, se vistió con la túnica tiesa por la sal. Se lavó la cara con agua de mar para despertarse. Se comió un cuscurro de pan que sacó de la bolsa de Loren, despacio, primero la corteza y después el centro, como si alargar el momento le permitiera conservarlo de algún modo.

Se ató las sandalias, cogió el casco y desapareció entre la niebla.

El silencio cubría la vía de acceso a Pompeya como si todos los habitantes hubieran huido. No se oían pájaros en los árboles. No se veían lagartijas cruzando por el camino. No oía el parloteo de un amigo que llenara los huecos vacíos. Lo único que le hacía compañía era su sombra, como un fantasma a su lado. La presión no paraba de aumentar con un zumbido incesante esperando el momento de estallar.

El silencio dejaba mucho tiempo, demasiado, para planear, para pensar en las condiciones de un trato que pensaba llevar a cabo.

La niebla trepaba sobre las tumbas dispuestas a las puertas de la ciudad. Los guardias del día anterior no estaban, señal de que la ciudad no confiaba ya en atrapar al ladrón del casco. Era irónico pensar que Félix lo llevaba colgando al hombro.

Sola entre los mausoleos y las lápidas, Aurelia vagaba como un fantasma, enganchándose el bajo del camisón con las espinas del aloe y arrastrando hierbas muertas. Su ceño pensativo no varió cuando lo vio acercarse. Parecía casi como si supiera que lo encontraría allí.

—¿No podías dormir? —preguntó Félix.

Tenía un rostro demasiado inexpresivo para una niña de su edad.

—Te lo has cargado todo viniendo aquí, ¿lo sabías?

—Eso tengo entendido.

Félix la observó recordando todo lo que había visto en los últimos días: el episodio en el callejón. *Cógelo de la mano.* El dibujo en tiza de su rostro en el suelo, enmarcado por las mismas alas que tenía el casco que llevaba en la bolsa. El desmayo de ella y de Loren en la calle durante los festejos y la advertencia exaltada que le hizo en el foro después. Las piezas iban encajando, como las teselas de un mosaico extraño.

—Sus visiones —concluyó—. Tú también las tienes. Sabíamos que íbamos a encontrarnos aquí. ¿Qué más sabes?

Aurelia lo miró con odio y le dio una patada sin ganas a una lápida. Cuando respondió, no le hablaba a Félix.

—Papá creía que me había vuelto loca cuando le supliqué que no se fuera. Mamá y él pensaron que solo era una pataleta infantil. Hasta que los otros soldados nos trajeron sus pertenencias. Su manta. Su espada. Si me hubiera hecho caso, no habría muerto. Prometió que volvería, pero yo lo sabía. Lo sabía. Y está ocurriendo otra vez.

—Con Loren. —Cuando vio la mueca de la niña, sintió la bilis en la lengua y estuvo a punto de vomitar el pan que había comido. Allí tenía la confirmación—. Aurelia, él cree que lo ha detenido, lo que sea que va a ocurrir. La destrucción. El fin de todo.

—Se equivoca —susurró Aurelia.

—Te creo —dijo Félix.

—Claro que me crees —dijo ella con una mirada mordaz. Y después gruñó furiosa, tirándose del pelo—. ¡No es justo! Yo no pedí poder ver todo eso, no pedí saberlo. ¿Por qué no puedo ser normal? Como Celsi y los demás. ¡No quiero seguir viviendo así!

Se metió el puño en la boca para ahogar el sollozo furioso. Tenía la respiración entrecortada. El arrebato, como la mayoría de lo que hacía, se disipó en silencio. Apretó los ojos con fuerza y se dejó caer sobre una tumba. Y apoyó la cara en las rodillas.

Una incomodidad tan espesa como la niebla se instaló entre ellos. A Félix no se le daba bien consolar a los demás. No tenía experiencia y era difícil que surgieran las oportunidades de practicar cuando uno evitaba encariñarse de los demás precisamente por eso. Así que hizo lo único que podía hacer: se sentó a su lado. Aurelia se quedó paralizada cuando sus hombros se rozaron, pero no huyó. Una pequeña victoria.

—La mayor parte de los días me siento más cerca de los muertos que de los vivos —dijo Félix. Confesárselo se le hizo extraño y a la vez apropiado, como si Aurelia fuera la única persona en el mundo capaz de entenderlo—. Siempre paso desapercibido en todas las ciudades que piso. Nadie me ve, pero yo veo a todo el mundo. Las tiendas que regentan, los amigos que comparten una comida, padres y niños, familias. No alcanzo a comprender cómo lo hacen. Cómo es algo natural para ellos, pero no para mí. Pienso que a lo mejor se me ha olvidado cómo ser una persona o que a lo mejor nunca he aprendido a serlo. Lo único que sé es huir. Un culo inquieto.

Aurelia se sorbió la nariz. Al cabo de un rato, levantó la cabeza y metió el dedo por un agujero que se le había hecho en el vestido.

—Como si te faltara algo, pero no eres capaz de encontrar la pieza. Da igual que la busques por todas partes, no consigues encontrarlo.

—Es una mierda, ¿a que sí? —se burló él—. Si lo único que diferencia a las personas de los objetos, o a los muertos de los vivos, es que nosotros podemos controlarnos, ¿qué significa que no puedas hacerlo? ¿En qué te convierte eso?

—No quiero saberlo —admitió ella.

—Puede que no dependa de nosotros. —Félix le dio un golpecito en la rodilla con la suya, y después se levantó y se colgó la bolsa al hombro—. Tengo que hacer un recado. Si me acompañas, te llevo a caballito.

Y es que esa era la cuestión. Por mucho que Aurelia fuera una adelantada a su tiempo, que hubiera crecido antes de tiempo por culpa de esas visiones de cosas que aún no habían ocurrido, seguía siendo una niña. Y aunque vaciló un momento cuando Félix se inclinó, al final trepó a su espalda y se agarró fuerte al cuello. En cierto modo, no estaba tan mal que alguien se agarrara a ti; que confiara en que no ibas a dejar que se cayera.

Entraron los dos juntos en la ciudad silenciosa como una tumba. Aurelia apoyó la barbilla en el hombro de Félix mientras parloteaba con voz queda, poniéndolo al corriente de todo lo que había ocurrido en la ciudad en el último día. Mucho, por lo visto: una pelea en la sesión del consejo, Nonna se había tropezado con un adoquín suelto y se había hecho daño en la cadera y otro pozo se había secado. Según parecía, Aurelia tenía ojos y oídos en toda la ciudad.

—No he vuelto a ver a Celsi desde que jugamos a las canicas —dijo cuando entraron en una calle de viviendas—. ¿Crees que se habrá enfadado conmigo?

Félix no se había acordado de él desde el baile, pero la preocupación de Aurelia le recordó cómo se lo llevó a rastras un hombre que parecía ser su padre. Nadie intervino, ni Camilia, ni él. Se había limitado a observar sin hacer nada, y al pensar en ello seguía incomodándole de forma instintiva.

—Seguro que tiene cosas que hacer —dijo él con tono despreocupado, al tiempo que se obligaba a contener la vergüenza.

—Supongo —respondió ella, pero no parecía muy convencida.

En un cruce no lejos de su destino, Félix le dio codazos a la niña hasta que se bajó. Aurelia miró a su alrededor con ojos entornados: los ladrillos nuevos, el suelo liso de adoquines, los exteriores recién pintados.

—Aquí es donde viven los ricos —dijo—. ¿Qué tienes que hacer tú aquí?

—Ya te lo he dicho. Un recado.

—Voy contigo.

—No puedes —contestó él, y Aurelia frunció el ceño. Entendía la frustración de que no le diera una explicación adecuada, pero lo que tenía que hacer le correspondía solo a él—. Aurelia, tengo que arreglar las cosas. Loren, tú, tu madre. Voy a sacaros de la ciudad, pero tienes que prometerme que harás lo que yo te diga, y nadie puede enterarse de lo que voy a hacer. ¿Lo entiendes?

Ella dudó un momento y se ablandó un poquito.

—¿Por Loren?

—Y también por ti. —La empujó con suavidad—. Vete a casa. Después iré a buscarte.

Tras observarlo con expresión calculadora una última vez, Aurelia se marchó. Félix se quedó mirándola hasta que dobló la esquina y dejó de ver los rizos oscuros. Y cuadró los hombros con una clase diferente de determinación.

Por tercera vez, aunque dudaba mucho que el número fuera a darle mejor suerte de la que le había dado su nombre en los últimos días, Félix entró en la casa del senador Servius.

La construcción estaba tan desierta como la casa de Julia, pero el revelador sonido de un cálamo arañando el papel lo llevó hasta el estudio. La puerta estaba entreabierta. El senador estaba inclinado sobre su escritorio, impecablemente vestido, como siempre, los guantes puestos y la insignia con el blasón del halcón en su sitio, pese a lo temprano que era. Ni siquiera el sonido de las pisadas de Félix al aproximarse lo apartaron de su sitio.

—Qué rápido —dijo Servius—. Umbrius ha tenido que ponértelo fácil.

Félix esperó. Identificó el momento preciso en que el senador se dio cuenta de que no era Darius quien aguardaba de pie ante él. Detuvo la mano. Levantó los ojos inexpresivos. Una sonrisa bailó en las comisuras de sus labios.

Servius dejó el cálamo en su soporte, chorreando tinta aún.

—Con vosotros, los ladrones, estoy siempre alerta. Olvida lo que he dicho de Umbrius.

—Me da igual —dijo Félix—. Yo no me mezclo en política.

—De momento.

Por el amor de todos los dioses, Servius y Julia estaban cortados por el mismo patrón. Esas disputas intrascendentes de los ricos le parecían inmensamente molestas. Los patricios y los políticos estaban siempre discutiendo por asuntos que no tenían importancia. Al final, cada uno miraba por sus propios intereses y tenían más en común de lo que ninguno estaba dispuesto a admitir. Era malgastar saliva. Tenía que admitir que Loren al menos intentaba sacar temas que sí importaban a la gente normal. Cosas que marcaban la diferencia, aunque no fuera mucho.

Pero no podía distraerse. Se centró de nuevo en lo que de verdad importaba y olvidó lo que no. Era ahora o nunca. No quería dejar de hacer lo único que demostraría que era una persona válida por algo más que por su cuerpo, el único poder que había tenido en su vida. Pero recordó los besos bajo las estrellas, la pequeña mueca en la comisura de unos labios familiares. Esos detalles importaban.

Sacó el casco de la bolsa de la colada y lo plantó sobre la mesa de Servius.

El senador levantó las manos enguantadas y retrocedió un ápice. Pero su sorpresa cedió rápidamente, como si todo ese tiempo hubiera sospechado que terminaría ocurriendo. Cabrón. Se reclinó satisfecho en su asiento.

—Al final has decidido que sí quieres el caballo.

—No —corrigió Félix—. Quiero dos.

La sonrisa del hombre se ensanchó.

—Una exigencia cara a cambio de un casco que no puedo tocar. Seguro que encontraremos una solución satisfactoria para los dos.

Una presión familiar en las costillas le gritaba que huyera. Quedarse tendría unas consecuencias desconocidas. Sabía lo que le iba a proponer y que todo se reduciría a una decisión imposible, y no dudaría en tomarla. Huir o perder. Huir o que lo utilizaran. Lo último que le dijo su padre fue que huyera. Y no había vuelto la vista atrás desde entonces.

Pero sus reglas habían dejado de importarle hacía días, desde el mismo instante en que lo golpearon con una pátera en la cabeza.

Si su padre pudiera verlo ahora…

Félix inspiró su última bocanada de libertad y acercó una silla a la mesa de negociación.

CAPÍTULO XXI

Loren

—El hijo pródigo ha vuelto —dijo Ax, enderezándose contra el arco a la entrada del foro en el que se había recostado para interponerse en el camino de Loren—. Ya era hora. La señora Julia me ha tenido buscándote por todas partes. Tengo que llevarte ante ella urgentemente, sin despistarme, entretenerme ni… ni…

Podían estar allí todo el día hasta que Ax se le ocurriera la siguiente condición.

Loren se desinfló. Bastante mala era la mañana que llevaba, y eso que no había hecho más que terminar el largo y sudoroso camino de vuelta. Lo único que quería era hacer un último recado pendiente y meterse en la cama y asfixiarse bajo una manta. Julia Fortunata no estaba incluida en esos planes.

Miró por encima del hombro de Ax hacia el foro, más concurrido de lo habitual. Los presentes se abrían paso a empujones y codazos, intentando acercarse para ver o escuchar algún tipo de anuncio, pero Loren no alcanzaba a ver de qué se trataba. Tenía esperanzas, pero no se atrevió a verbalizarlo.

Había aprendido por las malas que verbalizar las esperanzas acababa con ellas.

—No estoy para regañinas. —Inspiró profundamente para calmarse—. Dile a Julia que le pido disculpas por cómo terminaron las cosas, pero...

—Tal como yo lo veo, no tienes elección —dijo el guardia.

La sangre se le heló en las venas.

—¿Qué quieres decir?

Ax sacó un cuchillo y se limpió el borde de las uñas con gesto despreocupado.

—Los rumores corren muy deprisa en Pompeya. Después de cómo te has comportado últimamente, entre los trances en suelo público y los problemas que has causado, me pregunto cómo afectará a la reputación de Lassius cuando el consejo se entere de quién eres.

—¿Me estás amenazando? —siseó Loren, pero echó un vistazo a su alrededor para asegurarse de que nadie lo hubiera oído.

—A ver, ¿a dónde pretendes ir? Has engañado a todos los que conoces, te has aprovechado de su generosidad cuando siempre has sido un mocoso amamantado con vino. —Ax se encogió de hombros—. Tú decides. Mi señora solo quiere hablar.

Ax no tenía inteligencia suficiente para diseñar una amenaza como esa. Loren adivinó que Julia estaba detrás y él no tenía ninguna duda de que la mujer sería capaz de hacerlo. Si hacía pública su verdadera identidad, no tendría nada más que hacer en Pompeya, y ya había perdido muchas cosas. Elías lo odiaría. Livia no lo vería con los mismos ojos.

Escudriñó la multitud reunida en el foro de nuevo buscando una pista de que al menos una promesa sí había sido cumplida. Pero era una crueldad por su parte dudar. Félix le había jurado que devolvería el casco antes de irse. Si ya se había ido, independientemente del estado lamentable de su corazón, tenía que confiar en que había cumplido su promesa.

Reunió fuerzas antes de decir:

—Vale, pero deprisa.

Ax le indicó con un gesto, y Loren se internó en el meollo de la ciudad.

Cabía decir que no hay nada peor que despertarse solo. Cada vez que cerraba los ojos, seguía viendo a Félix. Una sensación fantasma, una caricia imaginaria. Lo perseguía desde que se había despertado y se había dado la vuelta sonriendo, pero solo se había encontrado con la huella desdibujada de un cuerpo ausente en la hierba. Y aun así había esperado, seguro de que él volvería. Estaba seguro.

Pero el anillo sello estaba otra vez en su dedo. Si eso no era confirmación de las intenciones de Félix, que bajaran los dioses a verlo.

Cuando pasaron por el burdel, consideró la posibilidad de pedir ayuda a Elías a gritos, pero las voces que se oían dentro le dieron a entender que tenía una pelotera con el casero, por temas de dinero probablemente, teniendo en cuenta que el precio de la libertad no dejaba de aumentar. Puede que fuera él, Loren, quien debiera intervenir, aunque la última vez que lo había intentado, Elías se había puesto furioso con él igualmente. Le había dicho no sé qué de elegir sus propias batallas. Inmiscuirse en ese momento rompería lo que quedaba de su ya tirante amistad.

Llegar a la villa de Julia renovó su miedo. Ax lo hizo entrar en el atrio para llevarlo al estudio, pero al ver la cisterna se detuvo.

—Espera, Ax. ¿Qué pasó con Clovia? El funeral.

Los ojos se le enturbiaron y el rostro se le endureció antes de hablar.

—La señora Julia pagó a un enterrador para que se ocupara del cuerpo, pero no habrá ceremonia. No hay tiempo.

Loren frunció el ceño.

—Se puede sacar tiempo. Si no se le hace funeral, su espíritu no descansará.

—¿Y? La decisión de Julia está tomada. No finjas que te importa, ricura. No te pega.

Ax continuó avanzando por la casa con sigilo, mientras Loren se preguntaba cuántos fantasmas habitarían en esa casa.

Encontró a Julia en el estudio, apoyada en el alféizar de una ventana con los postigos cerrados. Tenía la mirada perdida. Vestía una sencilla túnica gris y llevaba el pelo recogido en un moño flojo, un aspecto muy alejado de la imagen de estatua perfecta que había dado el otro día en la celebración. Tenía cara de agotamiento y unas marcadas arrugas de preocupación, pero en cuanto Loren cruzó el umbral, volvió a colocarse la armadura.

—Hola, tesoro. —Se levantó con una sonrisa, pero la expresión no le iluminó los ojos—. Llevas el pelo diferente. No te había visto nunca sin la trenza.

Estaba tan alejado de lo que Loren esperaba que iba a decir que se tocó un mechón en un acto reflejo. Una estupidez en realidad, como un niño que se aferra a su juguete. Pero igual que mientras aguardaba en el olivar al chico que no iba a regresar, sus dedos separaron el pelo en tres y empezó a trenzarlo. Al terminar, la sujetó con la banda de cuero que llevaba en la muñeca y...

Félix le había dicho que se lo dejara suelto.

Así que se lo dejó suelto, como si hacerlo fuera a devolvérselo.

Deshizo la trenza y se sacudió el pelo. Era solo un intento de distracción. Loren no dejaría que Julia ganara esta vez. Se acercó a la ventana para evaluar el campo de batalla.

El ambiente del estudio con la ventana cerrada era opresivo, estaba lleno de polvo y mal iluminado por una vela a medio quemar. Había hojas de pergamino tiradas por el suelo, borradores descartados porque no valía lo que había escrito en ellos. Había también un plato de queso que Julia no había probado y estaba derritiéndose con el calor. No era el decorado perfecto para una reprimenda. Loren lo sabía. Había aguantado muchas en el estudio de su padre.

—¿Por qué me has hecho venir, Julia? —preguntó despacio.

Se fijó en el pergamino colocado en el centro del escritorio, el único borrador que parecía haber pasado el filtro de la mujer. Aun sin llegar a leer lo que ponía, Loren imaginó lo que decía. Al fin y al cabo, ya había visto una versión anterior.

Julia entrelazó las manos.

—Estoy dispuesta a perdonarte.

Loren sintió un nudo de incredulidad en el estómago.

—¿Qué es lo que tienes que perdonarme exactamente? ¿Que tuviera la valentía de decir la verdad? ¿Que no quisiera que un senador acabado no recibiera su castigo por contrabando y asesinato?

—Tranquilízate, Loren.

—No me digas que me tranquilice después de mentirme y amenazarme.

—Te estás tomando libertades —dijo—. Recuerda que en Pompeya no somos iguales. Aquí no eres nadie. Hazme el favor de escuchar primero lo que tengo que decir. Llevas las ropas que te regalé. Me debes esto al menos.

—Di lo que tengas que decir y rápido o me iré y no volveré.

«Siempre un ultimátum —había dicho el fantasma—. Esto o aquello».

Loren se lo quitó de la cabeza con un resoplido impaciente que esperaba que Julia pensara que iba dirigido a ella. No pareció darse cuenta, sino que se puso a andar de un lado para otro del estudio con paso lento y constante.

—La mayoría piensa que estoy recluida en mi casa. Que soy una insociable. Si tú pensabas lo mismo, tuviste la amabilidad de no decir nada. —Le dirigió una sonrisa irónica que Loren no le devolvió—. Pero mi casa no siempre estuvo tan vacía. Tras morir mi padre, alquilé algunas habitaciones durante un tiempo. Tenía más servicio. Construí baños nuevos. Amplié la casa.

—¿No te fue bien?

—Al contrario. Tenía la casa ocupada todo el año. —Guardó silencio un momento mientras descorría el pasador de la ventana, pero no abrió los postigos—. Hasta que descubrí el verdadero motivo de su muerte. Me habían prohibido entrar a verlo en el lecho de muerte, me arrebataron mi derecho como hija única de ungirlo y organizarle el funeral. Y el enterrador se negó a decirme nada porque pensaba que tenía una naturaleza frágil. Robé la partida de defunción meses después.

—Julia...

—Envenenado. Estrangulado. La muerte de Clovia no ha sido mi primer encontronazo con los métodos de Servius. Aprendí rápido que son pocas las personas en las que puedo confiar.

—Y aun así te niegas a hacerle un funeral —lo dijo con una mueca de desprecio pese a intentar que su tono no sonara acusatorio—. Confiabas en ella lo bastante como para que fuera tu asistente personal y ahora la condenas a la misma suerte que tuvo tu padre.

—La indignación te afea esa cara tan bonita —repuso ella con frialdad—. Igual que el desprecio. Si supieras la mitad de lo que sé yo, no me mirarías de esa forma.

Loren tragó saliva.

—Ojalá pudiera ayudarte, pero mi respuesta continúa siendo la misma.

—Sigues sin verlo. —Cuando se giró para mirarlo, tenía los ojos llenos de lágrimas—. No comprendes la oportunidad que te ofrezco. El camino para entrar en política, una vida estable en Pompeya, una nueva familia. Podría dártelo todo.

—Lo que tú quieres es una marioneta. Quieres el apellido de mi padre unido al tuyo. —Retrocedió un paso y se dirigió hacia la puerta—. Pero tú no eres mejor que él. No puedo pasar por eso otra vez.

—Te quiero a ti, Loren.

Loren se detuvo

Julia olía la victoria.

—¿Cuándo fue la última vez que alguien te preguntó qué querías en la vida? Sin intentar obligarte a encajar en un molde. ¿Cuándo fue la última vez que alguien te ha querido tal y como eres?

«Anoche», se dijo Loren con una mueca de dolor. Lo que Félix y él tenían era diferente. Y le dolía mucho más que lo que pudiera hacerle Julia. Aunque de poco servía. Félix había elegido marcharse al final, reduciéndolo a un recuerdo nada más.

El error había sido suyo por creerse alguien digno de amor.

—Tus padres no —continuó ella—. O no habrías huido de casa. Isis tampoco, o el sacerdote te habría dado un puesto más importante que el de chico de los recados. Y la costurera y su hija tienen su propia vida, no puedes andar dependiendo de ellas siempre. ¿Qué te queda?

Se le formó un nudo en la garganta. Con un solo y certero movimiento Julia había metido la mano en su interior y había sacado todas las inseguridades que albergaba. Había llegado a la misma conclusión que tanto temía él. Era una carga. Sus visiones, sus esperanzas, su amor era demasiado para que otro cargara con ello, y era muy egoísta por su parte pedirlo.

Julia atravesó la sala en tres zancadas despiadadas. Eran igual de altos, pero ella seguía arreglándoselas para mirarlo por encima del hombro y hacer que se sintiera pequeño.

—Unos necios todos. Eres extraordinario por méritos propios, Loren. No hay nadie mejor que tú para ser mi heredero, nadie en el mundo que pueda asegurar mi línea sucesoria y proteger Pompeya de la influencia de Servius. Esto es un seguro para los dos. Yo te necesito tanto como tú a mí.

—No puedes decirlo en serio —susurró Loren.

—Te ofrezco una vida para que la vivas como tú quieras. Alguien que te escuche —insistió Julia—. Cuando tu padre venga a Pompeya, tendrá que enfrentarse a todo el consejo antes de llegar a ti. Te lo prometo.

Loren pensó en lo que lo aguardaba fuera de ese estudio: las lisonjas de Elías, la lástima de Livia, y ya no tenía su puesto en el templo de Isis. Nada que evitara que su padre lo llevara a rastras a casa. Una habitación vacía. Más visiones sin sentido. Ningún amigo.

Una vida sin Félix.

Se apartó de la puerta.

El pergamino con el acuerdo aguardaba en la mesa. Loren leyó por encima el texto por el que Julia le transfería la titularidad de todas sus propiedades, desde la villa de Pompeya hasta las residencias vacacionales de Roma y Estabia. Aquel tipo de contratos no era inusual. Su padre no estaba de acuerdo, creía que la sangre pesaba más que la tinta, pero el resto del mundo romano no tenía motivos para cuestionar su validez. Todos los ricos con propiedades necesitaban un heredero. Si no lo tenían, lo buscaban.

Julia le entregó el cálamo y la tinta.

«Detente», le dijo una vocecilla estridente. Loren quería creer que conocía el origen, pero no lo convencía mucho que al Félix fantasma le importara. «No tomes una decisión así estando tan sensible».

«¡Ella me quiere a mí! —quería gritar por encima de la voz—. Por lo menos ella me quiere».

El fantasma se esfumó.

Un garabato con el cálamo. Puso el anillo sobre la cera caliente y estampó su sello junto a su firma. Cuando terminó, extendió el papiro hacia Julia para que repitiera el procedimiento. Cálamo. Cera. Sello. Demasiado fácil, demasiado rápido. La tinta se enfrió y ninguno de los dos dijo nada durante un buen rato.

—¿Crees que tu padre se enfadará? —preguntó Julia.

—Para enfadarse hay que sentir algo más que indiferencia. No creo que sea capaz.

La tinta se volcó. Julia se apresuró a rescatar el contrato de la mancha negra que se expandía rápidamente y lo estrechó contra su pecho como si fuera un bebé recién nacido. Loren agarró el paño que había debajo de la bandeja de comida.

Se detuvo. El plato vibraba sin que nadie lo moviera.

Al otro lado de la estancia, una estantería se cayó y golpeó las baldosas. La madera se astilló. Una jarra que había en el alfeizar se volcó y lo salpicó todo de vino tinto. Fuera, objetos pesados como ladrillos o tejas se despegaron y se hicieron añicos al caer.

Se suponía que eso no tenía que suceder. Todo se detendría en cuanto devolviera el casco.

¿O no?

—No —susurró Loren—. No, no.

Alargó la mano para sujetar a Julia del brazo y demostrarse que no estaba solo, pero ella lo esquivó y se metió bajo la mesa.

—¡Ven aquí!

Casi no se la oía con el estruendo del temblor de tierra. Loren se metió debajo a su lado tambaleándose. Agarró la pata de la mesa como pudo, con los nudillos blancos de apretar. Una grieta en la pared quebró el fresco de un político comprando votos a cambio de pan. La pintura que cubría el yeso se cuarteó y se descascarilló formando una nube de polvo. Loren se tapó la boca con la manga para no tragarlo y apretó los ojos con fuerza.

El terremoto duró una eternidad.

Hasta que la eternidad terminó. Una última sacudida le puso mal cuerpo.

—¿Estás bien? —preguntó Julia al oído entre jadeos.

Loren negó con la cabeza.

Salió a gatas entre el charco de vino y vomitó en la jarra vacía. Le ardía la garganta. Julia habló de nuevo, pero la voz le llegó a través de un velo borroso, tal vez un comentario de asco, o puede que lo estuviera regañando. No podía procesar la información. Entumecido, se levantó con las piernas temblorosas.

Aquel lugar destrozado le pertenecía ahora, según estipulaba el contrato que Julia tenía aún en las manos.

Loren se tambaleó una vez y salió corriendo hacia la puerta.

***

Pompeya conocía bien los arrebatos furiosos de la tierra, pero cuando salió dando traspiés a la calle, Loren notó que la energía que se respiraba en el ambiente era tan nociva como el olor a huevos podridos que inundaba las calles, el olor que Félix había notado en el túnel. Ahora olía en toda la ciudad y se había intensificado. No podía significar nada bueno.

Las calles estaban cubiertas de cascotes que se desprendían de los edificios. Loren volvió a taparse la boca con la manga para no tragarse el humo y el polvo. La gente corría por todas partes, gritando aterrada. Algunos se habían puesto ya a reparar los destrozos, a cubrir con yeso las grietas de las paredes, a barrer los escombros, a retirar los ladrillos, porque la vida seguía en Pompeya, pero se fijó también en que había familias metiendo atropelladamente sus enseres en bolsas y cargando los carros. Se iban. Abandonaban la ciudad antes de que esta los abandonase a ellos. Debería alegrarle que por fin escucharan las advertencias que les hizo en el foro, pero se suponía que él debía detenerlo.

Loren no disminuyó el paso hasta que divisó la decoración de la tienda de Livia que tan bien conocía. Respiró al ver a Aurelia de pie, sana y salva. La levantó en brazos y la estrechó con alivio.

—Déjame, déjame —dijo ella, retorciéndose para zafarse, pero Loren la sujetó fuerte de las muñecas—. Que me sueltes. Estás como una cabra.

Si Aurelia tenía la cabeza para actuar como si fuera una amenaza, es que no le había pasado nada a la tienda.

—¿Dónde...?

Las palabras de Loren cayeron como las tejas del tejado cuando miró hacia delante y se encontró con los ojos de un caballo. Dos, inquietos aún después del terremoto, cada uno cargado con unas alforjas llenas a rebosar. Loren se enderezó mareado y Aurelia se aprovechó de la sorpresa para zafarse de él.

—¿Aurelia, de dónde...?

—Celsi me lo debía —se apresuró a decir ella—. Le gané a las canicas, pero su padre no le da paga, así que me ha pagado con esto.

—¿Celsi tiene caballos?

Ella lo miró con gesto sombrío.

—Tenía.

Uno de los animales, una yegua moteada, resopló. Acariciarle el hocico no consiguió aflojar el nudo que se le había hecho en la garganta.

—Os vais.

Aurelia retorció el dedo de la sandalia.

—Mamá quiere que estemos en marcha al mediodía. No queda nada bueno aquí. No hay futuro por el que luchar. Solo fuego.

El día anterior, flotando de amor y esperanza, Loren se lo habría discutido. Creía que había encontrado la prueba de que el futuro podía cambiarse, que podría ser él uno de los que llevaran a cabo el cambio. Puede que hubiera conseguido detener la destrucción de la ciudad a manos de Félix. Pero el otro futuro que quería construir, ese en el que Félix y él caminaban juntos, estaba fuera de su alcance. Si decidía quedarse en Pompeya con Julia, no era por esperanza, sino para asegurarse de que, al menos, había acertado al pensar que la ciudad estaba a salvo.

—Aurelia, no hay fuego —dijo Loren, notando que la bilis le subía a la boca—. Lo he solucionado. El casco robado...

La puerta de la tienda se abrió.

—No me llames necia, Nonna —dijo Livia, que salía con la anciana cojeando detrás. Se aferraba a un fardo compuesto por tejidos—. Cualquier día de estos la ciudad terminará bajo las aguas del mar. Tantos terremotos en una semana no es normal, y luego está el asunto ese del ladrón y los malos augurios, y, para colmo, Umbrius... ¡Loren! ¿Dónde estabas?

El bulto de tela cayó sobre los adoquines y Livia fue a abrazar a Loren. Por muchas ganas que tuviera de devolverle el gesto, una sombra se extendió sobre él, una distancia que ningún abrazo podía cerrar. La sensación lo sobresaltó. Por primera vez desde que llegó a la ciudad con doce años se sintió un extraño en los brazos de Livia. Se fijó en la mirada de suspicacia de Nonna. La anciana se apoyaba en el bastón más de lo habitual. Tenía que contarle muchas cosas, pero no sabía por dónde empezar.

Ya tendría tiempo después. Se soltó de Livia y se agachó a recoger el bulto de tela que se le había caído. Alisó cuidadosamente las arrugas antes de entregárselo. Ella lo cogió, pero no se fue para seguir con sus cosas como él había supuesto que haría.

—Estás muy callado —dijo, haciendo ademán de acariciarle la cara, pero Loren volvió la mejilla.

—Estoy intentando hablar menos, por una vez.

Livia no se rio. Lo observó de arriba abajo y se le ablandó la mirada.

—¿Se ha ido Félix?

Loren sintió como si le aplastaran los pulmones. Se tropezó en su prisa por darse la vuelta y pasó por debajo de la yegua.

—Ya sabes cómo son los hombres. Volubles. Les cuesta sentar la cabeza.

—Muy cierto —rezongó Nonna.

—Loren, cariño...

—¿Hacia dónde vais? —preguntó.

Una mueca de lástima fruncía los labios de la costurera, pero siguió cargando las alforjas del otro caballo.

—Al sur. Tengo un tío en Alejandría. Intentaremos coger el ferri hacia Egipto. Tendremos que adaptarnos, pero encontraré trabajo. Isis también tiene templo allí. Te aceptarán como asistente en él. Las cosas no serán tan diferentes. Nuevos aires, nueva vida.

—Yo no voy.

Aurelia soltó un agudo chillido.

—Pero...

—No es discutible. —Livia miró a Loren de tal forma que lo dejó clavado en el sitio—. No pienso criar a mis hijos en una ciudad que no deja de temblar y está llena de serpientes asesinas.

Loren pestañeó sorprendido.

—¿Asesinas?

—¿Asesinas? —repitió Aurelia con un exceso de curiosidad lúgubre.

—Ve a recoger tus cosas —le ordenó su madre—. Tú no tienes que escuchar esto.

—¡Mamá!

Livia miró implorante a Nonna, que accedió bajo amenaza de darle un pellizco, y fue la única forma de que Aurelia entrara en la casa.

Livia se acercó entonces y bajó la voz.

—¿No te has enterado? —susurró—. Nonna me lo ha contado justo antes del terremoto. El sacerdote Umbrius ha aparecido muerto en su cama. Lo han asesinado. Tenía la garganta llena de moratones.

—Que Caronte se lleve pronto su alma —dijo Nonna sin disimular el regocijo.

Loren se quedó aturdido. Tenía que haber oído mal. Con razón estaban todos tan nerviosos. Las señales divinas llegaban de tres en tres, y la gente podía soportar las crisis hasta un punto. Ladrones, terremotos y ahora asesinato.

Pero esa no era la única razón para la ansiedad. Con Umbrius muerto, el poder de Julia para influir en el consejo se había debilitado. Servius había pasado al asesinato. ¿Lo sabía Julia? ¿Por eso tenía tantas ganas de que firmara el contrato? Pero ¿por qué no se lo había dicho?

—Livia, no puedo irme. Tengo...

—¿Tienes qué? —preguntó Livia mientras tensaba la cincha de la alforja—. Tienes a una niña ahí dentro que se quedará destrozada si te pierde. Igual que yo. La familia no abandona a la familia.

Loren se miró los pies con heridas de la ascensión al Vesubio. Livia hablaba de la familia, pero Loren solo oía lo que había dicho Julia: depender siempre de ellas. Ser una carga. Las cargas mentían sobre su propio peso, y no podía pedir a Livia y a Aurelia que siguieran cargando con él.

Julia era su nueva familia. La decisión estaba puesta por escrito y la tinta ya se había secado.

—Os acompañaré hasta la puerta de la ciudad —dijo con firmeza.

Esperaba que Livia protestara, pero se limitó a fruncir los labios, como si le costara trabajo creerlo. Probablemente, no cedería hasta que Loren solo fuera una manchita lejana.

—Además —dijo Loren con una sonrisa forzada—, alguien tiene que quedarse con Nonna.

—¡Bah! —exclamó la aludida mientras se dejaba caer en una silla junto a la puerta—. Me he cuidado yo sola todos estos años. Estoy deseando que me dejéis en paz un rato.

Livia hizo una mueca.

—Vaya par de cabezotas. Pero si alguien puede sobrevivir en esta condenada ciudad, es ella.

***

Salir de la tienda de Livia por última vez fue un adiós agridulce, aunque más agrio que dulce. Ese había sido su primer hogar en Pompeya. Ahora estaba desprovisto de todos los detalles que le resultaban familiares. Muñecas viejas, colchas tejidas y tapices, la gladius encima de la ventana, todo cargado a lomos de los caballos que se llevarían a Livia y a Aurelia de la ciudad.

No lloraría. No si quería mantenerse firme en su determinación de no irse con ellas. Se tragó el escozor de la garganta y le dio la espalda a la tienda.

Al final, después de una larga despedida, Nonna lo abrazó con más fuerza de lo habitual y, sin atreverse a mirarla, se separaron.

Loren condujo a las dos y a los caballos entre la confusión reinante en las calles, una mezcla entre los que tenían el sentido común de irse y la mayoría empeñada en quedarse. En un determinado punto, no lejos de la tienda, vislumbró a Celsi entre la muchedumbre, pero cuando intentó hacerle señas con la mano, no consiguió llamar su atención. El chico estaba concentrado en atravesar la concurrida zona en dirección a la parte rica de la ciudad. Apretaba contra el pecho unos papeles. Sería algún recado para el consejo. Documentación relacionada con la muerte de Umbrius, quizá.

De todos modos, era mejor que no lo viera. No se alegraría cuando se enterase de que había firmado el acuerdo para ser el heredero de Julia. Lo mismo ya no se le quitaba el puchero ese que hacía siempre.

Aurelia parloteaba incesantemente, ignorante de que eran los últimos momentos que iban a pasar juntos. Loren no había tenido el valor de contarle la verdad. Lo entendería ella sola cuando llegaran a la puerta y Livia tendría que ocuparse de calmar sus lágrimas. No le gustaba que las cosas fueran a terminar así, pero ¿qué importaba un engaño más en la montaña que ya llevaba encima? Además, había prometido encontrar la explicación a sus visiones para mantenerla a salvo a ella. Tanto si el suelo de Pompeya seguía temblando como si no, al menos estaría ya lejos cuando Loren comprendiese si lo había logrado o no. Puede que las visiones que tenía Aurelia se redujeran cuando abandonaran la ciudad. Podría vivir en paz.

Al llegar a las puertas, Livia los dejó esperando a la sombra mientras ella regateaba para conseguir provisiones para el camino, una mala excusa para darle tiempo para contárselo a Aurelia. La niña había empezado un juego consistente en mantener el equilibrio sobre los adoquines que se habían levantado o torcido durante el terremoto. Verla balancearse sobre ellos hizo que se sintiera culpable de nuevo. Tenía que contárselo. Inspiró profundamente y abrió la boca.

Al otro lado de la calle, un destello cobrizo escondiéndose entre las sombras por detrás de un toldo caído le llamó la atención.

—Ahora mismo vuelvo —murmuró.

Haciendo caso omiso del grito atónito de Aurelia, Loren se metió entre el tráfico, esquivó un carro que se dirigía hacia él y se lanzó en persecución de Félix. Tenía una oportunidad y no pensaba desaprovecharla. Dobló una esquina a toda velocidad y zigzagueó entre callejuelas y callejones habitados solo por cajones de provisiones y gatos callejeros tratando de darle alcance. Puede que Félix fuera más rápido, pero él se conocía la ciudad al dedillo. Y aunque últimamente se hubiera despistado por culpa de sus sentimientos, seguía teniendo su ciudad.

Cuando por fin lo alcanzó detrás de una manzana residencial, le ardían los pulmones. Agarró a Félix por la muñeca antes de que doblase la esquina.

Una victoria pírrica.

Félix estaba de espaldas a él, pero Loren contempló su perfil. La silueta que tan bien conocía removió una maraña de sentimientos: la forma en que sus músculos se habían tensado y relajado bajo sus manos, la calidez y la fuerza que desprendía; la hierba fría al despertar y encontrarse solo.

—Me quedé esperándote —dijo Loren, bajando la mano por el brazo de Félix hasta que sus dedos se entrelazaron. Sintió mariposas, la peligrosa esperanza cogiendo alas—. Te fuiste. Sin embargo, estás aquí. ¿O no eres tú?

Por un momento largo y lento, Loren pensó que lo tenía.

Pero el momento se alargó, y Félix era como la cuerda de un arco cuando se enfadaba. Se tensó, cuadró los hombros, preparado para soltar. Lanzar la lluvia de flechas, arrojar la lanza, Aquiles a punto de destruir Troya.

Félix se soltó de un tirón.

—No. No me toques. Odio que me toques.

El dolor le escoció como un latigazo y lo dejó sin respiración.

—No lo entiendo.

—Pues claro que no lo entiendes.

Ágil incluso en pleno arranque de furia, Félix se apartó de un salto.

La luz sesgada lo dividía en dos. Desde la distancia, Loren lo observó de arriba abajo: los rizos revueltos, los ojos grises de tormenta, la belleza agónica. Mirarlo era ver cómo se desarrollaba una tragedia, y trató de encontrar la manera de entenderlo, introducirlo en un molde que comprender. Mitos que comprendía. Historias que tenían sentido para él. Repasó todas las posibilidades.

Si no era Aquiles, baqueteado por la batalla, Félix era el sol en sí mismo. El mismo hacia el que se lanzaba Ícaro una y otra vez. El mismo bajo el que había muerto Patroclo vestido con la ropa de otro hombre. Ambos sacrificios para nada. Puede que Loren fuera el agujero en la armadura de Aquiles, tratando de proteger a Félix de sí mismo sin conseguirlo, esperando a que la flecha diera en el blanco.

Puede que su error hubiera sido intentar romantizarlo.

—Eso no era lo que decías anoche —dijo Loren, tratando de que su voz sonara firme.

Félix resopló con crueldad.

—¿Tan solo estás? ¿Tan desesperado?

Loren había oído eso antes, de unos labios similares y no. *Rizos que desaparecían bajo un casco de plata. Recuerdos seductores y letales.* El reflejo del mármol se descompuso en fragmentos a través de su estómago. Por un momento, la luz le jugó una mala pasada y creyó ver que se desplegaban unas alas de niebla.

—El casco —susurró Loren—. ¿Dónde está?

—Lo he vendido.

—¿Dónde está? ¿Te lo... te lo has puesto?

El rostro de Félix se endureció. Retrocedió otro paso y la sombra lo cubrió por completo.

—Me dijiste que no lo hiciera. Lo he devuelto. Como tú querías.

—Esto no es lo que yo quería.

Un escozor revelador se lo advirtió: «Contrólate antes de que nos avergüences aún más». Pero no era la voz estridente del Félix fantasma, sino la voz de su padre cuando lo reñía, que seguía acosándolo porque a su juicio era un chico excesivo.

—Tú eras lo que... —intentó añadir.

—Decirlo solo hará que duela más.

—Podrías quedarte. En Pompeya —suplicó sin poder evitarlo—. No puedo... No puedo perderte.

Pero Félix se limitó a negar con la cabeza.

—Nunca me has tenido. Viste lo que querías ver.

La acusación le dolió más que todo lo anterior. Loren se la tragó despacio, atragantándose. Los miedos que siempre había albergado dentro se enraizaron en su interior. ¿Quién era Félix? Él creía que conocía una versión de él, una ajena a sus pesadillas. Una que había compartido su pan, lo había escuchado y lo había elegido a él.

Pero en ese callejón, ese Félix ya no existía. Puede que no lo hubiera hecho nunca. Puede que hubiera sido un fantasma todo el tiempo.

—¿Por eso vas siempre de ciudad en ciudad? —le espetó sin poder contenerse—. Engañas, mientes, robas y te vas sin pararte a pensar en las consecuencias. Sin dar tiempo a que alguien se preocupe por ti. ¿Quién eres debajo de todo eso? Me acusaste de mentir. Puede que sea un mentiroso, pero al menos soy sincero sobre lo que quiero.

Félix hizo una mueca de desprecio y Loren esperó, por ingenuo que fuera, por cruel que fuera, que sus palabras le hubieran hecho daño. El mismo daño que llevaba sufriendo él desde esa mañana.

Pero entonces Félix dijo:

—¿Hasta cuándo vas a seguir persiguiendo amores que no te corresponden? Jamás debiste abandonar el viñedo de tu padre.

—¿Qué dices? —dijo Loren, sintiendo que los miedos ahondaban aún más sus raíces.

—Digo que dejes de vivir en tus sueños —contestó con expresión insensible—. Te estoy diciendo adiós.

Desesperado, Loren sentía como si tuviera el pecho lleno de avispas.

—Ven con...

—¿Otra vez diciéndome lo que tengo que hacer? —Félix retrocedió de nuevo, otro paso que marcaba una distancia infranqueable, diciendo sin hablar: «Hasta aquí y se acabó»—. Vete a casa, Loren.

Loren se fue corriendo.

Sus pies se movían sin ton ni son, llevándolo velozmente por el laberinto de callejones y huecos, calles y aceras. Poner distancia entre uno y aquello que le hace daño era una necesidad primitiva.

«Vete a casa».

Pompeya era su casa. Pero a medida que corría y los pulmones le ardían, comprendió que Félix tenía razón. Pompeya tampoco lo quería. Había pasado allí tantos años aferrado a la ciudad que lo único que había hecho era magullarla. Todo lo que había amado llevaba las marcas de sus uñas.

Al tomar conciencia de ello, comprendió también otra cosa: no podía quedarse. La realidad lo invadió como una oleada gigante y abrasadora, y no había distancia suficiente que pudiera aplacar el dolor causado por la herida que le había hecho Félix. El último resquicio racional de su cerebro, descuidado desde hacía tiempo, le suplicó que comprendiera que no pensaba con cabeza, que estaba actuando por impulso, que estaba incumpliendo un contrato, que estaba tirando su futuro a la basura.

Ya se ocuparía de las consecuencias después. Por el momento, tenía que abandonar la ciudad. Tenía que abrir la mano que la estrujaba y dejar que Pompeya respirase.

Cuando llegó de nuevo a las puertas, no le dijo nada a Aurelia, que lo miró con una expresión cómplice propia de alguien mucho más mayor. Al menos, la niña se mordió la lengua. Se subió al caballo justo cuando Livia regresaba tras concluir sus asuntos con el comerciante. Se detuvo en seco al comprobar que había cambiado de opinión.

—Hace buen tiempo para dar un paseo a caballo —dijo, sintiendo que las costillas se le iban a romper de la presión por intentar controlarse.

—Egipto es aún más bonito. Un nuevo comienzo —dijo y cerró los cálidos dedos sobre su mano entumecida.

Loren se concentró en la sinuosa carretera que salía de la ciudad, incapaz de mirarla a los ojos. Qué oráculo tan horrible había resultado ser. Un talento desaprovechado. Por primera vez en su vida, no tenía ni idea de lo que le deparaba el futuro. Y no quería saberlo.

Era hora de tomar nota de la estrategia de Félix. Vivir el momento y nada más.

Se echó el pelo hacia delante y comenzó a trenzarlo.

CAPÍTULO XXIII

Félix

El carácter definitivo de lo que había hecho no impactó en él en el callejón. Ni cuando observó desde las sombras a los caballos abandonar la ciudad. Ni cuando salió a la calle y se quedó mirando la carretera hasta que le escocieron los ojos del sol.

Cobró conciencia cuando se volvió, con los nervios a flor de piel, y se encontró a Darius apoyado en una columna, con los brazos cruzados y la espada dentro de su vaina porque no habría pelea. Tenía esa expresión engreída de alguien que escucha a escondidas que ha ganado la partida.

—Si tu intención era dejar huella, creo que tardará en olvidarte —dijo.

—Bien, porque eso significa que no volverá —dijo Félix sin alterarse.

—Acordamos que podrías ver marchar a tus amigos. Asegurarte que mi señor cumpliera su parte del trato. Si ya estás contento, querrá que vuelvas —dijo Darius mientras apoyaba la mano en el pomo de la gladius.

No, no habría pelea. Ahora Félix era valioso. Demasiadas cosas dependían de que viviera. Darius no podía matarlo mientras Servius quisiera hacer uso del casco. Pero eso no significaba que Félix fuera a ponerle las cosas fáciles.

Sonrió con socarronería al pasar junto al guardia y se lanzó al tráfico, aprovechando sus últimos momentos de libertad antes de convertirse en una herramienta de Servius para siempre.

Correr le sentó de maravilla. Se sintió normal por primera vez en una semana que no había sido normal en absoluto. Félix zigzagueó entre los carros y los puestos de los comerciantes, se coló entre conversaciones, se mezcló en el bullicio de una ciudad que nunca estaba quieta. Sorteó cascotes, saltó por encima de montones de ladrillos e ignoró el grito de un tendero cuando le pisó el montón de yeso que acababa de barrer. Corrió hasta que se le aclararon las ideas, hasta que se subió de un salto a la acera y miró hacia atrás, pero ya no veía la cara amoratada de rabia corriendo tras él.

Lo único que estropeaba la normalidad de correr por la ciudad era que no tenía adonde ir.

Más de una vez había recordado algo al pasar por delante de alguna cosa que reconocía, pero no eran los hilos sueltos de recuerdos de la niñez. Esos recuerdos eran cuerdas gruesas que lo ataban a la ciudad con unos nudos que nunca podría desatar. La panadería de Nonna, cerrada para reparar los daños. La calle que conducía a la tienda de Livia. El paso elevado de peatones del que había sacado a...

Se mordió la lengua y notó el sabor salado de la sangre. «No lo pienses». Esa era otra de sus reglas. Pero le resultaba cada vez más difícil ceñirse al momento presente cuando el único futuro que había deseado alguna vez se alejaba de Pompeya a lomos de un caballo.

A la mitad de la vía Estabiana detuvo la trayectoria que lo llevaba hacia la puerta del Vesubio. Correr hacia ella sería desperdiciar energía y tratar de escapar rompería su trato con Servius, y sabía que las consecuencias de hacerlo no solo serían dañinas para él.

El ruido estático se amplificó, una sacudida por dentro del cráneo: la vibración ruidosa de la ciudad se estaba intensificando. Cambió de dirección, giró a la izquierda y siguió los callejones hacia el único sitio que le quedaba.

Elías estaba tumbado como un gato en el escalón de entrada del burdel. Cuando Félix redujo la velocidad a un suave trote, Elías se estiró con languidez. Con los ojos entornados con aire perezoso se comportaba como si fuera inmune al alboroto que envolvía toda la ciudad, aunque sus hombros parecían hundidos de una forma inusual.

—Bienvenido a casa, zorro —dijo Elías—. Sinceramente, no esperaba volver a verte. Pensé que Loren y tú os habíais marchado de la ciudad ayer.

El mero hecho de oír el nombre lo magullaba por dentro.

—Y nos fuimos. Pero he vuelto.

—Es evidente. —Le echó un vistazo—. Y él...

Le sorprendió que solo hubieran intercambiado unas palabras y ya estuviera lamentando haber ido. El cansancio le estaba pasando factura. Haber pasado las horas transcurridas entre el amanecer y el terremoto negociando con Servius por unas migajas lo habían destrozado. Un intercambio verbal con el falso de Elías iba a terminar con él.

Pero necesitaba un sitio en el que recuperarse. Darius no tardaría en encontrarlo, pero antes quería asegurarse de que las cosas que habían ocurrido lo habían hecho de verdad.

Cuando fue a rodearlo, Elías lo agarró por el tobillo.

—¿Dónde está?

Félix se soltó de una patada.

—¿Y cómo voy a saberlo?

—Porque —empezó Elías, que se levantó hasta que quedaron frente a frente y muy cerca, tanto que Félix olió el vino en su aliento— ayer te fuiste con él y ahora vienes tú solo.

—Estaba muy llorón. Me he cansado de escucharlo.

—Mentiroso.

—Y es un chico fácil. Conseguí lo que quería.

—Mentiroso. —Le puso la mano en el hombro y le clavó las uñas en la carne—. Si hubieras querido a alguien fácil, habrías venido a mí.

—Tú eres caro.

Elías resopló.

—Mis tarifas son razonables. Una obra de caridad prácticamente.

—Lo he dejado tirado —dijo Félix—. He devuelto el casco. Es mejor así. Para mí al menos.

—Eso sí me lo creo.

Elías lo escrutó, pero no como Loren cuando intentaba leerle la mente, como si fuera un texto digno de descifrar con calma. Elías lo leyó como un grafito vulgar y corriente, buscando la confirmación de lo que ya sabía. Al cabo de un momento, le soltó el hombro, y Félix fue directamente a las escaleras.

—¿Adónde irás ahora?

—A algún sitio lejos de esta desgraciada ciudad —contestó Félix por encima del hombro—. Y si eres listo, tú también te irás.

En el descansillo de la segunda planta, la puerta de la habitación de Loren estaba ligeramente entreabierta. Félix vaciló un momento antes de abrirla del todo.

El interior estaba hecho un desastre, como si una tormenta se hubiese colado por los postigos rotos hacía poco y lo hubiera revuelto todo. Habían quitado las sábanas de la estrecha cama, habían rajado el colchón y sacado la paja a puñados. Habían forzado también la cerradura del arcón de los artículos personales y todo el contenido estaba desperdigado por el suelo. Habían desgarrado la ropa y habían arrancado las suelas a las botas de invierno. Jirones de papiro, el trozo que conservaba de la *Ilíada,* flotaban con la corriente.

Aquello no había sido un registro. Aquello era una amenaza. Quería decir: «No puedes esconderte de nosotros».

Félix entró con cautela y algo crujió bajo su sandalia. Fragmentos de una jarra. Cogió un pedazo estampado con un sello que conocía bien, el blasón de Lassius. El mismo del anillo sello que le había quitado del dedo y más tarde le había devuelto a...

El fragmento cayó ruidosamente al suelo. ¿Por qué había vuelto a la habitación? ¿Sentimentalismo? ¿Había creído que encontraría algo a lo que pudiera aferrarse desde el siguiente lugar al que planeara arrastrarlo Servius?

Que le dieran a todo. Desplazó de una patada un montón de paja, que dejó a su paso una nube de polvo. No hacía que se sintiera mejor. Una emoción, el amargo y desolador duelo, se extendió por dentro de su pecho. Estar allí de pie en la habitación le ponía los pelos de punta. Salió y cerró de golpe la puerta torcida.

Elías lo miraba con el ceño fruncido desde el pie de las escaleras. Por un momento, Félix consideró la posibilidad de dar media vuelta y probar suerte saltando por la ventana. No estaba tan alto. Sobreviviría. Probablemente.

—Se me había olvidado decirte —dijo Elías antes de que Félix pudiera escapar— que unos hombres de lo más intimidante vinieron por aquí ayer. Querían hablar con él.

—Ya lo he visto. ¿Qué les dijiste?

Elías hizo una mueca de desdén.

—Que una habitación privada cuesta más.

—Imagino que no les gustó.

—Y tampoco al casero cuando me gritó por fastidiar el posible negocio. —Se bajó el hombro de su amplia túnica para mostrarle el impresionante moratón que se le empezaba a extender por las costillas—. Pero ha merecido la pena.

Así que eso era lo que había hecho Darius después de perder la partida en el viñedo. Había seguido el rastro de Loren hasta el burdel, acosado a sus amigos y destrozado sus preciadas pertenencias.

—Antes, cuando he dicho que... —Félix tragó saliva. El zumbido se había vuelto un sonido penetrante que le taladraba el cráneo—. Decía en serio que lo mejor es que te vayas.

—¿Y adónde voy a ir?

—Adonde sea.

—¿Contigo?

Félix no se dio prisa en bajar las escaleras.

—Creo que no te gustaría el lugar al que me dirijo.

—Para hacer lo mismo, prefiero quedarme. Algunos tenemos trabajo. En un mes habré ahorrado lo que necesito para poder irme de aquí a mi manera.

—Como quieras —dijo Félix y trató de no volverse a mirarlo cuando se dirigía hacia la puerta.

—Aún no es demasiado tarde, ¿sabes?

Algo en la forma en que lo dijo hizo que Félix vacilara. Volvió la cabeza. Elías no lo miraba a él, sino que seguía observando el descansillo. Estuvo callado tanto rato que Félix se preguntó si pensaba decir algo más. Y entonces comentó:

—Me enseñó a leer. Y a la niñita que lo sigue a todas partes, ¿cómo se llama?

—Aurelia —contestó Félix con voz ronca.

—Lo que quiero decir es que si lo dejas escapar, no volverás a encontrar a otro como él. Piénsalo antes de irte. Aún no es demasiado tarde.

«Ya es demasiado tarde». No lo dijo, pero recordó la expresión destrozada de Loren de hacía un rato, en el callejón, cuando le había lanzado todas esas palabras para hacerle daño. Pensó en aquello a lo que había renunciado unas horas antes al aceptar las calculadas condiciones de Servius. Pensó en el casco y en las visiones catastróficas, y la forma en que se le revolvió el estómago se lo confirmó: «Sí es demasiado tarde».

No dijo nada. Salió corriendo, como hacía siempre.

***

Cuando salió del burdel, no se molestó en fijarse en si Darius lo seguía. Terminaría alcanzándolo. Aun así, Félix corrió y corrió en vano, alargando la persecución todo lo posible. Casi hizo como si estuviera explorando una nueva ciudad. Conociéndola de arriba abajo. Recorriéndola por primera y última vez.

Especialmente, en el caso de Pompeya.

El foro estaba a rebosar a última hora de la mañana con aquellos demasiado cabezotas (o inconscientes) para abandonar la ciudad después del último terremoto. Félix llegó hasta el centro y se quedó allí quieto. La gente se retiraba para dejarle paso, centrados en sus vidas, negocios y prioridades. Ya había obreros trabajando a pleno sol en las reparaciones. En la otra punta, una tablilla suelta del tejado del templo de Apolo cayó al suelo y se hizo añicos. El bullicio amortiguó el sonido al romperse.

Nadie prestó atención al chico andrajoso que miraba a su alrededor. Nadie lo veía.

Unos se enzarzaron en una pelea en el puesto del zapatero, daban voces y puñetazos. En algún otro sitio, un niño lloraba. Otra tablilla se soltó. Los ruidos aumentaban y se mezclaban, una sensación molesta para Félix. De los despachos del templo salió un grupo de hombres del consejo, discutiendo con sus togas resplandecientes. Impuestos, juegos. Uno insultó a otro, pero aquellos eran caballeros educados, solo las clases bajas se peleaban. Los demás se rieron y le quitaron importancia, y cada uno se fue por su lado.

Todas aquellas personas tenían una cosa en común. Algo que Félix nunca podría tener, que nunca se había permitido tener. Tragó saliva. Se había pasado la vida evitando las miradas y ahora, al final de su viaje, ansiaba que lo conocieran. Por una vez. Siempre estaba corriendo, lo hacía para sobrevivir. Pero ¿qué clase de vida era si nadie se iba a acordar de él cuando ya no estuviera?

Los vivos, los muertos, y en algún punto intermedio, él.

El templo de Apolo se alzaba acusador. Jamás tendría que haber tocado el casco. Si hubiera cogido las monedas y las cerezas, y hubiera salido corriendo, ahora estaría muy lejos de allí. Si no se hubiera encontrado con Loren, que lo había desestabilizado por completo, ahora no estaría paralizado en mitad del foro mientras el mundo seguía a lo suyo, mientras la tierra bajo sus pies seguía hirviendo, sabiendo con lacerante certeza que nada de lo que él pudiera hacer tendría un efecto significativo en los demás.

De repente se sintió extenuado, no podía soportarlo más. Respirar era como tragar arena. Salió de allí y a punto estuvo de hacer caer a Darius, jadeante, que por fin lo había alcanzado. El guardia se lanzó sobre él, pero Félix lo esquivó limpiamente.

Fue calle abajo, una manzana. Subió unos escalones torcidos. Se detuvo y apoyó la mano contra la puerta caliente por el sol del templo de Isis.

—¿Otra vez aquí? —espetó Darius, apoyando las manos en las rodillas—. Las amenazas de un sacerdote no te protegerán esta vez. Deja de correr o yo mismo traeré de vuelta a tu chico a rastras.

El miedo se apoderó de Félix, pero disimuló componiendo un gesto impasible como si fuera una estatua de bronce y habló con tono ofendido.

—¿Vas a negarme una última visita a mi templo?

—Mi señor sabe a qué templo perteneces, y no es el de Isis.

—No voy a escapar.

—Perdona que no me fíe de tu palabra. Eres un bicho traicionero.

—Ni la mitad de lo que es tu señor —dijo Félix con desprecio—. ¿Y tú qué eres? ¿Un perrito que solo sabe obedecer a su dueño? Debe de tenerte bien agarrado con algo para que le seas tan leal.

—Puedes soltar todas las pullas que quieras. No eres ni la mitad de listo de lo que tú te crees.

—Yo no creo que sea listo —respondió Félix—. ¿Y qué es la mitad de nada?

—Adelante. Ve a rezar. A ver qué dios te ayuda —espetó Darius.

El peristilo estaba en silencio. Pero no era la clase de silencio que se habían encontrado Loren y él dos noches atrás, los dos sentados tranquilamente en una confortable quietud. Con la mano de Loren en la suya. La primera vez que lo besó, borracho y con una dulzura empalagosa.

No. Era el silencio que se producía antes de la tormenta.

Félix inspiró profundamente y se apartó del pórtico. Un jirón de humo azulado se elevaba desde el altar hacia el cielo y allí se deshacía y desaparecía. Detrás del bloque de piedra había una figura agachada, que agarraba con dedos deformados la pátera caliente. El resto del peristilo estaba desierto.

—Me preguntaba cuándo volvería a verte —dijo el sacerdote al verlo acercarse. Tenía los ojos despejados y lúcidos, no como la última vez—. Aunque me sorprende que hayas venido voluntariamente. Me dio la impresión de que no te gustaban los templos.

—No es por los templos, es con los sacerdotes con quienes he tenido malas experiencias. —Al ver que el anciano no decía nada en su defensa, Félix continuó—. Loren se ha ido de la ciudad.

El sacerdote pasó la mano entre el humo, que se retorció creando formas peculiares: la suave silueta de un caballo al galope, las alas extendidas de un pájaro, un zorro ocultándose entre la maleza. Una semana antes, Félix habría atribuido las formas al alcohol que hubiera bebido. Ahora todas sus creencias, las reglas gracias a las cuales había logrado sobrevivir, se iban por la alcantarilla.

—¿Se ha ido? ¿O lo han echado?

El sacerdote no lo dijo con tono acusador, pero dio en el blanco igualmente. Llevó a Félix de nuevo al callejón, al miedo que sintió al ver a Loren despidiéndose de Aurelia y Livia. Él había contado con que Aurelia lo convencería para que se fuera con ellas. Su plan dependía de ello. Pero sabía adaptarse a las circunstancias. Así que cambió de táctica. Engañó a Loren para que lo siguiera y luego utilizó todo lo que había aprendido sobre él, lo que admiraba de él: que Loren se dejaba llevar siempre por el corazón.

Había tenido que rompérselo para conseguir que se fuera.

El sacerdote le dirigió una sonrisa más amable de lo que merecía.

—Siéntate un rato conmigo.

Aunque reticente, Félix se sentó en el segundo taburete. Le escocía el corte del brazo, que aún no se había curado del todo.

—Espero que no vaya a rajarme otra vez.

—El momento de apaciguar a los dioses pasó hace tiempo. El rumbo está fijado, o la suerte está echada, si lo prefieres.

—Es reconfortante oír que los dioses también juegan —dijo Félix con un soplido.

El sacerdote se rio.

—Tienen vicios igual que los humanos.

—Entonces, ¿por qué los adora la gente? —preguntó Félix sin poder contenerse y se puso rojo cuando el hombre lo miró enarcando una ceja—. Lo único que digo es que parece injusto todo lo que se hace por ellos cuando...

—¿Cuando ellos nos dan tan poco a cambio? Ah, veo que has dado con la cuestión esencial de la religión —musitó—. Y dime, ¿cuántos años tenías cuando perdiste a tu madre?

—Era muy pequeño. No la conocí.

—¿Y a tu padre?

Félix se puso tenso.

—¿Cómo lo sabe? Que está muerto, quiero decir.

—Leo entre las líneas de tus hombros que llevas solo mucho tiempo, hijo.

Sintió en las venas el apremio de salir huyendo, una sensación que conocía bien. Fue a levantarse, aunque no sabía muy bien para qué, pero el sacerdote alzó una mano.

—No pretendía ofenderte. Compartir la carga puede hacerte mucho bien, ¿sabes?

El corazón empezó a latirle con fuerza, la necesidad perentoria de huir como fuera, pero volvió a acordarse... de que no tenía ningún sitio a donde ir.

Se rodeó el cuerpo con los brazos.

—Tenía once años. Mi padre era contrabandista. Ladrón, de los buenos. Pero aquella vez no fue lo bastante rápido. Lo apuñalaron en un callejón. Yo lo vi. Todo el mundo lo vio. Nadie hizo nada, ni la gente, ni los dioses. Ni yo.

—Suficiente para que pierdas la fe.

—Llevo solo desde entonces, pero ha sido una vida... fragmentada. Hasta que conocí a Loren. Él creyó en mí y ahora lo he perdido. Llevo toda la mañana corriendo por la ciudad, tratando de estar solo otra vez. Y he venido hasta aquí, pero no sé por qué.

—Entonces a lo mejor lo que más falta te hace es fe —dijo el sacerdote—. No en los dioses, sino en tu capacidad para dejar que los demás te vean. Puede que te encuentres a ti mismo, de paso.

Eso sí lo quería. Lo quería tanto que le dolía, un músculo atrofiado por años de falta de uso. A los chicos como él no se les permitía querer. Querer cosas lo había llevado a robar el casco. Lo había llevado hasta Loren. Le había despertado recuerdos que llevaban tiempo enterrados. Querer cosas exigía poder. Reclamaba que se tomaran decisiones.

Félix quería querer más.

Unas lágrimas calientes le nublaron la visión. Se frotó la cara húmeda con la mano y se rio.

—Es usted un sacerdote terrible. Mira que mostrar empatía con alguien que no es creyente. ¿Está permitido?

—No me corresponde a mí juzgarlo —respondió el anciano con voz queda—. Ni convertirte. Yo solo intento ayudar a los demás a encontrar su camino, a dondequiera que los lleve. No estoy tan seguro de que tu camino termine aquí. —Agitó la mano entre el humo azul y volvió a aparecer el pájaro brumoso—. ¿Adónde has dicho que ha ido Loren?

Félix inspiró con dificultad.

—Lo he echado de la ciudad. Le he dicho... cosas horribles...

—No eres el primero que hace daño a alguien para protegerlo.

El sacerdote le sostuvo la mirada de asombro sin pestañear. Las palabras penetraron lentamente, removiendo los últimos posos de los recuerdos hasta acabar con ellos. Puede que esa fuera la última regla que le había enseñado su padre, aquel día ebrio que mató al sacerdote del templo de Mercurio.

Para protegerlo a él, antes de que sus vidas se desmoronasen.

—Con suerte llegará a Sorrento antes de media tarde —contestó Félix con la garganta seca—. No debe regresar jamás a Pompeya.

—Bien. ¿Y adónde vas a ir tú?

—Tengo asuntos pendientes. Una deuda que saldar.

El hombre enarcó aún más la ceja.

—El templo tiene una salida trasera, si quieres probar suerte.

En cualquier otro momento, la propuesta le habría resultado tentadora. Pero allí sentado con el sacerdote y el peso de las inevitables circunstancias en el estómago dijo:

—Aquí es donde tengo que estar. Estoy harto de correr.

Antes de que el sacerdote pudiera responder, un rumor lejano atravesó el cielo, un trueno que no parecía tener fin. En el altar, la pátera repiqueteó sobre la piedra.

—¿Qué...? —preguntó Félix.

Un nuevo temblor sacudió el suelo. El sacerdote se tambaleó con un grito ahogado y el taburete se cayó al perder la estabilidad. Félix se tiró hacia él para sujetarlo y se echó el débil brazo sobre los hombros.

El desasosegante zumbido se agudizó, y un dolor penetrante le atravesó el cráneo como una flecha.

La presión estalló.

Una explosión inmensa atravesó el aire. Una bestia gigante y cruel se había abierto camino hasta el corazón de la tierra y la había hecho pedazos.

Los oídos le pitaban.

—La montaña —dijo el sacerdote casi sin voz—. Mira hacia la montaña.

Félix dejó al sacerdote allí, dio media vuelta y echó a correr hacia la puerta. Los gritos y chillidos provenientes del otro lado quedaban amortiguados por un estruendo sordo e incesante. No le dio tiempo a prepararse para ello antes de abandonar el templo dando traspiés.

Lo recibió el aire caliente, una bofetada de viento abrasador. Se protegió la cara en un acto reflejo y luego bajó el brazo y entornó los ojos ante la tormenta repentina. El polvo y los fragmentos de desecho que flotaban en el aire le arañaron los ojos, pero cuando vio el origen del viento, el escozor se fundió con el paisaje de fondo.

La tierra volvió a temblar, pero el mundo, la gente, se había paralizado. Todos miraban atónitos.

En un silencio colectivo de horror.

Unos hilos negros como tinta derramada se extendían por el cielo, subían en espiral más y más arriba. La nube agitada y mortífera rugió y se elevó. El cielo azul se oscureció. La bestia se expandió. Hambrienta. Buscando, como si solo el sol pudiera saciar su apetito.

Cuando los primeros copos de ceniza empezaron a caer, Félix casi pensó que era nieve. Nieve en octubre. Alargó el brazo con la palma hacia arriba, entumecida, sin entender aún lo que estaba sucediendo de verdad.

Y de repente lo comprendió. De golpe.

El Vesubio había estallado e iba a engullirlo todo.

Félix solo podía pensar en Loren, alejándose de la ciudad a caballo.

Entró de nuevo en el templo con el cerebro entumecido.

—Dígame que lo logra. No... No puedo... Se lo ruego.

Sin decir palabra, el sacerdote se enderezó apoyándose en el altar y agitó la mano entre el humo. Al principio no se vio nada.

Pero luego cambió. Un pájaro y una segunda figura acercándose a él: un halcón con las garras extendidas.

Félix había visto ese halcón antes, el emblema clavado en el pecho de Servius. La traición hirviente sustituyó al miedo gélido, y se olvidó de la montaña. Estaba claro que ese era el menor de los peligros que acechaban a Loren.

—Me temo que su destino no está tan claro —dijo el hombre—. Pero no puedo analizarlo con seguridad a partir de un solo elemento.

Félix no podía respirar. Intentó tomar aire una vez. Otra. Le temblaban las rodillas aun cuando el estremecimiento de la tierra parecía haberse calmado ligeramente. No podía procesar la información. No conseguía entender los sentimientos que le sacudían hasta los mismos huesos.

—Vete. No te preocupes por mí —ordenó el sacerdote.

Félix lo miró buscando su aprobación. No le parecía bien dejarlo allí, pero en los ojos vidriosos del anciano sacerdote solo había determinación. Félix retrocedió.

—Este no tiene por qué ser tu final —dijo el anciano mientras se sentaba de nuevo en el taburete—. Vete.

Y eso hizo. Félix corrió hacia la salida mientras el cielo se oscurecía.

***

Tras la sorpresa inicial llegó el caos.

Félix zigzagueó entre la multitud asustada. La gente caminaba dando tumbos, tropezándose en la prisa por encontrar refugio o escapar o hacer algo. El suelo seguía temblando, pero Félix se había acostumbrado a correr sobre los adoquines inestables.

Darius salió del estupor cuando Félix lo adelantó a toda velocidad por tercera vez esa tarde, pero daba igual. Porque corría de vuelta al nido de la serpiente. Félix lo veía todo rojo de pura ira que le impedía ver las señales que le decían que se estaba equivocando.

Servius no levantó la cabeza de los papeles cuando Félix entró en su estudio y cerró de un portazo. El casco de Mercurio observaba con cara de pocos amigos desde su sitio en el escritorio.

—Me has mentido. —Félix lo señaló con un dedo tembloroso—. Me has prometido, no, me has jurado que tenía tu protección. ¿Qué has hecho?

Los ojos del senador se centraron primero en el dedo y a continuación observaron brevemente a Félix, para volver de nuevo a su trabajo, sin ningún interés. Con gesto indolente, indicó a Darius, que acababa de llegar y resollaba en la puerta del estudio, que lo agarrara, pero Félix escapó con pies ligeros empujados por la ira. Rodeó el escritorio con los puños apretados.

—Yo no he prometido tal cosa. He dicho que tus amigos tenían mi bendición y mis caballos para llegar a la ciudad más cercana. —Servius se reclinó en el asiento con un suspiro y se cruzó de brazos—. Pero tú has incumplido tu parte del trato, de modo que lo justo era anular el acuerdo. He enviado a un soldado a caballo tras ellos.

Félix miró la calva incipiente del senador.

—¿Que yo he incumplido nuestro trato?

—El trato se ha cerrado en el desconocimiento de que tu amigo era el hijo perdido de Lucius Lassius. Una mentira por omisión, por oportuna que sea, sigue siendo una mentira.

Félix enmudeció de sorpresa. Servius señaló un montón de documentos y Félix los agarró. Recorrió con la vista la tinta aún húmeda. Se trataba de un contrato de algún tipo que no entendía, hasta que llegó al final.

Dos firmas. Dos sellos de lacre: una efe elegante, con bucles, y una ele entre hojas de vid.

—La villa de Julia Fortunata ha sido abandonada esta mañana después del terremoto. No se llevó nada consigo, ni siquiera este documento de transmisión de propiedad a un tal Lucius Lassius Lorenus. Lo dejó firmado y lacrado a plena vista, para que yo lo encontrara, obviamente. Admito mi confusión. Según se decía en los corrillos, nadie había vuelto a ver al heredero de Lassius desde hacía años. —El senador se detuvo a escribir algo—. Por supuesto, aquí es donde entra Celsinus.

Félix apartó la vista del contrato. No podía haber oído bien. Fue entonces cuando se fijó en la pequeña figura sentada en el otro extremo de la estancia tan callado que, perdido en su propia rabia y desesperación, Félix no lo había mirado siquiera.

Celsi lo miró con un mohín ceñudo.

—No me mires tan sorprendido, ladrón.

—Celsinus ha resultado muy útil —dijo Servius—. No solo fue a recoger el contrato, sino que confirmó que el heredero de Julia es quien dice su sello.

—Todos me subestiman —dijo el chico, y el mohín se convirtió en una sonrisa retorcida y orgullosa—. Pero soy más listo que todos vosotros. El anillo que llevaba al cuello tiene el mismo emblema que las botellas que bebe mi padre. Soy el único que lo sabía en toda esta maldita ciudad.

—Esa boca —lo regañó Servius—. ¿Qué diría tu padre?

Celsi cambió de postura y cruzó los brazos flacuchos enfurruñado. Tenía un moratón en la frente, oculto en gran parte por el pelo.

—Vi a Loren hablando contigo en el templo, durante los festejos, y sé que lleva días haciendo averiguaciones sobre el casco. No ha sido tan difícil de resolver. Y pensé que el senador Servius debía saber toda la verdad.

Celsi tenía suerte de que Félix mostrara la dignidad suficiente como para no insultar con palabras gruesas a un niño al que aún no le había cambiado la voz.

—Julia le tendió una trampa a Loren —dijo con los labios apretados—. Sabía que ibas a por ella, así que lo puso a él en tu diana. Cuando lo mataras, Julia revelaría la verdadera identidad de Loren.

—Me acusaría de matar al heredero de Lassius, lo que hundiría mi carrera política, y le ahorraría la molestia de acabar conmigo. —Servius corrió la silla hacia atrás y se levantó. Se colocó frente a Félix y levantó las manos en un gesto apaciguador—. Sí. Una mujer muy lista. Oh, no lo arrugues. Aún lo necesito.

Sacó el pergamino de entre los puños apretados de Félix y lo alisó sobre la mesa con una desagradable sonrisa de satisfacción.

—Lorenus es el heredero del patrimonio de Lassius y Fortunatus, lo que lo convierte en el hombre más rico de la provincia de Campania, pero yo tengo el contrato que lleva su nombre. Con esto en mi poder, puedo obligarlo a que convenza al consejo para que incline el voto a favor de aumentar los impuestos para Roma. Me complace lo bien que ha salido todo.

—Y has enviado a ese jinete para que lo traiga de vuelta. Loren no querrá trabajar contigo. Él...

Servius dejó caer el contrato a un lado y las hojas se descolocaron con la corriente que generó el movimiento. Félix se movió sobresaltado mientras caían al suelo. Celsi, cuyos instintos se habían moldeado a lo largo de los años alrededor de los impredecibles hombres que formaban el consejo, se tiró de rodillas para recoger los documentos y ordenarlos.

—Innecesario —dijo Servius—. El defecto de Julia es que siempre da demasiadas vueltas a las cosas. No me hacen falta patrimonios, ni siquiera el voto de Pompeya. Ya no. Tengo el casco. Te tengo a ti.

Félix sintió que el estómago se le ponía del revés. Recordó las palabras que le había dicho el senador la noche que se conocieron. «Colaboradores. Los Casio y Bruto de una nueva era». De pronto entendió lo que pretendía hacer con el casco: quería utilizar el poder que creía que le concedía a Félix. Vengarse de Roma por haberlo exiliado. Vengarse del imperio. Las advertencias a las que no había querido hacer caso le cayeron encima de golpe.

«Camina entre sueños. Cruza los planos. Guarda en su interior las almas en pena. Se mueve entre los vivos y los muertos».

Y lo que un poder como ese podría hacer en manos de Servius.

Tratando de contener el pánico creciente, Félix se obligó a pensar en lo que realmente importaba. Ni en la magia, ni en los recuerdos.

—Entonces, ¿para qué hacer volver a Loren? —espetó—. Si ya no lo necesitas, déjalo en paz.

La sonrisa del senador se amplió.

—No me has entendido. Esto no tiene que ver con Lorenus. Es una lección para ti. Maxim ha recibido instrucciones de deshacerse de todos. Nada de cabos sueltos.

—Nada de cabos sueltos —repitió Félix aturdido.

—Has dicho que Loren no sufriría ningún daño —intervino Celsi con un hilo de miedo—. Me lo has prometido.

Promesas, promesas... Félix gruñó y se abalanzó sobre la ventana para abrir los postigos y que vieran cómo se estaba oscureciendo el día, la nube negra que había engullido el sol.

—¡Se está acabando el mundo!

—Tengo el casco —repitió Servius—. Te tengo a ti.

Como si Félix tuviera la capacidad de detenerlo. Con la boca seca y la cabeza dándole vueltas, se echó hacia delante apoyándose en la silla de la mesa.

—¿Cuándo ha partido el jinete? —preguntó con los dientes apretados.

—No hace mucho. Te aseguro que tu chico le lleva una buena ventaja. Aunque como carga con la niña de la tienda y su madre, no creo que tarde mucho en alcanzarlos. De hecho... —Servius se asomó a la ventana—, si mis cálculos no fallan, debe de estar a punto de hacerlo.

Félix se abalanzó sobre el casco y salió corriendo hacia la puerta, pero Servius hizo otro gesto de aburrimiento. Darius lo agarró mientras él pataleaba y daba manotazos y, tras darle un golpe en la cara, lo obligó a ponerse de rodillas, con las manos a la espalda. El casco salió rodando. Félix estaba harto. Jadeando, miró con cara de pocos amigos a Servius, que lo contemplaba como quien mira a una mascota haciendo monerías.

—Has perdido —dijo Servius—. Después de todos estos años en el juego, la partida termina aquí. ¿Me permites un consejo? Aunque poca falta te va a hacer ya, puesto que tu vida me pertenece.

—Que te jodan.

—La próxima vez, no dejes que el hombre que está al mando sepa qué o quiénes te importan. Ese fue el error de tu padre también. —Se puso en cuclillas, le metió la mano entre los rizos y se los retorció—. Y voy a darte otro consejito, igual que hice con tu padre. Conmigo no se juega.

—Tú no sabes nada de mi padre.

—¿Que no, Félix? Eres su viva imagen, y yo nunca olvido una cara. —Sacó la mano y le acarició el pómulo con el pulgar—. ¿Es que Julia no te contó por qué me exiliaron de Roma? Tu padre y yo nos movíamos en los mismos círculos de contrabando. Mató a nuestro sacerdote y luego me traicionó. Ordené que lo mataran. Y si los guardias te dejaron ir fue gracias a mi clemencia.

—Calla —suplicó Félix, incapaz de hacer nada más—. Calla.

Servius se enderezó y se sacudió una mota invisible de la túnica, como si la mera cercanía a Félix lo hubiera manchado. Y dirigiéndose a Darius añadió:

—No me sirve de nada si pelea. Haz que se calme para poder poner a prueba mi teoría.

Darius obedeció con excesivo entusiasmo. Le abrió la boca y Félix notó en la lengua el sabor agridulce de la savia de amapola, que entró en su torrente sanguíneo como un hilillo y después todo de golpe. A continuación, le apretó con las manos impidiéndole respirar. Félix forcejeó tratando de agarrarse a algo, de mantenerse consciente, pero el sueño lo venció y se apoderó de él por completo.

—Ya basta —ordenó Servius con el ceño fruncido—. He dicho tranquilizarlo, Darius, no...

Lo último que vio Félix fue el casco de Mercurio en un rincón, un trofeo de plata por perder otra vez. Después, todo se volvió negro.

CAPÍTULO XXIV

Loren

—¿Lo oyes? —preguntó Aurelia.

El repentino silencio que se produjo a continuación fue lo que sacó a Loren de su adormecimiento.

La niña no había dejado de parlotear sobre nimiedades desde que salieron de Pompeya. Empezó hablando del tiempo, lo que se convirtió después en un romance fantástico con ninfas, vino y semidioses, que era obvio que se iba inventando sobre la marcha, y, bueno, dejó de escucharla. No era nada personal. Pero reconoció que Aurelia estaba usando su propia estrategia: hablar para disimular el silencio incómodo.

A veces veía demasiado de sí mismo en ella.

Pero Aurelia se había callado y había ladeado la cabeza, así que prestó atención él también.

—Cuesta oír alguna cosa cuando no dejas de contar historias —dijo Livia, sin dureza.

—No, escuchad. —Aurelia tiró de las riendas que llevaba su madre. Los caballos redujeron el paso hasta detenerse en lo alto de una loma, pegados a un lado porque al otro se abría un profundo barranco. Se produjo un hondo silencio. El viento agitaba las hojas. Se oyó el arrullo de una paloma a lo lejos.

—No oigo nada —dijo Loren ligeramente molesto.

—¡Calla!

El golpeteo de unos cascos a gran velocidad, lejanos aún, pero acercándose. Loren se volvió en la silla y miró a lo lejos. Una mancha oscura se recortaba contra el pálido horizonte, una figura borrosa se aproximaba a ellos.

Livia silbó.

—Pues sí que tienen prisa. ¿Qué será? ¿Alguna noticia urgente?

—¡Oh! Igual es una declaración de guerra. Una inundación. O un golpe de estado en la ciudad —dijo Aurelia, casi dando saltos de emoción.

Loren hizo una mueca de dolor al pensar en Julia y Servius, y en el pobre Umbrius. «Cualquier cosa menos un golpe de estado».

—Puede que sea mejor que nos apartemos del camino.

Llevaron los caballos a la sombra de un pino y desmontó para ver mejor. Para eso y para escapar de la asfixiante preocupación de Livia. No había dicho una palabra, pero su abrumadora energía maternal lo estaba poniendo nervioso, entre las tiernas miradas por el rabillo del ojo y la boca ladeada en una mueca.

No quería evitarla. Solo pretendía proteger su maltrecho corazón.

El jinete desapareció tras un afloramiento rocoso. Detrás de él, Loren oía a Aurelia rebuscando entre las provisiones. Había retomado la historia de la ninfa.

Separarse de ellas cuando se levantaran al día siguiente iba a destrozarlo, aunque aún no sabía hacia dónde iría. Regresar a Pompeya era lo sensato, pero no podía obligar a la ciudad a aceptarlo de nuevo. Cruzar el mar le permitiría empezar de nuevo, aunque no lo merecía. Si no hubiera eludido sus obligaciones familiares para tratar de abrirse un camino propio en perpendicular al que le había marcado su padre, ahora no tendría un agujero en el estómago en carne viva.

Debería volver a casa, al lugar que le correspondía. Donde sus visiones no hicieran daño a nadie más. Eso era lo que se merecía. Había intentado volar demasiado alto y se había quemado.

Se sentía mareado, un efecto secundario de montar demasiado tiempo seguido bajo el sol. Se volvió para pedirle a Aurelia que le lanzara el odre del agua, pero de pronto se le nubló la visión, perdió pie y vio... *una espada dibujando un arco en el aire.*

Las patas de un caballo piafando sobre su cabeza.

Un casco y una expresión ceñuda de determinación debajo de este y el brillo de un blasón familiar.

Loren volvió en sí con un grito ahogado y las palmas apoyadas en el suelo de tierra. ¿Cuánto rato había estado inconsciente?

—¡Aurelia, corre! —gritó.

El jinete irrumpió en lo alto de la loma blandiendo una espada que despedía reflejos fríos en el calor de la tarde. No le dio tiempo a pensar, a escabullirse para protegerse del caballo encabritado antes de que la espada cortara el aire. Rodó hacia un lado y la gravilla le agujereó la túnica.

Livia gritó y corrió a esconderse detrás de la maleza.

«Que no les pase nada. Por favor, dioses, permitidles escapar».

Por delante, el mercenario dio la vuelta para volver a atacar. Loren se quedó petrificado en la carretera, muerto de miedo. La espada cortó el aire.

Algo rojo y redondo atravesó el aire y acertó de pleno en el casco del mercenario. Al recibir el golpe en un lado, el arco que pretendía trazar con la espada no le salió bien. El caballo se asustó ante el abrupto movimiento. Retrocedió relinchando enfadado y el jinete perdió el equilibrio y cayó con un sonoro golpe. El objeto lanzado llegó rodando hasta el pie de Loren: una manzana a la que habían dado un solo bocado.

Aurelia, inconsciente, valiente e inteligente como siempre.

Loren volvió en sí. Se levantó y se apartó de los cascos del caballo sin jinete, que se alejó carretera abajo. El soldado se puso en pie y se quitó el casco.

Maxim, el que acompañaba a Darius cuando fueron al viñedo.

El terror se apoderó de Loren. Jamás pensó que lo seguirían estando tan lejos de Pompeya, pero mirándolo en retrospectiva, no había testigos en medio del campo. Era un camino tranquilo, en el que las manchas de sangre en la tierra no tardarían en desaparecer. Servius debía de haberse enterado ya del contrato. Y solo él tenía la culpa. ¿Qué había hecho dejando sola a Julia en la casa vacía?

Maxim se acercó despacio. La espada lanzaba destellos maliciosos. Por cada paso que Loren daba hacia atrás con torpeza, el soldado avanzaba dos.

—No pienso volver a Pompeya —intentó—. Te doy mi palabra. El contrato...

La espada cayó rasgando el aire donde un momento antes estaba su estómago.

—Deja que mis amigas se vayan, y haré lo que...

Un nuevo metal atravesó el aire con un silbido. Y al momento apareció una hoja junto al cuello de Maxim.

—No lo toques.

Livia lo rodeó mientras Maxim se quedaba quieto. Se había acercado a ellos con tanto sigilo que Loren no se había dado cuenta hasta que la vio ahí de pie, con los hombros tensos de ira. Empuñaba la gladius de su marido con una mano letalmente firme.

—¿Y vas a detenerme tú, mujer? —dijo Maxim con un deje de diversión.

Mala elección de palabras.

Livia le hizo un corte en el brazo y el soldado siseó. Soltó la espada, que cayó al suelo con un ruido sordo. La sangre oscura comenzó a brotar de la herida. Livia se acercó la empuñadura de la espada del hombre con el pie y se la lanzó a Loren. Este tardó un segundo en reconocer la orden. La cogió con manos temblorosas.

Fue solo un momento, pero se dio cuenta de que el suelo estaba temblando de nuevo.

Debajo del pino, los caballos se removieron inquietos. Aurelia, escondida en algún lugar entre la maleza, gritó una advertencia. Bajo los pies de Loren, la tierra vibró con violencia.

Una réplica del terremoto de esa mañana.

La voz del Félix fantasma: «Pero esto es mucho más importante que tú».

Loren se volvió hacia el lugar del que venían. El Vesubio, orgulloso y distante como un viejo centinela de piedra, se quebró.

—¡Por Júpiter! —exclamó Maxim.

Todo el mundo aparte de la montaña se paralizó en el momento en que una columna de cascotes salió disparada hacia el cielo, como un puño dirigido al cielo. Unos rayos rojos de luz atravesaron la nube en varias direcciones y se oyó un crujido amortiguado como el de un trueno lejano.

Viendo desplegarse la tormenta en las fauces mismas del Vesubio, Loren se sintió fuera y a la vez extremadamente cerca. No podía apartar la vista. Una lágrima rodó por su mejilla. Había estado allí apenas un día antes. Había pisado las mismas rocas, caminado por el mismo cráter, sentido la quemazón del vapor y la grava ardiente. Se había puesto de rodillas para tocar el rostro del Félix fantasma y había vuelto a tomar la decisión incorrecta.

En lo primero que pensó fue en el casco. ¿Se lo habría puesto Félix al no estar él para impedírselo? Pero nada más imaginarlo, supo que no. Félix había dicho que no lo haría. Y pese a insistir en lo contrario, él, Loren, era más mentiroso que Félix.

Lo segundo que pensó fue que debería haber hecho caso al fantasma.

Ola negra. Destello cobrizo. La cabeza le daba vueltas mientras repasaba minuciosamente lo que pensaba, lo que sabía y dónde lo uno y lo otro se separaba. Observó sus visiones desde ese nuevo punto de vista, la muerte, la ceniza y las lágrimas del fantasma. El Vesubio, presente siempre en sus sueños, la advertencia silenciosa del fantasma. ¿Alguna vez había sido el fantasma tan cruel como decía Loren? ¿O había sido otra víctima de su necesidad de controlar la situación, desesperado por demostrar que era un héroe?

Con ello los había condenado a todos.

Una fuerza arremetió contra él por detrás. Aunque desarmado y sangrando, y ante el fin del mundo, Maxim no estaba aún fuera de juego. Lo embistió y ambos cayeron rodando ladera abajo.

Loren soltó la espada y levantó los brazos para protegerse la cara. Fragmentos de roca le laceraban la piel. Rodando cada vez más deprisa con el impulso de la caída, los dos pateaban y lanzaban manotazos mientras el paisaje y el cielo giraban con ellos, pero no había manera de que Maxim lo soltara. Terminaron en el fondo del abrupto barranco. Un ruido sordo retumbaba en los oídos de Loren.

Maxim lo puso de espaldas y lo inmovilizó clavándole la rodilla en el estómago. Loren pataleaba intentando quitárselo de encima, pero el guardia era grande y pesado como un toro.

Le rodeó la garganta con las manos.

El pánico se apoderó de él. En lo más profundo de su cerebro privado de aire, Loren se preguntó si Clovia y Umbrius y el padre de Julia habrían sentido el mismo terror, unidos en la muerte los cuatro por un hilo invisible, aunque no tuvieran nada en común en vida. Empezó a verlo todo negro. No podía respirar.

Hizo lo único que sabía hacer: cayó y se dejó llevar por el impulso.

Con las últimas fuerzas antes de perder la consciencia, Loren agarró una piedra y le golpeó la sien con ella. La presión en el cuello desapareció. El aire entró de nuevo en su cuerpo asfixiado. Le dolía todo. Loren rodó hacia un lado hasta quedar encima de Maxim, que tenía la cara cubierta de sangre. El guardia gimió y forcejeó, tratando de agarrarlo con sus manazas, pero Loren lo golpeó otra vez.

Y otra.

El tiempo se desdibujó.

Maxim quedó inmóvil.

Loren sintió que se le cerraba la garganta.

—Loren, cariño, ya vale.

Lo apartaron suavemente y le quitaron la piedra de la mano entumecida. Livia había bajado al barranco.

—Lo he matado —dijo Loren con un gemido ahogado. Le ardían las mejillas. Estaban mojadas. Tardó un momento en comprender que estaba llorando, que su pecho subía y bajaba con dolorosos sollozos. Le parecía irreal todo. Él no era él.

—Vamos a limpiarte un poco, anda —dijo Livia con inmensa dulzura.

¿Limpiarlo? Loren se miró y trató de contener las ganas de vomitar al ver que tenía las manos cubiertas de sangre. Imposible saber cuál era suya y cuál de Maxim. Le subió una arcada, se estremeció y lo echó todo sobre la grava.

Cuando se vació por completo, Livia consiguió alejarlo y subieron de nuevo al camino. Ninguno dijo nada sobre el cadáver que ya se enfriaba allí abajo.

Al llegar arriba, una maraña de rizos oscuros se abalanzó como un rayo sobre él y unos brazos le rodearon la cintura. Maxim ya no podía hacerle daño, no podía hacer daño a Livia. Y aun así, Loren no era capaz de mirarlas a los ojos. Se dirigió a los caballos dando traspiés, con las piernas temblorosas. Asqueado de vergüenza. Ni una sola vez había pensado en Aurelia ni en Livia mientras golpeaba al guardia en la cabeza. Solo tenía sitio para el instinto básico de respirar. Algo verdaderamente terrible se había apoderado de él, y mucho se temía que sabía lo que era.

Cuando Félix le había dicho que siempre seguía los dictados de su corazón, no podía saber que Loren tenía el corazón podrido. Envenenado. Era una criatura egoísta de pies a cabeza.

La yegua seguía temblando de miedo entre el ataque y el terremoto, pero le acarició el lomo suavemente, y el animal se tranquilizó. Un odre lleno colgaba de la alforja. Le quitó el corcho y se echó agua por los brazos, frotándose con las uñas hasta que el agua salió rosa y, finalmente, transparente. Cuando volvió a colgarlo de la alforja, se fijó en el sello grabado en la silla, algo en lo que no había caído hasta el momento.

Podría bajar hasta el cadáver de Maxim a por el blasón de Servius que llevaba prendido en el pecho y ponerlo junto al que tenía delante en la silla, pero en realidad no hacía falta. El halcón lanzándose en picado estaba grabado a fuego en su memoria.

Unas pisadas suaves se acercaron a él. Sabía quién era sin necesidad de darse la vuelta.

Procuró hablar con voz calmada.

—¿Quién nos ha conseguido estos caballos, Aurelia? Porque no son de Celsi.

No respondió.

—¿Qué te ha dicho Félix? —Se frotó la cara con la mano y se estremeció asqueado al ver las manchas de sangre. Se giró hacia ella con súbita desesperación—. ¿A cambio de qué?

El silencio atónito de Aurelia se quebró.

—Me lo he encontrado esta mañana en la tumba de papá, me ha dicho que tenía que hacer un recado y que después nos traería los caballos. Él... sabía lo de tus visiones. Y lo de las mías.

—Sospechaba que iba a ocurrir algo. —Incluso cuando él, lleno de arrogancia, le había asegurado en el olivar que todo saldría bien—. Él es así de perspicaz. Te ha ofrecido una vía de escape. Siempre y cuando...

—Nos acompañaras —terminó ella con el rostro descompuesto.

La cabeza le daba vueltas. La crueldad que le había mostrado Félix en el callejón ya no sonaba brusca, sino calculada. «Vete a casa». Las palabras no habían sido la puntilla final, sino una súplica para salvarle la vida.

—¡En el nombre de Júpiter, Aurelia! ¿Por qué me has mentido? ¿Por qué nos has mentido? —Livia le sacudió los hombros, pero Aurelia se soltó.

—Porque si Loren se va —dijo hipando entre sollozos—, no volveré a verlo. Y no puedo perder a mi hermano.

Las palabras de la niña le llegaron al alma. Loren la entendió como no había hecho antes. No era el lamento de una niñita que siempre optaba por la peor entre varias situaciones hipotéticas. Era el lamento de una niña que sabía lo que iba a suceder porque lo había visto.

Loren se apoyó en el árbol y observó el horizonte. El suelo tembló de nuevo. A lo lejos, el Vesubio bramaba enfurecido, una mancha oscura en el cielo azul, Pompeya condenada a sus pies, con todos sus habitantes atrapados allí abajo.

Félix estaba atrapado allí abajo.

Poco a poco volvió en sí.

—Creo que tienes razón —dijo con voz queda—. Nuestros caminos se separan aquí. Esta es la última vez que nos veremos. No te haré una promesa que no puedo cumplir.

—No te vayas —dijo Aurelia con voz entrecortada—. Perdóname por mentirte.

—No estoy enfadado, Aurelia, pero, aunque no pueda salvar la ciudad, tengo que volver a buscar a Félix.

Tendría que bastarle con eso.

La niña se dejó caer al suelo y se cubrió la cara con las manos.

Ya solo quedaba Livia. La mujer que había estrechado junto a su pecho al niño asustado nada más llegar a la ciudad. La mujer que lo había tratado como si fuera su propio hijo, le había dado ropa y nunca le había pedido nada a cambio. La mujer que lo quería simplemente porque lo consideraba digno de su amor. La mujer que sostenía las riendas de la yegua.

—He tenido una visión en la que lo sacaba de la ciudad —mintió—. Los dos saldremos con vida. ¿Vas a detenerme?

Los ojos de Livia se llenaron de lágrimas y los labios le temblaban en una mueca de dolor. Loren se preparó para enfrentarse a ella. Pero Livia negó con la cabeza. Inspiró profundamente y le puso la mano sobre el corazón.

—Los egipcios creían que los pensamientos salían de aquí. Nosotros sabemos que no es así, que proceden de la mente. Pero creo que, a veces, está bien seguir los dictados de nuestro corazón.

—Mamá —dijo Loren con la voz quebrada.

Ella lo estrechó en un abrazo que podría no haber terminado nunca. Loren se apretó contra ella.

—Hay pocas cosas por las que merezca la pena luchar —murmuró—. El amor es una de ellas.

Cuando se separó de él, Livia le puso las riendas en las manos y descolgó las alforjas. Loren subió la pierna para montar y guio al animal hacia la catástrofe de la que huían.

—¡Espera! —gritó Aurelia, que se levantó a toda prisa y se dirigió corriendo al otro caballo.

—No puedes venir conmigo —dijo Loren alarmado.

Pero Aurelia no se subió al caballo, sino que se puso a rebuscar algo en la silla hasta que sacó una funda que conocía bien. Después cogió la gladius que se le había caído a su madre tras atacar al soldado. Y se lo dio todo a Loren, que la contemplaba atónito.

—Toma. —Cuando Loren rechazó el ofrecimiento con la cabeza, ella le enseñó los dientes con un gruñido—. Cógela —insistió.

Loren miró a Livia. La espada era lo último que le quedaba de su marido. Pero la mujer se limitó a asentir con la cabeza. Loren se ciñó la funda al cinturón y guardó la gladius. Era pesada, algo a lo que no estaba acostumbrado.

Aurelia le apretó la rodilla. Y con toda la sabiduría que se podía tener con doce años, dijo:

—A la mierda el destino.

Loren espoleó al caballo sin quedarse a oír la regañina de Livia por decir palabrotas. Dirigió la atención a la nube negra que se alzaba del Vesubio. Y no miró atrás.

***

Mientras azuzaba al caballo, y los cascos levantaban una nube de polvo, Loren se preguntaba si Livia habría visto la mentira en su cara. «He tenido una visión». Y una mierda. Sus sueños no eran tan específicos ni sus visiones se proyectaban hacia algo tan inusual. Livia lo sabía, y aun así había dejado que se fuera.

A pesar de las predicciones de Aurelia, Loren juró que, si sobrevivía, iría a buscarlas y les contaría toda la verdad.

Una sofocante capa negra cubría el cielo más adelante, punteada por llamaradas naranjas. Copos gruesos de ceniza caían como nieve ardiente. Respirar hacía que te quemaran los pulmones. Fuera de las murallas de la ciudad, la gente aterrorizada y manchada de polvo y hollín buscaba el endeble cobijo de las tumbas del camino. Loren pasó entre los rezagados y entró precipitadamente en la ciudad en llamas. Desmontó en la puerta. La yegua estaba nerviosa y exhausta, atarla a cubierto era injusto, pero Loren no podía permitirse que huyera. La necesitaría para escapar cuando encontrara a Félix.

—Vendré a buscarte —le prometió.

El animal no parecía convencido.

La vía Estabiana estaba desierta. Habían pasado horas desde el estallido de la montaña. A esas alturas, los que no habían huido, se habían recluido en la seguridad de sus hogares y tiendas para evitar los cascotes y esperar a que pasara la tormenta. Salía humo de los edificios y las piedras ardientes causaban incendios al caer sobre la madera. El ruido de sus sandalias resonaba mientras corría por la calle, sorteando carros abandonados y colándose por debajo de toldos hundidos por el peso de la ceniza. La gladius le golpeaba la cadera.

No sabía por dónde empezar a buscar a Félix si este estaba con Servius. Debería haberle preguntado dónde estaba la casa del senador. Todo se veía más claro cuando se miraba en retrospectiva. Se detuvo en seco al llegar a una esquina cerca del anfiteatro, junto al templo de Isis, para ordenar los pensamientos.

—¿Loren?

El corazón le dio un vuelco. Había alguien desplomado en los escalones del templo. A pesar del pelo aplastado con el sudor y la ceniza, reconocería el ceño fruncido de Camilia en cualquier parte.

Se sintió aliviado al comprobar que aún quedaba alguien vivo entre las murallas de Pompeya. Se acercó trotando y se arrodilló junto a ella. Los dos se tocaron al mismo tiempo, y Camilia le tomó las manos y se las llevó al pecho. De cerca, tenía aún peor aspecto, con el lápiz de ojos emborronado.

—¿Estás herida? —preguntó Loren al tiempo que se asomaba al interior del templo. Solo se veía la pátera en el altar del peristilo, enviando señales de humo que nunca llegarían a nadie—. ¿Dónde están los demás?

—Nadie ha visto al sacerdote desde esta mañana —respondió cansada—. Sera y Shani... He ido a buscarlas. Vi... Se han ido,

Loren. Todos se han ido. Hasta los gatos huyeron anoche, como si supieran lo que iba a pasar. Me he dejado la piel aquí sola sacando a la gente de edificios derrumbados y apagando fuegos. ¿Dónde estabas?

«Por ahí haciéndome la víctima». Eso es lo que debería haberle contestado, si fuera sincero. Se sobresaltó al notar una piedrecita en el hombro.

—No puedes quedarte aquí. Tienes que abandonar la ciudad, alejarte todo lo que puedas.

—¿Quedan docenas, centenares de personas en la ciudad, y me dices que me vaya? —Se puso roja de rabia debajo de la suciedad—. Nunca cambiarás.

—Ya has hecho todo lo que podías. Lo peor está por venir.

Camilia hizo una mueca de desprecio.

—Déjate ya de visiones.

—Yo tenía razón —espetó él.

Los dos se sostuvieron la mirada en un feroz duelo. Camilia se mantenía firme, excepto por el temblor de los labios y que seguía sin soltar a Loren. Él se lo permitió y empezó a comprender lo que ocurría.

—No encuentras a Celsi —dijo con ternura.

Al instante, Camilia se desplomó y se encorvó hacia delante con tristeza.

—He ido a su casa en cuanto he podido. Su padre estaba muerto, Loren, aplastado por un muro con una botella en la mano. Celsi no estaba. No sé dónde está. Intentó decirme algo, ¿sabes? La tarde del baile. Algo sobre ti, siempre es algo sobre ti, pero su padre se lo llevó a rastras. Para castigarlo. Solo por hablar conmigo. —Se secó los ojos—. Celsi es lo más parecido que he tenido a un hermano.

Loren había pasado años compitiendo silenciosamente con un niño por el cariño de Camilia y en ese momento, a las puertas del fin del mundo, se daba cuenta de que había sido una rivalidad absurda. Le costaba respirar con el azufre que flotaba en el aire.

—No puedes hacer nada más por él, Camilia. Tienes que irte.

Lo miró con las fosas nasales hinchadas. Por un momento, Loren se preparó para el golpe. Pero, de repente, Camilia comenzó a sollozar en silencio.

Despacio, Loren la ayudó a levantarse y a bajar los escalones del templo. Al llegar a la esquina, le apretó suavemente la muñeca y la soltó por completo. Quería decirle algo. Pero Camilia no necesitaba palabras de despedida. Lo miraba sin dar crédito.

—¿Me echas un sermón, pero está bien que tú te quedes?

—Tengo que hacer una cosa.

—¿Que tienes que hacer una cosa? ¿Para quién? ¿Para Julia Fortunata? ¿Para el sacerdote Umbrius? Ah, ¿no te has enterado? Está muerto. ¿O...? —Sonrió con desprecio—. No me digas que has venido por ese ladrón andrajoso. Os vi juntos. ¿Estáis...?

—Se llama Félix —espetó Loren, pero se quedó mirándola atónito, negando con la cabeza. Y entonces se apartó de ella—. Adiós, Camilia.

—Espera —lo interrumpió antes de que se alejara. Parecía que le costaba hablar—. Hay algo que tienes que saber. El soldado que lo perseguía aquel día vino por aquí anoche. Quería saber dónde vivías y lo que hacías.

—¿Qué le dijiste?

—«Que te jodan» —dijo ella con una mueca de desprecio.

Una carcajada subió por la garganta de Loren.

—Dime que viste por dónde se fue.

—Mejor. Lo seguí. Si un cabrón anda metiendo las narices en los asuntos de mi amigo, tengo todo el derecho a saber quién es.

Una piedra al rojo vivo le cayó en el brazo desnudo. Camilia hizo un gesto de dolor y le dio las indicaciones a toda prisa.

Por primera vez desde hacía horas, Loren tenía motivos para albergar esperanzas.

—Si fueras un hombre, te besaría.

—Si tú fueras una mujer, puede que yo te besara a ti. —Camilia se apartó de la acera y lo miró con ojos entornados—. Nos vemos.

Se marcharon cada uno en una dirección.

El pulso de Loren corría más que sus pies. Había fallado a la ciudad. Había fallado al templo. Había dado un paso atrás en su intención de detener el desastre después de sacar las conclusiones equivocadas. Pero encontraría a Félix o moriría en el intento, eso lo tenía claro. Hasta que corrigiera todos sus errores.

Félix no cargaría con el peso de sus decisiones.

Y eso sí que era verdad.

CAPÍTULO XXV

Félix

Los sueños de Félix lo llevaron de vuelta a casa.

En Roma, en el monte Aventino, había un templo. No era el único. Había muchos templos en Roma: templos sencillos, templos grandiosos y templos que se encontraban a medio camino, como el de Mercurio. Era impresionante pero no excesivo. Un buen lugar para criar un niño sin madre, y con un padre impelido por una necesidad primordial y compulsiva de estar siempre en movimiento.

Félix visitó en sueños la primera vez que probó el vino, el de verdad, no esa cosa aguada e insípida que les daban a los otros niños. Ese era el vino que bebían los adultos cuando el robo les salía bien. Félix no sabía qué celebraban, y además el vino estaba asqueroso. Demasiado amargo. Le daba sueño.

Alentado por la lechosa savia de amapola, soñó.

***

Félix dedujo que si estaba viendo el rostro de Loren era porque había llegado a los Campos Elíseos, sin ninguna duda. Era extraño, porque no recordaba haber hecho nada especialmente heroico en su vida.

—Gracias, Isis —dijo Loren.

Tenía las mejillas enrojecidas y los ojos de canela hinchados. ¿Habría estado llorando? Él se pelearía con quien hiciera falta. Él...

—¿Crees que puedes sentarte?

Le dolía absolutamente todo. No le dolía absolutamente nada.

—¿Mi padre está aquí?

—¿Tu padre? —Loren frunció el ceño—. Félix, ¿dónde estás?

Pero cómo iba a estar su padre en ese reino sagrado. Demasiada sangre sacerdotal en sus manos.

¿Dónde estaba? Parte en este mundo y parte en el otro. Los fantasmas le tiraban de la túnica, preguntando, pidiendo...

Debería conducirlos hacia el descanso. Tenía trabajo que hacer.

Ojalá no estuviera tan cansado.

Se le cerraron los ojos.

—No, no, quédate conmigo, Félix, por favor...

Corría descalzo entre campos de amapolas en flor, carnales y rojas, mientras el mundo se desangraba tras él.

***

Félix sentía unas manos encima. Iba a vomitar.

—Déjame —dijo con asco y arrastrando la voz—. Que me dejes.

Quien lo estaba tocando se apartó, dejándole una sensación fría en la oscuridad.

—Félix —dijo Loren—. Por favor, sé que estás cansado, pero tienes que despertarte.

Félix sintió la náusea. Escupió y la bilis le escurrió de los labios y formó un charquito en las baldosas del suelo. Sintió otra arcada acompañada por un estremecimiento, tosió y tembló. La savia de amapola estaba amarga cuando te la tragabas, pero era aún peor cuando la echabas.

—Te vas a ahogar en tu propio vómito como sigas ahí tumbado. Voy a tocarte, pero solo para ayudarte a incorporarte.

Las manos regresaron y Félix se retrajo, pero quien fuera aquella persona cumplió con su palabra y lo ayudó a sentarse contra la pared. Luego se apartó. Tenía las manos atadas con una cuerda áspera.

La visión de Loren arrodillado ante él fue la peor de todas.

—No puedes estar aquí —dijo con voz ronca.

—Yo también me alegro de verte —dijo Loren con un resoplido, pero había calidez en sus palabras—. Dime que huelo mal o que llevo un corte de pelo feo, y así sabré que estás despierto de verdad.

Bajo el profundo cansancio notó una egoísta sensación de alivio. Loren había desafiado lo imposible, había sobrevivido, y todo para ir a sacarlo de aquella sala llena de reliquias mientras la ciudad se desmoronaba a su alrededor. Pestañeó deprisa varias veces seguidas. Estaba pegajoso por la fiebre, cubierto por una fina capa de sudor mezclado con ácido del estómago que le resbalaba por la barbilla.

Arrugó la nariz.

—No huelo nada más que mi propio vómito.

—No, no cierres los ojos. Voy a soltar las cuerdas, ¿vale?

Loren se sacó una espada del cinturón. Félix retrocedió y retrajo los codos todo lo que le permitían las ataduras.

—¿Y me vas a cortar las manos? Son mis herramientas. Las necesito para trabajar. Busca el cuchillo que tengo en el bolsillo.

—No voy a... —Loren suspiró, pero palpó el lateral de la ropa de Félix—. Vacío.

—Mierda. —Félix respiraba de forma entrecortada, jadeando superficialmente. Si pudiera echarse un sueñecito, aunque solo fuera un momento... Se clavó las uñas en las palmas para mantenerse consciente—. Me gustaba ese cuchillo. Madera y hierro. El pequeño grabado que tenía. Era valioso. Podría venderlo.

—Sigue hablando. —Loren se levantó y desapareció—. A ver si encuentro alguna cosa. Por todos los dioses, esta sala es de lo más tétrica. Hay montones de objetos extraños.

—Es coleccionista —murmuró Félix—. Aquí es donde guarda su colección. Sus cosas.

—A propósito de eso. —Se produjo un ruido metálico cuando Loren se puso a rebuscar en una caja—. Lo que has hecho ha sido una idiotez. No sé a qué clase de acuerdo habrás llegado, pero...

—Dos caballos a cambio del casco.

—Tiene que haber algo más.

—A cambio de mí, entonces.

Los ojos volvieron a cerrársele, detalle del que no fue consciente hasta que notó que la cuerda se le pegaba más a las muñecas. Loren había vuelto con una daga oxidada en la mano.

—Creías que podrías hacerme cambiar de idea sobre este sitio. Has sido cruel para que me fuera y no volviera.

—Parece que el esfuerzo no ha servido para mucho. Mira a tu alrededor. Este sitio está que se cae.

—No bromees.

Loren apretó los bonitos labios. Félix los había besado, había borrado a lametazos la mueca que se le formaba cuando estaba frustrado o daba demasiadas vueltas a las cosas.

—Todas esas murallas defensivas que levantas para evitar que te hagan daño o que te utilicen…, pero cuando por fin dejas entrar a alguien, eres capaz de hacer lo que sea para protegerlo —continuó Loren—. No es justo. ¿No te das cuenta? Para poder entrar yo también he llegado a conocerte. ¿Se supone que debo sentirme halagado porque hayas decidido sacrificarte por mí? ¿Tan poco valoras tu vida?

—Es que no vale nada —dijo Félix, y la cabeza se le descolgó hacia un lado—. No soy el premio de nadie.

Las fibras se fueron soltando a medida que Loren serraba.

—Pues parece que tienes mucho valor para Servius. ¿Ese cerebro tuyo tan listo ha intentado al menos escapar?

—No sirve de nada.

—¿Que no…? Pero ¿tú te estás oyendo? Félix, la cuestión es que nunca he visto que no tuvieras un plan y otro por si acaso ese no funcionara. La cuestión es que te has rendido. ¿Por qué?

El suelo tembló y las baldosas repiquetearon, sacando a Félix de su ensimismamiento. Apretó los ojos con fuerza y trató de recordar las razones para quedarse. Horas antes se había esforzado por entenderlo, pero ahí dentro, perdido en la neblina que provocaba la savia de amapola y los recuerdos que hacía brotar, se le antojaba la respuesta más obvia del mundo.

—Estoy harto de correr —dijo—. Aún… tengo algo que hacer. Una tarea.

Loren detuvo el movimiento de la daga.

—¿Una tarea?

—Me dijiste que estábamos destinados a conocernos. Que yo estaba destinado a venir a Pompeya. —Félix se tragó las náuseas—. ¿Todavía lo crees?

—Lo que dices no tiene sentido —dijo Loren, que se había puesto pálido como si hubiera visto un fantasma.

—Lo que digo siempre tiene sentido. Eres tú quien... —Félix se puso a toser cuando la cuerda se soltó. Sentía que deliraba. Sentía que no era él—. Firmaste el contrato de Julia. Eso sí que no tiene ningún sentido.

—No me cambies de tema. Sé lo que hago.

Félix lo miró como si lo estuviera viendo por primera vez.

—¿Cómo me has encontrado?

—Ahora lo preguntas. —Loren levantó los brazos exasperado—. Es una larga historia, pero no tenemos mucho tiempo. ¿Puedes levantarte?

Una sonrisa le tembló en los labios.

—Eres como los personajes de esas tragedias griegas que tanto te gustan.

—¿Cómo? ¿Gallardo y heroico?

—Melodramático.

—Has perdido la cabeza.

Loren lo ayudó a levantarse pasándole el brazo por el hombro.

La tierra dio una sacudida cuando salían con torpeza por la puerta. En el corredor oscuro, lejos del asfixiante zumbido de la colección maldita de Servius, Félix oyó el golpeteo de las piedras en el tejado. El aire apestaba por todo lo que se había quemado, un olor viciado y cargante. Loren avanzaba a duras penas, cargando con Félix mientras buscaban una salida.

—Espera —jadeó Félix con los pulmones abrasados—. El casco. No me iré sin él.

—Olvídate del casco. ¿Crees que aún me importa si lo devuelves o no? A Mercurio le da igual.

—A Mercurio no le va a dar igual —contestó Félix, que se negó a avanzar más—. No puedo dejarlo aquí. Lo... lo necesito. Mi tarea. Es mío.

Una vela se encendió en la oscuridad.

—¿Y alguna vez te has parado a pensar por qué pasa eso? —dijo una voz.

Félix estuvo a punto de vomitar otra vez.

La llama naranja dibujaba sombras en el rostro de Servius y se reflejaba en sus ojos descoloridos. Estaba de pie debajo de un arco, las manos enguantadas y las botas atadas.

Ese era el hombre que había matado a su padre y lo había obligado a mirar, y no había sentido ni un ápice de remordimiento por las vidas que había segado aquel día.

—La persecución por la ciudad, la escenita esa en el viñedo, no hacía falta hacer nada de eso —dijo Servius—. Si me hubieras traído el casco el primer día, podría haberte contado la verdad. Por qué solo tú puedes tocarlo. Intenté enseñártelo, ¿recuerdas?

—Aparta —dijo Loren, y desenvainó la gladius—. No voy a repetírtelo.

Servius sonrió.

—Es encomiable que hayas venido a buscarlo, señor Lassius. ¿O debería decir señor Fortunatus? Te las has arreglado para formar parte de dos poderosas casas sin la complicación que conlleva el matrimonio. Enhorabuena.

Loren se separó de Félix y cargó. La espada resplandeció a la tenue luz, dirigida al pecho del senador. Un ruido metálico resonó en el corredor cuando una segunda hoja emergió entre las sombras e interceptó la gladius. El tiempo se detuvo, una gota de savia que rezumaba. Darius se puso en el sitio de Servius en un abrir y cerrar de ojos y paró el golpe de Loren con facilidad, paró todos los golpes de Loren, uno tras otro.

—Para —mascculló Félix, que se había derrumbado contra la pared y las piernas no parecían querer sostenerlo.

Cuando el fuego de Loren se encendía, por los dioses que era imparable. Pero seguía siendo un necio que actuaba sin pensar. Un golpe en un momento inoportuno y Darius lo encajonó y le puso la espada en el cuello. La gladius de Loren golpeó las baldosas y Servius se agachó a recogerla.

—Tiene gracia esto —dijo mientras se metía el arma en el cinturón—. Llevo un buen rato esperando a que te despertaras, Félix, después de que Darius se pasara con la dosis. Venga, discutamos el asunto fuera.

—No puedo retenerlos a ambos —dijo Darius molesto.

—No será necesario. Controla al señor Lassius y Félix no se arriesgará a hacer nada. —Servius lo estudió, medio derrengado sobre la pared aún—. ¿Por qué no vas al estudio a buscar el casco? No hagas nada raro o tu chico se desangrará antes de tocar el suelo.

***

Salieron, pero en el exterior la luz no cambió. Destellos de color ámbar y rojo estallaban en el cielo negro, que crujía con los truenos. Los trozos de roca que caían se enganchaban en la piel y la abrasaban. El aire fétido quemaba los pulmones de Félix. El patio era más pequeño que el del jardín de Julia, pero no menos suntuoso, con una exuberante hierba y una larga piscina de aguas transparentes. Si no fuera por la capa de ceniza y porque el mundo estaba a punto de acabarse, no sería un mal sitio para hacer un pícnic.

Lo mismo Loren tenía razón al decirle que había perdido la cabeza.

Servius había levantado un altar improvisado junto a la piscina sobre el que había colocado una pátera. Un exceso, en opinión de Félix; bastantes cosas estaban ardiendo ya sin ayuda de Servius.

—No es la costumbre hacer esto fuera de un templo, pero parece que el sacerdote de Júpiter se encuentra indispuesto —dijo el senador—. No importa. Mi posición política me permite actuar en nombre de Umbrius.

Sacerdotes, políticos, savia de amapola. La misma historia volvía a presentarse en la vida de Félix.

Darius agarró a Loren del cuello y le apuntó con la espada. Se retorcía y arrugaba la cara, pero Darius lo obligó a ponerse de rodillas. Un siseo de dolor. Félix lo oyó y sintió un hormigueo en los dedos de ganas de ir hacia él.

Un niño salió corriendo desde el pórtico que rodeaba el peristilo y se arrodilló junto a Loren.

—Estás vivo —dijo Celsi sin aliento, aliviado de una manera que no tenía sentido.

El dolor de Loren se transformó en asombro.

—¿Qué haces tú aquí?

—Traicionarte —dijo Félix—. A ver si eliges mejor a tus amigos.

Loren retrocedió. Félix casi esperaba que le devolviera el ataque, que lo insultara, incluso que preguntara o suplicara, pero lo único que le dijo a Celsi fue:

—Camilia te está buscando.

Celsi se puso en cuclillas y luego se acercó gateando a Servius, que le dio unas palmaditas en la cabeza como si fuera un perrillo. Félix sintió un escalofrío. Los relieves del casco se le clavaban en la piel de lo fuerte que lo apretaba. El dolor lo mantenía despierto.

Servius le pidió con un gesto que se acercara al altar. Al ver que no se movía, Darius flexionó la mano levemente y Loren hizo una mueca de dolor.

Félix avanzó con torpeza hacia delante.

—No le hagas daño.

—Controla tus reacciones —dijo Servius—. Te estás dejando utilizar.

—A lo mejor los demás deberían aprender a no utilizar a otros.

Una roca humeante cayó a unos centímetros del pie de Félix. Chisporroteó y se apagó. La siguió otra, y está sí que prendió fuego en la hierba.

—¿Es eso lo que te enseñó tu padre? —sonrió Servius—. Era muy joven cuando naciste. Un accidente, demasiado alcohol en un día de fiesta. Estuvo a punto de renunciar a nosotros para criarte, pero era el mejor ladrón que teníamos, ligero como el viento. Hacía magia cuando se movía. Lo convencí para que te dejara en el templo con el sacerdote mientras iba a trabajar. Una solución óptima para todos.

Félix escupió. Estaba débil aún por la droga y no llegó muy lejos, pero cayó en la pátera, y las cenizas crepitaron.

—No creo que los dioses aprecien ese gesto —dijo Servius.

—Si a los dioses les importara, nada de esto estaría ocurriendo —dijo Félix, que necesitaba que fuera cierto.

Se produjo un breve silencio. Un acto. Un efecto.

—Es verdad que no te acuerdas. No recuerdas quién era tu padre. La razón por la que no tienes apellido.

—Era humano.

La palabra escapó de los labios de Félix sin pensar en lo extraño que sonaba como defensa. Pues claro que su padre era humano.

El casco vibró en sus manos.

—Era el último de su especie. La sangre que corría por sus venas, la misma que corre por las tuyas, era inestimable. Me había pasado años siguiendo los rumores, confiando en encontrar a alguien como él, y resulta que lo había tenido delante de las narices todo el tiempo en Roma. Como es natural, si lo hubiera sabido entonces, lo habría conservado. Y a ti.

—Cierra el pico —gruñó Félix mientras la tierra volvía a temblar.

—Aquella primera noche no me reconociste —continuó Servius—. Pero yo entendí lo que pasaba. Tu padre no quería que recordaras, por eso encerró tus recuerdos. La mente de los héroes se hizo para ser manipulada. ¿Cómo si no iban a conseguir los dioses que sus hijos cumplieran sus órdenes? ¿Y si se hacían demasiado poderosos y no podían controlarlos? Piensa en Hércules o en Aquiles. En lo que pasó cuando los dejaron hacer lo que les dio la gana.

—¿De qué habla, Félix? —preguntó Loren.

Darius le pegó una patada en las costillas, y Loren ahogó un grito de dolor. Las llamas engullían la hierba como un animal hambriento. Si no terminaban cuanto antes, quedarían reducidos a cenizas.

La hipnótica mirada de Servius mantenía a Félix clavado en su sitio, incapaz de hacer otra cosa que no fuera mirar conteniendo la respiración y esperar.

—Tu padre —dijo Servius— era hijo de Mercurio. ¿En qué te convierte eso a ti?

Entumecido.

Félix se había quedado entumecido, frío y callado. La increíble revelación flotaba sobre la superficie de su comprensión, como si no quisiera penetrar en ella; un último intento de su mente de protegerlo.

—Imagina las posibilidades, Félix. Piensa en quién podrías ser si estuvieras otra vez entero, con todo tu poder intacto. Ponte el casco y averígualo.

—No, Félix, no lo...

Darius le dio otra patada y Loren se dobló de dolor.

La rabia tiñó de rojo la visión de Félix, pero su mente no funcionaba. Las palabras no le salían. Los recuerdos tiraban de él, lo agarraban de los talones, de las manos, exigiéndole que los siguiera. No podía. No podía hacerlo. No le gustaba nada la forma en que lo había dicho Servius, como si su identidad girase en torno al pasado del que carecía en vez de al presente y la persona en la que se había convertido. Como si solo lo que lo aguardaba tras las puertas de su mente lo definiera.

—Tú posees el poder que llevo buscando toda mi vida —insistió Servius—. Podríamos arrasar el imperio en cuestión de días, reclamar lo que nos arrebataron. Nos convertiríamos en una pareja legendaria gracias a ti. Póntelo.

Él era Félix. Félix a secas. ¿Por qué no podía bastarle con eso?

Se quedó mirando el casco, las alas de plata y los ojos huecos, las promesas y las amenazas encerradas en su interior. «Camina entre sueños. Cruza los planos. Se mueve entre los vivos y los muertos. Un poder a la espera de que lo usen».

De repente, la pregunta cambió, se transformó, como un cristal que devuelve colores al situarlo bajo una nueva luz, y el casco vibró con una brusca sacudida. Él no era nadie. Era un ladronzuelo.

Era Félix a secas.

Pero ¿y si eso significaba otra cosa?

Servius esperó y, al final, suspiró. Miró a Darius.

—Empieza por el pelo.

Loren se revolvió cuando el guardia lo empujó hacia delante agarrándolo de la trenza. Félix lo miró horrorizado y completamente inmóvil. A los pies del senador, Celsi intentó intervenir, pero una mano en el hombro lo detuvo. Darius acercó la cabeza de Loren a las llamas. El pelo prendió. Un grito estrangulado brotó de su garganta, un sonido que resonaría en la mente de Félix hasta el día que muriera.

La adrenalina lo inundó y Félix arrojó el casco sobre un mar de hierba cubierta de polvo blanco. Servius enarcó las cejas, el gesto más emocional que le había visto hacer. A continuación, Félix volcó la pátera con las ascuas en la cara del senador. Un truco de cobarde, pero por algo los cobardes sobrevivían a los héroes. Engullido por la nube de ascuas ardientes, Servius tosió y se revolvió. Félix se lanzó a por Loren, pero una mano lo agarró por el cuello de la túnica y tiró de él nuevamente hacia el altar. La piedra le arañó la piel.

Félix forcejeó y se retorció. Le habría gustado pensar que era el más listo de los dos, pero la droga seguía envolviéndole la mente en una especie de neblina. Se agarró a las ropas de Servius. Notó algo en el bolsillo, su cuchillo favorito, que había recuperado al ir al estudio a buscar el casco. Si pudiera bajar la mano...

—Te lo enseñaré si es necesario. —Servius lo agarró por el cuello con una mano mientras se quitaba el guante de la otra con los dientes—. No pensé que fuera a costar tanto convencerte.

Félix se quedó muy sorprendido al ver la mano de Servius al descubierto por fin, la piel blanca y recubierta de una gruesa capa de tejido cicatricial. El daño sufrido no podía repararse. El casco se lo había hecho. El mismo casco de plata que sí permitía que él lo tocara. Si el poder del casco era capaz de eso, ¿qué más podía hacer? ¿Qué...?

—No es de buena educación quedarse mirando así —espetó Servius con un gruñido amenazador. Lo agarró del mentón.

¿... podría hacer Félix con él?

La piel entró en contacto con la piel y Félix retrocedió en el tiempo.

CAPÍTULO XXVI

Loren

Cuando Félix dijo que Loren corría hacia el fuego no podía referirse a una pira funeraria, ¿o sí?

Darius no lo soltaba a pesar de que el fuego le estaba quemando las manos. Loren se revolvió en un intento final de protegerse la cara. Aunque poco importaba ya. Las llamas le subían por la túnica y el cuello, y prendían en la trenza. Dentro de poco le ardería todo el cuerpo.

Le escocían los ojos, la única sensación que era capaz de procesar. El crepitar del fuego engullía todo lo demás. Forcejeó y le clavó las uñas a Darius. El fuego lo arrasaba todo. El humo lo asfixiaba. Las lágrimas se secaban en cuanto se formaban. Loren había huido hasta Pompeya y seguía sin poder respirar. Podía haber muerto a manos de Maxim, total, para lo que había logrado…

El recuerdo lo llenó de una convicción nueva y se puso a dar patadas. La sandalia golpeó contra el cuero. Con un gruñido bajo, Darius aflojó el agarre.

Libre. Loren se zafó y se alejó rodando de las llamas mientras se palmeaba la trenza, la túnica y la piel intentando sofocar las llamas. Las fibras se desprendían en trozos cenicientos y se le había chamuscado el vello de los brazos. Le escocía todo. Se levantó con la respiración entrecortada y recorrió el lugar con los ojos entornados.

Algo había ocurrido mientras él estaba atrapado junto al fuego, la energía había cambiado, pero no sabría decir exactamente qué era, solo que un suave zumbido eclipsaba el ruido atronador de la montaña a lo lejos. Celsi se había evaporado, con suerte habría huido. La ceniza y las brasas no le dejaban ver bien a Félix y a Servius en el altar, pero reconoció un destello broncíneo en la hierba. Por lo que parecía, Loren no era el único que había utilizado una pátera como arma. Estaban peleando y Servius agarraba a Félix por las sienes.

Parecía que Félix estaba perdiendo el asalto.

Loren se levantó y avanzó con piernas temblorosas. Pero la tregua no duró mucho. Recobrado del golpe, Darius volvió a la carga. La espada había desaparecido en el mar de cascotes, pero seguía teniendo su cuerpo. Se lanzó sobre Loren, pero él lo esquivó y aprovechó el impulso para subírsele a la espalda, le rodeó el grueso cuello con los brazos y apretó. Brutal pero eficaz. Loren lo había aprendido del propio Darius.

Por un momento, el guardia lanzó manotazos a diestro y siniestro, pero, al cabo de un rato, se quedó inmóvil. Loren lo soltó, pero nada más hacerlo, una manaza lo agarró del tobillo y tiró de él. Loren cayó de golpe al suelo.

«Un farol —masculló el Félix fantasma en los confines de la mente de Loren—. Mira que es fácil engañarte».

—Cállate —gruñó él.

Darius lo inmovilizó presionándole el pecho con el brazo.

—No he dicho nada.

—No hablaba contigo. —Loren se retorció—. Pero ya que quieres conversación, ¿por qué no hablamos de tus pelotas?

—¿Mis...?

Darius se interrumpió con un gemido cuando Loren le asestó un rodillazo. Al segundo, el hombretón cayó hacia atrás.

Loren se apartó tambaleándose y jadeando, y se dirigió a duras penas hacia el destello de hierro que había visto mientras estaba tumbado. No era su espada, pero le serviría. Apoyó la punta en el pecho de Darius.

—No quiero matarte como a Maxim, así que no te muevas.

Darius se quedó inmóvil.

—¿Maxim está muerto?

—No. Te. Muevas.

Loren salió corriendo hacia Félix, el único pilar que aguantaba en pie mientras su mundo se desmoronaba.

Bueno, tanto como aguantar en pie… Félix yacía en la hierba, con los ojos cerrados, la cara entre las manos desnudas de Servius. Le salía sangre de la nariz, le caía por la barbilla y se filtraba en la tela de la túnica formando grandes manchas. Una furia gélida recorrió las venas de Loren, que levantó la espada para lanzar una última cuchillada.

—Baja eso —dijo Servius sin soltar a Félix en ningún momento—. No te acerques.

—No le gusta que lo toquen —jadeó Loren.

—No, ya me lo imagino —dijo Servius con un murmullo bajo e implacable como veneno de serpiente y el doble de mortífero—. A pesar de esa actitud dura, es muy blandito cuando está indefenso.

Le acarició el pómulo con el pulgar. Loren sintió náuseas. Él le había tomado el rostro en las manos al fantasma de Félix de la misma forma el día anterior.

—Te doy un segundo para que lo sueltes.

—Me dijo que no creía en la magia. Tiene gracia, porque noto las hebras en su mente, la forma en que se mueve sigilosamente sin ser visto. Sus agudos sentidos. La extraordinaria suerte. Ligero como el viento, rápido como una flecha. Y lo fácil que es para los demás tejer de nuevo esas hebras. Así es como hizo su padre que olvidara las cosas. —Servius miró a Loren—. Que olvidara el dolor a costa de olvidar también el poder que tenía. Es una crueldad ocultarle la verdad.

Con el sudor se le resbaló un poco la espada de las manos. Las palabras de Servius eran una acusación, como si supiera de algún modo que el fantasma ya se lo había contado en la cima del Vesubio y él no había querido escuchar. Y al hacerlo él también le había ocultado la verdad a Félix.

—La magia consiste en hacer concesiones mutuas. Cuanto más tienes, más lo quieren los demás para su propio beneficio. —Detuvo el movimiento del pulgar—. Ah, aquí están los recuerdos silenciados durante tanto tiempo. ¿Los libero a ver qué hace cuando recuerde quién es?

«No se lo permitas —rogó el Félix fantasma a Loren desde las profundidades de su mente—. Retorcerá los recuerdos. El casco no tiene ningún interés particular, es neutral».

Loren tragó saliva.

—Uno.

Y descargó la espada. Las manos le temblaban tanto que el golpe apenas le rozó el hombro de Servius, pero el senador soltó a Félix, quejándose de dolor. Félix levantó débilmente los párpados al volver en sí.

—Veo que Julia te ha transmitido su arrogancia —dijo Servius, que se levantó con una sonrisa de desprecio. Le sangraba el corte—. No me sorprende, teniendo en cuenta cómo lamías el suelo por el que pasaba durante los juegos.

—¿Qué has hecho con ella?

La sorpresa sobrevoló el rostro del senador antes de que la sonrisa de satisfacción le curvara los labios.

—Nada. Te dejó ha abandonado como carroña para los buitres.

Tenía que estar mintiendo. Julia no se iría... Le había dicho que...

Loren golpeó de nuevo y gruñó cuando Servius lo esquivó limpiamente retrocediendo un paso.

—Todo para nada, porque con Félix en mi poder, no necesito su condenado patrimonio para conseguir que se apruebe una ley. El casco es solo el medio. Félix es el recipiente y está sin explotar. Tiene poder sobre el espacio entre la vida y la muerte, ¿te lo imaginas? Hará suplicar al fantasma del emperador antes de que terminemos con Roma.

La vida y la muerte y el espacio entre ambas. Loren se quedó inmóvil. Las revelaciones se amontonaban en su cabeza haciéndole ver todas las pistas que había pasado por alto. La sensibilidad de Félix ante el asesinato de Clovia. La advertencia del fantasma de que una nube de muerte que solo Félix podía disipar pendía sobre Pompeya. El murmullo inconexo del chico sobre una tarea pendiente.

Mercurio había llamado a Félix, su propia sangre, para que acudiera a Pompeya, pero no para destruirla, sino para atender a los muertos y conducirlos hacia el descanso eterno.

Loren se estremeció de frío de repente.

—Félix no es cruel. Él no utilizaría su poder para eso.

Servius soltó una carcajada áspera.

—¿Que no? ¿Después de todo lo que ha soportado?

Un destello de pelo cobrizo fundiéndose con la plata turbulenta. Años de rabia inactiva liberándose.

—Soy una persona —dijo Félix por detrás, su voz herida como un puñetazo quedo. Cuando Loren se dio la vuelta, Félix estaba inclinado sobre el casco y lo abrazaba con fuerza. Parecía muy pequeño en la oscuridad—. No soy un recipiente ni un arma.

Loren sintió que se le aceleraba el corazón.

—No quería decir...

—Ponte el casco —dijo Servius—. Demuéstranos que nos equivocamos. Termina con esto aquí y ahora.

Por un momento, un segundo abrumador, Loren vio el fin.

No el fin del mundo, que era ya inminente, sino el fin de Félix. El suyo, el Félix que había llegado a conocer, apreciar y necesitar en unos pocos días. El Félix que escuchaba y reía, un sonido afilado como una navaja, y hablaba con aguda precisión, capaz de herir y también de hilar las frases más dulces con sus palabras. El Félix que lo había acompañado hasta la cima de la montaña.

Desenmarañar. Rehacer. El chico hueco por dentro.

Pero Félix sonrió con expresión feroz.

—Oblígame.

—Darius —ordenó Servius educadamente—. Ayúdalo a pensárselo mejor.

Darius, con el orgullo tan magullado como sus pelotas en ese momento, frunció el ceño en su escondite entre las sombras.

—Él es el único que puede tocar el casco.

—No es eso lo que te he pedido.

Servius y Darius se miraron. Se dijeron algo con la mirada, y Darius se irguió todo lo alto que era. Loren empuñó bien la espada y se preparó para defender a Félix.

—No —dijo Darius.

Servius se humedeció los labios rezumando veneno.

—¿No?

—Llevo años cumpliendo tus órdenes. Todo lo que me has pedido. —Se desenganchó la insignia, igual que la que llevaba encima el cadáver de Maxim, que estaría pudriéndose en el fondo del barranco—. Pero esto es demasiado. Esa cosa... Mira cómo tienes las manos.

—Evité que tu legión te ejecutara. Tienes una deuda de sangre conmigo.

—Deuda que he pagado con creces. Igual que Maxim.

Servius sonrió con desprecio una vez más.

—El que deserta una vez, lo hace veinte veces.

—Era mi amigo —contestó Darius dolido—. No me iré igual que él. Destruirás el mundo entero con tal de conseguir lo que quieres. ¿Y después qué?

Negando con la cabeza una vez más, tiró la insignia al suelo y se dirigió hacia la salida.

—Entonces tendré que hacerlo yo mismo —dijo Servius.

Atacó como una víbora, con la gladius que le había quitado a Loren en la mano. Este no lo había visto desenvainarla del cinturón. Sintió un dolor horrible en el muslo, el corte limpio hecho en un abrir y cerrar de ojos, y mientras lo miraba, a pocos pasos de él, la herida se oscureció y empezó a brotar un río de vino pringoso.

Loren se tambaleó y se desplomó.

La espada que le había cogido a Darius desapareció de su mano.

—Contén esa herida —murmuraron en su oído.

Y Félix cargó contra Servius.

Loren sintió que le daba vueltas la cabeza. Félix quería que dejara de sangrar, que se presionara la herida y que dejara de sangrar. Solo había un problema: estaba rígido. Desconectado de la realidad. Había mucha sangre. Mucha, y se notaba el olor ácido del hierro. Se tocó la herida y se estremeció cuando vio que los dedos estaban morados como después de haber estado pisando uvas.

—¿Te sirve esto?

Celsi estaba arrodillado a su lado. Le ofreció un jirón de tela escarlata, un tono que Aurelia siempre estaba pidiendo para tejer, solo que era demasiado caro y su madre no se lo podía permitir. Luego podría ir a la tienda y regalárselo...

No había ningún «luego». Solo existía el «ahora». Agarró el trozo de tela y Celsi se sobresaltó. Loren lo enrolló alrededor de la herida apretándolo todo lo que pudo.

—Y también tengo esto. —Tembloroso, Celsi le puso un documento doblado en la mano llena de sangre—. El senador Servius lo ha tirado, pero deberías tenerlo tú.

No había tiempo para eso. Loren estuvo a punto de tirar los papeles (nada importaba cuando llovían llamas del infierno sobre sus cabezas), pero Celsi lo miraba con tanta intensidad que se los metió en el bolsillo.

—Padre me pilló hablando con Camilia —confesó el niño, agarrando a Loren del codo. Le temblaba el labio en un puchero—. Me ha tenido encerrado desde entonces. Esta mañana me he escapado, y sé que Servius desprecia a Julia, pero estaba muy enfadado. Contigo. Así que he venido y le he contado al senador todo lo que quería saber sobre tu familia.

El tintineo metálico de las espadas al chocar resonaba en el peristilo. No había tiempo para eso.

—Celsi, ya has hecho bastante daño —dijo Loren—. Me da igual que le contaras mi secreto o cómo lo descubrieras. Solo quiero que te alejes de mí todo lo posible. No quiero volver a verte.

—Pero...

—¡Vete! —Loren se soltó con una mueca—. Corre. Ve por la calle del mercado. Si te das prisa, puede que alcances a Camilia.

«Si te das prisa, puede que sobrevivas».

El aire estaba cargado, como cuando se preparaba una tormenta. Pesado. Se respiraba una presión en la atmósfera que aplastaba a todo ser vivo: el zumbido del que Félix llevaba días quejándose.

El Vesubio estaba a punto de expulsar lo que aún le quedara dentro.

Loren no se quedó para ver si Celsi lo había obedecido. Avanzó un doloroso paso y resbaló con el charco de sangre. Otro. A punto estuvo de tropezar con la pátera, escondida entre la hierba.

Félix y Servius peleaban al borde de la piscina cubierta por una peligrosa capa de ceniza. Lo único que delataba su presencia era el chapoteo que hacían los cascotes al caer, pero pese a la agudeza de sus sentidos, Félix podría no darse cuenta hasta que cayera al agua. El casco de Mercurio, abandonado cerca del altar, observaba la escena a través de sus ojos huecos.

En el fragor de la batalla, Félix resplandecía. Esa no era su forma habitual de hacer las cosas, él lo sabía; sabía que habría preferido huir antes de que estallara la batalla y ocultarse, como un zorro en su madriguera. Pero llevado hasta el límite, Félix había encontrado su ritmo natural, como una lira tañida por dedos hábiles, un incendio que avanzaba por un campo dejando solo tierra quemada tras de sí.

Félix era increíble.

Servius era mejor.

La mayoría de los políticos habían llegado a la política tras una distinguida carrera militar y él no era la excepción. Aunque Félix empuñaba la espada con seguridad, se le notaba cierta torpeza, mientras que Servius tenía una técnica pulida, en la que no había cabida para el error. Nunca titubeaba.

—Sé cómo motivar —espetó Servius. Las espadas entrechocaron y saltaron chispas blancas—. Otra lección, dado que es evidente que no aprendes.

—No eres mi puto tutor —replicó Félix, que intentó herirlo en el cuello, pero el senador bloqueó el golpe.

Loren fue el primero en darse cuenta del error.

Félix retrocedió para ajustar el apoyo de los pies, pero estaba demasiado cerca del agua. No se cayó, pero el tiempo que necesitó para corregir la posición le costó la pelea. El miedo invadió su rostro.

Se tambaleó.

Servius vio la oportunidad.

Loren agarró la pátera.

Los dos atacaron a la vez.

El bronce golpeó a Servius en un lado de la cara, repetición del golpe que Loren le había dado a Maxim e incluso al propio Félix aquella primera mañana en el templo de Isis. La gladius vaciló en la mano de Servius al lanzar el golpe. Félix retrocedió, pero no lo bastante rápido como para evitar que la hoja le rozara la mejilla. La espada cayó al suelo.

Servius se tambaleó. El golpe de Loren había acertado de pleno, pero entre la debilidad por la sangre que había perdido y el pánico, no fue lo bastante fuerte como para dejarlo inconsciente. Servius sonrió con malicia, pero Loren ya estaba harto. Lo golpeó de nuevo. Y lo empujó con todo su peso por si acaso. El senador perdió el equilibrio y cayó hacia atrás en el agua con un chapoteo amortiguado por la capa de ceniza y desapareció de la vista.

No volvió a emerger.

—¿Está...? —dijo Loren con voz ronca. Tenía la garganta irritada.

—Sí —susurró Félix.

—Pero...

—Está muerto. —Félix tragó saliva—. Lo... lo percibo.

Loren había matado a otro hombre, pero esta vez estaba demasiado vacío por dentro para llorar.

Félix lo miraba fijamente como no lo había mirado nunca. Tenía manchas rojas en la mejilla y los rizos cobrizos pegados a la frente, pero tenía la mirada clara, ya no quedaban restos de la droga en su sangre. Aun herido y sangrando, era lo único que Loren quería ver en ese momento.

Deseaba tocarlo, abrazarlo y que lo abrazara, pero no podía quitarse de la cabeza lo que le había dicho en el callejón: «Odio que me toques, odio que me toques, odio…».

—Tenemos que irnos —ordenó y apretó los dientes con hosca determinación—. No nos queda mucho tiempo.

—Loren —dijo Félix—, has matado a un hombre.

—Volvería a hacerlo.

—Yo no... No quería que mataras a nadie. Y menos por mí.

La sensibilidad hacia la muerte otra vez. La maraña de pensamientos encontró sentido rápidamente. Eran muchas las preguntas que le acudían a los labios, pero morían también allí.

—Soy egoísta, ¿no lo sabías? Pues ya lo sabes. —Loren se acercó para enfundar la gladius de Livia. La adrenalina lo hacía parecer más valiente de lo que era—. Finge que lo he hecho por mí si te sirve para calmar la conciencia.

El cielo estaba cada vez más agitado, una gama de grises con muy mala pinta se mezclaba en un denso torbellino. A punto de abrirse sobre ellos. No faltaba nada. *Ola negra. Destello cobrizo.*

Félix limpió el polvo que recubría el casco. La plata que antes relucía ahora estaba apagada. Podrida, si los metales pudieran pudrirse.

Loren se estremeció al ver el cambio.

—Deberías dejarlo aquí.

Félix negó con la cabeza sin decir palabra, pero le dio la mano libre. Loren tenía sentimientos encontrados, pero la necesidad se impuso a la dignidad. Necesitaba eso. Necesitaba saber que Félix seguía siendo una entidad corpórea, que aún no era un fantasma. Entrelazó los dedos con los suyos.

Y de la mano corrieron hacia la sofocante oscuridad.

CAPÍTULO XXVII

Félix

Félix siempre había admirado las manos, desde que era pequeño. La fuerza que residía en ellas. Lo diferentes que eran, algunas viejas y otras nuevas. Arrugadas o lisas. Delicadas o toscas. La capacidad que tenían para la crueldad o la dulzura, a veces de forma consecutiva.

Las manos que más le gustaban eran las de su padre. Con el tamaño perfecto para sostener las suyas. Con la rapidez de un rayo, su padre podía hacer desaparecer algo y que reapareciera de nuevo en un abrir y cerrar de ojos. Sus manos no estaban encallecidas ni eran torpes, porque, como solía decirle, un ladrón torpe está sentenciado a muerte. Y nunca titubeaba, tampoco Félix.

Pero su padre nunca previó los problemas que le crearía algún día su agilidad manual.

Corría por la destrozada vía Estabiana tirando de Loren. La mano sudorosa de este se le resbalaba, pero Félix lo agarraba con una desesperación desconocida para él. Amenazaba con soltarse. Lo agarró como si le fuera la vida en ello. Rogó a los dioses que no se lo quitaran, no podía perder lo único a lo que merecía la pena aferrarse.

Lo único bueno. Pero también agarraba algo maldito. El casco había empezado a resonar nada más tocarlo en casa de Servius, pero ahora vibraba y se agitaba presa de una poderosa fuerza. Loren tenía razón, debería haberlo dejado allí. Pero era suyo. En un mundo en el que nunca había tenido nada propio, ni su cuerpo, ni sus recuerdos, el casco solo lo obedecía a él. Lo llevaría hasta el fin del mundo.

La energía chisporroteaba. Los recuerdos iban a por él, imágenes que Servius había despertado hurgando en su mente con el pulgar. *Dos serpientes gemelas se enroscaban alrededor del brazo de su padre y sacaban la lengua bífida. Las campanas repicaban alegremente. Un día de fiesta.* Félix se esforzó por detener la inundación, luchó por mantenerse en el presente. No pudo... *Juego de manos, un centenar de monedas en pequeños bolsillos, pero él conseguía sacarlas en distintas direcciones y los demás aplaudían y unas arruguitas se formaban en las comisuras de los ojos de su padre y...*

Félix apretó el paso, llamas ligeras pisándole los talones.

Caían rocas ardientes sobre ellos, las llamas del infierno. Los envolvía un humo pegajoso, denso y caliente. Los gritos de aquellos que habían quedado atrapados le partían el alma.

La calle del mercado se extendía indefinidamente, no acababa nunca. Si atisbaba entre la neblina, apenas distinguía la puerta de la ciudad a lo lejos.

Demasiado.

No le hacía falta tener visiones para saber que Pompeya estaba a punto de ser arrasada. Había llegado su fin. El último aliento. La última página. La muerte aplastaba la ciudad, súplicas agitadas y silenciosas que solo él podía oír. Reconocía a los fantasmas que le suplicaban descanso, un zumbido familiar que nunca podía sacarse de la cabeza. Manos incorpóreas le agarraban los talones, la ropa, para que volviera.

Y quería hacerlo. Quería introducir una moneda en cada boca, facilitarles una transición pacífica hacia la muerte.

Quería más tiempo.

—Félix, no puedo —dijo Loren casi sin respiración. Le costaba caminar y los estaba retrasando a los dos.

—Tienes que hacerlo —dijo Félix, apretando los dientes para no tragarse la ceniza ardiente. Siguió avanzando. Moverse sin parar era lo único que sabía hacer. Huir de los problemas. No hacerles frente.

Afrontar las cosas entrañaba peligro y Félix nunca había sido valiente.

—La pierna...

—... poco importará si mueres.

Le ardían los pulmones de respirar aquel aire nocivo. La ceniza quemaba por dentro y por fuera. Cada movimiento costaba lo indecible a sus músculos.

La luz de una lámpara de aceite se reflejaba en los pies alados de Mercurio en el templo. Félix esperaba solo en el altar, con las piernas colgando. Últimamente, siempre estaba solo. Echaba de menos ver los trucos de magia de su padre, oír sus historias de fantasmas. Echaba de menos la época antes de que el sacerdote le diera ese vino pegajoso. Echaba de menos la época en la que estar en el templo no le provocaba un dolor que no sabía cómo llamar.

Le escocían las comisuras de los ojos por culpa del humo. Una roca enorme cayó sobre un toldo a su derecha y lo hizo trizas. Los fragmentos de madera en llamas y piedras volaron en todas direcciones. Félix se agachó para evitar que le diera un trozo que pasó cerca. A su izquierda, un edificio se estremeció y se derrumbó en una nube de polvo.

Loren le retorcía la muñeca. El terror se apoderó de él y le clavó las uñas, un último esfuerzo desesperado.

—Déjame aquí. —Loren lo agarró con la otra mano—. No lo lograré, déjame...

Félix despegó los labios en una mueca feroz, nunca se había sentido menos humano. La expresión le brotó del pecho, separándolo en dos partes furiosas. No dijo nada. No había palabras. Su cerebro dejó de pensar en términos de lenguaje, solo había ruido, sonidos, caos. Primitivo. Horrendo, pero se dejó mecer por la ferocidad, la única defensa que le quedaba.

Loren emitió un sollozo amortiguado y dejó de resistirse mientras Félix lo llevaba a rastras como si fuera un muñeco y los ojos le ardían, abrasaban.

Las risas lo rodeaban hasta que dejaron de hacerlo y en su lugar apareció la quietud de la amapola. El pequeño Félix no tenía palabras entonces tampoco. No las había bajo las manos inquietas y perversas del sacerdote. No cuando el templo inhóspito le helaba la piel desnuda bajo la mirada hueca e impasible de la estatua de Mercurio.

Observando sin hacer nada.

Félix se mordió la lengua y aprendió lo que era el silencio.

El caballo no se lo esperaba.

Anunció su presencia con un relincho aterrado, golpeando los adoquines con los cascos. Su horrible dueño había tenido la crueldad de atarlo a una estaca bajo techo para dejar que se quemara allí con el resto de la ciudad. Félix corrió hacia él. Podía hacerlo. Podía salvarlos a los tres: a Loren, al desafortunado animal y a sí mismo.

O ese era el plan.

Pero se vino abajo.

Félix se apartó para soltar las riendas, y no se dio cuenta de que Loren no estaba hasta que fue a buscarlo creyendo que seguía detrás de él.

El mundo se detuvo.

Félix se dio la vuelta.

Loren tenía las palmas apoyadas en el suelo.

Otra visión, tan inoportuna como siempre. Félix podría habérselas arreglado si solo hubiera sido eso. Podría haber echado su cuerpo semiinconsciente sobre el lomo del caballo y haber huido. Loren habría vuelto en sí a varios kilómetros de distancia de allí. Estarían juntos. Se curarían.

Pero lo horrible de la situación se hizo aparente cuando se arrodilló junto a él. Loren no estaba teniendo una visión, perdido en algún lugar del futuro. Tenía los ojos de par en par. Estaba temblando.

—¡Vete! —gritó, empujándolo—. Olvídame. No puedo...

Félix soltó el casco, que tintineó furioso al chocar contra la piedra del suelo. Agarró a Loren por debajo de los brazos, intentó arrastrarlo, pero Loren respondió con un jadeo agudo.

La realidad era aún peor.

Se había torcido el tobillo, doblado en un ángulo que le dolió de solo verlo. Debía de haberse resbalado con la sangre que se le acumulaba en la sandalia.

El día anterior, Félix había bromeado con Loren sobre eso mismo en el ascenso al Vesubio. «Como te tuerzas un tobillo, no pienso llevarte a cuestas». Pero aquello era algo más que una torcedura.

—Venga, vamos a subirte —mascculló Félix.

—Déjame y vete —suplicó Loren. Las lágrimas abrían surcos blancos en sus mejillas tiznadas de hollín.

—Puedo subirte al caballo.

—No puedes. Se acabó. Todo esto ha sido por mi culpa. Yo te he hecho esto. Se acabó.

—No digas eso. —Horas antes, cuando aún había cielo más allá de la tormenta, Félix había pensado lo mismo, que el camino había llegado a su fin. Estaba bien pensarlo así entonces, pero oírselo decir a Loren escocía, como si le echaran vinagre en una herida abierta—. Nunca digas eso.

Loren sacudió la cabeza con desesperación.

—Me encontré contigo en la montaña. La versión fantasma de ti que guardaba tus recuerdos, y me lo contó todo. Me dijo que si te ponías el casco... Pero yo te detuve. Te mentí. Se suponía que íbamos a hacer esto juntos. Pensé que si te protegía...

Le dio un ataque de tos. Félix cerró los ojos un momento mientras lo asimilaba. Sabía que Loren le había ocultado las respuestas que había averiguado, pero confirmarlo dolía. Tenía que tragárselo, separarse de sus sentimientos como había hecho tantas veces, separarse del dolor y la rabia.

«Después», se prometió.

Por una vez, si lograba sobrevivir, se permitiría sentirlo todo.

—Lo siento, Félix —susurró Loren y le enmarcó el rostro entre las manos.

El corazón de Félix latía con desánimo, magullándole el pecho.

Y se desató la tormenta.

Félix vio primero los destellos y luego las oleadas.

En cualquier otra tormenta, hay un momento entre el estallido y la tromba en que, suspendido en el tiempo, el mundo que hay debajo aguarda expectante. Las primeras gotas de lluvia; las primeras bolas de granizo; la primera racha de viento. Siempre le había gustado esa expectación, saber lo que iba a pasar antes de que pasara de verdad. Lo olía en el aire. Levantaba la cara hacia el cielo y esperaba a que cayeran las primeras gotas frías y limpias.

Aquello no era igual.

Lo que empezó como un rumor lejano se convirtió en un rugido atronador sin principio ni fin. Las nubes de ceniza se agitaban con violencia sobre sus cabezas. El momento se tensaba más y más.

Y, entonces, el cielo sostenido sobre los hombros temblorosos de Atlas se desplomó.

Una cortina negra cayó, se desplegó sobre el horizonte en una inmensa ola sin fin, turbulenta e hirviente. Avanzaba y devoraba insaciable. Miles de manos se arrastraban intentando alcanzarlos.

A ellos.

—No mires —susurró Félix sin despegar los ojos del frente.

Loren tenía los labios cuarteados. Y aun así Félix quería besarlos. Quería apretar todo su cuerpo al suyo. Los últimos momentos antes de que la oscuridad cayera sobre ellos juntos, con los cuerpos enredados. No era una mala forma de morir.

Pero Félix estaba desvinculado de su cuerpo, era un alma dividida en dos. Una parte estaba entumecida, incapaz de pensar en otra cosa que no fuera la respiración entrecortada y la piel ardiente de Loren. La otra sabía lo que había que hacer.

«El casco es solo el medio. Félix es el recipiente y está sin explorar».

Rodeó el casco con una mano. La elección seguía siendo suya.

Loren lo miraba con ojos desorbitados.

—Félix, no, no lo...

Félix tendió el casco.

—Ayúdame, Mercurio.

Y lo encajó sobre la cabeza de Loren.

***

Nunca le habían temblado las manos. Ni una vez. Sospechó que el truco tendría algún coste. Solo esperaba vivir lo suficiente para verlo completado.

En el mismo instante en que la ola golpeaba, Félix tuvo la seguridad de que había calculado mal. Había malinterpretado las palabras de Servius, había entendido mal lo que ya sabía: que el verdadero poder estaba en él, Félix, no en el casco. Y después de todo, si el casco era suyo por nacimiento, lo usaría como le pareciera más apropiado.

Él no podía ayudar a la ciudad. Pero se quemaría por salvar a Loren.

Al principio no pasó nada.

Después el casco se asentó y Loren abrió la boca en un grito silencioso, y el metal en contacto con las manos de Félix se iluminó como un condenado fuego sacrificial. Sonrió con ferocidad entre la quemazón y sujetó el casco mientras vibraba, silbaba y cobraba vida.

Su poder le recorrió el cuerpo como un relámpago cristalino. La luz brillaba dentro de su pecho. Un poder desconocido, un poder que era suyo y solo suyo, un poder que podría... podría...

Félix podría arrasar el mundo entero si quisiera.

Pero miró el rostro de Loren, tan conocido y amado, sufriendo, las alas de plata a ambos lados. Notó que el alma de Loren se disipaba, se disgregaba, caía en un plano que ningún ser vivo podía transitar. Unos dedos imaginarios rozaron las yemas de Félix. Una despedida. Y después se alejaban poco a poco.

Todo ese poder y Loren iba a morir igualmente.

Se había pasado toda la vida huyendo: de golpes de mala suerte, de cualquiera que osara acercarse demasiado, de las creencias y de sí mismo. Huir era la forma de asegurarse que nadie volviera a hacerle daño. Huir era la única opción posible en una vida que lo había convertido en una marioneta. Todas las lecciones que había aprendido en la vida se las había enseñado el miedo.

Hasta ahora. Hasta que llegó Loren.

Esa última lección se la había enseñado el amor.

—Tú no —susurró Félix. Metió la mano en el turbio espacio entre la vida y la muerte. Agarró la mano de Loren. Y canalizó el poder en una potente descarga.

Tronó.

La visión se le volvió negra.

Un diminuto pinchazo blanco.

La claridad lo invadió y a continuación...

Un dolor que no había sentido nunca.

—Estás brillando —susurró Loren, y seguidamente se quedó con los ojos en blanco.

Félix temblaba.

Estaba seguro de que podría ver a su padre.

Esta vez cuando salió corriendo, no se encontró en un campo de amapolas. Los pies sangrantes golpeaban la tierra seca. Tierra quemada, acre, amarga y negra.

CAPÍTULO XXVIII

Loren

Todo se quedó blanco después de la tormenta.

Loren recuperó la consciencia por partes: un leve roce en las escápulas; grava en las rodillas; un rastro pegajoso de sangre que empezaba a secarse a lo largo de la pierna; una densa capa de polvo sobre la piel. Silencio y el olor acre de la carne quemada.

Despertó en una ciudad muerta.

La ceniza seguía flotando como las pelusas de los álamos hasta caer en la calle desierta formando montículos. Loren conocía esa calle. Era la vía Estabiana, la arteria principal de la ciudad. Cuatro días antes, Nonna le había dado un bollo con dátiles en esa misma calle. Se le hizo la boca agua al recordarlo con tristeza.

—Tenemos que irnos —dijo una voz rasposa—. Por favor.

Unas manos lo ayudaron a ponerse en pie. Le subía un dolor desde el pie y... Claro, se había torcido el tobillo. Se le ocurrió que a lo mejor no debería haber dejado caer el peso sobre él, pero ya era un poco tarde para eso. Era un poco tarde para todo.

Loren avanzó medio atontado, como si estuviera borracho, aunque juraría que estaba sobrio antes.

Antes.

—No te muevas. Yo te levanto. Así.

Y de la forma más inesperada se encontró a lomos de un caballo. Y Félix, su Félix, montó detrás de él y le rodeó la cintura con los brazos. Olía a piel quemada y el tiempo retrocedió.

Se alejaron de Pompeya al galope.

Loren no volvió la vista atrás. Tampoco miró hacia delante.

Pasaban las horas y la velocidad no disminuía. El tiempo se desarrollaba de manera desigual. La tierra temblaba. El Vesubio bramaba. Loren se atragantó con la bilis que le subió cuando llegaron a la cima de una loma y vieron que otra ola negra arrasaba el valle. Cruel, fría. Lo que había visto en sus sueños era un juego de niños comparado con la realidad. Su olor, su sabor, respirar los restos de una vida en cuya destrucción él había tenido algo que ver. Una terrible desconexión.

El dolor del duelo llegó no en oleadas, sino en forma de dosis individuales que escocían como si le clavaran una flecha con la punta envenenada. Pero el duelo no era nada bueno cuando lo acompañaba la culpa. Loren no tenía derecho a llorar a los muertos cuando él debería contarse entre ellos.

No deberían haber sobrevivido. Él no debería haber sobrevivido.

El corazón le latía con ritmo lento y metódico, su cuerpo trataba de autoconvencerse de que seguía vivo. La sangre sigue fluyendo. «Latimos, respiramos, sangramos», parecía decir. Ojalá pudiera dejar de oír el recordatorio.

En la ladera más alejada de las montañas al sur de Pompeya, donde los efectos de la destrucción se reducían a unos cuantos copos de ceniza desperdigados, fue demasiado para él. Se estremeció y se desplomó sobre el cuello del caballo, suplicando desmayarse de fiebre y no despertar jamás.

***

Unas estrellas torcidas le dieron la bienvenida al despertar y se preguntó quién habría pagado su pasaje al Inframundo.

¿Habría sido Félix quien le había metido una moneda en la boca sin que se diera cuenta? ¿Habría ungido su cuerpo y habría dejado que ardiera después? ¿O acaso lo había tomado de la mano para acompañarlo en persona al reino de Plutón? Resultaría de lo más acertado, teniendo en cuenta que Félix transitaba el espacio entre este mundo y el otro con alas en los tobillos, la mitad de su ser convertido en fantasma.

Pero Loren reconocía esas estrellas, incluso de noche y a través de la tenue luz de las velas. Se había pasado todo un invierno pintando aquel techo, aplicando una capa de morado de fondo, sobre el que había añadido unos puntos blancos e indefinidos, y una media luna. Si atisbaba entre la niebla que le envolvía la mente, casi recordaba las constelaciones, y a punto estuvo de perder el control por ello.

Le sobrevinieron arcadas, pero no tenía nada que vomitar sobre las sábanas de su niñez.

Necesitaba aire. Necesitaba ver el cielo fuera de ese techo, la prueba de que seguía habiendo vida más allá de aquella habitación. Que el Vesubio no había devorado el mundo, que no estaba atrapado en una pesadilla, condenado en las profundidades del Tártaro por el sufrimiento que había provocado.

Loren se cayó de la cama hecho un torpe guiñapo. La férula recubierta de vendas que le habían colocado en el tobillo golpeó contra las baldosas. Vendado. Le dolía una barbaridad y le tiraban los puntos de la herida del muslo cuando se apoyó para levantarse. No entendía lo que ocurría hasta que estuvo a punto de volcar de nuevo y entonces se dio cuenta de que era su cuerpo el que estaba inclinado. Apoyado entre su antiguo tablero de escritura y un arcón estaba la espada del padre de Aurelia guardada en su funda. El último regalo que le había hecho Livia.

Confiaba en que no le importara que la usara como bastón.

Le costaba respirar y los ojos le hicieron chiribitas cuando salió cojeando de la habitación. Caminó arrastrando su pierna inútil por una galería desierta, iluminada con luz tenue, y salió por una puerta lateral que daba a la finca Lassius.

Si era una pesadilla, no podía ser más cruel. Pero los olores eran demasiado reales. Olía a los restos de las uvas que se pudrían en la parte de atrás después de la cosecha, a estiércol de las cuadras cercanas, a granadas y a peras del huerto contiguo. Nunca había soñado de una forma tan intensa con ese sitio y no le gustaba. No le gustaba haber vuelto por culpa de sus huesos a la jaula de la que creía haber escapado.

Jadeando, Loren se dirigió hacia el abrevadero que sabía que había entre los árboles. Percibió pasos, una voz, una presencia familiar que se acercaba, pero no conseguía enfocar la vista. Necesitaba una prueba, ver...

Se desplomó junto al agua. Desenvainó la espada. Su reflejo débil y distorsionado por el agua le devolvió una mueca maliciosa.

—¿Qué haces?

Loren se llevó la espada al cuello.

Al descargar la estocada, Félix lo agarró por la muñeca y detuvo la trayectoria de la espada. Loren forcejeó tratando de recuperar el control, pero Félix era más fuerte. La espada cayó en el abrevadero. Cuando Loren se lanzó a por ella, empapándose la ropa de dormir que le habían puesto, Félix le dio una patada en la empuñadura, que hizo desaparecer la espada en un arbusto perfectamente recortado.

—Joder, Félix, solo pensaba cortarme el pelo. —Decir palabrotas resultaba catártico. Te dejaba absolutamente relajado. Ojalá lo hubiera oído Lucius Lassius—. Por favor.

—Hazlo con esto. —Félix le dio una navaja. La de madera y hierro que no dejaba de perder y recuperar. Un dolor que Loren no podía quitarse de encima.

Agarró lo que le quedaba de la trenza y cortó. Los mechones de pelo quemado empezaron a caer flotando inertes al suelo. Su última protección se desmoronó. El acto de cortar el pelo lo dejó desnudo, ya no tenía nada más tras lo que esconderse. Ahora ya no tendría más remedio que ser franco cuando hablara con los demás.

—Te queda bien.

Félix tenía la voz ronca. Demasiado humo.

Loren no se atrevía a responder. Un rostro irreconocible lo miraba desde la superficie del agua, un niño con un pelo horrible cortado a la altura del mentón, cuya existencia estaba a muchos mundos de distancia de donde estaba él.

—Elías —susurró Loren en una queda súplica—. Camilia. Nonna.

—¿Qué?

—El sacerdote. Sera. Shani. Cástor y Pólux.

—Contar los muertos no ayudará.

—Celsi. Julia. —Se le quebró la voz—. Julia.

—Que le den a Julia.

—No digas eso.

Félix soltó una carcajada incrédula.

—¿Todavía sigues defendiéndola? Te utilizó. Al convertirte en su heredero, se quitó la diana de la espalda y la colocó en la tuya.

Loren cerró los ojos para no ver su reflejo. La bilis le subió por la garganta. Como si no lo supiera. Como si no supiera que había sido un necio, que con un solo trazo del cálamo había dado la razón a su padre todas las veces que lo había acusado de ser ignorante e impulsivo. Julia le había dado la esperanza del cambio y luego se la había arrebatado, pero se sentía demasiado vacío por dentro como para que le importara.

—Al final estaba desesperada. Servius se le estaba echando encima. Después de lo de Umbrius... —Félix se pasó los dedos entre los rizos enredados—. ¿Qué te dijo para convencerte? Lo dejar el contrato a la vista donde sabía que él lo buscaría nada más abandonar la ciudad... era parte de su plan desde el principio. Lo que no podía saber era que tú también te irías.

—Que tú hiciste que me fuera.

Félix tragó saliva.

—Para salvarte la vida.

Loren levantó la vista despacio y lo miró en la oscuridad. Tenía un aspecto frágil, extremadamente delgado y a punto de desmoronarse. Y al mismo tiempo lo envolvía un halo injustamente dorado.

Le entraron ganas de llorar porque sabía perfectamente que Félix mantenía la entereza a su propia costa. Que llevaba horas, días, tratando de mantener el control para poder representar su papel a la perfección: ponerlo a salvo. Había reprimido su propia tristeza para dar espacio a la de Loren.

Lo único que sentía Loren en esos momentos era la afilada garra de la rabia. No hacia Félix, sino hacia su propio corazón negro y feo.

—Tú me has traído aquí —dijo con un gruñido, clavando la daga en el suelo—. Me has traído aquí, me has salvado y quiero odiarte por ello.

—Puedes hacerlo. Lo entendería. No se me ocurría ningún otro sitio al que ir.

—Déjalo ya. Deja de ser tan bueno, joder. No puedo soportarlo.

—Sé que duele.

—¿Cómo? ¿Cómo vas a saber lo que siento ahora mismo? Pompeya era mi hogar. Tú nunca has tenido...

No terminó la frase, pero el daño ya estaba hecho. La expresión de Félix se endureció.

—¿Un hogar? No. Pero tú sigues teniendo este, ya tienes más que yo.

Se alejó de él haciendo crujir la grava bajo los pies y al momento oyó el ruido metálico de lo que estuviera haciendo cuando salió al jardín.

Loren siguió el ruido hacia el interior del huerto de frutales. El tobillo le dolía horrores. Félix estaba de rodillas junto a un granado, de espaldas a él, las manos hundidas en la tierra. Estaba excavando, pero Loren no se explicaba qué podría estar buscando.

—No he querido decir eso, Félix.

Félix guardó silencio un buen rato. Cuando tomó la palabra, lo hizo con voz tensa, enfadada y cuidadosamente controlada.

—Lo más parecido fue el templo de Mercurio de Roma, en el que me dejaba mi padre durante las interminables semanas que pasaba fuera haciendo trabajos para Servius. Hasta que se enteró de lo que el sacerdote hacía conmigo. Me drogaba con vino mezclado con savia de amapola y... Perdona, ¿te ahorro los detalles? —espetó al oír el gemido ahogado de dolor de Loren—. Abusó de mí, Loren. Déjame decirlo. Nadie me ha dejado hasta ahora.

Loren se estremeció con el estómago revuelto.

—Te... escucho.

—Mi padre creía que yo no podría gestionar lo que me ocurrió. Así que... —agarró una piedra del suelo, la lanzó por encima del hombro y cayó en el abrevadero con un ruido metálico hueco—... lo guardó bajo llave. Pero jamás olvidaré los efectos, reacciones que no podía explicar, dolores que no podía nombrar. Mi padre me robó las palabras para poder entenderme.

—Te escucho —repitió Loren, porque no era capaz de decir otra cosa.

—El bloqueo no ha desaparecido, pero Servius me hizo algo. Noté que me hurgaba en la mente porque quería que viera algo... —Tomó aire para tranquilizarse y apretó los puños pegados a los muslos—. Algunas escenas pasaron velozmente, pero no sé cómo conservarlas. Y lo demás sigo sin recordarlo.

Se oía el canto de los grillos. Loren quería acercarse y reconfortarlo, pero guardó las distancias y observó. Al final, Félix retomó lo que estuviera haciendo en la tierra. Un reflejo de la plata sucia brilló medio oculto a la sombra de una estatua cercana.

Empujado por una corazonada, levantó el casco de Mercurio, ahora dividido en dos por una grieta que le recorría la tira de protección nasal. El rayo había impactado de lleno. El objeto de metal estaba frío y hueco. El poder que hubiera poseído en un momento dado había desaparecido, se había consumido en el último asalto de Félix contra el Vesubio. Resiguió la silueta de una pluma y se acordó de que el fantasma le había suplicado que no dejara que Servius liberase los recuerdos, porque este tenía intereses particulares ocultos. Que solo el casco podía ser neutral.

—Lo estás enterrando —dijo con un hilo de voz—. Ay, Félix, no deberías.

—¿Crees que quiero tener esta conexión con Mercurio? ¿Que me condujo hasta el casco y me presentó la oportunidad de recordar porque se sentía culpable por lo que su sacerdote me hizo? Es una mierda. Esto —Señaló el casco con la cabeza y una fea mueca— es una mierda.

—Eso no es lo que te llevó a Pompeya y lo sabes. Tú mismo lo dijiste. Fuiste porque tenías algo que hacer allí. Mercurio quería...

—Me da igual —lo cortó Félix—. Si Mercurio quería que creyera en él, no tendría que haber dejado que ese sacerdote me hiciera daño en su propio templo. Me importa una mierda si los dioses existen o si soy descendiente directo de Mercurio. Si el objeto de mi vida es cumplir sus órdenes, no lo quiero.

—No me salvaste por orden suya. Permitiste que tu divinidad fluyera dentro de ti. Tú tomaste la decisión, no Mercurio.

Enmarcando los ojos estaba la huella chamuscada de las manos que lo habían encajado sobre la cabeza. Loren reconocería la forma y el tamaño en cualquier parte, vivo o muerto, con luz o a oscuras. Esas manos lo habían devuelto al mundo de los vivos cuando debería haber quedado reducido a cenizas.

Loren dejó a un lado el casco fracturado y se agachó para agarrar a Félix por las muñecas. Este intentó liberarse, pero Loren no cedió e insistió hasta conseguir que aflojara los dedos y girara las palmas. Blancas. Piel abrasada. El corazón muerto de Loren empezó a latir de nuevo.

—Te vas a hacer daño si sigues así.

—Tiene gracia, porque no siento nada —respondió Félix con tono plano y apagado.

Siguió haciendo el hoyo sacando la tierra a puñados sin decir nada más.

Loren se sentó a un lado, sin poder hacer nada, mientras se levantaba una brisa fría en la noche. No era ningún experto en medicina, pero la poca preparación con que contaba le confirmó lo que no era necesario que ninguno de los dos dijera en voz alta: Félix se había destrozado las manos. Con suerte recuperaría la sensibilidad de los dedos. Tal vez. Pero perderían toda la destreza.

La torpeza en un ladrón era una sentencia de muerte.

Al fin, Félix introdujo el casco en el hoyo. Bonito final para el grandioso regalo de Roma a Pompeya. Tras cubrir todo el casco con tierra, colocó una piedra encima para que nadie volviera a desenterrarlo. Después se lavó las manos heridas en el abrevadero y listo.

Menudo par estaban hechos. Loren con la pierna destrozada y Félix con las manos destrozadas. Félix, el psicompompo; Loren, el chico que debería haber dejado morir.

—Será mejor que vuelvas dentro —dijo Félix cuando terminó la faena, sin mirarlo siquiera—. Tienes que descansar.

—¿Vienes conmigo? —preguntó Loren temeroso.

Félix apretó la mandíbula y negó con la cabeza.

—Entra.

—Félix...

—Por favor. Lo que dijo Servius, lo que hizo mi padre, lo que tú sabías, pero no me contaste... —Se le quebró la voz y se abrazó la cintura, obligándose a mantener la calma—. Ya hablaremos cuando te pongas bien, te lo prometo. Si te importo algo, me darás ese espacio.

Loren no podía negárselo. Lo mejor que podía hacer por cualquiera era quitarse de en medio. Nunca había mejorado una situación por estar más presente. Recogió la espada y regresó cojeando hasta la mitad del camino. Se encendió una luz en la zona de los sirvientes. No tardarían en percatarse de su ausencia, y si no regresaba, Loren se vería obligado a averiguar si sus padres consideraban que merecía la pena levantarse de la cama por él.

Aun así, permaneció un rato más fuera del huerto, esperando algo que no iba a ocurrir. Le escocía la herida del muslo. Le dolía el tobillo. Sentía el pecho vacío. Miró al cielo tachonado de estrellas de verdad. Definidas. Había luna creciente, pero por una vez, verla no lo reconfortó. Lo que el renacer pudiera significar para Isis, Loren no lo quería.

Porque él no se sentía así.

A cierta distancia, y a la vez dolorosamente cerca, oyó la respiración fatigosa de Félix consciente de que él también contemplaba el cielo entre el dosel de hojas que formaban los árboles separados entre sí de manera uniforme. Pero no dijo nada. No se acercó a él. En parte se alegró.

Dos chicos, solos los dos en la opresiva oscuridad.

Un abismo de distancia insalvable.

CAPÍTULO XXIX

Félix

El principal error de Lucius Lassius era lo fácil que resultaba robarle.

Cuando le robó de su reserva de vinos caros un mes antes, el hombre le caía mal por una cuestión de principios: el vino que hacía era muy empalagoso. Pero, en realidad, no lo conocía de nada. Después de tres días en finca, el desagrado se había transformado en odio. Lassius no se había dignado a mirarlo siquiera, pero Félix había captado bastantes detalles observando: el hombre se paseaba muy tieso por las galerías de su propia casa, siempre absorto en algún documento, y esperaba que los demás se apartaran de su camino. Una muestra de desprecio y derecho a hacer lo que quisiera bajo la excusa de que eran asuntos de negocios.

Llevaban allí tres días y aún no había ido a ver a su hijo.

Una semana antes, Félix no le habría dado importancia, pero desde entonces había aprendido que esos pequeños detalles muchas veces resultaban trascendentales. Y comenzó a trazar su plan.

La última tarde en la finca, cuando ya casi anochecía, forzó la entrada del estudio y entró dispuesto a ponerlo en marcha.

Lucius Lassius levantó la vista con el ceño fruncido.

—Juraría que había cerrado con llave.

—Quería hablar con usted —dijo Félix—. ¿Es mal momento? Loren me ha dicho que es usted un experto en tema de contratos.

Loren, por supuesto, no había dicho tal cosa. De hecho, no había dicho nada desde la otra noche en el huerto de frutales. Pero Félix sabía que aquel truco satisfaría la autoestima del hombre.

—Y te ha parecido bien irrumpir en mi estudio. —El papiro en el que estaba trabajando se hizo un rollito—. He perdido una considerable cantidad de terreno esta semana. Media Campania ha sido arrasada. Mis negocios en Herculano y Pompeya se han arruinado. No tengo tiempo para esto. Voy a hacerte el favor de escucharte solo por haberme devuelto a Lorenus. Date prisa.

Félix se fijó en el montoncito de hojas de pergamino dobladas y sucias que tenía en una esquina de la mesa. Objetivo identificado. Se humedeció los labios y apartó la mirada para no resultar tan obvio. Los sirvientes habían encontrado los documentos mientras desnudaban a Loren, delirante de fiebre, la noche que llegaron. Los sacaron del bolsillo y Félix los reconoció, aunque la última vez que los había visto fue cuando se cayeron de la mesa del estudio de Servius y Celsi se tiró al suelo a recogerlos. Cómo habían terminado en poder de Loren, no tenía ni idea, pero lo irritó sobremanera ver que Lassius no los había tocado siquiera después de todos esos días. Un padre decente que recibiera a su hijo herido e inconsciente después de años de separación se habría interesado al menos un poquito por conocer las circunstancias que lo habían dejado en semejante estado.

Félix se acercó a los papeles con sutileza.

—Es muy generoso por su parte, señor.

—Soy perfectamente capaz de detectar el sarcasmo —dijo el hombre—. ¿Cómo te llamabas?

—Félix.

—¿Apellido?

Estuvo a punto de admitir que no tenía, pero entonces se le ocurrió una cosa. No podría leer el contrato él solo para averiguar lo que concedía al heredero, pero a lo mejor no hacía falta. El hombre que tenía delante estaba tan ansioso por alardear de lo mucho que sabía.

—Fortunatus —dijo Félix—. Eso venía a preguntar. Mi padre murió hace diez años y resulta que... mi... hermana mayor murió en la misma explosión que destruyó los viñedos que tenía usted en el norte.

—¿Te refieres a Julius Fortunatus? Hice negocios con él hace años, aunque no recuerdo haber oído nada de su fallecimiento. Ni de que tuviera un hijo.

—Adoptado —mintió Félix—. Me temo que no tengo adonde ir. También hemos perdido nuestra propiedad.

Intentó dar lástima para que el padre de Loren se tragara el cuento, aunque no pensaba que Lassius fuera de los que se dejaban condicionar por la compasión. Tal como había previsto, más que suavizarse al oírlo, el hombre esbozó una sonrisa de engreimiento, incapaz de resistirse a indicarle a alguien que se equivocaba.

—Propiedades —corrigió Lassius, subrayando el plural—. Y a menos que el fuego se haya extendido mucho más de lo que me han informado, supongo que no las habrás perdido todas.

—No entiendo —contestó Félix, estampando la sonrisa más inocente que pudo.

La frase mágica.

Lassius sonrió con más engreimiento si cabía y se volvió hacia la ventana.

—Puedes elegir alguna de las distintas residencias vacacionales de Julius. Amalfi. Roma. Por el amor de Júpiter, el viejo lo mismo tiene propiedades ya hasta en Londinium, si es que queda algo después del desastre de las últimas revueltas. Prueba a ver.

—Roma —dijo Félix, y aprovechando que Lassius seguía mirando por la ventana, cogió el contrato de la mesa y se lo metió en el bolsillo—. Roma podría ser un cambio agradable.

***

El zureo de una paloma acompañaba el ocaso cuando Félix encontró a Loren de pie a solas en el patio.

En una ocasión pensó que quedaría muy bien una estatua de Loren tallada en mármol, pero la quietud le resultó inquietante en ese momento. Loren era de esas personas de grandes gestos, sonrisas luminosas y meteduras de pata en la búsqueda constante de demostrar esto o aquello. No se había convertido en piedra, pero cualquiera lo diría a juzgar por la dureza y la frialdad con que lo recibió mientras atravesaba el césped.

—Ha salido la luna —dijo, mirando el cielo con el ceño fruncido.

—Es lo que hace la luna —convino él.

—Cuando aún es de día. Siempre me ha parecido extraño. No logro saber si es un buen o un mal presagio. —Frunció aún más el ceño. A Félix no le gustó nada—. O lo mismo no significa nada.

Félix lo estudió. Llevaban varios días sin hablar, aunque lo había vigilado desde lejos. Había escuchado tras las puertas cerradas. Lo había seguido mientras paseaba como alma en pena por la finca, con la férula en el tobillo, caminando trabajosamente con un bastón. Lo había visto echar mano de una trenza que ya no existía.

—Deberías estar descansando —dijo Félix—. Te ayudaré a acostarte.

Una reacción por fin. Loren se puso rojo de furia.

—Puedo solo perfectamente.

Se dirigió muy tieso hacia el pórtico, clavando el bastón en la hierba, pero Félix lo siguió por la galería de columnas, desierta a excepción de un par de sirvientes que miraron para otro lado y se escabulleron.

—Has venido a despedirte —dijo Loren con voz ahogada—. Te lo veo en la cara.

Félix quería defenderse diciendo que ni siquiera lo había mirado a la cara, pero no serviría de nada. A Loren se le daba muy bien adivinar sus pensamientos.

—Es lo que quiero. Lo que debería hacer.

—¿Y lo vas a hacer?

—Depende.

Loren se detuvo un momento antes de entrar en su habitación. Dejó el bastón en un asiento que tenía debajo de la ventana y se hizo un ovillo, con los brazos cruzados.

—Me recuerdas a Elías.

—Siempre te gustan los mismos —dijo Félix.

—Está muerto —repuso Loren con tono apagado—. Así que espero que no. Y no. Le encantaba decirme todo lo que yo no quería oír, incluso aunque necesitara oírlo.

Félix se quedó junto a la puerta, guardando las distancias y escudriñó la habitación por enésima vez, como queriendo descubrir algún otro secreto nuevo. Pero las paredes seguían cubiertas por cortinajes para ocultar los frescos de cuando Loren era pequeño, ¿qué pasaría si cotilleaba un poco? La cama estaba hecha. Y unas cortinas de tejido fino se movían con la brisa que entraba por los postigos abiertos, que también agitaba el pelo corto de Loren.

Habían perdido muchas cosas. Habían sacrificado mucho por nada. La rabia seguía carcomiendo a Félix por dentro, pero cuando habló, apenas consiguió dar un ligero tono de crispación a su voz.

—Me lo advertiste —dijo al final—. Me impediste que me pusiera el casco. Y luego impediste que Servius deshiciera el bloqueo mental. Creías que despertar mis recuerdos me volvería peligroso.

El tiempo se arrastraba despacio mientras Loren se miraba fijamente las rodillas envuelto en la larga túnica blanca de dormir.

—Conocí a una versión de ti. El fantasma que aparecía en mis sueños, el que me mostró el destino de Pompeya. Él era quien retenía tus recuerdos.

—Quien retenía mi poder, quieres decir.

—Félix, era más que eso. Retenía... —Tragó saliva—. Retenía tu furia, y quería que tú cargaras con ella un rato. Cuando me dijiste que temías lo que pudiera haber tras el muro de tu memoria, decidí que no podía ser yo quien te la devolviera.

—Por el amor de Júpiter. —Félix se pasó una mano destrozada por la cara de cansancio y cayó en el borde de la cama cuando las piernas se le doblaron—. Tenías razón en una cosa: eres egoísta. Pero de una forma tan desinteresada que cuesta trabajo verlo.

—Pero la conclusión que saqué era errónea. Pensé que el casco y tú destruiríais Pompeya, cuando en realidad llegaste a Pompeya para ayudar a sus muertos a encontrar el descanso eterno. Pensé que la montaña... Me equivoqué. Yo solo quería protegerte de todo eso que el fantasma sabía.

—Pero ¿no te das cuenta? Es justo eso. Crees que puedes solucionarlo todo porque nunca te enseñaron que algunos problemas no pueden solucionarse y vivir tranquilamente después. En la vida te has cuestionado ese egoísmo. Desde el día que nos conocimos no dudaste en arrebatarme algo que era mío, como todos los demás. Mi cuerpo. Mis recuerdos. Mi decisión. —Le temblaba la voz. Flexionó los dedos cubiertos de cicatrices para probar sus reflejos—. ¿Tan mala opinión tienes de mi carácter? ¿Pensabas que, si recuperaba mis recuerdos, utilizaría ese poder para arrebatar algo a los demás? Lo que me hizo el sacerdote de Mercurio no es lo que me define.

—Te creo —susurró—. Lo siento, Félix.

—Sé que lo sientes y eso es lo peor. Sé que creías que me estabas protegiendo, igual que mi padre cuando me arrebató los recuerdos. Pero eso debería haberlo decidido yo. Debería haberlo hecho yo para aprender quién era a mi manera. —La desesperación le quemaba la garganta. Se bajó de la cama y se arrodilló junto a la venta, le tomó la mano y la posó contra su mejilla. Cerró los ojos—. Servius podía hurgar en mi mente, pero acaso ¿no podrías tú también? ¿No puedes...?

Los dedos de Loren temblaban contra la mejilla de Félix. Se le notaba el miedo en la voz cuando habló.

—Félix, yo no...

—¿Seguro?

—Seguro. —Loren apartó la mano como si le hubiera mordido y se echó hacia atrás todo lo que pudo. Las lágrimas le corrían por las mejillas y se le habían enrojecido los ojos—. No me fío de mí mismo, de mis motivaciones, aunque esa motivación sea protegerte. Pero podría aprender. Pasaría el resto de mi vida estudiando cómo hacerlo. Hablaría con todos los augures y todos los sacerdotes de todas las ciudades hasta aprender a hacerlo sin herirte. Si me lo pides, lo haré.

Félix se puso en cuclillas y tomó aire para calmarse. La mezcla del duelo, el dolor y la rabia, amarga como la savia de amapola, le pesaba en el estómago. Costaba asimilarlo. Se levantó y sintió náuseas.

—No voy a pedirte tal cosa. No quiero que aprendas a hacer nada de eso. Pero ¿podré no estar enfadado? Ahora que se ha consumido la magia del casco, tal vez ya no lo sepa nunca, no del todo. Tal vez mi poder no llegue a ser nunca mío.

—Tú no querías ese poder —susurró Loren—. Tú mismo lo dijiste.

—Nunca ha sido una opción. Todos (mi padre, Servius, tú) os habéis asegurado de ello. —Lo miró una última vez estudiándolo con detalle para memorizarlo—. Debería haberlo decidido yo.

Se marchó antes de cambiar de idea.

César (la pobre yegua que sin saber cómo Félix había incluido en su radio de protección en Pompeya, y a la que después se sintió en la obligación de nombrar con el título más alto de todos) levantó la cabeza cuando lo vio entrar en las cuadras. Tres días de recuperación no eran suficientes después del infierno que le había hecho pasar, pero Félix se tragó la culpa mientras la ensillaba y montaba. No parecía muy molesta. Sacudió la melena cepillada cuando la puso al trote mientras salían por el camino pavimentado de entrada a la finca de Lassius, y la espoleó para ponerla al galope a la carretera principal, asustando a una bandada de estorninos posados en las ramas de los árboles cercanos.

Debería sentirse bien con la brisa, el sol, la flexión de los músculos de César bajo la silla. La libertad.

Pero Félix tampoco podía respirar allí, en plena naturaleza. El negro ocupaba su visión periférica, devolviéndolo al interior de la ola que los había engullido. No podía dejar de pensar en eso. Una y otra vez, una pesadilla: él no pretendía sobrevivir.

No lo pensaba en un sentido grandilocuente y abnegado. El heroísmo no era lo suyo. Era otra cosa. Habría sido más fácil, más limpio que Félix no hubiera salido vivo de Pompeya; que la verdad hubiera muerto con él.

Pero el mundo iba a lo suyo y él había despertado sobresaltado aún en su cuerpo, aferrándose a los fragmentos del único poder que había conocido en su vida. Mercurio los había salvado a los dos, cuando Félix solo quería que salvara a uno. Había un mensaje ahí, pero ni su cabeza ni su corazón estaban en condiciones de reflexionar sobre su significado.

Así que había hecho lo único que su aturdido cuerpo sabía hacer: seguir moviéndose. Igual que estaba haciendo en ese momento. Lo que fuera con tal de no tener que verse obligado a pensar.

El camino desde la finca de Lassius rodeaba un valle poco profundo y ascendía después por una ladera rocosa. Félix sujetaba las riendas con dedos entumecidos, dedos destrozados, intentando contener las lágrimas. Le echó la culpa al viento. César aceleró el paso levantando polvo a su alrededor, pero al llegar a lo alto de la loma, se desmoronó.

Detuvo a la yegua e hizo algo que se había jurado que no haría.

Miró hacia atrás.

Hacia el amplio viñedo, hectáreas y hectáreas de terreno, las vides arreboladas de naranja en el atardecer. El huerto de frutales en el que había enterrado el casco. Él también se había enterrado en esa finca y en ella estaba dejando al chico que había sacado lo mejor de él. El chico que lo veía cuando él estaba acostumbrado a pasar por la vida sin ser visto.

Se preguntaba si Loren estaría observando su huida con ojos inertes desde su habitación. Se preguntaba qué clase de duelo haría por él. Si se suavizaría con el tiempo como un moratón o lo acompañaría toda su vida como un dolor sordo, una fractura ósea mal curada.

Tocó el contrato que llevaba en el bolsillo. Podría adoptar el apellido de Julia Fortunata, tener una casa, una vida, un futuro en Roma. Olvidar a Loren. Pero ese era el problema cuando dejabas que alguien atravesara tus defensas. Una vez que formaba parte de tu hogar, su ausencia resonaba entre las paredes.

Estaba harto de dejar que los fantasmas decidieran su destino.

La próxima vez que saliera corriendo, lo haría no para huir de algo, sino para ir a su encuentro.

—Maldita sea… —masculló.

E hizo girar a la yegua.

CAPÍTULO XXX

Loren

Cuando se dormía, no soñaba.

Prefería las pesadillas.

Cada vez se acostaba más tarde. Empezó estirando el día hasta la medianoche, pero cuando vio que esto no lo aliviaba, lo alargó aún más. Caminaba de un lado para otro. Recorría las galerías y los pasillos de toda la casa mucho después de que los sirvientes se hubieran acostado. Atravesaba el huerto de frutales, más allá de la tumba del casco. Bajaba por las hileras rectas de las vides. Se cansaba y le dolía el tobillo, pero el agotamiento y el dolor eran temporales. Los aguantaba.

Solo cuando Félix iba a por él, se dejaba convencer para ir a la cama. Félix rara vez hablaba, por cansado que estuviera de hacer todos los días lo mismo, visible en sus ojos apagados y los hombros tensos. Otro motivo para sentirse culpable. Félix había vuelto. Lo había elegido, como él quería. Debería sentirse afortunado cuando lo veía sentado a los pies de su cama esperando a que se quedara dormido. Muy afortunado. Pero costaba trabajo sentir nada cuando no se sentía ni vivo siquiera.

Se dormía. Y volvía a despertarse en sueños. No había sangre ni cuchillos, ni tampoco columnas de humo y susurros entrecortados, como si todo hubiera quedado reducido a cenizas entre los escombros. En vez de eso, Loren se enfrentaba a noches interminables en un templo vacío, abandonado por los devotos desde hacía tiempo. No había ninguna estatua que indicara la divinidad a quien estaba dedicado. Habían arrancado los frescos de las paredes. Loren no paraba de moverse de un lado a otro, pero no encontraba la salida. A veces oía pasos, pero se alejaban rápidamente cuando trataba de ver de dónde provenían.

Sabía de dónde provenían. Reconocía la sandalia y el andar sigiloso, el mismo que lo seguía a todas partes cuando estaba despierto, observándolo de cerca.

Pero el Félix fantasma ya no tenía nada más que decirle y Loren, pese a sus esfuerzos, estaba siempre solo en sus sueños.

***

El vacío de sus sueños se compensaba con la forma en que irrumpía en el mundo real al despertar. Lo inundaba la podredumbre, una angustia constante y un entumecimiento tóxico que nada lograba calmar. Los días pasaban todos iguales. La luna iba y venía. A Loren le daba todo igual. Dejó de seguir el ciclo.

—La lesión de la pierna ha sido muy grave —dijo el médico de la familia una mañana—. Habría que dar gracias a Apolo porque no hayamos tenido que amputar.

Parecía decepcionado por no tener que amputar, de hecho. Loren notó que los ojos se le ponían vidriosos mientras el hombre disertaba sobre la necesidad de dejar que los huesos soldaran a su ritmo y sin intervenir en el proceso.

—Lorenus tiene mucho tiempo para descansar —dijo su madre, Hemetra. Loren casi se había olvidado de que estaba en la habitación, junto a la puerta, en silencio—. Convencerlo de que atienda sus responsabilidades es una cuestión sisifeana. Ya solo le falta era que lo animen a vaguear.

La conocía lo bastante como para distinguir cuando intentaba bromear, pero solo consiguió que le tirase la piel de heridas antiguas, una molestia tan real como la que le causaba el médico cuando tocaba los puntos del muslo.

El hombre puso mala cara.

—Pues los arañazos que tiene en las piernas sugieren lo contrario. ¿Qué has estado haciendo, muchacho, pelearte con una zarza?

Loren se mordió la lengua. Si su madre no se había enterado aún de sus excursiones nocturnas, no era el momento de buscarse una reprimenda. El médico recogió sus instrumentos, negando con la cabeza mientras tanto, y salió renqueante, dejando a Loren a solas con su madre. La observó detenidamente tratando de encontrar a la mujer que lo había criado bajo su exterior quebradizo. Se le notaban los años, sí, como a todos. El pelo, que antes era castaño oscuro como el suyo, estaba entreverado de canas. Y también se le notaban arrugas en los labios, que frunció cuando se sentó en el borde de la cama.

De pequeño, le parecía indiferente como un olivo, de ramas fuertes y cuerpo firme frente a las tormentas que azotaban desde el mar. Algo robusto a lo que sujetarse, pero que no estaba hecho para consolar. En ese momento se preguntó qué protegía exactamente. Si habría sido a él en algún momento.

—¿De verdad han pasado cuatro años? La de veces que tu padre quiso traerte a casa y yo lo detuve, claro. Yo sabía que entrarías en razón cuando te lo sacaras de dentro. —Le retiró de la cara un mechón trasquilado—. Te está creciendo. ¿Me dejas que te lo corte?

Loren fue a cogerse la trenza y no la encontró.

—Prefiero que no lo hagas.

—Lo discutiremos en familia más tarde —dijo, como si fuera el pelo de la familia.

El comentario lo irritó, su estado habitual últimamente. Estaba harto de estar siempre alterado. Harto de sentirse a punto de estallar. Jugueteó con un agujero que tenía en la túnica de dormir hasta que su madre le apartó los dedos de un manotazo, suspirando.

—No puedo evitar notar la distancia que hay ahora entre nosotros —dijo—. ¿Qué ha cambiado? De pequeño te gustaba llevar la contraria, pero ahora te has vuelto completamente obstinado.

Soltó una carcajada de esas que están más cerca del llanto. Quería gritarle que, si buscaba una respuesta, tendría que pensar en todas las veces que se había puesto del lado de su padre en su contra, todas las veces que había tachado de locura sus miedos. Ahí encontraría los motivos que habían ido ensanchando el abismo.

Pero no tenía fuerzas.

—Padre alcanzó el éxito a base de ser testarudo, por eso me enseñasteis a actuar de igual modo. Y ahora me castigas por ello.

—¿Cuándo te he castigado yo? —Cualquier otra persona habría saltado con brusquedad, pero las señoras de clase alta no hacían eso—.

La única lección que claramente no se te quedó fue la de la humildad. A lo mejor te mimé demasiado. Pinturas, instrumentos, tutores, lectura…

—No te me pongas sentimental ahora, mamá.

Ella se miró el regazo.

—No me llamabas así desde que eras pequeño.

—Padre me dijo que no era apropiado usar diminutivos cuando dejabas de ser un niño.

—Supongo que tiene razón —contestó su madre. Lo miró de frente y, por un momento, Loren vio a la mujer que era antes de que Lucius Lassius les quitara las ganas de reír a los dos. Los mismos ojos castaños, la misma mueca en sus labios idénticos—. Te dejaré descansar.

Alisó la arruga en la cama, prueba de que había estado ahí sentada, pero al llegar a la puerta, se detuvo.

—Tu amigo. ¿Cuánto tiempo piensa quedarse?

Loren se puso tenso.

—¿Su presencia supone un problema?

Hasta donde él sabía, Félix se comportaba como un huésped modélico. Discreto, nada intrusivo, sabía cómo mantenerse fuera de la vista. Cuando no se dedicaba a seguirlo por la finca, pasaba las horas en el huerto de frutales él solo. O se ocultaba en la habitación con Loren, que pasaba el rato acurrucado en el banco de debajo de la ventana. A veces iba con un rollo de papiro que había cogido a escondidas de la colección de su padre y le pedía que le leyera en voz alta. La mayoría de las veces estaban en silencio.

—Pasa muchísimo tiempo contigo —dijo su madre.

—Es mi amigo.

—No me hables con ese tono, Lorenus. —Lo miró con frialdad—. Solo lo digo por tu propio bien, y ya sabes que no sirve de nada vivir en una fantasía. Sea quien sea, quítatelo de la cabeza. Esta es tu vida. Esta es tu familia. No te haces ningún favor revolcándote en el resentimiento, créeme.

Y se alejó con paso firme y decidido por el corredor.

***

Las uvas experimentan un cambio muy curioso cuando se convierten en vino, un punto en el que la descomposición se transforma en fermentación, y, más tarde, en la preciada bebida. Loren sentía como si esa descomposición estuviera dentro de él, como si tuviera el pecho atiborrado de pulpa empalagosa. Sentía el burbujeo de la fermentación, tensando su paciencia hasta un punto en que empezaban a saltarse las costuras ya. Pero él era de una remesa mala. Cuando los comerciantes lo abrieran años después, sabrían que estaba echado a perder. Y lo tirarían a la letrina.

Un desperdicio.

Lucius Lassius entró sin previo aviso después de comer: pan con unos higos que Loren había recogido con desgana. Con las prisas por bajarse de la cama a punto había estado de torcerse el otro tobillo. Pero su padre no lo miró siquiera, sino que cruzó la habitación hacia la ventana y contempló el viñedo. Su pasatiempo favorito, contemplar sus propiedades.

—¿Aún en la cama? —preguntó tan lacónico como siempre—. Toda esta tierra es para ti y tú desperdicias el tiempo aquí. La última vez que hablamos antes de que te fugaras dijiste que mi casa era una jaula, pero ¿se te ha ocurrido pensar que eres tú el que se encierra?

—Me duele la pierna.

Su padre chasqueó la lengua.

—Y a mí me duele la espalda, pero hay trabajo que hacer. Más aún ahora que tenemos que resolver el asunto de los viñedos del norte que han quedado destruidos.

Silencio. Loren no se veía capaz de nada más. Su padre, con su estatus y sus inversiones, se había enterado de la destrucción de Pompeya antes incluso de que Félix lo llevara a casa. ¿Su padre habría pensado en él sabiendo que vivía a la sombra del Vesubio? ¿Habría llorado su pérdida, organizado una partida de búsqueda o considerado un funeral sin cadáver?

Su padre se puso frente a él con las manos entrelazadas a la espalda.

—Tenemos mucho que discutir. Necesito hacerme una idea de cuándo estarás recuperado. Gaius Lucretius quiere cerrar el asunto cuanto antes.

—Perdona —dijo Loren despacio—. ¿Quién?

—¿No te lo ha dicho tu madre? El compromiso.

El suelo se inclinó y tuvo que agarrarse al cabecero para no caerse.

—¿Compromiso?

—¿Te sorprende? —El hombre observó la expresión horrorizada de Loren con atención—. Vas a cumplir diecisiete años, bastante más mayor de lo que era yo cuando me casé con tu madre. El contrato ya está redactado. La hija de Gaius Lucretius es adecuada para ti.

Aquello era demasiado. La furia se desbordó. Intentó reprimirla, pero no pudo contenerse.

—¿Adecuada? ¿Una chica a la que ni siquiera conozco y que no me interesaría, además? ¿Y después qué? ¿Tener un hijo, ponerle de nombre Lucius Lassius y que continúe con la tradición familiar de ser un desgraciado?

—Encontrarte una chica ya ha sido bastante difícil. No hundas aún más el apellido familiar.

Loren no podía respirar. Su padre seguía sus movimientos con la mirada, buscando el momento para atacar. Cuando Loren por fin tomó la palabra, tuvo que apretar los dientes para evitar que le temblara la voz.

—Siento ser una molestia. Creía que muchos hombres estarían deseando casar a una hija para unirse a tu familia.

—Así debería ser, si tú estuvieras aquí en vez de tonteando por ahí. El médico cree que la cojera no desaparecerá. Eso se une a tus problemas mentales, por no hablar de tus ataques. La próxima vez que alguien te engañe, ¿cómo vas a huir si estás cojo de una pierna?

El tobillo le dolía con la férula.

—Félix me sigue el paso. Allá donde vamos.

—¿Adónde irás cuando se canse de ti?

Un estremecimiento de humillación le subió por la espina dorsal.

—Al contrario de lo que madre y tú pensáis, no es tan difícil quererme.

—Lucrecia te gustará, aunque solo sea porque no te pondrá ningún problema cuando quieras hacer tu vida.

—¿Su padre también le ha quitado las ganas de todo? —espetó Loren—. Invalida el contrato. Seré tu heredero y me quedaré aquí, pero no me casaré. Esa es mi condición.

—No estás en posición de negociar.

—Verás lo que pasará si te niegas. —Lo fulminó con una mirada que había aprendido de él—. Comprobarás que soy más que capaz de negociar por mi propio destino.

Se produjo un silencio denso y desagradable. Al cabo, su padre dijo:

—Ya es hora de que empieces a usar tu nombre completo. No quiero oír más esa bobada de Loren.

Cuando su padre salió, Loren se tumbó en el suelo mirando el techo pintado de la habitación. No iba a llorar. Y para ello necesitaba toda la energía que pudiera reunir. La furia de la pelea se fue tan rápido como llegó. Le daba igual casarse o no. Se quedaría allí encerrado. No le quedaban más opciones, y la huida de la otra vez le había causado demasiado dolor. Todas sus ambiciones, la política, el sacerdocio y un amor verdadero yacían ante sus ojos como un pájaro muerto.

De repente entendió la terrible situación de Elías. Él quería ser libre y no dejar nada atrás cuando lo consiguiera, para poder construirse la vida que quisiera. A su manera. Loren pensó en el dolor que habitaba en sus ojos y en la última conversación que tuvieron, y en que sin un entierro como era debido y sin que lo acompañaran al mundo de los muertos, Elías ya nunca abandonaría Pompeya.

La luz sesgada se reflejaba en las baldosas con formas cambiantes a medida que pasaban las horas. Tumbado bajo un cielo de estrellas pintadas se sentía seguro, en una situación que podía controlar. Que sus padres se ocuparan de organizarle el futuro. Que el cielo se abriera y descargara toda su furia a su alrededor. Bajo el peso de aquella pintura que conocía bien, Loren casi se imaginó que volvía a ser un niño.

Lo que daría por soñar con algo que no fuera un templo vacío. Por no ver ceniza blanca cuando cerraba los ojos estando despierto. Por respirar sabiendo que era digno de ello.

Unos pasos sigilosos se acercaron a la puerta.

—¿Estás cómodo? —preguntó Félix.

Su sombra partió en dos la luz que se filtraba por los postigos, y cubrió a Loren como si fuera una manta.

—Platón, el filósofo, escribió una alegoría sobre unas personas que vivían en una cueva y observaban las sombras que se proyectaban en la pared y creían que esa era la realidad de su...

Loren se interrumpió con un suspiro y se tapó los ojos con el talón de las manos. Mirar el cielo estrellado de su niñez no era la alegoría de Platón, igual que él no era Ícaro y no se había acercado demasiado al sol. Él era Loren y era responsable de sí mismo.

Notó la cercanía de Félix tumbándose en el suelo a su lado. Se rozaron el brazo, y Loren tragó saliva con dificultad ante esa caricia que no era nada y lo era todo.

—He oído la historia, pero nunca la he entendido. Una cueva no es una jaula. Esas personas podrían haber escapado. —Se giró a mirarlo—. Loren, tú puedes escapar.

—Creo que no —susurró—. Estoy metido en este lío por haberme escapado.

—¿Y cuál es la alternativa? ¿Quedarte aquí? Tienes un aspecto horrible.

—Tú sí que sabes cómo hacer que un chico se sienta deseado en su propia habitación.

—No era... Te traje porque necesitabas tiempo para descansar y curar tus heridas. Pero ¿qué me dices de esto? —Félix le dio unos golpecitos en la frente y frunció el ceño al verse las cicatrices de sus propias palmas—. Echo de menos sentirlas. Le he preguntado al médico ese que anda por aquí y me ha dicho que lo más probable es que el daño sea permanente. Parecía que le hacía ilusión.

Loren lo entendió perfectamente.

—Se llevó una buena decepción al ver que no haría falta amputarme nada.

—La falta de sensibilidad tampoco es para tanto. Seguro que será como si me tocase otra persona cuando me...

—Tan soez como siempre.

Félix resopló al reírse y rodó hasta quedar bocabajo. El efecto que todo ello tuvo en Loren fue indescriptible. Demasiado grande para entenderlo, demasiado rápido para dejarlo escapar. Las lágrimas hicieron que le escocieran los ojos y pestañeó varias veces muy deprisa.

—Te echo de menos.

Félix sonrió con tristeza.

—Te veo todos los días.

—¿De verdad me ves? ¿De verdad nos vemos? —No era su intención decirlo, pero no se pudo contener—. Yo ya no soy yo, y me pregunto cuánto llegaste a conocer del antiguo yo para empezar.

—Pues yo te veo ahora —dijo Félix—. Te veo cuando me lees. Cuando nos sentamos los dos juntos y tú me das espacio. A veces sigo estando enfadado, pero he descubierto que estar separados me duele en un lugar más profundo.

—Las personas no están hechas para morir y volver al mundo de los vivos. Trajiste de vuelta a un fantasma.

—Así estamos empatados —dijo Félix—. Ninguno de los dos está entero. ¿Y qué? No soy menos por ello, y no me arrepiento de lo que hice. Que les den a las reglas.

Loren lo contempló de arriba abajo, los ojos cansados y la ropa arrugada. Las manos destrozadas y el cuerpo lleno de cicatrices. Félix seguía estando ahí, pese al dolor que le había infligido, una y otra vez, desde el momento en que se conocieron. Y antes de eso incluso, cuando Loren dejaba al fantasma tirado en sus visiones.

—No te merezco —dijo con voz ahogada—. Te he fallado. Yo solo quería ayudar. Llevaba años soñando contigo, y sabía... Cuando subimos a la montaña vi que había sido el Vesubio todo el tiempo. El fantasma me dijo cómo detenerlo, pero no escuché porque fui demasiado egoísta.

—No, no —repuso Félix, apoyándose en los codos—. Tú no tuviste la culpa. Detenerlo nunca estuvo en mi poder. Ni en el tuyo.

Loren se estaba rompiendo; estaba llenándose de aire los pulmones dañados por un millar de fracturas infinitamente delgadas, un recipiente a punto de hacerse añicos.

—He dejado de tener sueños, Félix. Debiste dejarme morir. ¿Para qué valgo si lo único que me diferenciaba de los demás al final no ha servido de nada?

Una expresión de asombro primero y de furia después cruzó el rostro de Félix.

—No digas eso. No lo digas nunca. Voy a darte una alternativa: sobrevives, te curas y dejas de culparte por algo que no entendías.

—No es tan fácil.

—¿Crees que no lo sé? Vi morir a mi padre y no hice nada porque a veces lo único que puedes hacer es huir. Es horrible. Pero eso no te convierte en un cobarde. Significa que eres lo bastante fuerte como para no romperte y sigues adelante.

Una presa estalló en el pecho de Loren y el mar de dolor que lo ahogaba se desbordó sin previo aviso. Lloró, los sollozos le agitaban el cuerpo entero. Sin decir una palabra, Félix se tumbó de espaldas otra vez y apoyó la cabeza en el hombro de Loren. El punto de contacto se convirtió en una cuerda de salvación a la que agarrarse.

Félix era sólido y estaba allí, siempre presente, fijo como la luna, pero mucho, muchísimo más accesible.

—¿Cómo puedes seguir queriéndome después de todo lo que te he hecho? —preguntó Loren, atragantándose con las lágrimas mientras se secaba las mejillas con el brazo.

Una mano cubierta de cicatrices se deslizó por el hueco que quedaba entre sus cuerpos y le buscó los dedos.

Félix lo miró con unos relucientes ojos grises.

—Me gustan los desafíos.

CAPÍTULO XXXI

Félix

Una tarde en el huerto de frutales, Félix percibió una llamada en el susurro de las hojas ante el cambio de estación.

Era hora de irse.

Aunque tampoco era necesario que se lo dijeran los árboles. Nunca se había quedado tanto tiempo en un mismo lugar desde que escapó de Roma años atrás, y aquello ya era abusar de la hospitalidad que le habían brindado. Era capaz de soportar más que muchos, pero había un límite en el número de miradas de soslayo de Lucius Lassius que uno podía aguantar sin darse por aludido.

Hacía una tarde agradable para estar a finales de otoño, apenas soplaba una ligera brisa entre el follaje que colgaba por encima del banco de piedra en el que estaba sentado. Jugo de granada le resbalaba por la muñeca y caía en el suelo de tierra.

—Como ensucies el pergamino, a mi padre le va a dar un ataque —le advirtió Loren, sentado a su lado.

—Razón de más para no tocarlo —dijo Félix.

—Se supone que estos son tus deberes.

Tenían un rollo de pergamino abierto entre los dos, que sujetaban con el bastón de Loren. Los rayos de sol, ya menos intensos, teñían su pelo por el mentón de un tono broncíneo y se había atado una banda de cuero sobre la frente, rodeándole la coronilla para sujetar los mechones más cortos. Vestido con una túnica de color vino que hacía resaltar la tonalidad cálida de su piel, Loren tenía un aspecto saludable. Elegante. Patricio. Muy distinto del fantasma ataviado con una camisa blanca de dormir que Félix había perseguido por el viñedo tantas noches.

No se dio cuenta de que lo miraba fijamente hasta que apretó demasiado la granada y algunas semillas se le colaron entre los dedos insensibles y salpicaron unas gotas.

—¡Félix! —Loren lo fulminó con la mirada, pero no por mucho tiempo. Una sonrisa asomó a sus labios y resopló de risa. Félix también resopló y los dos se echaron a reír.

—Lo siento —dijo, aunque no lo sentía en absoluto. Pero dejó la granada a un lado y limpió la navaja.

La risa de Loren se apagó al verla.

—Pienso en él —dijo de improviso—. El fantasma que veía en sueños. El que...

—Recordaba —terminó Félix.

—No he vuelto a verlo. —Loren agachó la cabeza y la tarde se cubrió de escarcha—. Tengo más cosas que decirle. Quiero pedirle disculpas. Hacerle preguntas. Ahora sueño con un templo vacío y me paso horas dando vueltas de un lado para otro, buscando en vano. Me pregunto si habrá descansado, ahora que recuerdas algunas cosas, pero es una ingenuidad por mi parte esperarlo.

Félix frunció el ceño, sin saber cómo continuar. Habían reiniciado su relación sin llamar la atención, aprovechando momentos robados, frágiles y efímeros como un pétalo. Pero eso no lo sacaban nunca a colación. El sentimiento de culpa de Loren abría un abismo entre los dos y Félix no encontraba puente por el que cruzar.

Loren no era el mismo chico que había conocido en Pompeya. Al contrario que él, Loren carecía de referencias que lo ayudaran a superar esa clase de pérdida, no tenía experiencia adquirida desde la que partir. Cualquier pequeño ruido lo sobresaltaba. Casi nunca sonreía, reírse aún menos. La mayor parte de los días, Félix no sabía si quedarse cerca de él lo ayudaba o le hacía daño. Y es que a pesar de todo el bien que les hacía estar juntos, la tolerancia de Loren a la irritabilidad era prácticamente nula. Saltaba bruscamente y después se retraía, y Félix poco podía hacer más allá de sentarse con él hasta que se le pasaba.

Era una suerte que Félix tuviera práctica en sentarse sin moverse.

Apartó el cuchillo para que Loren no lo viera.

—Si te pregunto una cosa, ¿vas a contestarme con sinceridad?

Palabras que resultaban familiares de aquella primera noche en el burdel. Loren hizo su mueca habitual.

—Pregunta.

—Nunca lo he entendido bien. ¿Por qué yo? Me refiero a tus visiones. ¿Por qué nosotros?

—No lo sé. Seguro que no hay una respuesta sencilla, pero... tengo una teoría.

—Cómo no —dijo Félix, que acercó la mano al bastón, pero esperó a que Loren le diera permiso con un gesto de la cabeza para apartarlo. Entonces se tumbó de espaldas, arrugando el pergamino, y apoyó la cabeza en el muslo de Loren—. Cuéntamela.

Félix notó que le peinaban los rizos con dedos vacilantes y cerró los ojos.

—En Grecia dicen que nacemos con el alma dividida en dos —comenzó a decir Loren inseguro— y otra persona tiene la parte que a ti te falta. El objetivo de la vida es encontrar la parte que falta para estar completos. No sé si estoy de acuerdo. Cada vez que intento buscar sentido a algo a través de la mitología, lo único que hago es empeorar las cosas. Además, creo que nacemos completos, pero que nuestro corazón está hecho para resonar, y es cuestión de encontrar a la persona cuyo corazón late en armonía con el tuyo. Fue una coincidencia que el fantasma encontrara mi mente abierta.

—¿Desde cuándo crees en las coincidencias?

—Desde que tú has empezado a creer en algo. Somos la prueba viviente de que las personas cambian. —La sonrisa irónica que había asomado a su rostro se desvaneció—. Por tus venas corre sangre divina, Félix. Siempre estuviste llamado a ser un héroe, y la maldición o la bendición que me concedió a mí el poder de las visiones, tendió un hilo de conexión entre los dos. Yo debía guiarte. Pero nadie podría haber previsto lo que te hizo aquel sacerdote ni hasta dónde estaría dispuesto a llegar tu padre. La versión de ti que aparecía en mis pesadillas estaba furiosa. Dolida y sola. Y malinterpreté lo que necesitaba.

Los dedos que acariciaban el pelo de Félix se detuvieron. Loren volvía a ser insensible y a estar lejos.

—No te culpo —dijo Félix—. No sabías lo que significaban los sueños. Creía que me estabas protegiendo. ¿Qué podrías haber hecho?

—Podría haber escuchado.

—Lo haces. Preguntas a través del tacto. Y si mi respuesta fuera negativa, confío en que me escucharías.

Loren se detuvo, una quietud que se mantuvo hasta que Félix abrió ligeramente los ojos. Sobre él, recortándose contra un cielo azul claro, Loren lo observaba con la expresión más tierna del mundo. Félix sintió que se le secaba la boca pese a la dulzura de la granada que aún tenía en la lengua. Tomó la mano de Loren y se la acercó para darle un beso en la palma.

—Léeme. —Félix ladeó la cabeza y le besó la yema del pulgar—. Me toca escuchar a mí. Me gusta cómo hablas.

Durante un largo momento se preguntó si habría conseguido derrotarlo, de lo callado que se quedó. Hasta que, por fin, Loren se aclaró la garganta.

—¿Latín o griego?

—¿Qué?

Loren buscó torpemente el tubo donde guardaba sus rollos de pergamino con las mejillas sonrosadas.

—*La Ilíada.* He cogido unas páginas de cada idioma. La traducción de Italicus es peor que el original, aunque el idioma sea más fácil de entender, pero mi griego está un poco oxidado, así que...

—Loren. Lee y ya está.

—Vale.

Se oyó el crujido del pergamino. Loren se aclaró la garganta de nuevo. Retomó las caricias en el pelo. Y empezó a leer con voz queda.

—«Canta, oh diosa, la cólera de Aquiles…».

Félix se entregó a las sensaciones, al tacto, el sonido y el aroma de ese chico. Habían empezado a formarse nubes en el cielo, y sombras moteadas bailaban al son de la brisa, tibia, pero con la promesa del frío que estaba por llegar. Los albaricoques y las granadas colgaban de las ramas en su momento óptimo de madurez. En algún lugar del huerto, una abeja hacía su ronda.

Y Félix estaba sentado junto a Loren. Y eso era todo.

***

—Tu arrogancia me deja perplejo —dijo Lucius Lassius al día siguiente, antes del amanecer. La casa estaba aún en silencio. Había interceptado a Félix en el patio, cuando lo atravesaba en dirección a la zona de la finca donde vivía Loren—. Esta farsa de hacerte pasar por el hijo de un hombre muerto es obscena, sobre todo porque Julius Fortunatus era un amigo muy querido.

—Pues menudo amigo —espetó Félix con frialdad—. Se sorprendió cuando se enteró de que había muerto.

—Félix Fortunatus. «Feliz Afortunado». Debería de haberme dado cuenta solo con el nombre, pero te di el beneficio de la duda y permití que te quedaras mientras esperaba los informes que pedí. ¿Y cómo me pagas tú por mi generosidad? Colándote en la habitación de mi hijo cada noche.

—Me está enseñando a leer.

El hombre agitó el dedo delante de la cara de Félix, pero el gesto no arrancó ni una chispa de miedo.

—No me tomes por tonto, chico. Puede que Lorenus sea un bobo del que es fácil aprovecharse, pero a mí no se me engaña así como así. ¿Te crees digno de una migaja siquiera de su atención?

—No me había dado cuenta de que lo tuviera en tan alta estima.

—Es un Lassius. No importa lo que yo piense de él, sino cómo lo ve el mundo. Tú no tienes nada que ofrecerle —dijo con una mueca de desprecio—. Porque no tienes nada. No eres nada.

«Si él supiera», pensó Félix, recordando a Servius metiéndole la mano entre el pelo y retorciéndoselo. «No dejes que el hombre que está al mando sepa qué o quiénes te importan». Lassius era el mismo tipo de hombre que Servius: peligrosos cuando dejabas que abrieran la boca y retorcieran las palabras hasta convertirlas en un arma. El golpe más doloroso que podía lanzarle era no decir nada en absoluto.

Lo sorteó y se ajustó la bolsa que llevaba colgada al hombro, disfrutando al ver que el hombre apretaba la mandíbula y seguía su camino. Puede que Lassius estuviera al mando allí, pero a Félix aún le quedaban dados por tirar.

Empezó despidiéndose.

Félix tenía experiencia en irse de los sitios. Desaparecer al caer la noche de una ciudad en la que no volverían a verlo. Separarse de alguien con quien solo he había cruzado el tiempo suficiente para colarle la mano en el bolsillo. Dejar atrás identidades, recuerdos, posibilidades. Vivir solo el momento, rechazar el pasado, no prestar atención al futuro. Correr para sobrevivir un día más.

Por primera vez en su vida, Félix corría hacia algo. Estaba nervioso; la idea contradecía todo lo que había aprendido.

Se moría de ganas de incumplir sus propias reglas.

La habitación de Loren estaba vacía, las finas cortinas se agitaban con la brisa nocturna que entraba por la ventana abierta, pero Félix tuvo una corazonada cuando divisó el resplandor de una lámpara en la oscuridad de fuera. Salió por la puerta de los sirvientes y siguió la luz hasta las cuadras. Lo recibió el olor a hierba y humedad de los caballos, el sonido de los animales que se removían en sueños, pero tenía los ojos clavados en el último cubículo. César soltó un suave relincho al sentir que se acercaba.

Loren no se volvió a mirar. Su bastón estaba apoyado en la pared mientras cepillaba metódicamente los flancos de César con un cepillo de cerdas de jabalí.

—César es un nombre ridículo —dijo con voz tensa—. Es una yegua, y dudo que el emperador se quedara muy impresionado.

—Es un caballo —corrigió Félix— y si Titus tiene algo que decir al respecto, tendrá oportunidad dentro de poco.

Loren enredó con la cincha de la silla.

—Debería preguntarte adónde tienes intención de ir, pero teniendo en cuenta el sueño que tengo repetidamene, creo que puedo adivinarlo.

—El templo de Mercurio —dijo Félix—. Quiero saber la verdad.

—Y no quieres... —Apretó los ojos con un suspiro tembloroso—. No, me prometí que no lo diría. Sabía que esto iba a pasar, lo he sabido desde el principio. Mi obligación es quedarme aquí, y no puedo retenerte.

—Loren —dijo Félix, y cuando el chico lo miró por fin, le posó la mano en la mejilla y lo acercó hacia él.

Besarlo era como volver al hogar. No, era crear un hogar. Loren tenía los labios salados y, si no hubiera perdido la sensibilidad de las manos, comprobaría que tenía las mejillas húmedas. Calientes. Se aferró al recuerdo de la última vez que había sentido su piel, en aquel olivar. Tocarlo ahora no era lo mismo, pero era más que suficiente. Félix vertió todo lo que había aprendido del amor en el contacto de sus labios, el intercambio de aliento. Deseaba a Loren, seguía deseándolo.

Loren contuvo la respiración y se pegó contra Félix con desesperación, suplicante, entrechocando las narices. Cuando retrocedió, su aspecto era frágil como una hoja caída.

—Me dirijo a Roma —murmuró Félix— porque esta vez sé hacia dónde voy. Reúnete allí conmigo cuando sepas hacia dónde quieres ir tú.

Le movió la mano y la colocó en la alforja de César con la esperanza (y el ruego) de que lo entendiera. No era una despedida definitiva. Solo un hasta luego.

El sol aún no había salido cuando Félix llegó a pie al camino principal, pero los trazos rojos sobre el horizonte anunciaban que no quedaba mucho rato de oscuridad. Las botellas de vino que había robado tintineaban en la bolsa de cuero que había cogido del armario de Loren; era un truco viejo, pero le serviría para pagar el viaje en el carro de un comerciante que se dirigiera al norte. Félix sentía que el círculo se cerraba de una manera totalmente imprevista. Creía que esa etapa de su vida se había iniciado en el templo de Apolo, el día que el casco le llamó la atención, pero tal vez hubiera comenzado la primera vez que robó en casa de Lucius Lassius.

El cielo iba aclarándose gradualmente, pasando por un abanico de tonalidades que iban desde el rojo y el azul marino hasta el rosa sucio y el delicado color lavanda. Félix tomó el camino que rodeaba el valle antes de internarse en las montañas. Según avanzaba, el camino llano empezó a empinarse, y mantuvo el ritmo lento.

Saboreando el viaje.

El ruido de unos cascos perturbó la tranquilidad de la mañana.

—¡Espera!

Félix se volvió con el corazón acelerado, presa de una esperanza que no se había atrevido a albergar. César galopaba hacia él por la cuesta envuelto en una nube de polvo y su jinete lo miraba con una expresión fiera y hermosa. La yegua frenó resbalando un poco y, por último, caminó dibujando un círculo hasta detenerse por completo.

—Estaba equivocado —dijo Loren, bajándose de la silla con toda la elegancia que le permitía el tobillo entablillado. Las lágrimas le habían dejado surcos en las mejillas y tenía los ojos enrojecidos pero brillantes—. De niño estaba obsesionado con encontrar a Aquiles, un hombre al que seguiría hasta el fin del mundo, hasta la muerte misma. Pero me equivocaba. Tú no eres Aquiles, Félix.

Félix dejó escapar una risa de asombro.

—¿Y has venido corriendo detrás de mí para insultarme?

—Aquiles no se iría a escondidas —dijo Loren con la respiración entrecortada— y me dejaría por casualidad una pista antes de marcharse.

Llevaba el contrato apretujado en la mano.

Félix estaba encantado.

—No sabía si sería hoy o dentro de unos meses, pero sabía que al final lo encontrarías. Y lo entenderías. Todas las propiedades de Julia siguen siendo tuyas, pero necesitaba que tomaras la decisión de irte por ti mismo.

Pero Loren no sonreía. Se acentuó la ferocidad de su mirada, y por un momento Félix pensó que igual se había equivocado y solo había conseguido reavivar el sentimiento de culpa de Loren. Su primer gesto «simple» le había salido muy mal.

—Creía que se me había caído durante la huida. Me lo dio Celsi —dijo, sacudiendo los papeles—. En el patio de Servius. No me fijé en lo que era. En lo que intentaba hacer. Con lo mal que lo traté... Le molestaba que yo lo hubiera sustituido en el templo, pero yo también estaba molesto con él por ser lo que yo no era.

—Celsi era un niño —dijo Félix, elegiendo las palabras con cuidado—, pero también lo eras tú cuando os conocisteis. Servius le hizo daño, igual que a ti.

—Y a ti. —Se secó la nariz con la manga de la túnica—. Así que encontraste el contrato y lo escondiste en la alforja. ¿Por qué no te lo quedaste tú? Podrías haber heredado las propiedades de Julia. Ella no está para decir que no eres su dueño.

—Puede que no tenga mucho que ofrecerte, pero yo no te dejaría sin nada. Un contrato y un caballo para viajar hasta allí cuando estuvieras preparado. Cuando supieras lo que querías.

«Cuando decidieras que querías estar conmigo», pensó, aunque no lo dijo.

Loren se puso aún más serio y bajó la vista, aunque ya se le iba pasando el ataque de furia. Puso los documentos en orden y volvió a guardarlos en la alforja. Después soltó el bastón que llevaba sujeto en un bucle hecho con las riendas. A su lado llevaba la conocida espada metida en su funda. Pasó un buen rato hasta que encontró las palabras adecuadas, un estilo de hacer las cosas muy distinto al de antes. Entonces habría soltado lo primero que se le hubiera pasado por la cabeza.

—Tú no eres Aquiles y yo tampoco —dijo al fin—. Parece una tontería, pero así era como imaginaba antes que tendría que ser un héroe. Gloria en la batalla, luchar por el honor, todo eso. Ahora solo puedo pensar en el hedor de la muerte y la ceniza.

—Por algo mueren jóvenes los héroes. El duelo nunca se va. Se despiden pronto para evitar sentilo. —Félix lo estudió detenidamente—. A lo mejor podrías intentar ser Loren a secas.

—Loren a secas —repitió él, saboreando las palabras. Sonrió. Una sonrisa pequeña pero genuina. Pequeña pero esperanzada—. Creo que me gustaría, Félix a secas.

Félix sintió un calorcito en el pecho como si se hubiera tragado el sol. Ya seguiría practicando los gestos simples. Por el momento tenía que llevar a cabo el robo más complicado de su vida.

—Qué casualidad que te dirijas a Roma —continuó Loren—. Si quiero entrar en política como Loren Fortunatus, no podré hacerlo encerrado en el viñedo de mi padre. Puedes venir conmigo.

Félix se rio.

—¿No será al revés?

—No te estoy siguiendo. —Loren tomó las riendas y guio a César hacia el camino, pero se detuvo y miró hacia atrás—. Ya te lo he dicho, cometí un error tratando de encontrar a un Aquiles. Pero por si te sirve de algo, prefiero caminar contigo.

La boca de Félix se curvó en una sonrisa aun cuando Loren ya había echado a andar con el bastón en una mano y extendiendo la otra hacia atrás para que Félix la tomara. El polvo se le arremolinaba en torno a los tobillos y reflejaba la luz dorada que se extendía por el horizonte. Hasta que, por fin, se asentó.

Y Félix hizo lo que siempre había hecho, lo que su cuerpo anhelaba. Se orientó con la ayuda del sol naciente y... se puso en marcha.

AGRADECIMIENTOS

Vesubio nació del interés que siempre he sentido por las catástrofes históricas y los relatos que se crean en torno a ellas. Me parece justo empezar dando las gracias a mis padres por entender aquella primera hiperfijación y dejarme ver la versión de *Titanic* de 1997 (escena del dibujo incluida) a la temprana edad de cinco años. Pero sobre todo quiero darles las gracias por no limitar nunca mis lecturas. Los libros *queer* han sido siempre una línea de salvación para mí. Espero que este ofrezca una pizca de consuelo a algún lector.

La historia de Felix procedía de un lugar doloroso, pero con el cuidado y el amor de las manos por las que ha pasado el libro, se ha transformado en una historia de sanación. Annalise Errico, mi agente, creyó en él (y en mí) desde que llegó a la montaña de manuscritos para valorar. Todo lo que escribo a su lado me ayuda a entenderme mejor a mí misme. Zoie Janelle Konneker, mi amada editora (y enciclopedia gatuna) me guio hasta lograr una versión del libro que jamás habría imaginado. Me desafió de todas las formas que necesitaba para crecer, no solo como escritore, sino también como persona. Les doy las gracias a ella y a todo el equipo de Peachtree Teen por ofrecerles un hogar a Félix y a Loren.

Al otro lado del océano, la intuición y la visión de mi editor en el Reino Unido, Tig Wallace, me dieron el empujón que necesitaba para que el corazón de la historia latiera con más ímpetu. Gracias a él y al equipo de Atom Books/Little, Brown Reino Unido por ayudarme a que mi historia llegue a lectores de todo el mundo.

Al ilustrador, Chris Sack (se dan la manita <3) y la diseñadora de la cubierta, Lily Steele, por dar vida al universo de *Vesubio* a un nivel que jamás habría imaginado. Es asombroso comprobar todo el talento que me rodea. Tengo mucha suerte. Gracias también a Niko Espera por la lámina de mi chico fantasma tan chula que se incluyó en la preventa. Soy muy afortunada también por contar con una cubierta británica tan preciosa: Devin Elle Kurtz con la ilustración y Ella con el diseño supieron captar la atmósfera a la perfección.

¿Qué son unos agradecimientos sin un poco de ñoñería? Kae: nos conocimos a través del *cosplay*, pero tu amabilidad, tu creatividad y tu pasión han hecho que te conviertas en parte de la familia. Cuando te conté la idea un poco rarita que se me había ocurrido de escribir un libro sobre un chico gay un poco rarito también, ambientado en Pompeya e inspirado por una canción de Sufjan Stevens, me dijiste que adelante, y hoy no estaría aquí de no ser por ti. Antonia: hiciste que creyera en el destino desde el día que nos conocimos en Fferm Penglais. Aunque nos separe un océano, tú siempre serás tierra para mí. Eres la persona más leal que conozco. Declan: tú llegaste por sorpresa, y estoy muy agradecida por ello.

A mi primera lectora, mi lectora beta y amiga: tu influencia, tu tiempo y tu amistad forman parte de las costuras de este libro. A mi equipo callejero en especial: gracias por ayudarme a dar vida a Felix y a Loren.

A Alicia Armeli, mi colega, compañera de creatividad y amiga: gracias por tus enseñanzas en todos estos años. Tu ética profesional y tu pasión brillan en todo lo que haces. Qué agradecida estoy por trabajar contigo.

A Zeba Zhahnaz, mi mentora en Author Mentor Match: nunca podré agradecerte suficiente tu sinceridad. Al resto del grupo, mi familia del Round 9: gracias por la comunidad que hemos formado. Es un honor teneros a mi lado.

A mis profesores en Salt Lake City Community College, Weber State University y Aberystwyth University, en especial a Christy Call, Ryan Ridge, Anoush Simon y Elisa Stone: gracias por las oportunidades que me disteis para ayudarme a triunfar. No habría llegado donde estoy sin vuestros ánimos.

A todos las comunidades *online* de las que formo parte (me refiero a vosotros, capritwt, writingtwt y Sufjan Stevens Feelsposting): gracias por los ánimos, y por ofrecerme momentos de diversión cuando me hizo falta.

Estoy en deuda con los fantásticos amigos de Salt Lake Coffee Break y Bottle & Barrel, en Aberystwyth, por tantas horas y tantas palabras. Y con Orion, Raelle y el equipo de The Legendarium: nunca podré agradeceros bastante la sinceridad, la esperanza y la comunidad que me habéis ofrecido.

A Edith, mi sobrina: sí, podemos bailar y tumbarnos en el césped juntes. Espero que no dejes de pedírmelo nunca.

A mis perros, pasados y presentes: miro las estrellas y ahí estáis.

Y por último, pero indispensable, a Michelle Smith, la chica solitaria de dieciséis años, hecha un lío, con sentimientos y sueños que eran demasiado grandes para guardárselos dentro que un día me dijo que «diera lo mejor de mí»: lo intento, cada día.

NOTA DE LE AUTORE

Vesubio nació en el verano de 2020, cuando el mundo estaba confinado y el sufrimiento era cada vez mayor. Sentía ira, soledad y miedo. Así que hice lo que he hecho siempre, lo que sé hacer bien: escribí lo que necesitaba leer.

Y lo que necesitaba era un libro sobre dos chavales *queer* cuyos actos cambiaban su destino. Necesitaba un libro que mostrara que, si bien los sucesos traumáticos nos moldean, no nos definen. Necesitaba un libro sobre plantar cara al fin del mundo (una devastadora ola negra) y decir : «No».

Aunque me ha requerido una intensa labor de documentación, soy le primere en admitir que me he tomado varias licencias creativas al escribir la historia. Pero una cosa es y será siempre verdad: las personas *queer* existían en la Antigüedad igual que existen hoy. Jóvenes como Félix y Loren vivieron y amaron entonces igual que lo hacen ahora, y tengo la esperanza de que tú, lector, te veas reflejado (o veas reflejado a alguien que conoces) en su historia.

Ahora que el libro está listo para ir a la imprenta, nos encontramos al borde de un extraordinario cambio global. Desde el incremento en el número de libros censurados hasta políticos que cuestionan nuestro derecho a existir, amar y tener autonomía sobre nuestro cuerpo, es probable que se avecinen momentos aterradores, en especial para los más vulnerables de nuestras comunidades. Pero creo que ahora más que nunca, resulta alentador mirar atrás y ver que las personas *queer* han existido a lo largo de la historia de la humanidad, aun teniéndolo todo en su contra. Ser *queer* es hermoso, diverso y, sobre todo, resiliente. Cuando nos juntamos y formamos comunidad, nuestras historias perduran.

Estamos aquí, igual que Félix y Loren en *Vesubio,* plantándole cara a esa ola negra y estamos diciendo: «No».

RECURSOS

Asociación comprometida con la prevención y concienciación sobre el abuso infantil.

https://aspasi.org/

CIASI es un servicio especializado de atención psicoterapéutica a niños, niñas y adolescentes involucrados en situaciones de violencia sexual infantil y adolescente.

ciasi@madrid.org

CIMASCAM es un centro público y gratuito. Está dirigido a mujeres mayores de edad que han sufrido cualquier tipo de violencia sexual a lo largo de su vida, por cualquier agresor y en cualquier ámbito.

- Llamando al 012
- En la página web *www.madrid.org*
- Acudiendo a los Puntos Municipales del Observatorio Regional de la Violencia de Género de la Comunidad de Madrid (PMORVG).

A nivel estatal, se puede acudir a las oficinas de asistencia al delito, que atienden a las víctimas, también psicológicamente, después de haber puesto la denuncia.

https://www.mjusticia.gob.es/es/ciudadania/victimas/oficinas-asistencia-victimas